BASTEI
LÜBBE

JASON DARKS SONDERAUSGABEN IM TASCHENBUCH-PROGRAMM:

Paperback
73500 Hexenküsse
73501 Voodoo-Land

Jumbo-Bände
73 951 Festival der Blutsauger
73 952 Die Hölle auf Erden
73 953 Grüße aus dem Fegefeuer
73 955 Jenseits der Angst
73 956 Wenn aus Freunden Monster werden
73 957 Hexen – Geister – Teufelsdiener
73 958 Wenn die Hölle dich verschlingt
73 959 Rückkehr aus dem Reich der Toten
73 960 Baphomet II
73 961 Das Schicksal des Templers
73 962 Im Namen des schwarzen Tods
73 963 Hexenfluch
73 964 Der dunkle Gral
73 965 Morganas wilde Meute
Kultausgaben

73 966 Wie alles begann
73 967 Die Conollys
73 968 Suko und Shao
73 969 Jane Collins – Privatdetektivin

JASON DARK

Die Welt des JOHN SINCLAIR

DIE HEXE JANE COLLINS

VIER SPANNENDE KULTGESCHICHTEN

BASTEI LÜBBE

BASTEI LÜBBE TASCHENBUCH
Band 73 970

1. Auflage: Januar 2008

Vollständige Taschenbuchausgabe

Bastei Lübbe Taschenbücher
in der
Verlagsgruppe Lübbe

Die Veröffentlichung dieses Werkes erfolgt durch Vermittlung
der Autoren- und Verlagsagentur Peter Molden, Köln.
Lektorat: Rainer Delfs
Titelbild: PantherMedia/Manfred Vogel
Umschlaggestaltung: Tanja Østlyngen
Satz: Wildpanner, München
Druck und Verarbeitung:
Nørhaven Paperback A/S
Printed in Denmark
ISBN 978-3-404-73970-7

Inhalt

Der Ripper kehrt zurück
(Band 216, 1982)
Seite 7

Die Hexeninsel
(Band 217, 1982)
Seite 105

Drei Herzen aus Eis
(Band 333, 1984)
Seite 205

Grauen in den Katakomben
(Band 334, 1984)
Seite 303

DER RIPPER KEHRT ZURÜCK

»Ich – werde – dich – töten!« Die Stimme klang blechern und künstlich, als würde ein Roboter sprechen.

Trotzdem erschrak Eveline Dupres bis ins Mark. Sie wirbelte herum, legte ihren Kopf in den Nacken, und das lange schwarzbraune Haar wischte wie eine leichte Gardine durch ihr Gesicht, bevor es zurückschwang und die junge Französin wieder klar sehen konnte.

Ein Aufschrei drang aus ihrer Kehle.

Über ihr spielte sich Schreckliches ab. Eine Öffnung war in der Mauer zu sehen. Schräg fuhr aus der Öffnung eine Ritterrüstung. Deutlich waren Helm, Brustpanzer und Beinkleider zu sehen. Aber unter dem Helm schimmerte gelblich ein Totenschädel, und in der rechten Hand hielt das Skelett ein Schwert.

Das Schwert sauste nach unten. Dabei bewegte sich der Mund, und abermals drangen die vorhin gesprochenen Worte hervor.

Eveline Dupres sah die Klinge dicht vor ihren Augen, glaubte sie zu spüren und duckte sich unwillkürlich, während das Skelett ein schauriges Gelächter ausstieß. Das Schwert beschrieb einen Halbkreis, der Knochenritter bewegte sich und verschwand von einem Augenblick zum anderen wieder in dem Loch in der Wand.

Die junge Französin atmete auf. Ihr Herz klopfte doppelt so schnell. Sie presste die Hand gegen ihre Brust, lehnte sich an die Mauer der alten Burg und sorgte dafür, dass sie erst einmal zu Atem kam.

Ein Mann ging an ihr vorbei. Er drehte sich um, lächelte schmal und fragte: »Erschrocken?«

»Ja, Mister.«

Der Mann lachte und wartete auf seine beiden Kinder, die mit hochroten Köpfen auf ihn zuliefen.

»Daddy, Daddy, ich habe Dracula gesehen!«

»Und ich Frankenstein!«, rief das zweite Kind.

»Sie sehen«, meinte der Mann zu Eveline gewandt, »den Kleinen macht es nichts aus. Die verkraften das leichter als wir Erwachsenen. Glauben Sie mir.«

»Sicher, Mister, sicher …«

»Na dann, einen schönen Tag noch«, wünschte der Familienvater und zog seine Sprösslinge weiter.

Eveline Dupres schalt sich eine Närrin. Sie hatte selbst schuld an diesem Dilemma. Schließlich hätte sie den Fantasiepark HORRORLAND ja nicht zu besuchen brauchen. Aber sie hatte Abwechslung nötig. Paul, ihr Verlobter, hatte ihr die Lösung der Verbindung mitgeteilt. Er wohnte in Paris, sie in London bei einer englischen Familie, um deren Muttersprache zu lernen.

Als der Brief kam und sie ihn gelesen hatte, war alles aus. Zumindest glaubte sie das. Bis sie sich schließlich ausgeheult und zusammengerissen hatte, verging einige Zeit, und sie wollte zudem irgendwie auf andere Gedanken kommen.

Ein Besuch im HORRORLAND ist spannend und entspannt!

So lautete der Werbespruch im Radio. Oft genug hatte sie ihn gehört, und sie beschloss, herauszufinden, ob es der Wahrheit entsprach.

Spannend war es. Sie hatte sich mehr als einmal gefürchtet. Mit Hilfe der modernen Technik hatten es die Verantwortlichen tatsächlich verstanden, eine schaurige Welt aufzubauen. Eine regelrechte Monsterwelt, in der man die klassischen Gruselfiguren bestaunen konnte. Dracula, Frankenstein, das Phantom der Oper und ein Werwolf waren ebenso vertreten wie die Weiße Frau oder das Gespenst ohne Kopf. Skelette in Ritterrüstungen, Särge, die sich knarrend öffneten, abgehackte und schrill klingende Schreie, viel künstliches Blut, dies alles konnte für einen Menschen mit schwachen Nerven schon zu einem Albtraum werden.

Auch Eveline Dupres hatte sich gefürchtet. Sie war durch die Schlösser und Burgen geschlichen, hatte Höhlen und Tunnels passiert und war mehr als einmal von irgendwelchen gierigen Händen abgetastet und von einem Werwolf attackiert worden. Aus einem Teich war eine Seeschlange getaucht und hatte drohend ihren mächtigen Kopf bewegt.

Entspannt war Eveline nicht. Eher das Gegenteil. Sie stand unter Stress oder Anspannung und wollte so rasch wie möglich das Gelände verlassen.

Vorher musste sie noch durch Soho.

Natürlich nicht durch das echte, aber man hatte es nachgebaut. Soho im letzten Jahrhundert. Das war schon was, denn wer davon sprach, der dachte automatisch an einen Massenmörder, der in diesem Stadtteil sein Unwesen getrieben hatte.

»Jack the Ripper«.

Der Aufschlitzer, der gnadenlose Frauenjäger, die Bestie mit den Bluthänden. Man hatte ihm viele Namen gegeben. Die meisten waren ihm von der damals schon existierenden Sensationspresse verliehen worden, und das Geheimnis um seine Existenz und um seinen Tod war an sich nie richtig geklärt worden.

Darüber dachte Eveline Dupres allerdings nicht nach. Sie hatte andere Sorgen, denn sie wollte HORRORLAND so rasch wie möglich verlassen. Obwohl sie sich selbst nicht als einen ängstlichen Menschen bezeichnete, war ihr dieser großzügig angelegte Park doch auf die Nerven gegangen. Zudem hatten sich nur wenige Menschen hierher verlaufen. Normalerweise war HORRORLAND überfüllt, aber das Wetter spielte nicht so mit.

Mittlerweile war zwar der Wonnemonat Mai angebrochen, doch Regen empfanden die meisten Menschen nicht als sehr wonnig. Zudem wehte ein steifer Wind, der im Norden von Schottland Schnee gebracht hatte und bis in den Süden der Insel fuhr. So manche Gegenstände an den künstlichen Fassaden klapperten und bewegten sich. Die entstehenden Geräusche gaben der Kulisse einen zusätzlichen Gänsehaut erzeugenden Touch.

Noch eine gute Viertelstunde, dann wurde der Park geschlossen. Schon einmal war die Sirene ertönt. Als sich Eveline in Bewegung setzte, heulte sie ein zweites Mal auf.

Fünf Minuten vor der endgültigen Schließung würde sie sich ein drittes Mal melden.

Die junge Französin ließ das Gebiet der Gruselschlösser hinter sich, ging durch eine schmale Gasse und passierte eine Andenkenbude, wo ein Mann dabei war, seinen Stand zuzuklappen. An der Bude wurden Aufkleber verkauft. Sie zeigten natürlich Motive, die mit HORRORLAND in einem ursächlichen Zusammenhang standen.

Frankenstein, Dracula und der Werwolf gingen als Aufkleber weg wie warme Semmeln. Ebenso fand man ihre fratzenhaften Gesichter und schrecklichen Gestalten auf Luftballons und Popcorntüten.

Der Verkäufer schaute der einsamen Gestalt nach. Er grinste, hob die Schultern und schloss seine Läden endgültig.

Schon nach wenigen Schritten wich die Asphaltdecke altem, rissigem Kopfsteinpflaster, so wie es im Soho der Jahrhundertwende üblich gewesen war. Man hatte diesen Ortsteil von London in der Tat gut nachgebaut. Ein Wirrwarr von kleinen Gassen und eng beieinander stehenden Häusern, alten Laternen und baufällig wirkenden Pubs.

Auch Menschen gab es. Hinter manchen Fensterscheiben waren Gesichter zu sehen.

Bleiche, blasse Haut schimmerte. Alle Gesichter zeigten den gleichen Ausdruck.

Angst!

Im alten Soho hatte man Angst, denn dort ging der Ripper um. Und dieses Gefühl der Bedrohung hatten die Erbauer des Parks eingefangen. Täuschend echt sogar, dass Menschen, die Soho durchschritten und in den Schlössern oder Burgen noch gelacht hatten, ziemlich wortkarg wurden, wenn sie über das Kopfsteinpflaster gingen.

Exit – Ausgang!

Dieses Wort stand überall an den falschen Fassaden, und Eveline brauchte sich nur danach zu richten, um den Park zu verlassen. Sie schien die letzte Besucherin im HORRORLAND zu sein, denn ihr begegnete niemand mehr.

Es war doch kälter geworden, und sie zog die lange Strickjacke enger um ihren Körper. Unter der Jacke trug sie eine grüne Bluse. Der Rock zeigte eine blaue Farbe, ebenso die Strümpfe. Ihre Handtasche hatte sie über die Schulter gehängt und musste sich nun nach rechts wenden, um den Ausgang zu erreichen.

Diese Gasse war noch schmaler. Und Eveline erschrak, als sie die alte Kutsche am Rand stehen sah.

Eine Leichenkutsche.

Schwarz war sie angestrichen. Aus dem Haus daneben trugen sie einen Toten. Alles Wachsfiguren, aber täuschend echt nachgebildet. Der Kutscher stand neben der Tür und leuchtete mit der Laterne. Hinter ihren Glasscheiben glomm eine Lampe, aber so schwach, dass das bleiche Gesicht des Kutschers im Dunkeln blieb.

Der Tote war ermordet worden. Aus seinem Hals rann ein Blutstreifen, der sich auf dem bleichen Wachs verteilt hatte. Kinder hatten dem »Toten« eine Pappnase aufgesetzt und dem Kutscher einen blühenden Kirschbaumzweig an den Hut gesteckt.

Eveline musste lachen, als sie das sah. Irgendwie gefiel es ihr. So etwas nahm der Atmosphäre das Bedrohliche.

Nach einigen Yards gelangte sie an eine Laterne. An ihr lehnte eine Frau. Wie sie da stand, die Hände in die vorgeschobenen Hüften gestemmt, erinnerte sie an eine Prostituierte. Ihr bleiches Wachsgesicht war zu einem Lächeln verzogen, der lange Rock reichte bis zum Boden, war jedoch leicht durchsichtig, und der Ausschnitt der Bluse hätte nicht nur im alten viktorianischen England Aufsehen erregt.

Hinter der Hure befand sich eine spaltbreit geöffnete Tür. Viel konnte man als Besucher nicht erkennen, doch es reichte, um die Faust und das Messer zu sehen, das sich aus dem Türspalt geschoben hatte. Über der Tür war das Wort »Jack the Ripper« zu lesen.

Hier hatte er gehaust. Von diesem Ort gingen seine Untaten aus und waren bis heute noch nicht vergessen worden, denn in der Sauregurkenzeit kümmerten sich die Gazetten oft um den Fall des Rippers.

Sie ging hastig weiter, vor allem deshalb, weil sie das Blut an der Klinge gesehen hatte, das so echt aussah. Zudem wurde es Zeit. Eveline wollte den Park pünktlich verlassen.

Da sie von der Gestalt her ziemlich groß war, trug sie Schuhe mit flachen Absätzen und einer dicken Sohle, die zudem so weich waren, dass man ihre Schritte kaum hören konnte.

Dafür hörte Eveline andere Schritte.

Nicht laut, aber stetig.

Und die waren hinter ihr aufgeklungen.

Eveline Dupres blieb stehen. Da folgte ihr jemand! Eine Gänsehaut kroch über ihren Rücken, als sie sich langsam umdrehte und die enge Gasse hinabschaute.

Niemand zu sehen …

Aber die Schritte hatte sie gehört, da gab es keine Täuschung, auch wenn sie jetzt verstummt waren. Unheimlich war es schon. Sie fühlte sich plötzlich sehr allein, wie sie da zwischen den Fassaden des alten Soho stand. Die Atmosphäre des vergangenen Jahrhunderts war an ihr nicht spurlos vorübergegangen, sie hielt sie umfangen, und die junge Französin merkte, dass ihr Herz schneller schlug.

Schnell ging sie weiter.

Wieder die Schritte.

Und abermals hinter ihr.

Der Fremde hielt genau auf Distanz, er blieb in ihrer Nähe und war nicht zu sehen, das merkte Eveline, als sie sich hastig umwandte.

Alles leer …

Nur der Wind trieb eine Popcorntüte über das rissige Katzenkopfpflaster.

Sie schauderte, denn mit einem Mal hatte sie ein unbehagliches Gefühl, das sich noch steigerte und zu einer regelrechten Angst wurde, die sie einfach nicht loslassen wollte.

EXIT.

Groß sah sie das Schild. Und es erinnerte sie wieder daran, dass sie unbedingt den Ausgang erreichen musste, bevor etwas Schreckliches passierte.

Die Französin lief jetzt schneller. Ihre Tasche schwang hin und her, sie klatschte im Rhythmus der Schritte gegen ihre Hüfte und trieb sie wie ein Einpeitscher zu noch größerer Eile an.

Die Gasse führte nicht auf dem direkten Weg zum Ausgang. Sie beschrieb noch eine Linkskurve. In die musste Eveline eintauchen, um ihr Ziel zu erreichen.

Sie hatte die Seite gewechselt, hielt sich nicht mehr mitten auf der Straße, sondern lief dicht an den Hausfassaden weiter. Im Scheitelpunkt der Kurve befand sich eine alte Wirtschaft, ein Gasthaus aus dem letzten Jahrhundert. Seine Tür stand offen. Wie erstarrt saßen die Gäste an den Tischen oder standen an der Theke. Alles Wachsfiguren, aber sehr echt nachgebildet.

Und die Schritte?

Eveline wollte es gar nicht wissen, ob der Verfolger noch hinter ihr war, sie hatte nur den Gedanken, so rasch wie möglich den Ausgang zu erreichen.

Dass es jetzt Zeit wurde, merkte sie, als die Sirene zum dritten und letzten Mal aufheulte.

Ein unheimlicher Ton, der genau zur Umgebung passte, schwang durch die engen Gassen und erzeugte bei Eveline eine Gänsehaut. Wenn sie jetzt nicht zusah, dass sie …

Ihre Gedanken stockten, ihre Augen wurden weit, und das Entsetzen griff mit eiskalten Fingern nach ihr.

Aus dem Nichts war er erschienen.

Ein Mann.

Drei Schritte vor ihr stand er auf der Straße. Und er sah dem echten Ripper täuschend ähnlich!

Eveline Dupres wusste nicht, was sie tun sollte. Bisher waren alle Figuren nicht echt gewesen, doch dieser Mann vor ihr, der sah verdammt echt aus.

Nur, wo war er hergekommen? Sie hätte ihn sehen müssen, denn er hatte sich ja in einem Haus verbergen müssen, um schnell auf die Straße zu laufen.

Das Schweigen lastete zwischen den beiden wie eine Mauer. Nur Evelines heftiges Keuchen war zu hören, während die letzten Echos der Sirene noch über HORRORLAND schwebten.

Danach gab es nur noch das Schweigen …

Eine Wachsfigur hatte die junge Französin nicht vor sich, denn Wachsfiguren bewegen sich nicht. Das allerdings tat die Gestalt vor ihr. Sie griff unter den langen schwarzen Mantel und holte ein weiß schimmerndes Seidentuch hervor, dessen Spitzen sie zwischen beiden Händen hielt und das Tuch dann lässig drehte, sodass der Stoff ineinandergedreht wurde, bevor er ihn auseinanderzog und straffte.

Das Mordwerkzeug war perfekt!

Eveline verfolgte mit ihren Blicken das Tuch, bevor ihre Augen die Gestalt des unheimlichen Mannes abtasteten. Der lange schwarze Mantel hatte mehr die Form eines Capes. Er reichte trotzdem bis zu den Kniekehlen. Darunter trug er einen schwarzen Anzug und auf dem Kopf einen Schlapphut mit breiter Krempe, die vorn gebogen war, sodass Schatten in die Stirn fielen und von seinem Gesicht nur die Mundpartie zu erkennen war.

Wulstige Lippen waren grausam verzogen. Sie drückten Gnadenlosigkeit aus, und Eveline wusste plötzlich, dass es sich bei dieser Gestalt um keinen makabren Scherz aus dem HORRORLAND handelte.

Der war echt!

Die Musterung hatte vielleicht zehn, höchstens fünfzehn Sekunden gedauert, und die Angst, die Eveline erfasst hielt, glich einer würgenden Schlinge.

Es kostete sie Mühe, den Mund zu öffnen und ein paar Worte zu sprechen.

»Bitte – bitte«, krächzte sie. »Lassen Sie mich vorbei – ich – muss wirklich gehen …«

Der Mann sagte nichts.

Eveline setzte den rechten Fuß vor. Es war ein Versuch. Sie wollte sehen, wie der andere reagierte. Er blieb stehen, tat nichts. Eveline wurde mutiger. Der nächste Schritt war länger, er brachte sie nach rechts, denn dort wollte sie an der Gestalt vorbei.

Jetzt reagierte auch der Ripper. Er ging mit. Kein Laut war zu hören, und die junge Französin hatte das Gefühl, einen Geist vor sich zu haben und keinen Menschen.

Trotzdem musste sie weg.

In der Schule war sie immer eine gute Startläuferin gewesen. Noch besaß sie diese Schnelligkeit, und die versuchte sie jetzt auszuspielen. Sie federte sich ab, rannte los und wollte an der Gestalt vorbei, um sich in Sicherheit zu bringen.

Der Ripper blieb stehen. Eveline bemerkte dies aus den Augenwinkeln. Hoffnung durchflutete sie, denn …

Die Hoffnung zerbrach! Eiskalt hatte der Ripper abgewartet und sie nur getäuscht. Er hatte sie sogar passieren lassen, doch nun reagierte er gedankenschnell.

Eveline sah etwas Helles vor ihrem Gesicht und wusste, dass es das Tuch war, das von hinten über ihren Kopf geschleudert worden war. Mit einer tödlichen Zielgenauigkeit, wie sie einen Sekundenbruchteil später feststellen konnte. Sie spürte den Ruck und den scharfen Schmerz, der ihren Hals durchzog, als der Mörder sie zurückriss. Dabei hielt er die beiden Enden des Tuchs fest umklammert.

Eveline wollte noch schreien, doch das Tuch und die Kräfte des Mannes stoppten ihre Versuche. Sie wurde nach hinten gezerrt.

Plötzlich verlor das zwanzigjährige Mädchen den Kontakt mit dem Boden. Ihre Füße schwebten in der Luft, dann wurde sie einfach umgerissen und fiel auf das Straßenpflaster, wobei sie nicht mit dem Kopf aufschlug, denn die Schlinge hielt sie in einer Schräglage.

Sie würgte und keuchte. Luft bekam sie schon nicht mehr. Verzweifelt schlug sie mit den Armen um sich und hörte über sich das hämische Lachen des Mannes.

»Der Ripper ist zurückgekehrt!«, vernahm sie die Stimme. »Der Geist des Rippers lebt weiter. Ich habe es versprochen, und meine Versprechen halte ich. Der Ripper ist wieder da!«

Gelächter folgte. Schaurig, hohl und kichernd, während die beiden Hände die Schlinge noch fester um den Hals des Opfers zogen.

Evelines Bewegungen wurden schwächer. Sie merkte, dass die Kraft aus ihrem Körper wich. Klar sehen konnte sie schon längst nicht mehr. Vor ihren Augen wallten rote Nebelstreifen, die sich zu Wolken verdichteten und einen wilden Tanz aufführten.

Der Tod näherte sich …

Und dann löste der Ripper die Schlinge.

Luft! Endlich bekam Eveline Dupres Luft. Gierig saugte sie den Sauerstoff in ihre Lungen, keuchte und würgte, aber sprechen konnte sie nicht, dazu war sie zu kraftlos. Es gelang ihr auch nicht, sich zu wehren, sie schaute auf und sah wie durch einen Schleier den Ripper.

Er ließ sich neben sie fallen. Auf den Knien landete er. Noch in der Bewegung zog er das unter dem Mantel hervor, was ihm eine so schreckliche Berühmtheit gegeben hatte.

Das Messer!

Lang wie der Unterarm eines Menschen war die gefährliche Klinge. Eveline sah sie für einen Moment, als sich ihr Blick klärte. Die erschreckende Deutlichkeit ließ sie fast wahnsinnig werden, brachte sie halb um den Verstand, und der Ripper drückte sie mit einer Hand zurück. Es war die linke, die sich um ihre Kehle klammerte, mit der rechten Hand holte er aus.

Da fuhr die Klinge nach unten.

Ein letzter Reflex, dann spürte Eveline einen scharfen, alles zerfressenden Schmerz, und im nächsten Augenblick nichts mehr. Der Tod wurde für sie zu einer gnädigen Erlösung.

Der Ripper stieß ein Knurren aus, das auch von einem Hund hätte stammen können.

Sein erstes Opfer nach der Rückkehr.

Er kniete noch immer neben der Leiche. Geduckt und sprungbereit wie ein Tier. Sein Blick war nach vorn gerichtet, wo gar nicht weit entfernt der Ausgang lag.

Von dort kam niemand. Er hatte Ruhe und Zeit, seine grausige Tat weiter zu vollenden, denn fertig war er noch nicht. Er hob die blutige Klinge an, ließ sie über dem Kopf der Toten schweben und führte zwei schnelle Schnitte durch.

Darin hatte er Routine. Er brauchte nur zweimal zu schneiden, dann hatte er das schwarzbraune Haar des Mädchens vom Kopf getrennt. Dabei benahm er sich wie die Indianer des Wilden Westens. Triumphierend hielt er die Haarpracht hoch, schaute auf die Tote und kniete abermals nieder.

Sein Zeichen fehlte noch.

Er schrieb es mit Blut und holte aus seiner Tasche einen

Zettel hervor. In großen Buchstaben waren auf dem weißen Papier nur zwei Worte zu lesen.

THE RIPPER

Den Zettel legte er unter das braunschwarze Haar, das er mit einem Stein beschwerte, damit es vom Wind nicht weggetrieben wurde. Jeder sollte sehen, dass er zurückgekehrt war und die unheimliche Mordserie von vorn begann.

Die Leiche hob er auf, ging ein paar Schritte und war verschwunden, als hätte es ihn nie gegeben …

Der Wind spielte mit dem Haar, hob es hoch, ließ es flattern und drückte es wieder zurück. Durch den Stein allerdings war es so beschwert worden, dass es nicht weggeweht werden konnte.

Zunächst dachte Phil Bigger, dass es sich dabei um Abfall handelte. Und für den war er zuständig. Seit fünf Jahren schon säuberte er Soho. Er gehörte zu den Arbeitern, die kamen, wenn die Besucher alle verschwunden waren.

Dann erst hatte HORRORLAND die richtige Atmosphäre. Im Anfang hatte sich Phil ein wenig gegruselt, doch jetzt machte es ihm nichts mehr aus. Er fühlte sich hier wie zu Hause.

Mit seiner Karre, dem Besen, einer großen Kehrschaufel und einer kleineren Schippe zog er durch die engen, verwinkelten Straßen, um sie von dem zu befreien, was die Menschen so achtlos wegwarfen.

Dabei waren Dinge – kaum zu glauben.

Angefangen von halben Brötchen, über Fisch- und Popcorntüten bis hin zu Bonbonpapier und schmutzigen Taschentüchern. Es gab eigentlich nichts, was er noch nicht gefunden hatte. Sogar Kleidungsstücke und Geldscheine.

Letztere behielt er. Wenn er weggeworfene Lebensmittel sah, dann ärgerte er sich.

Bigger gehörte zu den Menschen, die noch den Zweiten Weltkrieg erlebt hatten und vor allen Dingen die Zeit danach, wo Essen zu einer kleinen Kostbarkeit wurde und als Luxus galt. Wenn die Menschen heutzutage so viel wegwarfen, dann ging es ihnen nicht schlecht, dann hatten sie noch genug Geld und brauchten nicht zu stöhnen.

Als er den dunklen Gegenstand auf dem Pflaster liegen sah, konnte er ihn zuerst nicht identifizieren. Der Wind spielte damit, wehte ihn aber nicht fort, weil er beschwert worden war.

Das musste seinen Grund haben.

Phil Bigger ließ seine kleine Karre stehen, nahm Besen und Schaufel mit und näherte sich dem Gegenstand.

Abrupt blieb er stehen.

Verdammt, da war ja Haar. Sogar Frauenhaar, an der Länge deutlich zu erkennen. Bigger schüttelte den Kopf. Auf seinem Gesicht erschienen dabei noch mehr Falten.

»Was die Leute so alles wegwerfen«, murmelte er. »Jetzt auch noch Perücken, das habe ich noch nie erlebt.«

Er legte sein Werkzeug zur Seite, kniete nieder und wollte das Haarteil aufheben. Seine Hand wühlte sich bereits hinein, als er plötzlich etwas Klebriges zwischen seinen Fingern spürte.

Wasser?

Er zog die Hand zurück. Im Mai waren die Tage lang, und auch jetzt hatte sich die Dunkelheit noch nicht über das Land gelegt. Es war zwar düster in den engen Gassen, trotzdem konnte Phil Bigger erkennen, was da zwischen seinen Fingern klebte.

Blut!

Auf einmal wurde sein Gesicht bleich. Er hob den Stein an, fasste in das Haar und drehte es herum.

Darunter sah er eine rote Lache. Noch mehr Blut. Und er sah einen hellen Zettel, der zum Glück nicht in der Lache lag, sodass die Schrift noch zu lesen war.

»Der Ripper!«, hauchte Phil Bigger und ließ den Zettel fallen, als hätte er sich daran die Finger verbrannt. Fahrig strich er durch sein Gesicht, wobei er nicht auf seine blutbeschmierten Finger achtete und rote Streifen auf der Haut hinterließ.

»Das ist doch Wahnsinn. Das kann es nicht geben!« Er schüttelte sich und stand auf.

Für einen Moment nahm sein Blick eine seltsame Leere an. Ein Zeichen dafür, dass er scharf nachdachte. Dann hatte er seinen Entschluss gefasst. Er musste etwas unternehmen und die Polizei benachrichtigen. Das hier war kein Scherz, der ins HORRORLAND passte, sondern blutiger Ernst.

Ein Telefon befand sich am Eingang.

Obwohl er aufgeregt war, dachte er daran, das Haar wieder mit dem Stein zu beschweren.

Dann rannte er los.

Der Wächter am Eingang – eine Wach- und Schließgesellschaft stellte ihn ab – bekam große Augen, als er den heranlaufenden Phil Bigger sah. »Was ist denn los, Mann? So kenne ich dich ja gar nicht. Hat man dich in den Hintern gebissen, oder hast du deine Alte plötzlich gesehen und bist weggelaufen?«

»Hör auf, Mensch! Ich muss die Polizei anrufen.«

»Ein Mord?«

Bigger blieb keuchend stehen und stützte die Hände auf der Tischplatte ab. »Wie kommst du denn darauf?«

»Wenn einer so angerannt kommt wie du und nach der Polizei schreit, liegt das in der Luft.«

»Nein, nein, kein Mord.« Bigger schüttelte den Kopf, hob ihn dann an und überlegte einen Augenblick. »Oder vielleicht doch?« Dabei schaute er den Wärter an.

Der hob die Schultern. »Was weiß ich«, sagte er und schob Bigger den Apparat hin.

Hastig wählte Phil, während ihm sein Kollege über die Schulter zuschaute. Bigger sprach schnell, verhaspelte sich zweimal und musste zur Ruhe gemahnt werden. Als er auflegte, hatte er das Versprechen erhalten, dass die Polizisten einen Streifenwagen vorbeischicken wollten.

Bigger war beruhigt. Er nahm die Zigarette seines Kollegen und ließ sich Feuer geben. Während er den Rauch ausstieß, sagte er: »Da stimmt etwas nicht, ehrlich. Ich habe das so im Gefühl.«

»Du mit deinen Gefühlen.«

»Glaub mir, es gibt Dinge, die nicht so einfach abgetan werden können. Wir kriegen noch Ärger.«

Die Zeit verging viel zu langsam. Phil steckte seinen Kollegen mit der Nervosität an. Als schließlich der Wagen eintraf, atmeten beide auf.

Das Tor wurde geöffnet. Es befand sich neben den Kassenhäuschen mit den schmalen Gängen dazwischen. Die Durchfahrt wurde zumeist von Lieferwagen benutzt, jetzt rollte der Streifenwagen auf das Gelände. Er fuhr Schritttempo. Im Fond hatte Phil Bigger Platz genommen. Er wollte den Polizisten die Stelle zeigen.

»Da müssen Sie anhalten!«, rief er.

Der Fahrer lenkte den Wagen bis dicht neben den makabren Fund. Die drei Männer stiegen aus.

Einer der Polizisten war älter. Er bückte sich und hob das lange braunschwarze Haar an, dessen Strähnen leicht wie eine Feder durch seine Finger glitten.

»Ja, das ist echt«, murmelte er.

»Und das Blut auch«, sagte Phil Bigger schnell.

Der Polizist schaute Bigger an. »Woher wissen Sie das so genau?«

Phil hob die Schultern. »Ich habe es probiert. Ich weiß schließlich, wie Blut schmeckt.«

»Aha.«

Der Polizist hatte seine Stirn in nachdenkliche Falten gelegt. Etwas spukte in seinem Kopf herum. Eine Gedankenverbindung, die er noch nicht so recht in die Reihe bringen konnte. Aber es hatte etwas mit diesem Haar zu tun, das stand fest.

»Da ist ein Zettel«, erinnerte ihn Phil Bigger.

Er lag noch unter dem Stein und war dem Polizisten bisher nicht aufgefallen.

Erst als er ihn hervorzog und darauf schaute, konnte er die beiden Worte entziffern.

THE RIPPER

Plötzlich schoss der Mann in die Höhe, als hätte ihn eine Klapperschlange gebissen. »Verdammt, das ist es!«, rief er. »Das genau ist die Verbindung.«

»Welche?«, fragte sein Kollege.

»Erinnerst du dich noch an Jack the Ripper?«

»Klar. Vor hundert Jahren …«

»Unsinn.« Der Ältere schüttelte den Kopf. »Das ist nicht einmal ein Jahr her, da ist so ein Typ aufgetaucht, der ebenso grausam gekillt hat wie der echte Ripper. Man hat nie die Leichen gefunden, nur die Haare. Erst hinterher hat dieser Mann von Scotland Yard den Ripper stellen können.«

»Tot?«

»Keine Ahnung, aber der Kerl hat auf die gleiche Art und Weise gemordet.«

»Dann ist er zurückgekehrt«, sagte der jüngere Polizist und legte unwillkürlich seine Hand auf die Pistolentasche.

»Als Geist?«, wurde er spöttisch gefragt.

»War er denn wirklich tot?«

»Das werde ich feststellen.«

Phil Bigger stand dabei und begriff nichts. Er ahnte, dass etwas Schlimmes geschehen sein musste, und nicht nur heute, sondern auch schon vorher. Er schaute nach, wie der Beamte mit dem schon fast grauen Haar in den Streifenwagen tauchte und telefonierte. Als er wieder ausstieg, nickte er.

»Was ist?«, fragte sein Kollege.

»Wie ich es dir gesagt habe. Das kann noch schweren Ärger geben, mein Junge.«

»Für uns?«

»Nein, das nicht. Um den Ripper sollen sich andere kümmern. Und zwar die, die ihn damals nicht richtig haben ausschalten können. Wir halten uns da raus …«

Ich schaute auf das Haar, das Suko in seiner Hand hielt und das wie ein dunkelbrauner Schleier nach unten wehte, der vom Wind leicht bewegt wurde.

»Der Ripper«, sagte mein Partner.

Ich nickte nur und ließ meine Blicke über die nachgebauten Fassaden des alten Soho streifen. Wir befanden uns im HORRORLAND, der neuen Attraktion für Groß und Klein, etwas außerhalb von London liegend, aber noch nahe genug der Stadt, dass der Park durch eine Autofahrt von maximal einer Stunde erreicht werden konnte.

Haare und ein Zettel. Aber keine Leiche. Da gab es nur einen, der für diese Tat in Frage kam.

Der Ripper!

Aber er war tot. Er hatte sich sein Messer selbst in die Brust gerammt. Und wie von selbst glitten meine Gedanken zurück in die Vergangenheit. Es war noch nicht lange her. Ich sah das alte Haus vor mir, den Keller und die sieben toten Mädchen, die um einen Tisch herum verteilt saßen. Ihrer Haare waren sie beraubt. Sie hatten ein Bild geboten, das mich noch heute erschütterte, wenn ich daran dachte.

Der echte Ripper aus dem vergangenen Jahrhundert war es nicht, dem ich da gegenübergestanden hatte. Ernie Shane, so hieß der Ripper Nummer zwei, arbeitete im Zivilberuf als Reporter. Und er war immer als Erster am Tatort gewesen, wo er dann die brandheißen Fotos für seine Zeitung schoss.

Nachts, wenn er als Ripper unterwegs war, dann verkleidete er sich, wobei er sein brandrotes Haar unter einer Perücke versteckte, weil es zu verräterisch war. Man konnte ihn nicht direkt als einen Dämon bezeichnen, sondern eher als einen Triebtäter. Psychologen wären nach einer Untersuchung sicherlich zu dem Resultat gelangt, dass man ihn für seine Taten nicht verantwortlich machen konnte, weil er unter dem Einfluss eines anderen stand.

Und zwar im Bann des echten Rippers!

Er hatte ihn nie gesehen, aber Ernie Shane war immer von ihm fasziniert gewesen, und es war ihm gelungen, sich ein altes Bild zu besorgen, auf dem der Ripper gemalt war. In diesem düsteren Gemälde wohnte der Geist des echten Rippers.

Sein Körper war verfault, vergessen, aber der Geist irrte noch durch die Dimensionen und suchte sich einen neuen Gastkörper, den er in Ernie Shane gefunden hatte.

Da fielen mir auch wieder die letzten Worte des Reporters ein, als man ihn als Toten an mir vorbeigetragen hatte. Nicht nur ich hatte die Worte gehört, auch andere, die mich umstanden. Die Worte klangen noch in meinen Ohren nach, als wäre es erst gestern gewesen, obwohl fast ein Jahr dazwischen lag und ich auch nicht wusste, ob ich nun mit dem echten Ripper oder dem Geist des toten Reporters gesprochen hatte.

»Freu dich nur nicht zu früh, John Sinclair. Ich bin nicht tot. Mein Geist lebt. Irgendwann nehme ich Rache an dir …«

So oder ähnlich hatte er gesprochen. Mir lief es kalt über den Rücken. Den Ripper hatte ich längst vergessen, zu viel war in der Zwischenzeit passiert. Nun hatte er sich auf brutale Art und Weise wieder in meine Erinnerung gebracht. Wie damals. Keine Leiche, nur das Haar und der Zettel. Wir hatten nicht nur die Aufgabe, den Ripper zu fangen, sondern mussten auch noch die Tote suchen. Ich hoffte, dass es nur bei einer blieb.

Beim ersten Fall waren es sieben gewesen!

Suko trat zu mir. Das Haar hatte er in einer Plastiktüte verstaut. Der Zettel hatte seinen Platz in einer zweiten gefunden. Das Gesicht meines Partners war starr. Er ging mit mir ein wenig zur Seite, damit wir die Leute der Spurensicherung nicht bei der Arbeit störten.

»Wie damals, nicht?«, sagte Suko.

»Leider.«

»Ist Ernie Shane zurückgekehrt?«

Ich hob die Schultern.

»Shane ist tot«, sprach Suko weiter. »Fragt sich nur, ob er das wirklich ist.«

Da hatte mein Partner ein wahres Wort gesagt, und wir mussten uns Gewissheit verschaffen.

»Wo liegt er eigentlich begraben?«

Suko grinste schief. »Woher soll ich das wissen? Ich habe keine Blumen auf sein Grab gestellt.«

»Wäre auch noch schöner«, gab ich zur Antwort und schaute auf den Arzt, der mir zugewinkt hatte. »Was gibt es, Doc?«

Der Mediziner trat näher. Er trug einen karierten Hut und sah so aus, als würde er grinsen. »Das Haar stammt tatsächlich von einem Menschen«, erklärte er uns. »Der Mörder, davon gehe ich einmal aus, hat es mit zwei Schnitten von der Kopfhaut getrennt. Wir haben noch Reste gefunden. Zudem kann meiner Ansicht nach die Tat höchstens zwei Stunden zurückliegen.«

»Danke, Doc.«

Der Arzt lächelte. »Ich hätte da allerdings noch eine Frage, Mr Sinclair.«

»Bitte.«

»Wenn ich mich recht erinnere, hatten wir vor gar nicht allzu langer Zeit in dem richtigen Soho einen ähnlichen Fall. Da hat doch auch jemand den jungen Frauen die Haare abgeschnitten. Stimmt's?«

»Ihr Gedächtnis hat Sie nicht im Stich gelassen.«

»Hat man den Mörder gefasst?«

»Ja.«

»Dann kann das also hier nur ein Nachahmungstäter sein.«

»Das hoffe ich.« Daraufhin blickte mich der Doc zwar zweifelnd an, aber ich dachte nicht daran, ihm noch weitere Auskünfte zu geben. Ich musste selbst mit dem Fall fertig werden.

»Dann bis später mal«, sagte der Mediziner, zog seine Gummihandschuhe aus und wandte sich ab.

Ich dachte daran, was ich mit Suko zuletzt beredet hatte. Wir mussten das Grab des Rippers finden und es aufbrechen. Daran führte kein Weg vorbei, wenn wir Gewissheit haben wollten.

»Ich gehe mal los und versuche zu erfahren, wo Ernie Shane seine letzte Ruhestätte gefunden hat«, meinte Suko.

»Okay, tu das.« Ich schaute meinem Partner nach, wie er zum Bentley ging, einstieg und zum Telefonhörer griff. Ich machte inzwischen meine Runde.

Man hatte es wirklich geschafft und ein altes, fast echtes Soho aufgebaut. Die Hausfassaden waren schief, die Gassen sehr eng, die Fenster klein und verwinkelt, die Dächer zum Teil sehr brüchig. Eine Tür stieß ich auf. Bewusst suchte ich nichts, ich wollte nur die Atmosphäre schnuppern, denn ich konnte mir vorstellen, dass sich der Ripper hier sehr wohl fühlte.

Hinter mir schwang die Tür zurück und schlug mit einem schwappenden Geräusch zu.

Ich war in einer kleinen Wohnung. Die Decke hing sehr tief

und bog sich zusätzlich noch durch, dass ich den Kopf einziehen musste. Im letzten Jahrhundert hatte man in Soho noch kein elektrisches Licht. Hier war es installiert worden, ich sah den hellen Schalter, drehte ihn herum, und hinter einem kleinen Gitter wurde es gerade so hell, dass in dem kleinen Raum die Möbelstücke zu erkennen waren und ich nicht gegen sie lief.

Alte Möbel waren es. Zwar keine echten, aber gut nachgebildet. Menschen, hier natürlich nur als Wachsfiguren zu sehen, entdeckte ich nicht. Der Raum war leer.

Ich trat einen Schritt zurück, gelangte in den handtuchschmalen Flur und sah die Treppe, die in die Höhe führte. Selten hatte ich so schmale und auch enge Stufen erlebt. Das war der reinste Horror, wenn man die Treppe nehmen wollte.

Nur mit der Hälfte des Fußes konnte ich auftreten. Die hintere ragte über die Stufe hinaus. Ein Geländer fehlte leider. Ich musste mich an der Wand abstützen, als ich die Stufen hoch schritt, einen schmalen Absatz erreichte und abrupt stehen blieb, denn vor mir hing etwas von der Decke.

Ein Mensch!

Aufgehängt!

Ich atmete nur durch die Nase, schloss für einen winzigen Moment die Augen und öffnete sie wieder. Der Tote sah schaurig echt aus, obwohl es sich bei ihm nur um eine Wachspuppe handelte. Aber die Gesichtszüge, die leicht grünlich schimmerten, waren von einem wahren Künstler modelliert worden. Tiefe Falten, schon an Furchen erinnernd, der aufgerissene Mund, die heraushängende Zunge – all das ging mir durch und durch, und ich gelangte zu der Überzeugung, dass die Erbauer dieses Parks den Namen HORRORLAND zu Recht gewählt hatten.

Den nächsten Treppenabsatz nahm ich auch noch, passierte den Erhängten und schaute auf eine kleine Tafel an der Wand.

Dort stand der Name des Mannes zu lesen und der Grund für seine Tat. Er hatte gestohlen und sich danach aufgehängt. Zuvor jedoch hatte er seine Frau und die drei Kinder getötet.

Die fand ich auch, als ich die Tür zum Nebenraum aufstieß. Es war ein Schlafzimmer. Auf den beiden Betten lagen die Leichen. Sie sahen schlimm aus, denn der Mörder hatte regelrecht gewütet. Passiert war das alles im Jahre 1894.

Auf dem Fußboden entdeckte ich Abfälle. Die Besucher schauten sich die schaurige Szene an, während sie in aller Ruhe ihren Kaugummi kauten oder die Bonbons lutschten.

Ich machte kehrt.

Vielleicht war es das Pfeifen, das mich warnte, auf jeden Fall zuckte ich zurück, und das war mein Glück, denn etwas Blitzendes flog wuchtig auf mich zu.

Ein Messer!

Den Luftzug spürte ich zwar nicht, trotzdem war die Waffe verdammt nahe an meinem Gesicht vorbeigeflogen, was mir überhaupt nicht gefiel. Schon besser war das Geräusch zu ertragen, das entstand, als die Klinge in die Türfüllung hieb.

Dumpf traf es meine Ohren. Als ich zur Seite schielte, da bemerkte ich, wie der Schaft zitterte.

Tief atmete ich durch. Dieses Messer war ein gefährliches Instrument. In seiner Länge erreichte die Klinge fast die Größe meines Unterarms, und so ein ähnliches Messer hatte ich bereits gesehen. Der Ripper hatte es gehabt.

War er der Werfer?

Ich schaute wieder nach vorn und wollte meinen Augen nicht trauen, denn nicht der Ripper hatte geworfen, sondern der Gehängte!

Lebte er wieder?

Deutlich sah ich, wie sein rechter Arm auf und nieder schwang, die Finger bewegten sich dabei sogar, und sein Gesicht schien ein noch hässlicheres Grinsen zu zeigen.

Teuflisch, gemein, triumphierend …

Langsam schwang der Arm aus. Ich hatte höchstens für zwei Sekunden auf den Gehängten geschaut, drehte mich jetzt um und sah mir wieder das Messer an.

Da wurde es aus dem Holz gezogen. Eine unsichtbare Hand

musste sich um den Griff geklammert haben, eine andere Möglichkeit gab es für mich nicht. Das Messer schwebte für einen Moment in der Luft und war im nächsten Augenblick verschwunden.

Das gab es doch nicht!

Ich schüttelte den Kopf, wusste nicht, was ich noch unternehmen sollte, und räusperte mir erst einmal die Kehle frei. Ein kaltes Gefühl kroch über meinen Nacken, denn einem Angriff aus dem Unsichtbaren konnte ich nichts entgegensetzen.

In der nächsten Zeit geschah nichts. Kein Laut war zu hören, auch ich atmete nur flach und bewegte mich schließlich auf den Gehängten zu, weil ich mich davon überzeugen wollte, ob er tatsächlich tot oder nur ein Zombie, ein lebender Leichnam, war.

Mein Kreuz sollte mir Gewissheit verschaffen.

Ich holte es hervor und presste es gegen die Hüfte des Gehängten. Es geschah nichts. Das Kruzifix reagierte nicht, blieb völlig normal, sodass ich sicher sein konnte, es tatsächlich mit einer Wachspuppe zu tun zu haben.

Endgültige Gewissheit verschaffte mir noch die Flammenprobe. Als ich mein Feuerzeug zündete und die Flamme gegen einen Finger des Gehängten hielt, da schmolz er weg, und das Wachs fiel in dicken Tropfen zu Boden.

Aber er hatte das Messer geschleudert!

Oder nur indirekt? Der Gedanke kam mir ganz plötzlich. Ich konnte mir durchaus vorstellen, dass ein anderer, unsichtbarer Mensch die Hand des Gehängten geführt hatte. Denn jemand hatte auch das Messer aus dem Holz gezogen.

Irgendetwas lauerte in meiner Nähe. Ich fühlte mich beobachtet, drehte mich auf der Stelle, sah jedoch nichts.

Als sich in den nächsten beiden Minuten nichts mehr tat, ging ich die Treppe wieder hinab und verließ das Haus. Mit dem Hinaustreten verschwand auch das dumpfe Gefühl, das mich umklammert hatte.

Suko stand am Wagen und winkte mir zu. »Ich weiß, wo sie ihn begraben haben«, sagte er.

»Und?«

»Brompton Cemetery.«

»O Gott, so weit!«

»Leider. Wie ich hörte, gibt es dort einen Abschnitt, wo sie Gesetzesbrecher verscharren. Scheint ein richtiger Totenacker der allerersten Gruselgüte zu sein.«

Ich schaute auf meine Uhr. »Ist zwar schon spät für eine Graböffnung, aber wir können nicht warten. Ungewöhnliche Fälle erfordern eben ungewöhnliche Maßnahmen.«

»Da sagst du was.« Suko deutete auf das Haus, aus dem ich eben erst gekommen war. »Gibt es dort etwas Besonderes?«

»Ja, einen Gehängten.«

»Was?«

Ich berichtete. Sukos Gesicht wurde lang, als ich von dem Messer erzählte. »Sein Geist«, sagte er. »Verdammt, John, das ist der Geist des Rippers.«

»Wahrscheinlich.«

»Nicht nur wahrscheinlich, sondern tatsächlich.« Er räusperte sich. »Jetzt bin ich nur mal gespannt, was wir in dem Grab vorfinden.«

»Eine Leiche, was sonst?«

Sukos Blick traf mich schräg von der Seite. »Bist du dir da sicher, John?«

»Eigentlich ja.«

»Aber auch nur eigentlich.«

»Sie sind eine wunderbare Frau, Miss Collins. Wie Sie den Fall gelöst haben, wirklich hervorragend.«

»Ich bitte Sie, Mr Surrender. Das hätte jeder andere Detektiv auch getan.«

Der weißhaarige Mann schüttelte den Kopf. »Nein, nicht jeder. Sie hätten auch mit 500.000 Pfund verschwinden können. Hinzu kommt Ihr Aussehen, und einem sorgenfreien Leben irgendwo in der Welt hätte nichts mehr im Wege gestanden.«

»Das sagen Sie so einfach.« Jane lächelte, wobei ihre schlanken Finger mit dem Weinglas spielten. »Außerdem gefällt mir London sehr gut. Ich bin hier groß geworden und fühle mich hier pudelwohl.«

»Das freut mich und ehrt Sie.« Mr Surrender hob sein Glas. »Auf Ihr Wohl, meine Liebe.«

»Danke.« Sie tranken, während das Licht der Kerzen gelbrote Reflexe auf ihre Gesichter zeichnete und Janes Haut noch weicher aussehen ließ, als sie es tatsächlich war.

Der rote Wein funkelte in den Gläsern. Jane Collins und ihr Klient hatten vorzüglich gespeist. In einem Lokal mit Schweizer Küche, das es noch nicht lange gab.

Normalerweise ließ sich Jane nicht gern von ihren Klienten einladen, bei Richard Surrender hatte sie eine Ausnahme gemacht. Der alte Herr war wirklich nett. Ein Kavalier alter Schule, und er kam auch nicht mit plumpen Vertraulichkeiten, sondern wusste, wie er sich zu benehmen hatte.

Jane war seinem Neffen auf der Spur gewesen, der sich einfach mit einem Scheck auf und davon gemacht hatte. In Brighton hatte sie den jungen Mann gestellt und den Scheck zurückgebracht. Auf eine Anzeige hatte Richard Surrender verzichtet, er wollte das Problem familienintern lösen.

Die Detektivin hatte ebenfalls einen Scheck erhalten und konnte mit dem Betrag zufrieden sein.

»Gefällt Ihnen das Lokal hier?«, fragte der weißhaarige Mann mit der Solariumsbräune im Gesicht.

»Es ist wirklich sehr stilvoll.«

»Wurde auch Zeit, dass es in London so etwas gibt. Die meisten Restaurants kann man vergessen.«

»Ich würde da nicht so vorschnell urteilen.«

Da lachte Surrender. »Wissen Sie, meine liebe Jane, wenn Sie so in der Welt herumgekommen wären wie ich, dann können Sie schon Vergleiche anstellen, glauben Sie mir.«

»Möglich.«

»Sie müssen doch sicherlich auch viel erlebt haben.«

Jane lehnte sich zurück und lächelte. Sie trug ein lachsfarbenes Seidenkleid, das sehr weit geschnitten war. Ein italienischer Modeschöpfer hatte es entworfen. »Es geht eigentlich. Meine Reisen kann ich mit den Ihren nicht vergleichen.«

»Möglich, aber der Freund, der Sie mir empfohlen hat, sprach von Fällen, die, sagen wir, ein wenig außerhalb der Norm liegen.«

»Wie meinen Sie das?«

»Sie sind mit einem bekannten Mann befreundet, den man auch den Geisterjäger nennt, wie ich munkeln hörte. Und da haben Sie bestimmt einige Dinge erlebt, die nicht mit normalen Maßstäben zu messen sind, wenn ich mich nicht irre.«

»Sie irren sich in der Tat nicht.«

»Entschuldigen Sie die Neugierde eines alten Mannes, aber könnten Sie nicht über einige Fälle ein wenig näher berichten? Natürlich nur, wenn es Ihnen nichts ausmacht und Sie darüber sprechen dürfen.«

Da hatte der Mann schon richtig kombiniert, denn es gab einige Dinge, über die Jane nicht so gern sprach, weil sie der Geheimhaltung unterlagen. Über andere wiederum konnte sie reden. Und warum sollte sie ihrem Klienten den Gefallen nicht tun?

»Ich bestelle auch noch eine Flasche Wein«, lächelte Richard Surrender.

»Dagegen habe ich nichts.«

»Bleiben wir bei der Marke?«

»Ja, ich finde ihn ausgezeichnet, trotz seiner Herbheit.«

»Das haben die Schweizer Weine aus dem Wallis nun mal so an sich«, bemerkte Richard Surrender und winkte dem Ober, der augenblicklich erschien und die Bestellung entgegennahm.

Jane hatte inzwischen nachgedacht, über welchen Fall sie mit ihrem Klienten reden konnte. Dinge wie Atlantis, Mordliga und Ähnliches wollte sie aus dem Spiel lassen. Das war alles zu aktuell und auch zu gefährlich.

Da fiel ihr die Sache mit dem Ripper ein. Natürlich, davon konnte sie berichten, der Fall war von den Zeitungen damals genügend ausgeschlachtet worden. Und Jane hatte kräftig mitgeholfen, dass der Ripper gestellt worden war. Fast wäre es ihr dabei selbst an den Kragen gegangen, als sie in die Rolle eines Strichmädchens geschlüpft war und schweren Ärger mit den brutalen Zuhältern heraufbeschworen hatte.

»Nun, haben Sie etwas Interessantes aus Ihrer Laufbahn gefunden?«, erkundigte sich Mr Surrender.

»Ich glaube schon.«

»Dann lassen Sie uns noch einmal die Zunge anfeuchten, bevor wir zu reden beginnen. Cheerio …«

Richard Surrender war in seinem Element. Er freute sich auf die Geschichte, und seine Augen begannen vor Neugierde zu glänzen.

Jane wollte ihn auch nicht länger auf die Folter spannen und fragte: »Erinnern Sie sich noch an den Ripper? Der Fall ist nicht einmal ein Jahr her.«

»Natürlich. Lieber Himmel, das war doch diese Bestie, die den Frauen die Haare abschnitt.«

»Genau.«

»Und daran waren Sie beteiligt?«

»Ich begab mich damals in den Untergrund und ging praktisch auf den Strich.«

Das war ein Satz, den der Mann nicht so einfach verdauen konnte. Man sah es seinem Gesicht an, das die Farbe wechselte. »Sie gingen auf den Strich?«

»Für eine Weile ja. Allerdings gab es keinen Kontakt mit irgendwelchen Kunden.«

»Das hätte ich auch nie angenommen. Nur dieses Milieu. Wie kamen Sie überhaupt darauf?«

»Der Ripper hat sich Opfer ausgesucht, die aus Soho stammten und zumeist Dirnen waren.«

»Richtig, jetzt verstehe ich.« Richard Surrender nahm einen Schluck Wein. »Aber erzählen Sie weiter …«

»Ja, du Hure, berichte ruhig weiter!«

Jane zuckte zusammen, als sie die Stimme vernahm. Sie schaute ihr Gegenüber an, das lächelte und fragte: »Haben Sie etwas, Miss Collins?«

»Nein, nein.« Jane wirkte plötzlich ein wenig fahrig. »Entschuldigen Sie. Sagten Sie gerade was?«

»Auch nicht.«

»Dann ist es gut.«

»Da war doch was, Miss Collins.«

»Ich kriege dich, du kleine Nutte. Ich kriege sie alle. Den Anfang habe ich schon gemacht.«

Jane zuckte herum. So heftig, dass sie fast das Weinglas umgestoßen hätte. Eine kalte Hand schien über ihren Rücken zu streichen, so sehr fröstelte sie.

Deutlich hatte sie die Stimme vernommen. Doch hinter ihr stand niemand. Da war alles leer.

Seltsam, sehr seltsam.

»Miss Collins, bitte. Ist Ihnen nicht gut?«

»Wie? Was?« Jane schreckte förmlich hoch. »Ach so, nein, alles in Ordnung.« Sie produzierte ein Lächeln. »Ich hatte nur das Gefühl, als wären wir nicht mehr allein.«

»Das sind wir auch nicht. Um uns herum sitzen Gäste. Aber lassen wir das. Wenn Sie die Geschichte nicht erzählen wollen, dann ist es auch nicht weiter tragisch.«

»Doch, doch, Sie sollen sie hören. Nur …«

»Erzähl sie nur, du kleine Hure. Los, mach schon! Ich kriege dich doch. Mein Messer wartet. Es wird dir deine hübsche Kehle von einem Ohr zum anderen aufschlitzen. Und dann nehme ich mir dein Haar.«

Janes Gesicht verzerrte sich, denn plötzlich hatte sie erkannt, wer da zu ihr sprach. Und zwar so, dass nur sie die Stimme in ihren Gedanken hören konnte.

Es war Ernie Shane, der Reporter. Besser bekannt unter dem Namen »Jack the Ripper«!

Das Herz der Detektivin begann laut zu klopfen, sodass sie das Gefühl hatte, ihr Gesprächspartner müsste es hören. Doch der schaute sie nur verwundert und besorgt an, sagte aber nichts.

Ernie Shane!, dachte Jane Collins. Verflucht, der ist doch tot. Er kann nicht mehr zurückkommen. Er hatte sich im Kampf mit John Sinclair selbst getötet, als er einsehen musste, dass er die Auseinandersetzung nicht mehr gewinnen konnte.

Und jetzt hörte sie seine Stimme.

Jane hatte die Hände zu Fäusten geballt. Ihre Lippen waren hart zusammengekniffen, und sie schaute Richard Surrender unverwandt an.

»Möchten Sie lieber gehen?«, erkundigte sich der ehemalige Klient.

»Nein, nein.«

»Aber mit Ihnen ist etwas geschehen, Jane. Das sehe ich Ihnen an. Ist Ihnen das Essen nicht bekommen? Eine dumme Frage, ich weiß, aber ich muss an jede Möglichkeit denken.«

»Das ist es nicht«, erwiderte Jane leise.

»Was ist es denn?«

Jane hob die Schultern. »Mr Surrender, ich kann es Ihnen nicht sagen. Ich muss abwarten.«

»Kommen Sie! Reden Sie! Unter Umständen kann ich Ihnen helfen. Sicher sogar.«

Da hörte Jane das Lachen in ihrem Geist. Sofort danach die kalte, höhnische Stimme.

»Er wird dir nicht helfen können, Süße. Keiner wird dir helfen. Ich kriege dich. Sicher sogar. Denk immer daran. Ich bin in deiner Nähe und bringe dich irgendwann um.«

Jane schauderte. Sie zog den Kopf ein, atmete nur durch die Nase und griff nach dem Weinglas, das sie mit zitternden Händen umfasste. Dann leerte sie es mit einem Zug.

»Es ist besser, wenn wir jetzt gehen«, schlug Richard Surrender vor. Er war leicht irritiert. So etwas hatte er noch nie erlebt. Mit den Reaktionen seiner Begleiterin kam er nicht zurecht. Sie waren zu plötzlich erfolgt, und er wusste nicht, wie er sie noch hätte beruhigen sollen. Deshalb war es am besten, wenn sie beide das Restaurant verließen.

Der Ober kam auf einen Wink hin. Richard Surrender flüsterte ihm wenige Worte zu, und der Mann nickte. »Natürlich, Sir, die Rechnung. Ich werde sie sofort zusammenstellen.«

»Es ist Ihnen doch recht, dass wir das Lokal verlassen?«, erkundigte sich Mr Surrender bei Jane.

Sie nickte. Ihr Gesicht zeigte eine seltene Verkrampfung. Unter dem hauchdünn aufgetragenen Rouge war sie blass geworden. Jane zitterte, denn die letzten beiden Minuten hatten sie zu einem Nervenbündel gemacht. Wenn sie sich vorstellte, dass Ernie Shane jederzeit aus dem Unsichtbaren, zuschlagen konnte, dann drehte sie fast durch.

Der Ober kam, und Richard Surrender beglich die Rechnung. Er zahlte bar, legte ein gutes Trinkgeld auf die Summe, sodass der Ober noch zwei Verbeugungen mehr machte, und wartete, bis Jane ihren Stuhl ein wenig zurückgesetzt hatte.

Sie wollte aufstehen.

Es blieb vorerst dabei. Denn nun griff der Ripper ein. Jane sah ihn nicht, weil sich der Vorgang in ihrem Rücken abspielte. Dafür konnte sie das Gesicht ihres Begleiters beobachten, das sich plötzlich veränderte. Die Augen wurden groß, der Mund zuckte, und im selben Augenblick gellten auch schon die ersten Schreie auf.

Da wirbelte Jane Collins herum.

Etwa fünf Schritte vor ihr, direkt hinter dem Eingang, stand Ernie Shane, der Ripper. In der rechten Hand hielt er ein langes, blutbeflecktes Messer. Auf seinem Kopf saß der schwarze Schlapphut. Shane trug die gleiche dunkle Kleidung wie der echte Ripper.

Nur eins war bei ihm anders: Über seiner linken Schulter lag eine Gestalt. Eine Tote, und der Ripper hatte ihr die Haare abgeschnitten …

Bis Brompton war es ein ziemliches Stück zu fahren. Südlich des Hyde Parks sahen wir zu, dass wir auf die Cromwell Road einbogen, und schon befanden wir uns in South Kensington. Natürlich sprachen wir über den Ripper, und beide waren wir davon überzeugt, dass wir es mit Ernie Shane zu tun hatten.

»Wieso?«, fragte Suko.

Ich wich zwei Fußgängern aus, die über die Straße gingen, als wäre sie nur für sie da, und hob die Schultern. »Nenne mir einen Grund dafür, dass er es nicht ist.«

»Kann ich nicht.«

»Na bitte.«

Die nächsten Minuten schwiegen wir, denn ich musste mich auf die Fahrerei konzentrieren. So genau kannte ich die Ecke hier auch nicht und atmete erst auf, als ich die große Kreuzung sah, wo die Warwick Road und die Cromwell Road zusammenstießen.

Jetzt mussten wir nach links. Von hier aus war es ein Kinderspiel. Ich brauchte nur auf der Straße zu bleiben, um die Westseite des Friedhofs zu erreichen. Dort befand sich das Gebiet, wo man Verbrecher und Gesetzesbrecher begrub.

Plötzlich meinte Suko: »Weißt du, was mir gerade eingefallen ist, John?«

»Nein.«

»Jane Collins.«

Ich grinste schief. »Willst du dich von Shao trennen?«

»Quatsch. Ich meine Jane in Verbindung mit dem Ripper.«

Fast hätte ich auf die Bremse getreten. Au, verflucht, das hatte ich vergessen. Natürlich, Jane hatte auch zu dem Personenkreis gehört, der den Ripper jagte. Wenn Shane wirklich zurückgekommen war, auf welche Art und Weise auch immer, dann würde er sich an einigen Leuten rächen wollen.

Und nicht nur an uns, sondern auch an Jane Collins.

»Was machen wir?«, fragte Suko.

»Ruf sie an.«

»Soll ich ihr die Wahrheit sagen?«

Ich überlegte hin und her, während wir durch den ländlich anmutenden, vornehmen Stadtteil Kensington fuhren. »Es ist besser, wenn sie Bescheid weiß. Außerdem ist sie kein kleines Kind mehr.«

»Das ist richtig.« Suko hob den Hörer des Autotelefons ab und tippte Janes Nummer ein. Er rechnete damit, dass sich jemand melden würde, doch sie hatte nicht einmal den Anrufbeantworter eingeschaltet.

»Nichts, John.«

Ich nickte nur. Schwere Gedanken wollte ich mir erst gar nicht machen. Es gab tausend Möglichkeiten, weshalb Jane nicht abgehoben hatte. Sie konnte beruflich unterwegs sein oder war mit jemandem ausgegangen, da gab es einiges, was man als Gründe aufzählen konnte. Nur blieb bei mir das dumpfe Gefühl, und es drückte gegen meinen Magen.

Vorerst kamen wir nicht dazu, uns um Jane Collins zu sorgen, denn wir hatten unser erstes Ziel, den Brompton Cemetery, erreicht.

Wir parkten den Bentley an der U-Bahn-Station West Brompton, stiegen aus und konnten in der Ferne die Lichter des Western Hospital sehen.

Unser Ziel war die Friedhofsverwaltung, und die lag ganz in der Nähe. Zwar wurde nicht mehr gearbeitet, doch ich hatte einige Leute zusammengetrommelt, die das Grab öffnen würden.

Dieser Friedhof ist riesig. Es gibt mehrere Eingänge, und überschaubar ist er an sich nur von einem Hubschrauber aus.

Das große Tor an der Westseite war verschlossen. Die kleine Tür nebenan ebenfalls. Über ihr brannte jedoch eine Lampe und leuchtete den Klingelknopf im Mauerwerk an.

Ich drückte ihn.

Geweckt hatte ich bestimmt keinen, denn sofort meldete sich jemand. Ich sagte unsere Namen, und man versprach uns, sofort zu kommen. Wenig später öffnete der Nachtwächter. Er hatte die beiden Totengräber gleich mitgebracht. Männer, die sich ihre blaue Arbeitskleidung übergestreift hatten und saure Gesichter machten, da es ihnen nicht passte, mitten in der Nacht noch arbeiten zu müssen.

Ich hatte Verständnis dafür, aber unser Job war auch wichtig.

»Wir können zum Grab gehen«, sagte der Wächter, der Ed Rafferty hieß.

»Danke.«

Dann betraten wir den Friedhof.

Der typische Geruch wehte uns entgegen. Es roch nach fauligem Laub. Die gewaltigen Baumkronen waren nur noch dunkle Schatten, die vom Wind bewegt wurden, sodass die noch jungen Blätter raschelnd aneinanderrieben.

Der Wächter ging neben uns, die beiden Totengräber stiefelten hinter uns her.

»Normalerweise heben wir die Gräber mit Maschinen aus, aber in der Nacht muss die Arbeit von Menschenhand erledigt werden«, erklärte uns Rafferty, wobei er durch seinen Vollbart strich.

»Und wo liegt er?«, fragte ich.

Rafferty warf mir einen schiefen Blick zu. »Er liegt auf dem Teil des Friedhofs, auf den wir nicht gerade stolz sein können, wenn ich ehrlich bin.«

»Wieso?«

»Das ist schon ein halber Urwald. Niemand kümmert sich um die Gräber. Sie verrotten. Es dauert oft nicht einmal zwei Jahre, dann ist alles zugewuchert. Unkraut, verstehen Sie?«

»Natürlich.«

Bisher waren wir über einen relativ breiten Weg gegangen. Den verließen wir nun und schritten nach links, wo wir einen Pfad erreichten, der von Buschwerk flankiert wurde. Zwei Kaninchen huschten erschreckt davon, als sie unsere Schritte hörten.

Ed Rafferty war anscheinend froh, mit jemandem reden zu können, denn er erklärte uns, wer alles auf dem Verbrecher-Friedhof begraben lag. Es waren Namen dabei, die ich kannte, allerdings auch unbekannte.

Nach ungefähr fünf Minuten hatten wir ihn erreicht. Er war wirklich eine kleine Insel. Durch dicht zusammenstehende Bäume vom übrigen Teil des Friedhofs abgeschirmt, lag er so versteckt, dass nur schlecht ein Besucher hinfand.

Die meisten Gräber waren unter dem kniehohen Unkraut kaum als solche zu erkennen. Wege gab es keine. Grabsteine fanden wir zwar, doch die meisten steckten, wenn überhaupt, schief in der Erde. Andere waren umgefallen.

»Und wo ist das Grab des Rippers?«, fragte ich.

Rafferty blieb stehen und schaute sich um. »Da muss ich auch erst mal nachdenken, Sir.«

»Da rechts.« Die Antwort gab einer der Totengräber und zeigte in die Richtung.

Wir schritten quer über die Gräber und blieben vor dem Grab stehen. Einen Stein hatte es bekommen, nachsackende Erde hatte ihn jedoch einsinken lassen. Zudem war er gekippt, und man konnte ihn nur als ein schiefes Fragment bezeichnen.

Die Totengräber verschwanden. Ich schaute ihnen nach und

sah, wie sie auf eine Bruchbude zugingen. Dort befand sich ihr Werkzeug. Der kleine Schuppen stand unter den Zweigen einer Platane. Mit zwei Hacken und zwei Schaufeln kehrten sie zurück.

Schweigend begannen sie mit der Arbeit. Es war nichts für mich, Arbeiterdenkmal zu spielen und andere schuften zu lassen. Suko erging es ebenso, deshalb packten wir mit an und lockerten die Erde, indem wir die Spitzhacken in den Boden hieben.

Die Totengräber spielten ihre Routine aus. Was die auf die Schaufeln nahmen und wegschleuderten, war allerhand. In hohem Bogen flog die Erde hinter sie und wurde dort rasch zu einem Hügel. Ed Rafferty schaute zu.

In der Nähe führte die Straße vorbei. Hin und wieder verirrte sich ein Scheinwerferstrahl durch die Büsche und traf unsere Gesichter oder brach sich blitzend auf der Rückseite des Schaufelblatts.

Rafferty verschwand und kehrte mit einer Lampe zurück. Er leuchtete in das offene Grab, und wir hörten auf zu arbeiten, als der Strahl den Sargdeckel traf.

Mit der Schaufelkante drückte einer der Totengräber gegen das Holz. Es war sehr brüchig und fiel fast zusammen. Als wir Erde vom Sargdeckel wegräumten, stellten wir fest, dass der Sarg an seinem Fußende schon eingedrückt war.

Noch konnten wir nicht erkennen, was innerhalb der Totenkiste lag.

Die beiden Totengräber verließen das Grab.

»Sollen wir den Sarg rausholen?«, fragte Rafferty.

Suko gab die Antwort. »Nein, ich sehe mir die Sache einmal an.« Er hatte kaum ausgesprochen, als er schon in das Grab sprang. Dabei hieb er mit den Absätzen auf den Deckel, der an dieser Stelle brach. An der Innenwand des Grabs stützte sich Suko ab und ließ sich von mir eine Hacke reichen.

Er versuchte die Spitze zwischen Unterteil und Deckel zu klemmen, was nicht so einfach war und erst beim zweiten Versuch gelang.

Spannung hielt mich gepackt. Den anderen erging es ebenso,

das erkannte ich an ihren Gesichtern, die fahl in der Dunkelheit leuchteten.

Wir alle hörten das Knirschen. Suko versuchte es noch an zwei anderen Stellen und hebelte den Sarg auf.

»Leuchten!«, rief er, während er den halb zerstörten Deckel zur anderen Seite kippte, sodass er zwischen Grabwand und Sarg festklemmte.

Ich nahm die Lampe hoch, hielt sie schräg und leuchtete in das Grab und den jetzt offenen Sarg hinein.

Der Anblick war schaurig.

Ernie Shane lag dort noch so, wie man ihn begraben hatte. Nur war er zum Teil schon verwest, das Gesicht sah entsprechend aus, die Augenhöhlen waren völlig leer, und Kriechtiere hatten darin ihren Platz gefunden. Die Kleidung bestand aus Fetzen, die an den Knochen klebten oder auf der gelblich schimmernden Resthaut lagen.

Ich schüttelte mich, denn dieser Anblick war wirklich nichts für schwache Nerven.

Suko rief von unten: »Er ist es, John!«

»Okay, komm wieder hoch.«

»War das alles?«, fragte Ed Rafferty.

»Ja.«

»Sie wollen ihn nicht rausholen?«

»Nein, Mr Rafferty. Was wir gesehen haben, reicht völlig aus.«

Ed Rafferty schüttelte den Kopf. Das konnte er nicht begreifen, wobei ich keine Lust hatte, auf Einzelheiten einzugehen und sie ihm zu erklären.

Ich reichte Suko die Hand, damit er es leichter hatte, und wies die beiden Totengräber an, das Grab wieder zu verschließen. Uns hielt hier nichts mehr.

Wir bedankten uns, und ich drückte den Männern noch einen Schein in die Hand. »Für eine gute Flasche, denn die Nächte im Frühling sind oft ziemlich kühl.«

»O danke, Sir.« Plötzlich strahlten sie. Suko klopfte sich noch die Kleidung aus, ich grüßte, dann gingen wir. Den Weg fanden wir allein.

»Der Ripper ist also noch da!«, stellte Suko nach einer Weile fest. »Er kann es nicht gewesen sein. Wer aber dann? Doch ein Nachahmungstäter?«

»Nein!«

»Was macht dich so sicher?«

»Die Schrift, zum Beispiel. Es war Shanes Handschrift. Sein Zeichen. THE RIPPER hat er geschrieben.«

»Dann muss es ein Geist gewesen sein.«

»Genau, das ist es.«

Suko blieb stehen und schaute mich überrascht an. »Meinst du das im Ernst, John?«

»Ja.«

»Hm.« Der Chinese knetete sein Kinn. »Darüber müsste ich erst einmal nachdenken.«

»Brauchst du gar nicht, sondern dich nur zu erinnern. Shane hatte das Bild. Es war vom Geist des echten Rippers beseelt. Den Reporter haben wir töten können, doch den Geist nicht. Er lebt weiter, sucht sich vielleicht einen anderen Gastkörper, drängt alles Menschliche heraus und setzt seine unheimliche Mordserie fort. So sehe ich die Lage. Außerdem hat man es mir deutlich zu verstehen gegeben.«

»So ganz kann ich dir nicht folgen. Man müsste ihn gesehen haben. Oder hast du mir etwas verschwiegen, als du dich im Haus umgesehen hast?«

»Auf keinen Fall. Da kam er mir nicht unter die Augen. Ich sah nur das Messer, das der Gehängte auf mich geschleudert hat und dem ich mit Mühe und Not entging. Nein, nein, so ist es nicht.«

»Wie dann?«

Ich lachte. »Du bist heute ein hartnäckiger Bursche, Suko. Wir werden es noch herausfinden.«

»Dann müssen wir uns beeilen.«

»Und wie.« Wir hatten inzwischen den Bentley erreicht. »Wo willst du jetzt hin?«, fragte der Chinese.

»Zu Jane Collins.«

»Dann los.«

Es war verrückt, irre, einfach wahnsinnig!

Jane hatte tatsächlich das Gefühl, in einem Tollhaus zu sitzen oder einen bösen Traum zu erleben.

Doch die Szene war echt.

Vor ihr stand der Ripper!

Und er war nicht allein. Über seiner Schulter lag eine Leiche. Eine tote Frau, ihrer Haare beraubt.

Bevor die Menschen in eine wilde Panik fallen konnten, reagierte der Ripper. Er bewegte sich leicht nach links und ließ die Leiche von seiner Schulter rutschen.

Dumpf schlug die Tote zu Boden und blieb liegen, und zwar auf dem Rücken, sodass jeder erkennen konnte, wie der Ripper sie getötet hatte.

Der Anblick war so entsetzlich, dass er den anwesenden Gästen den Mund verschloss. Niemand sagte etwas.

Nur Jane bewegte sich. Sie hatte ihren ersten Schrecken überwunden.

Egal, wohin sie ging, die kleine Astra-Pistole nahm sie immer mit. Sie steckte in der Handtasche, und Jane hatte das Magazin mit Silberkugeln geladen.

Wenn es eine Chance gab, die Bestie auszuschalten, dann jetzt und hier. Blitzschnell packte Jane die Tasche, öffnete beide Hälften und riss die Waffe hervor.

Der Ripper stand noch immer auf dem Fleck.

Er stand auch noch, als Jane ihren Arm bewegte, auf ihn zielte und schoss.

Deutlich spürte sie den Rückschlag der kleinen Waffe, und sie sah auch, wo die Kugel einschlug – oder hindurchschlug, denn sie traf den Ripper zwar, aber das geweihte Geschoss richtete bei dem Ripper keinen Schaden an. Es schlug hinter ihm in die Holzverkleidung der Wand.

Das Echo des Abschusses lag noch im Raum, als der Ripper ein gellendes Lachen ausstieß. Bösartig, triumphierend und gemein hallte es in Janes Ohren nach, dann löste sich die Gestalt von einer Sekunde zur anderen auf und war verschwunden.

Zurück blieb eine Tote.

Erst jetzt reagierten die Gäste. Jane wunderte sich immer

wieder, wie rasch eine Panik entstehen konnte. Das geschah hier auch. Buchstäblich von einer Sekunde zur anderen war das Durcheinander perfekt. Niemand hielt es mehr in diesem Luxusrestaurant. Jeder wollte so rasch wie möglich hinaus. Das Ziel war der Ausgang, vor dem sich die Körper regelrecht stauten.

Jane musste zurückspringen, um nicht umgerissen zu werden. Da fielen Stühle um, zwei Tische wankten, und das Essen rutschte von der Platte und klatschte zu Boden.

Schrille Rufe nach der Polizei gellten durch den Raum, und auch das Personal flüchtete.

Nur zwei Menschen blieben zurück.

Jane Collins und ihr Begleiter Richard Surrender, obwohl er auch so aussah, als wäre er am liebsten weggelaufen, doch er wollte die Detektivin nicht im Stich lassen.

Janes rechter Arm sank wie im Zeitlupentempo nach unten. Automatisch verstaute sie ihre Astra wieder in der Tasche, den Blick dabei ins Leere gerichtet.

Als sie die Hand des Mannes auf ihrer Schulter spürte, drehte sie sich um. Ernst schaute Richard Surrender sie an. »Was war das, Miss Collins?«

»Horror!«, flüsterte sie. »Der reinste Horror!«

»Der Ripper?«

»Ja.«

»Ich habe es mir gedacht«, flüsterte Mr Surrender. »Als ich die haarlose Leiche sah, da wusste ich sofort Bescheid. Mein Gott, das ist schrecklich.«

»Da sagen Sie was.«

»Und jetzt?«

»Warten wir auf die Polizei.«

Noch jemand war geblieben. Der Besitzer des Restaurants. Er stand am Eingang und schaute auf das Paar. Dabei sah er aus, als wollte er etwas sagen, setzte auch zweimal an, doch kein Wort drang über seine Lippen.

Jane wollte auch nicht mit ihm sprechen. Was zu klären war, das machte sie mit der Polizei aus.

»Haben Sie es gespürt?«, fragte Richard Surrender.

»Wie kommen Sie darauf?«

»Weil Sie so seltsam waren, Jane.«

Die Detektivin lächelte verloren. »Sie haben recht. Ich spürte tatsächlich etwas. Der Ripper meldete sich bei mir telepathisch an, wenn Sie verstehen.«

»Kaum.«

»Spielt auch keine Rolle. Lassen wir das. Es gibt eben Dinge, die nicht so einfach zu erklären sind, Mr Surrender.«

»Warum kam er gerade in dieses Restaurant? Haben Sie dafür eine Erklärung?«

Jane Collins setzte sich. »Ja, die habe ich. Der Ripper wollte zeigen, dass es ihn noch gibt. Er ist zurückgekehrt, um sich zu rächen.«

»Das ist ja schlimm …«

»Sie sagen es.«

»Haben Sie keine Angst?« Surrender hatte ebenfalls Platz genommen und sah Jane aus fragenden Augen an.

Sie hob die Schultern. »Natürlich habe ich Angst. Sehr große sogar. Aber was will ich machen? Ich befinde mich in einem Kreislauf, aus dem es kein Entrinnen gibt.«

»Ich weiß nicht so recht …«

Schwach nur war das Heulen von Polizeisirenen zu hören. Der Mann am Ausgang hatte es ebenfalls vernommen, ging hinaus und ließ die beiden Gäste allein zurück.

Die leise Musik spielte noch immer. Die Gemütlichkeit war aber aus dem Raum verschwunden. Er wirkte jetzt kalt und nüchtern. Jane Collins fröstelte.

In Begleitung mehrerer Polizisten kehrte der Besitzer zurück. Einige Männer waren in Zivil. Beamte der Mordkommission, die Jane einigermaßen gut kannte. Vor allen Dingen ihren Chef, Randy Carson, einen noch jungen Beamten, der ein wenig Ähnlichkeit mit dem Filmstar Burt Reynolds aufwies.

»Ah, Miss Collins!«, rief er, als er Jane entdeckte. »Sie sind mal wieder mit von der Partie. Wo ist denn Ihr Gegenstück?«

»Wen meinen Sie?«

»Sinclair.«

»Ich bin nicht sein Gegenstück. Zudem sind wir weder verlobt noch verheiratet, sodass wir tun und lassen können, was wir wollen, Inspektor. Merken Sie sich das!«

»Das ist Single-Rhetorik.«

»Wenn Sie es so nennen – bitte. Sind Sie nicht auch Junggeselle?«

»Nicht mehr. Ich habe vor zwei Wochen geheiratet.«

»Dann gratuliere ich Ihnen.«

»Gratulieren Sie lieber meiner Frau.« Carson war ungemein eingebildet. Er war immer der Größte, der Beste und so weiter. Dabei hatte er auch Glück. Seine Erfolge konnten sich sehen lassen. Nicht umsonst war er die Leiter sehr schnell nach oben gefallen.

Einige seiner Leute schüttelten die Köpfe, als sie die Tote sahen, und wurden leicht blass im Gesicht. Auch für sie war dieser Mord unbegreiflich.

Nur Carson blieb gelassen. Er nahm Platz. Dann deutete er auf die Leiche, wobei sein Zeigefinger wie eine Speerspitze vorstach. »Die Tote haben wir gesucht.«

Als er von Jane keine Antwort erhielt, schaute er sie an. »Haben Sie mich nicht verstanden?«

»Schon, nur was soll ich dazu sagen?«

»Vor vielleicht zwei Stunden erhielt ich die Routinemeldung, dass man im HORRORLAND das lange Haar einer Frau gefunden hat. Der Mörder muss es der Toten hier abgeschnitten haben. War es der Ripper, Miss Collins?«

»Alles deutet darauf hin.«

»Wir haben ihn sogar gesehen«, erklärte Richard Surrender.

»Ach«, sagte Carson, warf Jane einen scharfen Blick zu und drehte sich auf seinem Stuhl um. »Und so etwas höre ich nur ganz nebenbei?«

»Ich hätte es Ihnen schon noch gesagt«, stellte Jane richtig.

Carsons Lächeln war spöttisch. »Fragt sich nur, wann. Hoffentlich halten Sie sich an die Regeln, Sie weiblicher James Bond. Ich will alles wissen, was hier passiert ist. Und wenn Sie mir einen unter die Weste jubeln wollen, kann Ihnen auch Sinclair nicht beistehen.«

»Wie reden Sie überhaupt mit der Dame?«, beschwerte sich Richard Surrender.

Jane winkte ab. »Lassen Sie nur. Wir kennen uns lange genug und nehmen es nicht so ernst.«

»In diesem Fall doch.«

Die Detektivin lächelte. »Sie werden mich nicht festnageln können, Inspektor. Ich habe mit der ganzen Sache nur indirekt zu tun, wenn Sie verstehen.«

»Nein.« Carson lächelte süffisant. »Ich warte noch immer auf Ihren Bericht.«

Den erhielt er. Jane war es gewohnt, Sachverhalte so zu schildern, dass alles klipp und klar auf dem Tisch lag. Der Inspektor hörte aufmerksam zu und machte sich Notizen. Schließlich nickte er. »Sie haben selbstverständlich Zeugen, die Ihre Angaben bestätigen?«

»Natürlich. Mr Surrender, zum Beispiel.«

»Ach ja?«

Richard Surrender bestätigte Janes Worte. Der Inspektor hörte zu und lächelte dann. »Ist natürlich schwer zu glauben, was Sie mir da gesagt haben.«

»Das gebe ich zu«, erwiderte Jane. »Es entspricht jedoch den Tatsachen. Und wenn Sie sagen, dass man die Haare der Toten gefunden hat, dann kann nur einer für die Tat verantwortlich sein: Jack the Ripper. Für mich gibt es keine andere Erklärung.«

»Wie Sie meinen, Miss Collins.«

»Kann ich dann gehen?«, fragte Jane.

»Wohin?«

»Das brauche ich Ihnen wohl nicht unter die Weste zu reiben, Inspektor.«

Carson lächelte flüchtig. »Wenn Sie zu meinem Kollegen Sinclair gehen, bestellen Sie ihm schöne Grüße.«

»Danke.« Jane stand auf. Auch Surrender erhob sich, doch Carson war dagegen, dass er das Restaurant verließ. »An Sie habe ich noch einige Fragen, Mister.«

»Wieso? Ich habe …«

»Bleiben Sie. Es dauert nicht lange.«

Richard Surrender warf Jane einen fragenden Blick zu. Die Detektivin nickte als Zeichen, dass sie sich mit Carsons Vorschlag einverstanden erklärte.

An der Garderobe holte sie ihren Mantel ab. Einer der Polizisten half ihr hinein.

Jane bedankte sich, dann ging sie.

Draußen war es kühl. Von einer lauen Mainacht keine Spur. Trotz des Mantels fröstelte sie, wandte sich nach links und ging die wenigen Schritte bis zum Parkplatz, wo sie ihren VW abgestellt hatte.

Als sie hinter dem Steuer saß, atmete sie erst einmal tief durch. Noch immer hatte sie Angst, der Schock saß tief, und sie stellte fest, dass ihre Finger zitterten.

Der Ripper machte ernst, obwohl er an diesem Abend mit ihr nur gespielt hatte. Er hätte sie auch umbringen können. Der Gedanke daran machte Jane nervös. Sie wurde fahrig und bekam Herzklopfen. Den Aussagen des Inspektors nach zu urteilen war sie fast sicher, dass John Sinclair bereits mit dem Fall zu tun hatte. Sie musste unbedingt mit dem Geisterjäger reden, um die weiteren Schritte abzusprechen, damit sie diesen schrecklichen Fall gemeinsam anpacken konnten.

Jane startete. Der Käfermotor bewies wieder einmal seine Lautstärke. Von der Straße her fiel der Lichtschein einer Disco-Reklame bis dicht an den Parkplatzrand. Die Wagen der Mordkommission standen so schräg und quer, dass Jane Mühe hatte, ihren Käfer an ihnen vorbeizuschlängeln.

Dann erreichte sie die Straße. Sie kickte den Blinker hoch, wartete eine Lücke ab und fuhr los.

Sofort schaltete Jane höher. Sie wollte ohne Umschweife zu John fahren. Als sie an einer Ecke und genau zwischen zwei Bäumen die rote Telefonzelle sah, fuhr sie ihren Käfer ran und stieg aus.

Johns Nummer kannte sie im Schlaf.

Niemand hob ab. Als sie es nebenan bei Suko und Shao versuchte, bekam sie die Chinesin an den Apparat. Von ihr erfuhr Jane, dass John und Suko unterwegs waren.

»Weißt du, in welcher Sache?«

»Ich glaube, es geht um den Ripper.«

»Also doch«, stöhnte Jane.

»Wie meinst du?«

»Nichts, Shao. Das erkläre ich dir später. Kannst du auf mich warten?«

»Sicher.«

»Gut, dann komme ich so schnell wie möglich. Ich möchte nämlich nicht zurück in meine Wohnung.«

»Hast du Angst?«

»Ja.« Ohne noch ein weiteres Wort zu sagen, legte Jane auf und verließ die Zelle.

Für einen Moment blieb sie vor ihrem VW stehen und atmete tief durch, auch wenn Abgase dabei in ihre Lungen drangen. Sie dachte an den Ripper. Er konnte jederzeit und überall plötzlich auftauchen und sie angreifen. Deshalb musste sie etwas unternehmen.

Aber nicht allein. Gegen diese Bestie war sie hilflos. Das gestand sich Jane ein.

Den Schlüssel hielt sie bereits in der Hand, ging um den Wagen herum, schloss die Fahrertür auf und ließ sich hinter das Lenkrad fallen.

Als sie die Tür ins Schloss zog, zuckte sie zusammen, während sie das dumpfe Geräusch vernahm.

Dann startete sie.

Vor ihr warfen die beiden Scheinwerferstrahlen helle Streifen auf den Asphalt.

Und hinter ihr hockte das Grauen.

Sie sah es nicht, sie spürte es auch nicht. Jane war völlig ahnungslos. Bis ein kalter Hauch ihren Nacken streifte, der nicht von außen kam, da die Fenster geschlossen waren. Und dieser Hauch verdichtete sich zu einer eiskalten Berührung, die von einer Messerklinge verursacht wurde und deren Schneide an Jane Collins' Hals lag …

Suko hatte im Wagen gewartet. Als ich die Haustür aufdrückte, sah er meinem Gesicht an, dass ich keinen Erfolg gehabt hatte.

»Sie ist nicht zu Hause, oder?«

»Genau.«

»Und jetzt?«

Ich berührte den Zündschlüssel, drehte ihn jedoch nicht herum, weil ich überlegte. »Ich weiß es nicht, Suko. Wir können nur hoffen, dass alles glatt geht und dass Janes Verschwinden einen völlig normalen Grund hat.«

»Hast du im Haus gefragt?«

»Sicher. Ich sprach mit dem Portier. Er hat Jane nicht weggehen sehen, allerdings stand ihr Wagen nicht in der Tiefgarage. Sie muss weggefahren sein.«

»Also nicht entführt.«

»So sehe ich es auch bei einer optimistischen Betrachtungsweise. Hoffen wir, dass es so bleibt.«

Suko streckte seine Beine aus. »Machen wir uns weiter auf die Suche nach Jane oder konzentrieren wir uns auf den Ripper?«

»Das Letzte wäre mir lieber.«

»Fragt sich nur, wo wir ihn finden.«

Ich verzog die Mundwinkel. »Da wüsste ich schon eine Möglichkeit. Der Ripper hat in Soho gewütet. Sowohl im letzten Jahrhundert als auch vor ungefähr einem Jahr. Und jetzt war er wieder in Soho, zwar in einem nachgebauten, aber immerhin.«

»Dann auf ins HORRORLAND!«

»Das wollte ich auch soeben vorschlagen«, erwiderte ich. »Wenn wir ihn stellen können, nur da. Zuvor jedoch möchte ich ein paar Worte mit dem Besitzer wechseln. Ich muss mir über einige Interna im Klaren werden. Nicht dass wir dort noch Überraschungen erleben, die nur den normalen Gästen vorbehalten bleiben.«

Das war Suko recht. Starten konnte ich noch nicht, denn mein Telefon meldete sich.

Da ich nicht fuhr, hob ich selbst ab und meldete mich. Es war Superintendent Sir James Powell, der mich zu sprechen wünschte. Auch er wusste Bescheid, dass der unheimliche Ripper wieder unterwegs war. Vor unserer Abfahrt ins

HORRORLAND hatten wir ihm einen genauen Bericht erstattet. Und auch danach, als wir das Haar fanden.

»Wir haben die Leiche«, sagte er.

»Die des Mädchens?«

»Genau.«

Suko, der mithörte, weil ich den Hörer weit genug vom Ohr weghielt, spannte sich und vernahm auch die nächsten Worte unseres Chefs. »Der Ripper hat sie so getötet wie früher. Er schnitt ihr die Kehle durch und löste das Haar vom Kopf.«

»Wo fand man die Tote?«, fragte ich.

»Man fand sie überhaupt nicht, wenn Sie es so sehen. Sie wurde gebracht. Der Ripper persönlich erschien und legte sie in ein voll besetztes Luxusrestaurant. Und wissen Sie, wer dort zu Gast weilte?«

Einer Intuition folgend sagte ich: »Jane Collins.«

»Sehr richtig.«

»Ist ihr was passiert?«

»Nein.«

»Dann kann ich mit ihr reden?«

»Auch nicht. Wie mir der verantwortliche Leiter der Mordkommission berichtete, ist sie weggefahren. Aus den Gesprächen mit ihr ging hervor, dass sie sich wohl an Sie wenden wollte.«

»Wir waren unterwegs.«

»Dann wartet sie vielleicht bei Ihnen.«

»Das wäre natürlich gut.«

Unser Chef wechselte das Thema. »Noch etwas, John. Was haben Sie jetzt vor?«

»Wir werden uns um Janes Schicksal kümmern und anschließend noch einmal in diesen Gruselpark fahren. Suko und ich sind der Meinung, dass wir, wenn überhaupt, den Ripper nur dort finden können.«

»Ja, die Idee ist gut. Halten Sie mich auf dem Laufenden. Ich bleibe die Nacht über im Büro. Zudem müssen wir den Fall schnell lösen, denn die Presse hat bereits Wind bekommen, und morgen früh können Sie die ersten bissigen Kommentare lesen.«

»Geht klar, Sir.«

Sir James hatte dem nichts mehr hinzuzufügen und legte

auf. Ich war ein wenig beruhigter, denn nun wusste ich, dass Jane Collins tatsächlich nicht entführt worden war.

»Ruf bei Shao an. Jane wird sich bestimmt mit ihr in Verbindung gesetzt haben«, sagte Suko.

Das tat ich sofort. Die Chinesin schien neben dem Apparat gelauert zu haben, und da sie Sukos Freundin war, reichte ich ihm den Hörer. Er sprach mit ihr.

»Nicht da, sagst du?«

»Nein, noch nicht.« Ähnlich wie ich hielt auch Suko den Hörer weiter ab.

»Wann hat sie denn angerufen?«

»Das ist bereits eine Weile her. Normalerweise hätte sie schon hier sein müssen.«

Suko schwieg, auch ich konnte nichts sagen, spürte jedoch, dass meine Handflächen feucht wurden.

»Suko! Bist du noch dran?«

»Natürlich.«

»Was ist denn nun mit Jane?«, wollte Shao wissen.

»Ich kann es dir nicht sagen. Aber du kannst mir einen Gefallen tun. Halte Jane fest, falls sie doch noch bei dir eintrifft.«

»Ja, gern. Und seid vorsichtig, bitte!«

»Darauf kannst du dich verlassen.« Suko hängte ein.

Mein Optimismus war verflogen. Auch der Chinese schaute ziemlich deprimiert aus der Wäsche.

Wir machten uns große Sorgen um Jane Collins.

Einmal war sie dem Ripper auf diesem alten Schrottplatz nur haarscharf entkommen, ein zweites Mal würde diese Bestie es nicht zulassen.

»Bleibt es bei unserem Plan?«, sprach Suko mich an.

»Nein.«

»Sondern?«

»Was interessiert uns der Besitzer des Horrorparks? Jetzt geht es um andere Dinge, und wir werden sofort dem HORRORLAND auf den Grund gehen.«

»Das wollte ich meinen«, erklärte Suko.

Jane Collins saß in der Falle!

Sie wusste es, und sie sah keine Möglichkeit, dieser Falle zu entkommen.

Höchstens als Tote …

Was sie tat, das machte sie automatisch. Sie fuhr, ohne zu merken, in welche Richtung, kuppelte, gab Gas, lenkte, bremste, alles Tätigkeiten, die ihr in Fleisch und Blut übergegangen waren. Sie sah kaum den Gegenverkehr, und die Rücklichter der vor ihr fahrenden Autos verschwammen zu dicken Blutstropfen.

Jane dachte nur noch an die Gefahr in ihrem Rücken. Und die war existent. Dort lauerte ein Todfeind. Er hatte ein Messer und würde keine Sekunde zögern, es auch einzusetzen. So gut kannte sie den Ripper. Er war kein Mensch, sondern ein Dämon.

Kalt war die Messerklinge. Aber warm das Blut, das ihren Nacken entlangrann, auch in den Kleidausschnitt sickerte und am Rücken hinablief.

»Fahr nur, Süße, fahr ruhig weiter. Ich freue mich, dass du mich spazieren fährst.«

Jane erwiderte nichts. Sie wollte den anderen reden lassen, während sich ihr Gehirn mit Fluchtmöglichkeiten beschäftigte, doch Chancen sah sie momentan nicht.

»Glaubst du wirklich, dass ich dich laufen gelassen hätte, Jane Collins?«, hechelte der Ripper hinter ihr. »Hast du das tatsächlich angenommen? Nein, du entkommst mir nicht. Ich habe dich auf meine Liste gesetzt und nur auf eine Chance gewartet. Dass ich nichts vergessen habe, das habe ich bewiesen. Ich kille noch genau wie früher vor meinem Tod. Ja, ich bin tot, aber ich habe jetzt ganz andere Möglichkeiten. Man kann mich nicht mehr töten. Da ich schon einmal gestorben bin, ist es unmöglich. Hörst du? Unmöglich!«

»Ja«, hauchte Jane. »Ich verstehe.«

»Gut, meine Süße, sehr gut.«

»Und wo soll ich hinfahren?«

Der Ripper lachte leise. »Wie würde dir zum Beispiel Soho gefallen, mein Täubchen?«

»Egal«, erwiderte die Detektivin tonlos.

»In Soho hat alles angefangen, in Soho wird es enden. Aber nicht in dem Soho, das du kennst. Es gibt noch ein anderes, das ich mir ausgesucht habe. Kennst du HORRORLAND?«

»Den Gruselpark?«

»Genau den meine ich.«

»Ja, ich habe davon gehört.«

»Wunderbar. Dort fahren wir nämlich hin. Ich habe mir da bereits etwas ausgedacht, was wirklich einmalig ist. Die Besucher morgen werden sich wundern.« Er kicherte wieder, und über Janes Rücken rann ein kalter Schauer.

Sie wusste nicht genau, was der Ripper mit ihr vorhatte, ihr war jedoch klar, dass sie es nicht überleben konnte. Diese dämonische Gestalt zeigte keine Gnade. Das hatte sie schon früher nicht getan, als sie noch ein Mensch gewesen war.

»Ihr könnt ihn nicht töten«, hauchte der Ripper. »Er ist da. Sein Geist ist unsterblich. Wer so viel gemordet hat, der gerät in den Blickpunkt des Teufels. Er hat sich des Rippers angenommen und hält seine schützende Hand über ihn.«

Jane ließ ihn reden. Sie hörte nicht hin. Seine Worte gingen in ein Ohr hinein, aus dem anderen wieder hinaus. Ihre Probleme waren ganz anderer Natur.

Wie kam sie hier weg?

Natürlich kannte sie einige Tricks. Sie konnte beschleunigen und den Wagen gegen einen Baum setzen. Das hätte bei einem Menschen vielleicht geklappt, aber hinter ihr saß kein Mensch, sondern ein manifestierter Geist. Er war auf diese Art und Weise nicht umzubringen. Nein, dem musste man mit anderen Waffen begegnen. Nur hatte Jane diese Waffen nicht.

Was also tun?

»Fahr nur weiter, fahr weiter!«, trieb der Ripper sie an. »HORRORLAND wartet.«

Jane versuchte es. »Ich kenne den Weg nicht«, sagte sie rau.

»Was? Das glaube ich nicht. Also gut, wenn du den Weg nicht kennst, ist mein Plan hinfällig, dann werde ich dich sofort umbringen, meine süße Kleine.« Zur Demonstration drückte er mit der Klinge noch stärker zu, und Jane spürte den scharfen Schmerz, der dem Schnitt in ihre Nackenhaut folgte.

Ihr Gesicht wurde zu einer Grimasse. Tränen rannen aus ihren Augen. Für Sekunden glaubte sie, dass jetzt das Ende gekommen wäre. Der Ripper war zu brutal. Er würde es wahr machen und sie …

»Nun?«, vernahm sie seine Stimme. »Hast du es dir überlegt? Weißt du jetzt Bescheid?«

»Ich – ich glaube …«

Da freute sich der Ripper. »Warum nicht gleich so, kleine Jane? Du hättest dir das andere ersparen können.«

»Gehen Sie zum Teufel!«

»Der ist mein Freund!« Abermals freute sich der Ripper, denn er hatte mal wieder seine Macht demonstriert. Nein, ihm entging keine. Er war stärker als die Menschen, und das würde er ihnen auch beweisen. Mit allen Konsequenzen.

Jane schlug die Richtung hinunter zum Fluss ein. HORRORLAND, ihr Ziel, lag zwar außerhalb von London, aber nicht weit von der Themse weg. Praktisch noch auf den Ausläufern der weiten Uferwiesen, die auch als Parkplätze benutzt wurden.

Sie fuhr dicht am Nordufer der Themse entlang. Auf dem Chelsea Embankment rollten sie in Richtung Westen.

Janes Tränen waren getrocknet. Den ersten Schock hatte sie überwunden. Nur die kleine Wunde im Nacken schmerzte noch. Sie hatte allerdings aufgehört zu bluten.

Verkehr herrschte um diese Stunde kaum noch.

Hilfe konnte die Detektivin nicht erwarten. Wer von den Autofahrern kümmerte sich schon um einen entgegenkommenden Wagen? Niemand, und so war sie weiterhin völlig auf sich allein gestellt.

Die Klinge blieb an ihrem Nacken. Sie schien in der Luft zu hängen. Jane wagte nicht, sich ruckartig zu bewegen. Ein Schnitt hatte ihr gereicht und bewiesen, wie erbarmungslos der Mitfahrer hinter ihr war.

Gelogen hatte Jane nicht, als sie sagte, dass sie den genauen

Weg nicht wüsste. Sie kannte nur die ungefähre Richtung und hoffte jetzt, auf ein Hinweisschild zu treffen.

Auf halber Strecke zwischen London und dem Schloss der Windsors lag der Gruselpark.

»Nicht mehr lange, Täubchen, dann sind wir da!«, kicherte der Ripper und schien eine diebische Freude zu haben.

Die Gegend wurde ländlicher, der Verkehr ließ noch mehr nach, und der unheimliche Fahrgast trieb Jane Collins an, schneller zu fahren. »Ich will noch vor Mitternacht da sein«, flüsterte er, »noch vor Mitternacht.«

Diesmal ließ sich Jane nicht beirren. »Ich muss achtgeben, sonst verpasse ich die Abzweigung. So genau kenne ich mich hier wirklich nicht aus.«

Diesmal schien ihr der andere zu glauben, denn er sagte nichts auf Janes Bemerkung.

Sie sah ein Hinweisschild auf eine U-Bahn-Station. Bläulich schimmernd erschien es aus der Dunkelheit und verschwand ebenso schnell wieder.

Vorbei.

Wieder wurde es dunkel. Ein langer, finsterer Tunnel, das war die Straße.

Schemenhaft huschten Häuser vorbei. Manchmal blinkte ein Licht. Es schien Jane, als würde es aus einer anderen Welt stammen. An der linken Straßenseite erschien eine große Hinweistafel. Sie war beleuchtet, denn hier konnte man auch herfahren, wenn man zum Flughafen Heathrow wollte.

Nicht nur dieser Name stand darauf, auch einige andere. Und ganz unten entdeckte Jane den Hinweis auf HORRORLAND. Sie musste rechts ab und verringerte die Geschwindigkeit.

»Weißt du den Weg jetzt?«, klang die lauernde Frage aus dem Fond des VW.

»Ja.«

»Dann los!«

Jane lenkte den Wagen in einen schmalen Weg, der sich jedoch bald verbreiterte, besser ausgebaut war, sogar einen Mittelstreifen hatte und sich durch eine flache Landschaft schlängelte.

Jetzt erschienen des Öfteren Hinweise auf den Gruselpark. Jane konnte sie deutlich erkennen.

»Bist du tatsächlich Ernie Shane?«, fragte sie plötzlich.

»Nein.«

»Wer dann? Du sprichst mit seiner Stimme.«

»Das ist nur eine Täuschung. Ich bin der echte Ripper. Nur in der Gestalt eines anderen. Allerdings sollen die Menschen glauben, dass ich Ernie Shane bin. Aber in mir steckt der echte Geist. Ernie Shane, der Reporter, war nicht mehr als eine Episode. Die Wege sind oft verschlungen, aber sie führen immer zum Ziel. Wie wir bald auch das Ziel erreicht haben.«

Da hatte er nicht gelogen. Schon fuhren sie zwischen den Uferwiesen, die als Parkplätze benutzt wurden. Der Ripper befahl Jane, keine Dummheiten zu machen. Sie gehorchte automatisch.

In der Dunkelheit rollte der kleine VW-Käfer weiter.

Leer präsentierten sich die Parkplätze. Eine weite Fläche, zumeist schwarz, nur von den helleren Bändern der Asphaltstraßen durchzogen, die in einem geometrischen Muster verliefen.

»Soll ich zum Haupteingang fahren?«, fragte Jane mit krächzender Stimme.

»Ja.«

Sie hielt sich auf der breitesten Fahrspur. Dunstschwaden tanzten im Licht der hellen gelben Streifen. Quirlige Gebilde, wie dünne Watte aussehend.

Links erschien ein Schatten. Es war ein abgestelltes Fahrzeug. Das Licht der Scheinwerfer berührte es nur am Rand.

Dann sah Jane den Eingang. Und auch die Kassenhäuschen sowie die Gitterwege, wo sich tagsüber die Schlange der Besucher aufreihte. Jetzt war alles leer. Der Vorplatz wirkte gespenstisch. Hinter dem Eingang wuchsen Schatten hoch. Es waren die Bauten des Horrorparks, die Burgen und alten Gemäuer mit ihren düsteren Geheimnissen, die dafür sorgten, dass die Menschen in Angst und Schrecken versetzt wurden.

Neben einer Reihe von Abfalleimern musste Jane stoppen. Sie löschte das Licht und öffnete den Wagenschlag.

Kühle Luft traf sie. Trotz des Mantels und ihrer Angst begann sie zu frösteln.

»Aussteigen!« Der Befehl war ein Zischen.

Jane Collins wand sich aus dem Wagen. Die Klinge war von ihrem Hals verschwunden, doch als sie die Tür zuschlug, da spürte sie das Messer wieder im Nacken.

»Geh schön vor mir her!«, flüsterte der Ripper scharf und mit der Stimme von Ernie Shane. »Du weißt, ich bin immer in deiner Nähe!«

Jane unterdrückte eine Antwort und steuerte auf die Kassenhäuschen zu. Wenn sie den Park betreten wollten, mussten sie über das Gitter klettern.

Und dann hörte Jane die Schritte. Rechts von ihr klangen sie auf. Da war jemand. Wer, das wusste sie nicht genau, aber es konnte sich um den Nachtwächter handeln.

Sofort blieb Jane stehen. Auch der Ripper stoppte hinter ihr, die Klinge wurde zurückgezogen. Einen Augenblick später wurde Janes Gesicht vom Strahl einer Taschenlampe getroffen, und eine barsche Stimme fragte: »Was machen Sie denn hier?«

Sie dachte nicht an sich, sondern an den Mann. Er stand vor ihr, hielt die Lampe in der Hand und ahnte nichts von der Lebensgefahr, in der er sich befand.

Tief saugte Jane die Luft ein.

»Los, ich will eine Antwort!« Der Mann kam näher, die Blendung wurde stärker, und die Detektivin drehte den Kopf so zur Seite, dass sie nicht mehr direkt getroffen wurde.

»Gehen Sie!«, zischte sie dem Mann zu. »Laufen Sie weg! Mein Gott, rennen Sie!« Jane wusste, dass sie fast Unmögliches verlangte, da der andere keine Gefahr sah oder spürte. Sie konnte ihm auch nicht erklären, was da in der Dunkelheit lauerte, sie hoffte nur, dass sie sich deutlich genug ausgedrückt hatte.

»Ich glaube, es ist an der Zeit, dass Sie gehen«, erwiderte der Unbekannte vor ihr und leuchtete sie wieder an, sodass Jane nicht einmal einen Schatten von ihm sah. »Die Besuchszeiten sind geregelt, meine Liebe. Nachts hat hier keiner etwas zu suchen.«

»Mein Gott, so glauben Sie mir doch. Sie sind ...« Jane Collins sprach nicht mehr weiter, denn sie hatte das leise Lachen gehört, das der Ripper ausstieß.

Aber auch der Wächter hatte etwas bemerkt. Sein Arm mit der Lampe schwenkte herum. Der helle Finger fuhr an Jane vorbei, und das Licht versickerte irgendwo in der Dunkelheit. Trotzdem konnte die Detektivin nichts sehen, da sie die Nachwirkung der Blendung spürte.

Sie hörte nur das grässliche Röcheln und sah, wie der Arm mit der Lampe auf und nieder zuckte, sodass der Lichtstrahl einen bizarren Tanz in der Luft und dem Boden aufführte.

Ein dumpfer Fall, danach ein furchtbares Stöhnen, schließlich war Ruhe.

Tödliche Ruhe!

Jane Collins stand da und zitterte. Wie von einem Magneten geführt, drehte sie den Kopf und sah die verkrümmt liegende Gestalt eines Mannes.

Zwischen Schulter und Kopf sickerte etwas Dunkles hervor.

Blut!

Der Ripper hatte zugeschlagen. Jedes Hindernis räumte er aus dem Weg. Ohne Erbarmen.

»So wird es auch dir ergehen!«, hörte Jane Collins sein heiseres Flüstern. »Und jetzt komm mit, HORRORLAND gehört uns. Uns ganz allein ...«

Sicherheitshalber hatten wir zuvor auf der Karte nachgeschaut, denn wir wollten uns nicht verfahren. Wir waren zwar schon einmal dort gewesen, doch bei Helligkeit. Auf das Blaulicht konnte ich verzichten. Die Wagen, die uns entgegenkamen, waren an einer Hand abzuzählen.

Ich fuhr schnell, schließlich ging es um Janes Leben.

Die Reifen sangen auf dem Asphalt, der Fahrtwind pfiff

um den Wagen, und meine Gedanken beschäftigten sich mit Jane Collins. Noch stand es nicht hundertprozentig fest, dass sie sich in den Klauen des Rippers befand, ich allerdings war davon überzeugt.

Wir machten einen letzten Test. Suko rief über Autotelefon noch einmal bei Shao an und erfuhr, dass Jane nicht bei ihr eingetroffen war.

Unsere Sorgen wuchsen.

Hin und wieder sahen wir den Fluss. Grauschwarz wirkte das Wasser. An einigen Stellen blitzten weiße Kämme.

Dicht über dem Wasser flogen die Möwen. Selbst in der Nacht gaben sie keine Ruhe.

Die Stadt lag inzwischen hinter uns. Flaches Land, das ich kannte und auch oft sah, wenn ich vom Flughafen Heathrow kam. Eine Maschine hob ab, sie stieg vor uns schräg in die Höhe. Ihre Positionslichter sahen aus wie bunte Sterne.

Ohne zu wissen, wie Jane Collins vor mir reagiert hatte, so achtete auch ich auf die Schilder am Straßenrand. Ich wusste, dass es Hinweise auf den Gruselpark geben musste, und hatte mich nicht getäuscht, als ich es auf einem großen Wegweiser las.

»Da geht's ab«, sagte Suko.

»Schon gesehen.«

Der Bentley reagierte brav, als ich ihn in die Kurve zog. Er war zwar schon ein altes Schätzchen, aber die gute Qualität des Fahrzeugs und die regelmäßigen Inspektionen hatten dazu beigetragen, ihn immer in Schuss zu halten.

Die Scheinwerfer ließ ich brennen. Es war besser so, denn kaum hatten wir die normale Hauptstraße verlassen, als erste Dunstschwaden den Wagen umflorten.

Sie waren noch dünn, konnten sich allerdings im Laufe der Nacht zu Nebel verdichten.

»Das fehlt uns noch«, schimpfte Suko.

»Frühjahrsnebel ist ebenso schlimm wie der im Herbst«, gab ich zur Antwort und ging mit dem Tempo herunter.

Ich hatte mir den Gruselpark HORRORLAND noch nie angesehen. In meinem Beruf gab es Horror genug, da wollte ich mich nicht noch mit so einem Kram belasten. Freiwillig wäre ich nie auf die Idee gekommen, so ein Gelände zu besuchen.

Wir erreichten den ersten der großen Parkplätze. Die gehörten zu solch einem Park. Man konnte kein Vergnügungszentrum bauen und die Parkplätze vergessen. Das war einfach nicht drin.

»Dann kann es nicht mehr weit sein«, murmelte Suko und schaute starr geradeaus.

Es war schwer, etwas zu erkennen. Der Dunst erinnerte mich an dünne Leichentücher, die in der Luft schwebten. Aber der Schatten links und auch der weiter vorn war doch zu sehen.

»Da ist der Eingang«, stellte der Chinese fest.

»Ich sehe ihn auch«, erwiderte ich.

Nach einigen Yards war er deutlicher zu erkennen. Die Kassenhäuschen schälten sich aus dem Dunst, und Suko machte mich auf etwas anderes aufmerksam: »Schau mal nach links.«

Das tat ich. »Mensch, ein Wagen.«

»Genau. Und was für einer.«

Wir beide hatten die Automarke erkannt, ohne uns erst abzusprechen. Es war ein VW-Käfer. Und wer fuhr so ein Fahrzeug?

Jane Collins.

»Dann ist sie also doch hier«, flüsterte Suko und ballte seine Hände zu Fäusten. Seine Stimme klang krächzend. Ich merkte ihm an, dass die Wut in ihm arbeitete.

Meinen Bentley brachte ich dicht neben dem Wagen der Detektivin zum Stehen. Wir stiegen aus. Nicht schnell, sondern vorsichtig, denn dem Ripper trauten wir beide alles zu.

Die nächtliche Stille wirkte bedrückend. Es war in der Tat kein Laut zu hören, nicht das Zirpen der Grillen oder ein geheimnisvolles Rascheln im Gras, nur diese Ruhe.

Leise drückten wir die Wagenschläge zu. Unsere Hände lagen in der Nähe der Waffen, als wir um den Bentley herumgingen und den Käfer der Detektivin ansteuerten.

Er machte einen verlassenen und leeren Eindruck. Fast traute ich mich nicht, einen Blick durch die Scheiben in das Innere zu werfen, aus Angst, Jane Collins zusammengekrümmt und ihrer Haare beraubt zu finden, doch meine Befürchtung bewahrheitete sich nicht.

»Leer!«, stellte Suko lakonisch fest.

»Aber wo steckt Jane?«

Wir schauten uns über das Wagendach hinweg an. In Sukos Gesicht entdeckte ich Sorgenfalten. Mir erging es nicht anders, und der Chinese hob die Schultern.

»Sie kann nur im Park sein«, vermutete ich.

»Mit ihm?«

Ich holte tief Luft. »Es deutet alles darauf hin. Da steht uns noch einiges bevor.« Ich schüttelte mich, als hätte jemand Wasser über mich gegossen.

Suko hatte sich bereits abgewandt und schritt auf die Kassenhäuschen zu. Ich wollte auch gehen, sah jedoch, dass mein Partner abrupt stehen blieb.

»John!«, zischte er.

Rasch war ich bei ihm. Bisher hatten wir die Gestalt nicht entdeckt. Zuerst dachte ich an Jane, dann sah ich das dunkle Haar, und als ich mich bückte, erkannte ich einen Mann. Er lag verkrümmt auf dem Boden und trug einen uniformähnlichen Mantel. Neben ihm lag eine Taschenlampe zur Hälfte in einer Blutlache. Das Blut stammte aus der Kehle des Toten. Der Ripper – und kein anderer kam für uns als Mörder in Frage – hatte ihn auf grausame Art und Weise umgebracht.

Ich schüttelte mich.

Suko hatte sich gebückt. Er erhob sich langsam, und ich blickte in sein blasses Gesicht.

»Verdammt, verdammt!«, flüsterte er.

Beide dachten wir an Jane, die sich in den Klauen dieser Bestie befand. Und beide wagten wir nicht, die Worte auszusprechen. Das Grauen hatte uns die Kehlen zugeschnürt.

»Der Park ist so verdammt groß«, sagte der Chinese. »Wo sollen wir anfangen zu suchen?«

Da war ich überfragt. Aber hinein mussten wir, denn nirgendwo anders würde sich der Ripper aufhalten.

»Ich will zuvor noch Sir James Bescheid sagen«, sagte ich heiser und ging zurück zum Bentley.

Auch unser Chef zeigte sich betroffen, als er von der Neuigkeit erfuhr. »Stellen Sie ihn«, sagte er rau. »Stellen Sie die verfluchte Bestie, und sehen Sie zu, dass der Ripper nie mehr, ich betone nie mehr, zurückkehrt.«

»Wir werden alles daransetzen«, versprach ich.

Suko hatte inzwischen den leichtesten Weg ausgekundschaftet, um auf das Gelände zu gelangen. Der Mordkommission würden wir später Bescheid geben, wir mussten uns erst einmal im Gruselpark umsehen. Was als Spiel gedacht war – HORRORLAND sollte ja sanften Schrecken verbreiten – wurde für uns nun tödlicher Ernst.

Und zu einem Wettlauf mit der Zeit!

Den Schrecken der alten Mauern und der nachgemachten Gebäude empfand Jane Collins nicht. Viel schlimmer war der Ripper. Er hielt sich hinter ihr. Obwohl sie es nicht sah, wusste sie genau, dass er die Klinge in der Hand hielt.

Ihre Beine waren schwer. Die Angst saß doch zu tief. Die Pistole hatte sie verloren. Der Ripper hatte den Riemen der Handtasche kurzerhand gekappt. Die Tasche lag jetzt irgendwo im Gelände.

Sie hatten Soho erreicht und damit auch das alte Kopfsteinpflaster, das schlecht und bucklig gelegt und feucht geworden war, sodass Jane mit ihren hochhackigen Schuhen ein paar Mal in Gefahr geriet, auszurutschen und hinzufallen. Bisher hatte sie sich noch immer fangen können. Feucht glänzten die Fassaden der nachgebauten Häuser, und über die Fensterscheiben rann ein nasser Film.

Am schlimmsten war die Stille. Sie lag über dem Park wie ein großes Tuch. Nur die Schritte der beiden erzeugten Laute. Manchmal sogar Echos, die hohl von den Hauswänden zurückgeworfen wurden.

Jane wusste nicht, wohin der Ripper sie schaffen wollte. Auf jeden Fall hatte er eine besondere Art des Sterbens für sie ausgesucht. Dies wurde ihr immer wieder klargemacht.

Jetzt gingen sie durch Soho. Einen Stadtteil von London, den es so, wie er hier aufgebaut worden war, nicht mehr gab.

In den letzten hundert Jahren hatte sich Soho stark verändert. Die alten Häuser gab es zwar auch noch, aber sehr reduziert. Man hatte fast alles abgerissen, um Platz zu bekommen für die neuen Vergnügungen, wie Sexbars, Pornoschuppen, die Peep-Shows sowie Sauna-Clubs.

Im alten Soho gab es noch die etwas romantische Prostitution. Das Rotlicht, das Halbdunkel, das Geheimnisvolle, vermischt mit der Angst eines Freiers, erkannt zu werden.

Das alles hatte seine eigene Atmosphäre gehabt, und die war hier gut eingefangen worden.

Vor manchen der schmalen Häuser standen die Mädchen. Sie lehnten entweder an den alten Gaslaternen oder hatten ihren Halt an den Wänden gefunden.

Von der Ferne aus betrachtet waren sie von echten Menschen kaum zu unterscheiden. Erst beim Näherkommen identifizierte sie der Besucher als Wachspuppen.

»Früher«, flüsterte der Ripper plötzlich, »früher hätte ich schon dafür gesorgt, dass man ihnen die Kehle aufschlitzt.«

Aus ihm sprach der echte Geist des Rippers. Von Jane Collins bekam er keine Antwort. Sie hatte den Kopf in den Nacken gelegt und die Augen weit aufgerissen. Ihre Hände waren zu Fäusten geballt. Gewaltsam musste sie ein Zittern unterdrücken.

Der Ripper dirigierte sie in eine andere Gasse. Sie war noch schmaler. Am Ende der Gasse sah Jane eine Leichenkutsche. Aus einem Haus wurde ein Toter getragen. Als sie näher kam, sah sie den nachgemachten Blutstreifen an seiner Kehle.

Sie wusste nicht, ob sich diese Figuren tagsüber bewegten. Wahrscheinlich war es schon, aber in der Nacht hatte man den Strom im Park ausgeschaltet.

Auch diese Gasse ließen sie hinter sich und hatten schon das nachgebildete Soho verlassen. Stellte sich die Frage, wohin der Weg jetzt führte.

Da sie eine Gabelung erreichten, konnten sie wählen.

Der Ripper wollte nach links, wo eine Andenkenbude stand, deren Front durch eine Klappe verschlossen war.

Der Weg führte ein wenig bergauf. Man hatte einen künstlichen Hügel geschaffen, und das aus einem bestimmten Grund. Auf dem Hügel stand eine Burg oder ein Schloss.

Über dem Eingang, der wie ein großer Schlund gähnte, sah Jane die Schrift aus Leuchtbuchstaben. Da sie jedoch nicht eingeschaltet waren, konnte sie den Namen in der herrschenden Dunkelheit nicht entziffern.

»Da hinein!«, wisperte der Ripper. »Das wird deine Todesstätte!«

Jane schüttelte sich. So wie der Ripper dies gesagt hatte, gab es keine andere Möglichkeit.

Die Schritte der Detektivin wurden schleppender. Am liebsten hätte sie sich einfach zu Boden fallen lassen, aber sie brachte es nicht fertig, sie suchte immer noch nach einer Möglichkeit zu entkommen, auch wenn die Chancen mit jedem Yard, den sie zurücklegte, sanken.

Dann las sie die Schrift, denn mittlerweile hatte sie sich dem Eingang bereits so weit genähert.

HORROR CASTLE

Ein Horrorschloss also. Wahrscheinlich mit allen Einrichtungen versehen, die einem Menschen Angst einjagen konnten. Ein Irrgarten des Schreckens, ein Labyrinth des Grauens.

»Hinein! Hinein!«, hechelte der Ripper, und Jane spürte wieder die kalte, feuchte Klinge in ihrem Nacken. Er war da, obwohl sie seine Schritte manchmal nicht hörte. Diese Bestie – so schlimm sie auch war – konnte man als ein Phänomen bezeichnen, und Jane stellte sich zum wiederholten Mal die Frage, wie sie es schaffen sollte, ihn zu überlisten.

Noch zwei Schritte, dann hatte die Dunkelheit des Horrorschlosses sie verschluckt.

»Bleib stehen!«, befahl der Ripper.

Die Detektivin gehorchte. Hinter sich vernahm sie ein schabendes Geräusch, dann ertönte ein Summen, und im nächsten Augenblick veränderte sich die Umgebung auf schaurige Art und Weise.

Im Horrorschloss war eigentlich nichts echt. Es gab nachgemachten Schrecken, serviert durch ausgefeilte Technik. Vor

Jane lag ein langer Gang. Zuerst war er stockfinster, danach jedoch glühten Lampen auf.

Rot leuchteten sie. Und sie waren in den Spalten und Rissen der Felswände aus Pappmaché und Holz versteckt. Das Licht glühte geheimnisvoll, und dann folgte eine schaurige Untermalung.

Irgendwo vorn, ungefähr dort, wo der Gang einen Knick machte, ertönte ein schreckliches Heulen. Nicht sehr laut, aber dennoch Gänsehaut erzeugend.

Jane fürchtete sich.

Was lauerte dort?

»Weiter, geh weiter!«, forderte der Ripper und stieß sie mit der Hand an.

Zögernd nur setzte Jane ihre Schritte. Sie hatte in der Tat Angst vor dem Unheimlichen. Obwohl dieser Horror künstlich und nicht echt war, fürchtete sie sich, denn hinter ihr ging eine Gestalt, die auf keinen elektrischen Kontakt reagierte.

Als Jane eine bestimmte Stelle erreichte, die dicht vor dem Gangknick lag, verstummte das Heulen. Dafür schoss hinter einem Vorsprung die grässliche Gestalt eines Werwolfs auf sie zu. Das Monster hatte beide Pranken wie zum Schlag erhoben. Jane sah sogar die langen Krallen. Als die Hände nach unten rasten, stieß sie einen leisen Schrei des Erschreckens aus, doch bevor sie getroffen werden konnte, wurde der Werwolf in die Höhe gerissen, lachte schaurig auf und verschwand irgendwo in der Luke unter der düsteren Decke.

Heftig klopfte das Herz der Detektivin, und für eine Sekunde verschwamm alles vor ihren Augen.

Der Ripper jedoch hatte seine diebische Freude. »Du wirst noch die Hölle erleben«, versprach er. »Und dann, wenn du fertig bist, werde ich dich töten!«

Die nächsten Schritte taumelte Jane voran, und sie sah an der linken Seite eine in die nachgemachte Felswand eingebaute Glasscheibe. Hinter ihr schimmerte ein bläuliches Licht, das wiederum eine schreckliche Szene erhellte.

Von der Decke hingen die Opfer!

Okay, es waren Wachsfiguren, aber so hergerichtet, dass der

Betrachter den Eindruck gewinnen konnte, es mit echten Leichen zu tun zu haben. Außerdem hingen sie nicht nur dort einfach herum, sondern wurden bewegt. Eine Windmaschine sorgte dafür, dass die »Leichen« hin und her pendelten und sich sogar dabei berührten.

Ein schauriger Anblick, denn durch die Berührungen erhielten sie sogar noch Drall, sodass sie sich in der Schlinge steckend um sich selbst drehten. Die Beine schwebten dabei dicht über dem Boden, und als Jane den Blick dahin richtete, sah sie die Ratten, die ihren wilden Tanz unter den Füßen der Gehängten aufführten, wobei die Detektivin nicht wusste, ob die Ratten echt oder ebenfalls nachgebildet waren. Wie sie sich allerdings bewegten, konnte sie davon ausgehen, es mit echten Tieren zu tun zu haben.

Der Horror nahm kein Ende.

»Nicht alles ist künstlich.« Der Ripper bestätigte durch seine Worte Janes Annahme.

Die blonde Detektivin riss sich zusammen. »Was – was haben Sie noch alles mit mir vor?«, fragte sie stockend.

»Ich werde dich dorthin schaffen, wo es mir Spaß macht.«

»Und wo ist das?«

»In meine Höhle, wo die Särge stehen. Und einer ist für dich!«

Diese Antwort hatte Jane hart getroffen. Plötzlich wollte sie nicht mehr. Wenn man sie in einen Sarg steckte, womöglich noch lebendig, dann – dann …

Nein! Alles in ihr schrie danach, es nicht so weit kommen zu lassen. Sie hatte von John Sinclair gehört, wie es sein kann, lebendig begraben zu werden. Diesen Schrecken würde sie nicht überstehen, dann lieber sofort sterben.

Sterben?

Jeder Nerv ihres Körpers empfand dieses Wort als ein schauriges Echo. Wirklich sterben?

Um Himmels willen – nein!

Trotzdem schaltete ihr Gehirn, und sie kreiselte herum. Ihr war jetzt alles egal …

Jill war achtzehn, ihre Freundin Muriel ein Jahr jünger. Und beide gehörten sie zur Turnschuh- und Jeans-Generation. Sie waren in einer Zeit groß geworden, als junge Menschen darüber nachsannen, wie man andere Wege gehen konnte, um die Welt zu verändern.

Auch manche Musikgruppen suchten in ihren Liedern nach Alternativen, sahen oftmals keine und traten eine Flucht in die Irrealität an.

Sie plädierten für die Reise nach innen. Für das Weglaufen vor den Problemen. Kurz gesagt: Rauschgift!

Auch Jill und Muriel waren davon nicht verschont geblieben. Auf dem College, nach einer Diskussion und einer Protestversammlung, hatte es begonnen. Einer der Mitschüler hatte Hasch mitgebracht. Man rauchte gemeinsam, ließ sich von dem Rausch des Vergessens einfangen und dachte nicht über die Folgen nach.

Die jedoch waren schlimm. Schon bald reichten Haschzigaretten nicht mehr, die beiden Mädchen verlangten nach stärkeren Drogen. Ein gefährliches Wort fiel.

Heroin!

Es war einfach, an dieses Teufelszeug heranzukommen. In der Pop- und Disco-Szene wurde damit gehandelt, und der Kontakt zu einem Dealer war schnell hergestellt.

Der Mann nannte sich Freddy, war der Typ eines Zuhälters und immer elegant gekleidet. Man sah ihm an, dass er Geld hatte, und er sorgte für Nachschub. Seine Quelle schien unerschöpflich zu sein. Das merkten auch die beiden Mädchen, und sie beschlossen, da sie oft kein Geld mehr hatten und auch nicht auf den Strich gehen wollten, die Heroinquelle auszukundschaften.

Freddy wurde beobachtet. Dabei stellten sich Jill und Muriel sehr geschickt an. Sie waren fast wie Profis und erkannten, welch einen Lebenswandel der schwarzhaarige Lockenkopf Freddy führte. Er schlief bis in den Mittag hinein und kassierte dann ab.

Vier Mädchen schafften für ihn an. Sie durften nur wenig behalten und mussten sich von dem Geld noch ihr Rauschgift kaufen, das Freddy ihnen natürlich besorgte. So verdiente er an den Girls doppelt.

Schlimmer hätte es nicht sein können. Freddy war ein Mensch ohne Gewissen, und die beiden Mädchen, die ihn verfolgten, begannen ihn zu hassen.

Ihnen war aufgefallen, dass Freddy einmal in der Woche die Londoner Szene verließ und zu dem neu angelegten Horrorpark fuhr. Zuerst hatten sie angenommen, er würde sich nur vergnügen, doch das war nicht der Fall, denn Freddy hatte ein bestimmtes Ziel.

Es war die Schreckensburg. Dort gab es zahlreiche Winkel und Verstecke. Freddy blieb immer so lange, dass er zu den letzten Gästen gehörte, und dann holte er aus einem Versteck seinen Nachschub.

Zu Beginn waren sich die Mädchen nicht sicher. Als Freddy nach vier Wochen noch immer ins HORRORLAND fuhr, wussten sie endgültig Bescheid. Sie hatten herausgefunden, woher Freddy dort seinen Stoff bekam. Und was er konnte, konnten sie auch.

Natürlich gingen sie ein Risiko ein, wenn sie einen Tag vor Freddy eintrafen. Dann konnte der Hauptdealer das Heroin noch nicht gebracht haben, aber sie wollten einen Versuch wagen. Wenn er nicht klappte, mussten sie eben am selben Tag wie Freddy da sein.

Wäre die Sucht nach dem Rauschgift nicht gewesen, so hätten sich die beiden Freundinnen nie nachts in den Horrorpark getraut. So aber waren sie auf das Heroin fixiert, und dies unterdrückte sogar die große Angst.

Per Anhalter waren sie gefahren und das letzte Stück zu Fuß gelaufen. Quer über die Parkplätze hatten sie dann einen Bogen geschlagen, damit sie vom Eingang aus nicht gesehen wurden, und erreichten die Grenze des Horrorparks an der Westseite.

Den gesamten Park umgab ein Zaun aus Maschendraht. Vor diesem standen die beiden Mädchen.

Die Feuchtigkeit hatte ihre Haare nass werden lassen. Jill hingen die fahlblonden Strähnen ins Gesicht, und sie wischte sie zur Seite, um die Augen frei zu haben. Ihre Haut war blass, die Pupillen lagen tief in den Höhlen, der Blick flackerte unruhig. Die Gier nach dem Heroin war darin zu lesen. Eingehüllt war sie in einen Parka, der bis zu den Knien reichte. Darunter schaute der dunkelblaue Stoff einer Jeans hervor, und die Füße steckten in Turnschuhen, wobei der rechte schon fast die Sohle verlor.

»Machen wir's?«, fragte sie.

Muriel nickte. »Wozu sind wir denn hergekommen? Um zu kneifen?«

»Nein, nein.«

»Dann los! Du zuerst.«

Jill schaute ihre Freundin an. »Warum denn ich?«

Die dunkelhäutige Muriel breitete ihre Arme aus. »Weil einer den Anfang machen muss.«

Das sah Jill ein und begann zu klettern. Muriel schaute ihr nach. Sie war zwar erst siebzehn, doch voll entwickelt. Ihr fraulicher Körper zog die Männerblicke an, und entsprechende Angebote hatte Muriel schon des Öfteren erhalten. Sie war eine Exotin, und ihr Haar zeigte eine dichte Naturkrause. Sie trug ebenfalls Jeans und eine verschlissene braune Cordjacke. Unter dem blassen T-Shirt wölbten sich zwei fulminante Hügel.

Muriel hatte den Kopf in den Nacken gelegt. »Bist du endlich oben?«, wisperte sie.

»Moment noch.«

Jill hatte es nicht einfach. Der Zaun bog sich, je höher sie kletterte, immer weiter zurück, und Jill klammerte sich an den Maschendraht fest. Dabei schnitt der Draht ziemlich schmerzhaft in ihre Finger.

Als sie oben war, zitterte sie. Muriel sah die Angst auf ihrem Gesicht, während sich Jill nach rechts rutschen ließ, um auf die andere Seite des Zauns zu gelangen.

»Spring doch!«

Jill ließ sich fallen. Sie hätte noch etwas warten und sich drehen sollen, so kam sie verkehrt auf, spürte einen stechenden Schmerz im rechten Knöchel und fiel auf ihr Hinterteil.

»Verdammte Scheiße!«, fluchte sie und wandte den Kopf. Durch den Maschendraht trafen sich die Blicke der beiden

Mädchen, und Jill verzog schmerzhaft das Gesicht. »Wir hätten doch den Haupteingang nehmen sollen.«

»Und der Wärter?«

Da schwieg Jill. Sie hatte sich nur hingehockt, ihre Beine angewinkelt und umklammerte den linken Fuß.

»Tut es weh?«, erkundigte sich Muriel besorgt.

»Ja, verdammt!«

»Sei doch nicht so grantig.«

»Es ist so ein schönes Gefühl, wenn der Schmerz nachlässt. So sagen wir doch immer. Aber bei mir lässt er nicht nach. Im Gegenteil, er wird schlimmer.« Sie fluchte wieder.

Muriel passte die Knöchelverstauchung ihrer Freundin auch nicht. Aufgeben wollte sie allerdings nicht. Nicht so dicht vor dem Ziel. Nein, da musste man weitermachen, bis zum bitteren Ende, deshalb tat Muriel genau das, was Jill vor ihr getan hatte. Sie kletterte am Zaun hoch.

Die dunkelhäutige Muriel war gelenkiger als Jill. Es bereitete ihr keine großen Schwierigkeiten, über den Zaun zu klettern. Nahezu leichtfüßig erreichte sie das Ende, wobei sie sich geschickt herumrollte. Als sie sprang, gab sie sich so viel Schwung, dass sie über ihre Freundin hinwegflog, sogar auf den Beinen blieb und den Schwung ausnutzte, um ein paar Schritte zur Seite zu laufen.

»Hilf mir mal hoch!«, jammerte Jill.

»Warte, sofort.« Muriel stand auf, rieb ihre Handflächen an der Jeans ab und streckte den Arm aus.

Jill umfasste die Hand, ließ sich in die Höhe ziehen, belastete das linke Bein und sank mit einem Wehlaut zurück. »Shit, ich kann nicht mehr laufen.«

Muriel hatte die Hand nicht losgelassen. Was sollten sie tun? Vorsichtig fragte sie: »Willst du hierbleiben, Jill? Soll ich allein losgehen?«

Jill hustete.

»Das könnte dir so passen. Nein, meine Liebe, ich gehe mit, und du wirst mich stützen.«

»Hast du Angst, dass ich mit dem Zeug verschwinde?«, fragte Muriel.

»Klar. Ist doch gar nicht so weit hergeholt, der Gedanke, oder?«

»Du spinnst.« Mit einem Ruck zog Muriel ihre Freundin in die Höhe. Jill hütete sich, ihr linkes Bein zu belasten. Einmal hatte ihr gereicht.

Jill lehnte sich gegen das dunkelhäutige Mädchen. »Hast du mal eine Zigarette?«

Muriel nickte. Aus der Seitentasche holte sie eine verknautschte Packung. Jill griff nach der Selbstgedrehten, zündete sie an und saugte den Rauch tief in die Lungen, wobei es den Anschein hatte, als würde sie ihn essen.

»Komm jetzt!« Muriel hatte das gesagt. Sie wollte nicht länger als nötig bleiben.

Einen Grashang mussten sie hoch und erreichten die Rückseiten der ersten Gebäude.

Was sich dahinter verbarg, konnten sie nicht erkennen, alles lag im Dunkeln.

Jill schaute immer wieder auf ihren Knöchel, konnte allerdings nichts erkennen, weil der ausgefranste Saum der Jeans darüber fiel. Dafür spürte sie den Fuß. Jedes Mal, wenn sie auch mit dem linken auftrat, zuckte ein stechender Schmerz bis hinein in die Wade, und Jill verzog das Gesicht. »Das ist vielleicht eine Kacke!«, beschwerte sie sich, ging aber weiter, weil sie keine Schwäche mehr zeigen wollte.

Muriel versuchte ihr Mut zuzusprechen. Sie redete sehr leise, als hätte sie Angst, von anderen gehört zu werden, obwohl die beiden Mädchen so gut wie sicher waren, sich allein innerhalb des gewaltigen Parks zu befinden.

Sie passierten einen Teich, wo tagsüber ein gefährliches Monster erschien, wenn die Besucher auf einem Schienenstrang und in kleinen Wagen sitzend an dem Gewässer vorbeifuhren.

Jetzt tauchte die Seeschlange nicht auf. Das Gewässer lag dunkel vor den beiden Girls. Nur hin und wieder kräuselte Wind die glatte Fläche zu kleinen Wellen.

Der Weg stieg leicht an und wurde für Jill beschwerlich. In einer weiten Kurve lief er direkt auf die Horrorburg zu, in der sich das Versteck für das Rauschgift befand. Den nachgebauten Stadtteil Soho brauchten sie erst nicht zu durchqueren. Sie passierten ihn an der Rückseite.

An der linken Seite wurde der Weg von normalen, modernen Peitschenleuchten gesäumt, die jetzt allerdings ausgeschaltet waren, sodass kein Licht die Dunkelheit erhellte.

Und es war eine finstere Nacht.

Der Himmel zeigte sich bedeckt. Keine einzelnen Wolkenberge, sondern eine zusammenhängende düstere Front verdeckte die Sterne. Der Mond war ebenfalls nicht zu sehen, nur die Feuchtigkeit legte sich wie ein nasser Film auf alles, was sich innerhalb des umzäunten Geländes befand.

Jill hielt sich tapfer. Die Zähne hatte sie zusammengebissen. Ihr Gesicht zeigte dabei eine Grimasse. Die Zigarette war längst erloschen, und Jill hatte mit der Kondition zu kämpfen, denn sie keuchte, als sie, gestützt von Muriel, den Weg hochschritt. Vor den Lippen der beiden Mädchen wölkte der Atem. Direkt am See hatten sich Dunstschleier zu mannshohen Nebelstreifen verdichtet, die wie schmale Bänder über dem Boden lagen.

Irgendwo knackte und knarrte es immer. Der einfallende Wind bewegte die nicht ganz so fest sitzenden Teile an den Bauten.

Im Gruselschloss gab es alles. Die alten Monster wie Dracula und Frankenstein waren ebenso vertreten wie schrecklich angemalte Dämonen aus Pappe.

Hinzu kamen Fledermäuse, Leichen, Särge. Alles gut hingestellt und hervorragend nachgebildet.

Der Eingang zum Schloss war auch nachts offen. Die beiden nächtlichen Besucherinnen wussten zwar, wo sich der Hinterausgang befand, aber der wurde am Abend abgeschlossen, aus welchen Gründen auch immer. So mussten sie den normalen benutzen, und es dauerte nicht lange, bis sie ihn erreicht hatten.

Ein wenig fürchteten sie sich dennoch, als sie in dem Schlund verschwanden.

»Lass mich mal eine Pause einlegen«, bat Jill und lehnte sich an die nachgemachte Felswand des Eingangs.

So dicht vor dem Ziel wollte Muriel eigentlich nicht mehr pausieren, doch sie dachte an Jill und ihre Verletzung, deshalb stimmte sie zu. Sie bückte sich sogar, schob das Hosenbein hoch und sah sich den Knöchel an.

Das geschah im Licht der kleinen Taschenlampe, die Muriel bei sich trug. Im hellen Strahl erkannte sie einen Knöchel, der mindestens die doppelte Größe angenommen hatte. Ja, da war nichts zu machen. Den Fuß konnte man als verstaucht bezeichnen. Als Muriel mit dem Finger über die Stelle strich, schrie Jill auf. »Bist du verrückt?«

»Entschuldige.« Sie erhob sich wieder. »Kannst du noch laufen?«

»Weiß nicht.«

»Versuche es trotzdem!«, drängte Muriel. »Und zwar jetzt. Wenn wir den Stoff gefunden haben, nimmst du einen kräftigen Schuss, und danach spürst du die Schmerzen kaum noch.«

»Meinst du?«

»Sicher.«

Muriel stützte die Freundin, die gar nicht mehr auftrat, sondern einfach nur hüpfte.

Muriel ließ die Lampe eingeschaltet, denn in dem Gang war es stockfinster.

Der Werwolf blieb in seiner Ecke, und auch die Gehängten rührten sich nicht hinter der Scheibe. Nur die Ratten huschten unter ihren Füßen her, ein Zeichen, dass sie echt waren.

Das kannten die Mädchen, es kümmerte sie jedoch nicht weiter, und sie gingen dorthin, wo das Rauschgift normalerweise versteckt wurde. Es lag in einer Grotte.

Dort endete der Gang, denn von der Grotte zweigten weitere sternförmig ab.

Einer führte zu Dracula, der andere zu Frankenstein. Dann konnte man die Weiße Frau besichtigen und auch den Reiter ohne Kopf. Alles bekannte Horrorfiguren aus der Literatur.

Die Grotte aber nannte sich Sinfonie der Särge. Etwa die Hälfte wurde von ihnen ausgefüllt. Zu den Zuschauern hin gab es eine Barriere. Man hatte kurzerhand ein Seil von einer

Wand zur anderen gezogen, vor dem die Besucher stehen bleiben und auf die Totenkisten starren konnten.

Die Särge, es waren sechs an der Zahl, standen zum Teil auf dem normalen Boden.

Drei von ihnen liefen jedoch auf blanken Schienen, die zu einzelnen Öffnungen in den Wänden führten. Auf Kontakt hin konnten die Särge darin verschwinden.

Noch waren die Deckel zu, und das bleiche, leicht grau schimmernde Holz wirkte schaurig im Licht der Lampe. Die beiden Mädchen wussten, dass die Särge den Schrecken verbargen, denn durch allerlei elektronische Tricks brachten sie den Besuchern das Fürchten bei.

Jetzt war die Anlage abgeschaltet. Alles lag in tiefer Ruhe, sodass sich die beiden Freundinnen ungestört ihrer Arbeit widmen konnten.

»Bleib du am Band stehen«, sagte Muriel zu Jill und kletterte über die Barriere. »Ich schaue mal nach.«

»Aber beeil dich.«

Muriel drehte den Kopf. »Hast du Angst?«

Wie fröstelnd zog Jill die schmalen, knochigen Schultern hoch. Im Licht der Lampe wirkte ihr Gesicht noch blasser, als es in Wirklichkeit schon war.

»Ja, ich habe Angst.«

»Aber das ist doch alles künstlich.«

»Trotzdem, beeil dich.«

»Klar, doch.« Muriel kletterte geschickt über die Abtrennung und balancierte zwischen den aufgestellten Särgen einher.

Sechs waren es. Unter einem befand sich das Versteck, in dem das Heroin lagerte. Die Mädchen hatten sich den Standort genau gemerkt, es war der dritte Sarg von rechts. Er schimmerte ebenso bleich wie die anderen fünf. Das alte Holz hatte auch hier dem Zahn der Zeit Tribut zollen müssen, aber die Dinger funktionierten, wenn der Strom eingeschaltet worden war.

Neben dem Sarg ging Muriel in die Hocke. Sie griff wieder in die Tasche ihrer Cordjacke und holte einen schmalen Schraubenzieher hervor. Ihn wollte sie als Hebel benutzen. Sie und Jill hatten zuvor schon alles genau ausgekundschaftet.

Jill hatte Angst. Ihr Knöchel wirkte dabei als eine Art Katalysator. Wäre dieses Stechen nicht gewesen, hätte sie zusammen mit Muriel die Barriere überklettern können. So wurde sie bei jedem Ziehen daran erinnert, nicht mehr schnell genug weglaufen zu können, falls sie überrascht wurden.

Holz splitterte. Muriel hatte die Lampe neben sich auf den Boden gelegt, und Jill sah einen Span durch den Lichtstrahl wischen. »Hast du es geschafft?«, flüsterte sie.

»Mist. Das Ding klemmt.«

»Dann drück doch fester.«

»Weiß ich selbst.« Muriel unternahm einen erneuten Versuch und lachte leise auf.

»Alles klar?«, hauchte Jill.

»Ja, alles. Die Klappe ist offen. Endlich.«

Jill atmete auf. So laut, dass Muriel es sicherlich hören konnte. »Und der Stoff?«, fragte sie.

Über Muriels Lippen drang ein Seemannsfluch. »Verdammt, er ist nicht da. Alles umsonst!«

Jill schloss sekundenlang die Augen und presste hart die Lippen zusammen. In den letzten Sekunden hatte sie den Schmerz im Knöchel kaum noch gespürt. Nun aber, nach der Enttäuschung, machte er sich wieder bemerkbar.

»Alles umsonst!« Muriel heulte die Worte fast und erstickte an ihrer Wut. »Es ist alles …«

Das nächste Wort brachte sie nicht mehr hervor, denn einiges veränderte sich. Im Gang hinter ihnen flackerte rotes Licht auf, und die Grotte, in der sie sich befanden, wurde von einem bläulichen Schein erhellt, der allmählich einen Stich ins Violette annahm.

Jemand war gekommen, denn von allein schaltete sich die Elektronik nicht ein.

Plötzlich bekamen die beiden Girls Angst …

Jane Collins hatte Judokurse belegt und kannte sich auch ein wenig in Karate aus. Sie kreiselte auf der Stelle herum und tauchte gleichzeitig nach rechts weg, sodass sie ihren Körper aus der Reichweite des Messers brachte. Wenn der Ripper jetzt zustach, dann musste er sie verfehlen.

Das hoffte sie jedenfalls.

Die Detektivin hatte so viel Schwung in ihre Aktion gelegt, dass sie gegen die Wand prallte und sich dort abstützte. Einmal drehte sie sich, sodass sie mit dem Rücken an den nachgebildeten Felsen lehnte und den Ripper vor sich sah.

Da stand er.

Der dunkle Hut war nach wie vor tief in die Stirn gezogen, sodass Jane nur einen Teil des Gesichts erkannte und nicht wusste, ob er sich nun als Ernie Shane zeigte. Sie traute dieser Bestie eigentlich alles zu.

Seltsamerweise unternahm der Ripper nichts. Fast erinnerte er an eine Vogelscheuche. Nur hielten die keine Messer in den Händen, und von der Klinge tropfte zudem noch Blut von seinem letzten Opfer.

Jane schüttelte sich. Ihr Haar hatte sich gelöst. Der Knoten hielt nicht mehr, jetzt klebten die blonden Strähnen mit den Spitzen im schweißnassen Gesicht.

Obwohl der Ripper nicht eingegriffen und sie nicht verletzt hatte, verspürte Jane Angst. So wie er dastand, bewies er auch seine Überlegenheit. Und er versperrte den Weg zum Ausgang, sodass Jane bei einer Flucht nur noch der Weg nach vorn, das heißt, ins Innere des Schreckensschlosses blieb.

Für sie war der Ripper ein Albtraum an sich. Auf dem Schrottplatz war er ihr mit seinem Messer sehr nahe gekommen – wie auch hier, denn er brauchte nur zuzustoßen.

Warum tat er das nicht?

Es vergingen Sekunden, während es hinter Jane anfing zu heulen und zu summen. Zudem lag noch ein Brausen in der Luft, als würden Geister aus den allerfinstersten Gewölben dieses nachgebauten Schlosses entlassen.

Wie aus dem Nichts tauchten hinter Jane Schatten auf. Sie spürte noch den Luftzug, und dann klatschte die Schwinge einer fliegenden Fledermaus gegen ihren Kopf.

Die Detektivin erschrak, während die Fledermaus dicht vor ihr abdrehte und zur Gangdecke stieg.

Da bewegte sich das Messer.

Jane hatte nicht mitbekommen, wie es geschleudert wurde, weil alles zu schnell ging. Auf jeden Fall wirbelte es durch die Luft und traf die Fledermaus mitten im Flug. Es musste auch einen Kontakt unterbrochen haben, denn Jane Collins sah ein bläulich weißes Leuchten, das sich wie ein Kugelblitz ausbreitete und dann verschwand.

Und das Messer?

Vor Janes Augen löste es sich auf und materialisierte sich im nächsten Augenblick wieder in der Hand des Rippers.

Jane hörte das Lachen. »Siehst du, Süße, ich bin schneller. Ich bin immer schneller als du. Dabei habe ich dich doch gewarnt, keine Dummheiten zu machen. Warum hast du es trotzdem getan? Willst du schneller sterben und noch mehr Angst haben? Dann bitte …«

Das letzte Wort war kaum dumpf unter der Hutkrempe des Rippers verklungen, als er sich schon in Bewegung setzte.

Sein Ziel war Jane Collins.

Wollte sich die Detektivin noch eine kurze Gnadenfrist verschaffen, dann musste sie zurück. Eine andere Möglichkeit blieb ihr nicht, und so fügte sie sich in das Unvermeidbare.

Schritt für Schritt ging sie nach hinten. Sie wusste nicht, was in ihrem Rücken lauerte, umdrehen durfte sie sich nicht, denn sie wollte auf keinen Fall den Ripper aus den Augen lassen, dann hatte er nämlich die Chance, sie umzubringen.

Es war kein gerader Gang, das hatte Jane schon beim Eintritt bemerkt. Er führte in Kurven und Kehren weiter. Manchmal sprangen Ecken vor, an denen sich die Detektivin das Kreuz stieß. Ansonsten geschah nichts.

Noch nicht …

Das plötzliche Kreischen ließ sie zusammenzucken. Es war hinter ihrem Rücken aufgeklungen, aber Jane behielt die Nerven und drehte sich nicht um.

Sie spürte einen Stoß im Rücken und sah aus den Augenwinkeln, dass ein auf einer Feder sitzender Totenschädel aus der Wand gedrückt worden war, sich jetzt allerdings wieder zurückzog und die Klappe hinter sich fugendicht schloss.

Weiter zurück …

Schritt für Schritt. Jane spürte das Zittern in den Knien. Sie glaubte, ihre Gelenke wären mit Pudding gefüllt, und noch immer sah sie nichts von dem Gesicht des Rippers.

Nur seine Stimme vernahm sie. Und die gehörte nun mal dem toten Reporter Ernie Shane.

Aber der war begraben, der …

Ein Schrei zitterte durch den Gang. Im selben Moment fiel ein Kopf von der Decke. Er huschte dicht vor Janes Körper entlang, blieb etwa in Brusthöhe über dem Boden hängen, und Jane sah in ein verzerrtes Wachsgesicht, das sehr gut modellierte menschliche Züge aufwies, allerdings zu einer Grimasse des Schreckens verzerrt, mit weit aufgerissenen Augen und einer aus dem Mund hängenden Zunge.

Ein widerlicher Anblick.

Jane schüttelte sich. Es fiel ihr noch schwer, an eine Täuschung zu glauben, als der Kopf schon wieder verschwunden war.

Der Ripper hatte seinen Spaß. »Das sind so die kleinen Scherze dieser Schreckensburg. Aber die anderen werden noch schlimmer. Meine Mordscherze, Süße …« Dann wurde sein Körper von einem lautlosen Lachen geschüttelt, und das Messer zuckte vor, sodass Jane hastig einen Schritt zurück trat. Aber dieser Angriff war nur eine Finte gewesen. Noch ließ der Ripper sie in Ruhe.

Schritt für Schritt durchmaß Jane Collins den unheimlichen Gang des Schreckensschlosses. Sie merkte, dass er sich verbreiterte, denn die Wände befanden sich nicht mehr so dicht bei ihr. Sie traten ein wenig zurück. Näherten sie sich jetzt dem endgültigen Ziel? Ihrem Sterbeplatz?

Janes Angst nahm zu, und auch der Ripper heizte ihr wieder ein. »Bald, du kleine Hure, bald hast du es hinter dir, dann wird mein Messer auch dich finden.« Zur Unterstreichung seiner Worte bewegte er es blitzschnell hin und her, sodass die Klinge blitzte und die letzten Blutstropfen abfielen.

Zwischen ihm und Jane befand sich sichtbar nichts, aber für die Detektivin stand das Grauen dort. Es lauerte als unsichtbarer Gast, und der Ripper trieb die Detektivin weiter zurück.

Plötzlich spürte Jane eine Berührung an der Hüfte. Sie war gegen etwas gestoßen, blickte nach rechts und sah ein Seil.

Wie aus einem Traum schien sie zu erwachen, denn sie stellte fest, dass der Gang in eine Höhle gemündet war oder eine Grotte. Das gespannte Seil trennte sie in zwei Hälften. Sie und der Ripper befanden sich in einer, in der zweiten aber sah sie sechs Särge, die elektronisch bewegt wurden und dem Besucher das Gefühl kalten Horrors vermittelten.

Bisher hatte Jane nicht darauf geachtet, was menschliche Sinne innerhalb von wenigen Sekunden aufnehmen können. Aber sie übersah in der kurzen Zeitspanne die gesamte Palette des Schreckens und wurde von ihr abgelenkt, sodass der Ripper freie Bahn hatte …

Plötzlich bewegte sich ein Sarg!

Dies ging so rasch, dass sich Muriel erst erschrak, als die Totenkiste auf den Schienen schon an ihr vorbeigerollt und in einer der Öffnungen verschwunden war, aus der im selben Moment ein grässliches Würgen erklang.

Bei zwei Särgen sprangen die Deckel hoch. Blitzschnell ging das, und aus den Totenkisten wischten in einem Halbbogen zwei Vampire hoch, die ihre Arme gekrümmt hatten und sie nach den Besuchern ausstreckten. Muriel stand nahe dabei. Sie spürte die Berührung, zuckte zurück und stolperte über einen weiteren Sarg, aus dem Ächzlaute drangen, dessen Deckel jedoch geschlossen blieb.

Der erste Sarg kam wieder zurück.

Er schoss aus der Öffnung hervor, der Deckel stand hochkant, und im Sarg hockte eine hervorragend nachgebildete, halb verweste Leiche, deren Augen rot leuchteten und aus deren Mund spitze, abgehackte Schreie drangen.

Da Muriel auf den Schienen und damit dem fahrenden Sarg im Wege lag, wurde er von ihrem Körper gestoppt und begann zu rattern.

Das Mädchen warf sich herum. Über ihrem Kopf hörte sie ein geisterhaftes Heulen und sah von der Decke her eine hässliche Hexe auf einem Besen sitzend anfliegen. Die Hexe schwang eine Peitsche und prügelte damit auf die Monster in den bewegungslos stehenden Särgen ein.

»Komm doch, so komm!«, flüsterte Jill, die vor Angst und Panik kaum sprechen konnte.

Muriel riss sich zusammen. Sie stemmte sich hoch, zog ihre Beine an, und der Sarg hatte wieder freie Fahrt, sodass der Kreislauf der Elektronik nicht mehr unterbrochen war.

Deckel klappten zu, Monster verschwanden, die Särge öffneten sich wieder, andere kehrten in die Öffnungen zurück, Hexen schwangen durch die Luft, lachten kichernd und böse, und der Kreislauf würde so weitergehen, bis ihn jemand abstellte.

Muriels Augen waren noch größer, als sie sich schwer gegen das Seil fallen ließ und von ihrer Freundin gestützt wurde. Jill unterdrückte den fast wahnsinnigen Schmerz in ihrem Knöchel, sie hielt Muriel fest, auf deren Stirn die Schweißtropfen wie kleine, helle Perlen lagen und sich deutlich von der dunklen Haut abhoben.

»Da ist jemand gekommen!«, keuchte Jill. »Verdammt, da muss einer sein. Von allein kann sich die Anlage nicht einstellen.«

Muriel nickte. Sie bückte sich und schob ihren Körper unter das gespannte Seil.

»Wo sollen wir denn hin?«, fragte Jill.

Muriel schaute zurück. Genau die Strecke, die sie auch gekommen waren. Weit konnten die Mädchen nicht sehen, weil der Gang zu viele Kurven beschrieb und es Nischen sowie kleinere Verstecke gab. Aber eine andere Möglichkeit blieb ihnen beim besten Willen nicht. Der zweite Ausgang war verschlossen. Da sie ihn sich schon vor Tagen angeschaut hatten, wussten sie auch von der Stabilität der Tür. Die konnte höchstens ein Herkules einrammen.

»Ich sehe mal nach«, sagte Muriel.

»Was?« Jills Stimme klang trotz des Flüsterns leicht schrill.

»Ja, bleib du hier.« Das dunkelhäutige Mädchen ließ die Freundin erst gar nicht weiter zu Wort kommen, sondern machte sich augenblicklich auf den Weg.

Dabei lief sie erst auf die Wand zu, presste sich dagegen und schlich weiter vor.

Jill starrte ihr aus fiebrig glänzenden Augen nach. Sie konnte ein Zittern kaum unterdrücken. Ihre Hände öffneten und schlossen sich, bildeten manchmal eine Fläche, dann wieder eine Faust.

Vor der ersten Kurve blieb Muriel stehen. Sie holte noch einmal tief Luft und lugte um die Ecke.

»Was ist?«, fragte Jill.

Ihre Freundin schüttelte den Kopf. Noch war der Blickwinkel zu ungünstig, sie musste weiter vorgehen, geriet aus Jills Blickfeld, und das blonde Mädchen wartete voller Spannung. Sogar an die Schmerzen in ihrem Knöchel dachte Jill nicht mehr und atmete schließlich auf, als sie Muriel zurückkommen sah. Die Frage fror ihr auf den Lippen fest, denn an Muriels Gesicht konnte sie ablesen, dass so einiges nicht stimmte und sie unter Umständen in der Falle saßen.

Das wurde ihr gleich darauf bestätigt, als Muriel neben ihr stehen blieb und sie am Arm fasste.

»Da sind zwei!«

»Wer?«

»Ich kenne sie nicht, aber eine Frau ist dabei.«

»Dann – dann ist es nicht so schlimm.«

Muriel lachte auf. »Hast du eine Ahnung. Der andere, der Mann, der hat ein Messer. Das konnte ich deutlich erkennen …«

»Was?«

»Ja, ein Messer.« Muriel nickte heftig. »Und ich glaube, er will die Frau umbringen.«

Jills Hand klatschte gegen ihre Lippen, damit sie den Schrei stoppen konnte, der sich freie Bahn verschaffen wollte. »Das ist doch nicht wahr!«

»Leider.«

»Keine Imitation?«

»Nein.«

»Was machen wir denn?« Jill schaute sich um.

»Komm, wir müssen uns verstecken. Einfach in einen der Gänge hinein, das ist am besten.«

»Aber ich …«

Muriel hörte nicht und lief bereits los, während Jill hinter ihr her hinkte, denn sie konnte nicht so schnell vorankommen wie ihre Freundin.

Schließlich erreichte auch Jill den Gang, der, einem Schild nach zu urteilen, in Draculas Grabkammer führte. Das bekamen die Mädchen sofort zu spüren, denn auch hier war alles durch das Einschalten der Elektronik in Bewegung gesetzt worden.

Obwohl die beiden Mädchen den großen Schrecken schon hinter sich hatten, wurden sie bis ins Mark getroffen, als aus der rötlichen Düsternis im Hintergrund der Höhle eine schreckliche Gestalt auf sie zuschwebte. Es war Dracula.

Sein Gesicht wurde durch einen Scheinwerfer angestrahlt, der seinen Bewegungen folgte. Dieser Dracula war ein Abbild des Schauspielers Christopher Lee, der die Figur ja weltberühmt gemacht hatte. Er trug haargenau dessen Gesichtszüge, auch die schwarze Kleidung und den langen Mantel, dessen Innenfutter aus blutrotem Stoff bestand.

Seinen Mund hatte er geöffnet, zwei Vampirzähne schimmerten, und die Gestalt schwebte über dem Boden, sodass sie sich lautlos den beiden Mädchen näherte.

Jill wollte schreien, doch Muriel reagierte instinktiv richtig und presste ihr eine Hand auf den Mund. Der Schrei erstickte, Dracula kam näher und näher, bis Muriel es nicht mehr aushielt und mit dem rechten Fuß gegen die Figur trat, die ins Wanken geriet und sich um sich selbst drehte, bevor ein Summen ertönte, sodass sie nach oben gezogen wurde, aber schnell wieder nach unten fiel und das gleiche Spielchen von vorn begann.

Diesmal konnte Dracula die Mädchen nicht mehr erschrecken. Muriel löste ihre Hand von den Lippen der Freundin. Jill atmete heftig und keuchend. In ihren Augen schimmerte die

Angst, und noch immer nicht hatte sie den Schrecken richtig überwunden.

»Reiß dich zusammen!«, fuhr das dunkelhäutige Girl sie flüsternd, aber sehr scharf an.

»Ja, ja …«

Muriel hatte sich besser in der Gewalt. Sie bedeutete Jill, zurückzubleiben, und bewegte sich selbst vor, sodass sie einen guten Blick in die Grotte hatte.

Noch immer rotierten und wirbelten die Särge. Das war alles Trick, Elektronik, das andere jedoch war echt. So echt, dass Muriel es kaum glauben konnte.

Vor ihren eigenen Augen wollte der unheimliche, dunkel gekleidete und geisterhafte Typ die blonde Frau umbringen …

Wir waren über ein Gittertor geklettert und ein Stück in den Park eingedrungen.

Als wir die ersten Geisterbahnen erreichten, blieben wir stehen. Leider besaßen wir keinen Prospekt, in dem die Wege des Parks erklärt wurden. So mussten wir uns auf unser Gefühl verlassen. Aber da konnten wir lange forschen, ohne Jane zu finden.

»Hast du einen Vorschlag?«, fragte Suko und drehte sich im Kreis.

»Soho.«

»Den Täter zieht es immer an den Ort seiner Verbrechen zurück, meinst du?«

»So ähnlich.«

»Na denn.« Wir rannten los. In dem nachgebauten Soho kannten wir uns ja einigermaßen aus, und ich entdeckte auch das Haus, das ich noch vor wenigen Stunden betreten hatte.

Diesmal schauten wir zu zweit nach. Der Gehängte hing dort noch immer. Es war auch die Stelle zu sehen, wo das Messer in die Tür geschlagen war. Nur vom Ripper entdeckten wir nichts.

Beide verließen wir das Haus wieder und kamen überein, die verschiedenen Häuser zu durchsuchen, also Stichproben zu machen. Suko nahm sich die rechte, ich die linke Seite vor.

Irgendetwas passierte immer in den Häusern. Einmal fiel mir fast ein nachgemachtes Beil auf den Kopf, ein anderes Mal wäre ich fast von einem Schwert getroffen worden.

Man hatte sich zahlreiche Spielarten ausgedacht, für die ich jedoch keinen Sinn hatte und eine Tür nach der anderen aufriss.

Keine Spur vom Ripper.

Immer wenn wir uns auf der Straße mit dem holprigen Pflaster trafen, sahen wir uns an und erkannten, dass der andere auch keinen Erfolg gehabt hatte.

»Aber der muss irgendwo stecken!«, knirschte Suko. »Er muss es einfach, verdammt!«

Da hatte er ein wahres Wort gesprochen. Also suchten wir weiter, auch wenn die Zeit gegen uns arbeitete und sich unsere Chancen verringerten. Schließlich hatten wir Soho hinter uns und waren ebenso schlau wie zuvor.

Vor uns befand sich eine Weggabelung, sodass wir die Wahl hatten. Wohin?

Der Weg nach rechts führte in den nachgemachten Urwald und in einige Grotten. Links ging es auf einen Hügel, dessen Prachtstück eine Burg war.

Unwillkürlich wurden unsere Blicke von dem in der Dunkelheit drohend aussehenden Gemäuer angezogen.

»Der kann auch dort sein«, sagte Suko.

»Oder woanders.«

»Dann müssten wir uns trennen.«

»Wer nimmt die Burg, wer den Dschungel?«, fragte Suko.

»Keiner«, erwiderte ich und deutete nach vorn. Der Zeigefinger meiner halb erhobenen Hand wies auf das nachgemachte Gemäuer. »Da tut sich was, Suko. Sieh nur das Licht.«

»Verdammt, du hast recht.« Der Chinese schaute mich an. »Wenn er da nicht ist, dann nirgendwo.«

Das letzte Wort hörte ich schon nicht mehr, denn ich war gestartet, als gelte es, die Goldmedaille über 100 Yards zu erringen …

Es war ein regelrechter Horrorwirbel, den Jane Collins sah.

Sechs Särge. Zweimal drei verblichene Totenkisten, allerdings so groß, dass auch ein Mensch darin seinen Platz fand.

Die Hälfte der Särge befand sich in Bewegung. Die Totenkisten liefen auf Schienen, rasten in Öffnungen, verschwanden dort, kehrten zurück und waren besetzt mit Monstern, die Zombies und Ghouls ähnlich sahen, nur dass diese hier nicht echt waren. Wirkliche Monster hätten Jane noch zu ihrem Glück gefehlt.

Auch Hexen erschienen. Sie hockten nicht in Särgen, sondern ritten auf Besen und fuhren fauchend und kreischend durch die Luft.

Jane wunderte sich, dass sie dieses Spektakel nicht schon vorher wahrgenommen hatte.

Die Särge rumpelten auf den Schienen. Wenn sie fuhren, zitterten auch die Bohlen unter ihnen.

Um Jane Collins herum befand sich in der Tat ein Inferno, denn nicht nur die Särge veranstalteten einen Höllenlärm, auch aus den von dieser Grotte aus verlaufenden Gängen drangen schaurige Geräusche.

Diese gesamte Wahrnehmung hatte vielleicht fünf Sekunden gedauert. Länger nicht. Trotzdem eine Zeitspanne, in der viel geschehen konnte. Der Ripper brauchte nur zuzustoßen und Janes Verwirrung zu nutzen.

Das tat er auch.

Sein Arm fuhr nach oben. Er wollte die Hand mit dem Messer fallen lassen, wobei die Spitze auf Janes Kopf zielte, doch er hatte nicht mit der Reaktionsfähigkeit der Detektivin gerechnet, die in den letzten Sekunden über sich hinauswuchs und die Todesangst unterdrückt hatte.

Bewaffnet war sie nicht mehr. Kämpfen konnte sie nur noch mit ihren Fäusten, und ob die gegen den Ripper ausreichten, war mehr als fraglich. Es blieb ihr zudem nicht die Zeit, sich darüber Gedanken zu machen, sie musste etwas unternehmen und ließ sich kurzerhand fallen. Relativ günstig stand sie bereits, das trennende Seil spürte sie in ihrem Rücken, kippte kurzerhand nach hinten und fiel über das Seil hinweg, geriet aber damit in den Bereich der Särge.

Das Messer verfehlte sie.

Damit hatte selbst der Ripper nicht gerechnet, dass sich sein so sicher geglaubtes Opfer noch einmal aufraffen würde.

Jane Collins wusste, dass sie jetzt schnell sein musste. Vielleicht so schnell wie nie in ihrem Leben, denn der Kampf stand auf des Messers Schneide.

Sie spürte unter sich die vibrierenden Holzplanken, über die auch die Schienen samt ihrer Särge liefen. Und die Totenkisten fuhren hin und her.

Hässlich lachende Unholde hockten in den Särgen, stierten Jane an und schienen ihren Spaß daran zu haben, wie inmitten dieses von Elektronik gesteuerten Horrors jemand um sein Leben kämpfte.

Jane rollte sich ein paar Mal um ihre Achse, stemmte dann Arme und Beine gegen den Boden und wuchtete sich wieder auf die Füße. Im nächsten Augenblick musste sie hastig zur Seite springen, da ein Sarg direkt auf sie zufuhr.

Es war schon ein Balancieren zwischen den sechs Totenkisten, als sich Jane in Sicherheit bringen wollte, doch der Ripper wusste genau, was sie vorhatte.

Er schnitt ihr den Weg ab.

Und er hatte einen großen Vorteil. Während sich die Detektivin ziemlich staksig bewegte, glitt er wie ein Schatten über den Boden und war immer vorher an dem Ort, wo auch Jane hin wollte. Dabei hielt er das gefährliche Messer so hoch, dass es Jane an der Kehle treffen konnte.

Womit sollte sie sich verteidigen?

Es blieb ihr nur eine Möglichkeit, und die nutzte Jane auch aus. Es war nicht einmal von ihr genau errechnet oder kalkuliert worden, sondern eine reine Verzweiflungstat.

Sie bückte sich, umfasste mit beiden Armen einen der Särge und wuchtete ihn hoch.

Sie hörte den Ripper lachen, ihre Wut wurde noch größer, und dann wuchtete sie den Sarg gegen den Unheimlichen vor ihr. Sie hörte den Aufprall, und zwar nicht nur, wie der Sarg gegen den Ripper knallte, sondern auch das Geräusch, als die Totenkiste zu Boden fiel und an einigen Stellen splitterte.

Der Sarg riss den Ripper mit. Er begrub den menschlichen Mörder unter sich, und Jane spürte für eine Sekunde den Triumph, der in ihr hochschoss.

Geschafft?

Ihre Augen wurden groß, sie wagte kaum, nach unten zu schauen, blickte über den Ripper hinweg und dorthin, wo die Gänge sternförmig in die Felsen stachen, sah das dunkelhäutige Mädchen Muriel, nahm es überhaupt nicht wahr, weil sie damit rechnete, eine Wachsfigur zu sehen, und schaute dann wieder auf ihren Gegner.

Der Sarg hatte ihn regelrecht auf den Boden genagelt und ihn bewegungsunfähig gemacht.

So leicht war das also.

So einfach …

Jane Collins begann zu lachen. Sie kicherte. Es klang hohl und auch befreiend. Endlich hatte sie es geschafft. Das Monster war besiegt. Sie trat einen Schritt zurück und schüttelte den Kopf. Nicht zu fassen, wie er da lag, der schwere Sarg auf seiner Brust. Arme und Kopf ragten hervor. Wie zum Hohn saß noch immer der Hut auf seinem Schädel, und die rechte Faust hielt den Griff des langen Messers fest.

Jane Collins musste sich überwinden, um das zu tun, was zu tun war. Sie bückte sich, streckte ihren Arm aus und spreizte die Finger, um die Klinge aus der Faust des Gegners zu drehen.

Keine Berührung.

Kein Kontakt!

Der Ripper war ein Geist!

Diese drei Vorstellungen und auch Tatsachen brannten sich in Janes Gehirn, und die musste sie erst einmal verdauen.

Der Ripper eine Vision!

Er lag da, und er war es doch nicht. Sie konnte ihn einfach nicht fassen, denn einen Geist kann man nicht berühren, das wusste auch Jane Collins.

Also hatte er sie genarrt. Die gesamte Zeit über zum Narren gehalten, sie in Sicherheit gewiegt und abgewartet.

Jane kniete. Ihre Hand befand sich dort, wo eigentlich der

Kopf des Rippers lag, aber sie berührte ihn nicht, der Ballen drückte auf die Planken.

Bewegungslos blieb sie hocken.

Ein, zwei und auch drei Sekunden.

Dann hörte sie das Kichern. Es übertönte, da es in ihrer Nähe ausgestoßen worden war, sogar das Rumpeln der fahrenden Särge und das wilde Heulen der Hexen.

Jane Collins wusste, wer hinter ihr stand.

Sollte sie sich umdrehen? Der tödlichen Gefahr ins Auge sehen? Oder sollte sie abwarten, bis der Stahl ihren Rücken traf und ihr Leben einfach auslöschte wie der Wind eine Kerzenflamme?

Sie wusste es nicht. Und da sie sich nicht entscheiden konnte, blieb sie einfach hocken. Somit verlängerte sie ihr Leben für wenige Atemzüge.

Der Ripper meldete sich. »Dreh dich nur um!«, zischte er. »Dreh dich um, damit ich dir deine Kehle aufschlitzen kann!«

… Kehle aufschlitzen kann!

Dieser Satz hallte in Janes Kopf nach. Er wollte sie auf die schlimmste Art und Weise töten, zu der er fähig war, dieses unmenschliche Monster.

Als Jane nicht reagierte, handelte der Ripper. Er bewegte sich lautlos vor, Jane spürte eine Berührung an der Schulter, und sie wurde mit einem Ruck herumgerissen.

Es war ihr unmöglich, sich dagegen zu wehren, der andere hatte einfach zu viel Kraft. Jane Collins fiel auf den Rücken, in einer Abwehrreaktion zuckten ihre Hände hoch, und sie sah unter der nach vorn gebogenen breiten Hutkrempe etwas schimmern.

Es war nicht das Messer, sondern das Gesicht.

Die Klinge schimmerte nicht, sie blitzte rötlich, weil sie vom einfallenden Licht getroffen wurde, und Jane sah bereits ihr eigenes Blut daran.

»Jaaaa!«, brüllte der Ripper.

Da hörten sie den Schrei!

Muriel hatte es nicht mehr ausgehalten. Was sich vor ihren Augen abspielte, ging über ihre Kraft. Sie konnte nicht zusehen, wie jemand ermordet wurde. Es war die Angst, die sie so handeln und gellend aufschreien ließ. Sie dachte auch nicht daran, dass sie sich dabei selbst in Gefahr brachte, ihr Entsetzen musste sich einfach freie Bahn verschaffen.

Beide hörten den Schrei!

Der Ripper hatte das Messer schon gedreht, damit er von links nach rechts den Schnitt führen konnte, als er den Schrei des Mädchens vernahm, über Jane hinwegstarrte und die dunkelhäutige Muriel am Beginn eines Ganges stehen sah.

Noch ein Opfer!

Muriel schrie und schrie. Auch als sie merkte, dass sich der Ripper nicht mehr für die blonde Frau interessierte, sondern nur noch für sie.

Ein neues Opfer!

Und der Ripper nahm die Chance wahr. Ein Ruck schien durch seine Gestalt zu gehen, als er sich voranbewegte, den Arm sinken ließ und die Hand drehte, sodass die Messerspitze jetzt nach vorn zeigte und auf das neue Opfer zielte.

Muriel sollte sterben!

Und er setzte sich in Bewegung.

Kein Laut war zu hören, als er über die Abtrennung stieg und Kurs auf das dunkelhäutige Mädchen nahm, dessen Schreie versickerten und in einem Wimmern endeten. In den großen, weit aufgerissenen Augen schimmerten Tränen, füllten sie aus und rannen in langen, nassen Spuren an den Wangen hinab.

Der Ripper überbrückte die Entfernung in sehr kurzer Zeit, und dann sah Muriel ihn so vor sich, wie es zuvor Jane Collins ergangen war.

Ihr half niemand.

Das Mädchen konnte sich nicht mehr auf den Beinen halten. Es hatte einfach nicht die Kraft, die Angst war zu groß geworden, und es sackte in die Knie.

Bevor der Ripper sie berühren konnte, fiel sie zu Boden, und ihr Kopf sank dabei nach vorn.

Auch der Ripper bückte sich. Eine Hand hatte er noch

frei. Aus der Fläche unter dem Hut drang ein undefinierbares Geräusch, während hinter ihm die Hexen lachten und kreischten sowie die Särge über die Schienen rumpelten und in den Gängen die anderen Horrormonster auftauchten, um dem dunkelhäutigen Mädchen den Grabgesang zu singen.

Die Finger der linken Hand fanden das krause Haar und krallten sich darin fest. Mit einem Ruck bog der Ripper den Kopf der jungen Muriel zur Seite und gleichzeitig nach hinten, sodass er in ihr Gesicht mit den schockgroßen Augen schauen konnte.

Die Lippen bewegten sich. Sie formten unhörbare Worte, aber jeder hätte sich denken können, dass sie um Gnade baten.

Gnade?

Die kannte der Ripper nicht. Schon im letzten Jahrhundert hatte er dies bewiesen, er wollte seine schreckliche Mordserie fortsetzen und tat dies auch.

Von rechts und links führte er den Schnitt, wobei er das Messer senkte.

Muriel hatte keine Chance. Sie spürte nicht einmal, wie sie vom Leben in den Tod glitt. Haltlos sackte sie zusammen und blieb auf dem Boden liegen, während die Hexen weiterhin ihr gellendes Kreischen und Heulen ausstießen.

Der Ripper hatte seine verabscheuungswürdige und furchtbare Tat begangen, ohne dass ihn jemand stoppen konnte.

Auch Jane Collins nicht.

Bei ihr hatte es gedauert, bis ihr bewusst geworden war, dass sie nicht mehr in unmittelbarer Todesgefahr schwebte. Als sie den Kopf hob und dem Ripper hinterher schaute, sah sie auch das zusammengesunkene dunkelhäutige Mädchen.

Sie fragte sich nicht, wie es des Nachts in dieses Gruselschloss gekommen war. Das alles zählte nicht, jetzt, da sie den Tod der unschuldigen Person hatte miterleben müssen.

Jane ballte die Hände zu Fäusten. Die Handballen presste sie gegen den Mund. Ihre Zähne bissen in das Fleisch. Sie schüttelte in wilder Panik den Kopf und wollte nicht glauben, dass jemand so erbarmungslos sein konnte.

Aber es war eine Tatsache. Ebenso wie das Blut, das unter dem liegenden Mädchen hervorrann …

»Nein!«, keuchte sie. »Das darf nicht wahr sein!« Sie sprang hastig auf, hechtete über die Barriere hinweg und stürzte sich mit wahrer Todesverachtung auf den Ripper, um ihn von einem zweiten Mord abzuhalten, denn sie hatte gesehen, dass sich aus dem Hintergrund des Ganges eine zweite Gestalt gelöst hatte und in wilder Flucht auf den Ripper zulief …

Es war Jill!

Plötzlich erschien der Werwolf vor mir, und ich erschrak bis ins Mark. Mit Überraschungen mussten wir in diesem Schloss rechnen, doch als sie so plötzlich und unerwartet auftraten, waren wir geschockt. Bevor ich eingreifen konnte, war das Monster schon wieder verschwunden. Die Elektronik hatte dafür gesorgt. Suko drängte sich an mir vorbei. Der Schock traf ihn, als ein Kopf aus der Wand fuhr. Widerlich anzusehen, täuschend echt, und so schnell, wie er gekommen war, verschwand auch er wieder.

»Meine Kinder würde ich hier nicht mit hinnehmen«, keuchte ich und lief weiter.

Dann hörten wir die Schreie.

Unwillkürlich blieben wir stehen, denn innerhalb dieser Burg verteilten sich die Echos so, dass es schwer für uns war, herauszufinden, wo sie aufklangen.

»Das muss vorn gewesen sein!«, sagte Suko und rannte weiter.

Dieser verdammte Gang war geschickt angelegt worden. Enge Kehren, vorspringende Kanten, die einen schnellen Lauf unterbrechen und stoppen konnten. Ein paar Mal schon hatten wir uns die Schultern gestoßen, aber so etwas hielt uns nicht auf, und wir waren froh, als wir sahen, dass sich der Gang verbreiterte.

Die Geräusche hatten wir bereits gehört. Jetzt sahen wir auch, wer sie produzierte. Da fuhren Särge herum, kreischten Hexen, es zuckte Licht, aber von Jane Collins sahen wir im ersten Augenblick nichts.

Mit gezogenen Berettas waren wir stehen geblieben und drehten uns mehrmals um die eigene Achse.

Ich entdeckte den Gang und sah schattenhaft die Gestalten in seinem Innern.

Drei Sprünge nur, und ich war da!

Während Jane Collins auf den Ripper unerschrocken und in einem ungeheuren Tempo zurannte, konnte sie an seiner Schulter vorbeischauen. Irgendwie las sie sogar das Schild, das besagte, dass dieser Gang dem Vampirgrafen Dracula gewidmet war. Das spielte keine Rolle mehr. Jane hatte in der letzten halben Stunde einen so großen Horror erlebt, dass sie eigentlich nichts mehr erschüttern konnte.

Sie wollte einen zweiten Mord verhindern und dachte dabei nicht an sich selbst.

Mit einem Satz sprang sie über die am Boden liegende Tote, tauchte in den Gang hinein, sah den Rücken des Rippers und das angststarre blonde Mädchen, das sich gegen eine Seitenwand gepresst hatte und beide Hände gegen ihre Wangen drückte.

Der Ripper drehte sich um. Er wandte Jane sein Profil zu und hob den rechten Arm, um zustechen zu können.

Die Detektivin war noch zu weit weg. Sie konnte nichts machen, aber die blonde Jill hatte Glück. Nicht Jane Collins rettete sie, sondern der nachgemachte Graf Dracula. Er fuhr in diesem Augenblick heran. Fahl leuchtete sein Gesicht mit dem aufgerissenen Mund und den beiden schrecklichen Vampirzähnen, die Arme hatte er vorgestreckt, um sein Opfer so an sich heranzuziehen, dass er es ohne große Mühe beißen und ihm das Blut aussaugen konnte.

Der Ripper stand außerordentlich günstig.

Dracula fiel gegen ihn, als die Bestie zustach.

Das Messer, hoch geschwungen, traf nicht Jill wie beabsichtigt, sondern den Kopf des Vampirs. Jetzt sah Jane, wie scharf die Klinge war. Obwohl der Schädel nicht gerade aus Pappe bestand, drang das Messer durch und trat mit der Spitze an der anderen Seite und dicht über dem Ohr wieder hervor.

Innerhalb des Kopfes musste ebenfalls eine Elektronik sitzen, denn die Horrorfigur spielte plötzlich verrückt. Sie zappelte, als würde jemand an einem Band ziehen, dabei drehte sie sich, schlenkerte mit den Armen, und innerhalb der Gestalt sprühte etwas auf.

Auch das Licht verlöschte.

Dunkel wurde es.

Jane konnte sekundenlang nichts sehen, sie hörte nur das Wimmern des Mädchens und die wütenden Laute des Rippers. Er hatte tatsächlich die Kontrolle über sich verloren, denn wie irre stach er auf den Grafen Dracula ein.

Seine Umrisse konnte Jane erkennen, sie bewegten sich hektisch und hastig, er wollte das Hindernis aus dem Weg haben, war vollauf damit beschäftigt, und Jane ergriff ihre hauchdünne Chance.

Sie ließ sich zu Boden gleiten, robbte auf Jill zu und bekam sie zu fassen.

Jill schrie auf, als sie die Berührung spürte. Sie wandte hastig den Kopf, wusste überhaupt nichts und wurde von der Detektivin zur Seite gezogen.

»Komm, los!«, keuchte Jane.

Irgendwie hatte Jill verstanden, was sie sollte, denn sie unterstützte Jane in ihren Bemühungen und begann, auf den Ausgang zuzukriechen.

Die beiden Frauen gewannen ein wenig Sicherheit, die jedoch brutal zerstört wurde, als der Ripper herumschwang und merkte, was los war.

Er stieß einen wütenden Schrei aus, hob die Hand mit der Klinge und stürzte nach vorn.

Da fiel ein Schuss!

Ich hatte gefeuert, obwohl ich nicht viel sehen konnte. Die Bewegungen verrieten mir jedoch, dass sich in diesem Gruselgang ein mörderisches Drama abspielte, das schon ein Opfer gekostet hatte. Denn beide hatten wir das tote Mädchen vor dem Eingang gesehen.

Das Blitzen der Klinge hatte mir den ungefähren Standort des Rippers verraten, deshalb zielte ich darauf und vernahm auch eine Reaktion. Es war ein wütender Schrei, und dort, wo die geweihte Kugel getroffen hatte, sah ich ein Aufleuchten. Das Messer wurde im Zickzack bewegt, für einen Moment hatte ich das Gefühl, er wollte es schleudern, dann tat er es doch nicht.

Der Ripper verschwand.

Er wischte wie ein Schatten in den Hintergrund des Gangs und wurde nicht mehr gesehen.

Hatte ich ihn erledigt?

Suko schob mich zur Seite. Er hielt die Dämonenpeitsche schlagbereit und machte sich an die Verfolgung des Rippers, während ich mich bückte und im schwachen, von draußen hereinfallenden, rötlich schimmernden Licht die beiden Frauen sah.

Eine war Jane Collins.

Und sie lebte.

Ich bückte mich, wollte ihr auf die Beine helfen, doch sie schüttelte den Kopf. Ich verstand. Um die andere musste ich mich kümmern, denn sie konnte aus eigener Kraft nicht aufstehen, während Jane taumelnd den Ausgang erreichte und sich in der Grotte schwer atmend an die nachgemachte Felswand lehnte.

Ich kam mit Jill nach. Sie war nicht schwer, ich hatte sie auf meinen Armen liegen, schaute in das noch sehr junge blasse Gesicht, sah das Zucken der Muskeln und die starren Augen.

Sie stand unter Schock. Wahrscheinlich hatte sie den Mord mit ansehen müssen und war durch diesen Vorfall für eine Zeit ihres Lebens psychisch gezeichnet.

Neben Jane setzte ich sie auf den Boden. Sie reagierte überhaupt nicht, und mir schien es, als würde ich mich mit einer Puppe beschäftigen und nicht mit einem Menschen.

Ich wandte mich ab und kümmerte mich um das dunkelhäutige Mädchen am Boden.

Ihm war nicht mehr zu helfen, der Ripper hatte ganze Arbeit geleistet!

Musste ich mir Vorwürfe machen? Eigentlich nicht, aber wenn ich vor einem Opfer des Rippers stand, dann drehte ich fast immer durch. Auch hier waren wir zu spät gekommen und hatten den Ripper wieder einmal nicht stellen können.

Oder doch?

Ich dachte dabei an Suko, der sich noch im Gang aufhalten musste. Ob es ihm unter Umständen gelungen war, den Ripper auszuschalten? Das wäre zu schön gewesen, um wahr zu sein.

Ich hörte Sukos Schritte und erkannte schon daran, dass es dem Chinesen nicht gelungen war, den Ripper zu fassen. Sonst wäre er forscher gegangen.

Wie ein Geist erschien er, sah mich bei der Toten stehen und schüttelte den Kopf.

Diese Geste besagte alles.

Ich ging auf ihn zu. »Und wohin ist er verschwunden?«

»Keine Ahnung, John. Das ist ein Teufel. Er hat sich plötzlich aufgelöst.«

»Der Ripper ist ein Geist«, meldete sich Jane Collins mit schwacher Stimme. »Wir können ihn nicht packen. Nicht mehr. Er ist uns überlegen. Es ist der Geist des echten Rippers aus dem letzten Jahrhundert. Glaubt mir, ich weiß es.«

»Und er hat dich gesucht?«, fragte ich.

Jane nickte. Ihre Mundwinkel zuckten, das Gesicht war bleich und tränennass. Schnell ging ich zu ihr und legte einen Arm um sie, damit ich sie stützen konnte.

»John!«, flüsterte sie mit kaum verständlicher Stimme. »Wenn du nicht gewesen wärst, dann …«

»Schon gut, schon gut. Noch dürfen wir den Sieg nicht feiern, wir haben den Ripper nicht.«

Jane ließ sich gegen mich fallen und begann zu weinen. »Aber du wirst ihn doch stellen können …«

»Ich hoffe es.«

Mein Blick glitt ins Leere. Alles war vorhin so schnell geschehen, dass ich erst jetzt dazu kam, richtig zu überlegen, wie es nun weitergehen sollte.

Der Ripper hatte zwei Möglichkeiten. Er konnte sich weiterhin innerhalb dieses Gruselschlosses aufhalten oder es verlassen und irgendwo draußen auf seine Opfer warten. Seine Chance würde sicherlich kommen, denn in ein paar Stunden trafen die ersten Besucher ein. Darunter zahlreiche Frauen, potentielle Opfer für den unheimlichen Ripper. Wenn wir ihn bis dahin nicht gestellt hatten, sah es böse aus. Natürlich konnten wir HORRORLAND abriegeln oder überwachen lassen, aber dieser Mörder war so schlau und geschickt, dass er sämtliche Fallen umging. Der kannte keine Gnade und steckte voller Raffinesse. Deshalb fiel es mir schwer, an einen Erfolg zu glauben.

Suko kümmerte sich um das Mädchen. Er hatte sich neben die Kleine gehockt und redete beruhigend auf sie ein. Das Girl starrte ihn an, schüttelte hin und wieder den Kopf und kauerte sich zusammen wie ein verängstigtes Tier.

Da es jedoch zu Suko Vertrauen fasste, konnte der Chinese auch seinen Namen erfahren.

»Sie heißt Jill«, sagte er.

»Frag sie mal, was sie und ihre Freundin hier des Nachts zu suchen hatten.«

Darauf wollte Jill keine Antwort geben. Sie schüttelte den Kopf und begann wieder zu weinen.

Neben mir atmete Jane Collins tief durch. Sie hatte sich wieder einigermaßen gefangen und sprach mit relativ normal klingender Stimme weiter.

»John, ich möchte nicht mehr hier bleiben. Bitte, lass uns gehen. Nach draußen in den Park. Ich kann nicht ...«

»Okay, das geht in Ordnung.«

Auch Suko hatte die Worte vernommen. Er war ebenfalls einverstanden und half Jill beim Aufstehen.

So wie ich Jane stützte, so stützte er sie. Einen letzten Blick warfen wir noch auf die fahrenden Särge und die tanzenden Hexen, dann wandten wir uns ab.

Da verlöschte das Licht!

Das kam so plötzlich, dass wir das Gefühl hatten, jemand hätte uns Säcke über die Köpfe gestreift. Wir konnten tatsächlich nichts sehen, ein letztes Nachleuchten noch – aus ...

Jane presste sich eng an mich. Ich spürte, wie sie zitterte, und hörte Jill schluchzen.

Das allerdings wurde von der Stimme des Rippers übertönt, die von irgendwo aus der Dunkelheit erklang.

»Ich kriege euch!«, flüsterte er. »Ich kriege euch alle ...«

Nicht nur Jane lief ein Schauer über den Körper, was ich merken konnte, da ich ihre Hand festhielt. Mir erging es nicht anders. Jill und Suko bestimmt auch nicht. Und das blonde Mädchen sprach aus, was es dachte.

»Jetzt sind wir verloren ...«

Keiner gab eine Antwort. Nach der Schrecksekunde beschäftigten sich meine Gedanken bereits mit der Suche nach einem Ausweg aus der Klemme. So einfach wollte ich nicht aufgeben. Der Ripper sollte es nicht so leicht haben, das hatte ich mir geschworen. Wir durften jetzt nicht den Fehler begehen und in Panik verfallen, sondern mussten eiskalt überlegen.

»Platzwechsel!«, zischte ich, denn wenn wir stehen blieben und sich der Ripper unseren Standort gemerkt hatte, konnte er leicht mit dem Messer zustechen und einen von uns trotz der Dunkelheit treffen. Das wollten wir auf keinen Fall riskieren.

Suko und ich waren ein eingespieltes Team. Er hatte mich nicht nur akustisch genau verstanden, sondern wusste auch, wie es gemeint war. Er durfte sich auf keinen Fall dorthin bewegen, wo ich hinging. Und das schafften wir auch.

Suko schlich zur rechten Seite weg, ich nahm die linke. So gerieten wir uns nicht in den Weg.

Seine Stimme hörte sich bereits weiter entfernt an, als er fragte: »Hast du die Lampe, John?«

»Ja.« Bei dieser Antwort ging ich selbst in die Hocke und zog Jane Collins mit. Sie bewegte sich neben mir, und ich spürte ihre Lippen an meinem Ohr. »John, erledige ihn. Ich werde sonst noch verrückt.«

»Natürlich.« Meine Antwort glich einem Hauch. Mit der freien Hand strich ich über Janes langes Haar, das keine Beute des Rippers werden sollte.

Jane Collins kannte die Regeln natürlich und wusste, dass sie von nun an eine passive Rolle spielen musste, damit sie mich in meinen Aktionen nicht behinderte.

Sie löste sich von mir, blieb aber in meiner Nähe. Dies konnte ich spüren.

In den folgenden Sekunden unternahm ich noch nichts. Ich hatte die Lampe zwar hervorgeholt, zögerte allerdings, sie einzuschalten, und behielt sie weiterhin in meiner linken Hand. Vorsichtig verlagerte ich das Gewicht des Körpers, sodass ich mich auf den Boden legen konnte, um aus dieser Stellung heraus eine erste Übersicht zu gewinnen. Dabei schabten meine Kleidungsstücke gegeneinander, und über dieses Geräusch ärgerte ich mich, da es unnatürlich laut in der Stille klang.

Ich hoffte, dass sich Suko und das Mädchen einigermaßen in Sicherheit oder Deckung gebracht hatten, und schob mit dem Daumen den Knipser der kleinen Lampe nach vorn.

Der Strahl war in der Tat nur fingerdick, und er bohrte einen hellen Streifen in die Dunkelheit, der sogar ein Ziel traf, nämlich die nachgebaute Felswand.

Sofort schwenkte ich den Arm, da ich dem Ripper nicht zu lange ein verhältnismäßig gut auszumachendes Ziel bieten wollte, sah ihn jedoch nicht, nur die Särge erschienen am Ende des Lampenkreises. Als ich meinen Arm ein wenig bewegte, ruckte auch der Strahl höher und stach genau in die Mundhöhle eines nachgebildeten Zombies, der jetzt, wo die Elektronik ausgeschaltet war, steif und starr in seinem Sarg hockte.

Für mich war diese Gestalt ein widerliches Zerrbild des Schreckens, und ich bewegte meinen Arm weiter in die Runde, um den Ripper vielleicht doch noch zu entdecken.

Pech auf der ganzen Linie.

Es blieb mir nichts anderes übrig, als die Lampe wieder auszuschalten und abermals meinen Standort zu wechseln. Dabei stieß ich gegen einen weichen Körper und konnte anhand der Rundungen fühlen, dass es Jane Collins war.

Zu einem anderen Zeitpunkt hätte ich gegrinst oder eine passende Bemerkung fallen lassen, hier war sie fehl am Platze, ich musste mich voll auf den Ripper konzentrieren.

»Wir gehen jetzt zum Eingang!«, wisperte ich in Janes Ohr. »Halte du dich nur an meiner Seite.«

»Okay …«

Langsam stand ich auf. Jane erhob sich ebenfalls, und wir stützten uns gegenseitig.

Ich hörte hinter mir schleichende Schritte. Suko und Jill kamen. Der Chinese hatte ähnlich gedacht wie ich. Wir kannten uns eben schon lange genug.

Kein Licht, nicht ein winziger heller Schein. Es war düster wie in dem berühmten Bärenhintern. Aber nicht nur das. Jeder von uns spürte das Unheil, das tückisch und versteckt im Verborgenen lauerte und nur darauf wartete, zuschlagen zu können.

Wieder kroch es mir kalt den Rücken hinab. Ein rieselnder Schauer, der am Ende der Wirbelsäule mündete. Selbst meine Haut wurde zu einem sensitiven Spürorgan, zu einem sechsten Sinn gewissermaßen, der auf Gefahren reagieren sollte.

So lautlos wie möglich bewegten wir uns voran. Mit dem Bewusstsein, dass der unsichtbare Gegner jeden Augenblick hart und brutal zuschlagen konnte.

Ich hatte die Führung übernommen, wandte mich nach links, hielt einen Arm ausgestreckt und tastete mit der Hand umher, um jeden Widerstand sofort erkennen zu können.

Schon bald traf ich auf einen. Meine Handfläche rutschte über den nachgemachten Fels. Es war die linke Seite des Ganges, an der wir uns jetzt halten mussten.

Jane ging dicht hinter mir. Manchmal spürte ich ihre Berührung, als wollte sie sich vergewissern, dass ich noch da war.

Selten in meinem Leben war ich so langsam gegangen wie in diesem stockfinsteren Gang der nachgebauten Schreckensburg. Da konnten überall Gefahren lauern, der Ripper war hier zu Hause, und sicherlich sah er im Gegensatz zu uns auch in der Dunkelheit.

Wann schlug er zu?

Er hielt sich zurück. Wir standen unter Strom, die Spannung steigerte sich ins Unermessliche, doch der Ripper ließ uns weiterhin in Ruhe, sodass unsere Hoffnung ebenso wuchs wie die Angst und das Unbehagen. Eine verrückte Situation.

Die Nerven – besonders die der Frauen – waren einer Zerreißprobe unterworfen, und die Spannung stand dicht vor dem Siedepunkt. Ich ertastete die erste Kehre. Die Wand machte eine Krümmung, und abermals lag ein Stück Gang vor uns.

Ohne Vorwarnung blieb ich stehen, und Jane stieß gegen mich. Ich wollte es riskieren, spreizte meinen Arm rechts vom Körper ab und schaltete die Lampe ein.

Ein schmaler, heller Tunnel stach in das Dunkel, verlief ins Leere, und auch als ich die Hand heftig bewegte, sah ich nichts innerhalb des Lichtscheins.

Der Ripper zeigte sich nicht und hielt uns weiterhin in Atem.

Rasch schaltete ich die Lampe wieder aus und dachte erst jetzt daran, das Kreuz vor meiner Brust hängen zu lassen. Wenn der Ripper tatsächlich mit dem Teufel im Bunde stand, dann musste das geweihte Kreuz ihn zumindest in die Flucht schlagen.

Im Gänsemarsch gingen wir weiter. Diesmal nicht mehr so langsam, sondern etwas forscher. Vielleicht wollte uns der Ripper tatsächlich nach draußen locken, da er sich dort bessere Chancen erhoffte, was ich mir im Prinzip nicht vorstellen konnte.

Abermals gelangten wir an eine Kurve. Ich stieß sogar gegen eine etwas vorspringende Wand, stoppte kurz, drehte mich um die Wand herum und schlich weiter.

Die anderen folgten mir. Die Spannung hielt mich zwar noch immer fest, doch es war nicht mehr so schlimm wie zu Beginn. Mittlerweile hatten wir uns daran gewöhnt, nur hinter mir vernahm ich das scharfe Atmen der beiden Frauen.

Meiner Ansicht nach hatten wir jetzt die Stelle erreicht, wo sich rechts von uns die große Glasscheibe in der Wand befinden musste, hinter der die Ratten und die Gehängten zu sehen waren.

Dort passierte es.

Zuerst war es nur ein Knistern, dann ein hohles Schleifen, und noch im selben Augenblick vernahmen wir das platzende Geräusch.

Bereits beim ersten Laut war ich herumgefahren, weil mir ein schrecklicher Verdacht gekommen war. Jetzt wollte ich es genau wissen, schaltete die kleine Lampe ein, und obwohl der Lichtfinger nur eine minimale Breite hatte, konnten wir dennoch erkennen, was sich vor uns abspielte.

Die Glaswand brach zusammen. Splitterbrocken wirbelten uns entgegen. Aber nicht nur sie. Mit ihnen kamen auch die Ratten – und der Ripper!

Ich hörte das Fiepen der bösartigen, ausgehungerten Tiere, die allein schon schlimm genug waren, aber in Verbindung mit dem Ripper zu einer tödlichen Gefahr wurden.

Den Unhold sah ich wie in Großaufnahme. Er stürzte mir entgegen, die rechte Hand halb erhoben, das Messer funkelte, und ich vernahm das Krachen der Schüsse, denn Suko hatte abgedrückt.

Fahles Mündungsfeuer leuchtete. Kugeln hieben in den Körper und zeichneten ein regelrechtes Muster.

Jill schrie so laut, dass ihre Stimme überkippte. Ich schleuderte Jane Collins zur Seite und tauchte selbst nach links weg, um der Klinge zu entgehen.

Sie verfehlte uns. Wuchtig hackte sie in die nachgemachte Wand, der Ripper brüllte wütend, und Suko jagte ihm nicht nur eine Kugel in den Rücken, er schlug auch noch mit der Dämonenpeitsche zu, sodass diese Attacke die Silberkugelwirkung noch verstärkte.

Ich brauchte nicht einzugreifen, hielt nur die Lampe so, dass der Strahl den Ripper erfasste, und merkte nicht einmal, dass die widerlichen Ratten an mir hochsprangen.

Der Ripper hing an der Wand. Eine bleiche Hand klammerte sich um den Messergriff. Sie schillerte tatsächlich blauweiß und nahm in den nächsten Sekunden eine andere Farbe an, denn sie wurde grau und spröde, ein Zeichen dafür, dass sich der Ripper langsam auflöste und auch die Kraft aus seinem Körper strömte.

Plötzlich sackte er zusammen. Die verkrallten Finger ließen

den Messergriff los, aber auch die Klinge verschwand vor unseren Augen. Irgendeine magische Kraft hatte sich das Blutmesser geholt. Ein Vorgang, der mich sehr irritierte, und ich machte mir Vorwürfe, da ich es nicht mit dem Kreuz berührt hatte, dann wäre vielleicht alles anders gekommen, aber so?

Hastige Schritte bewiesen Suko und mir, dass Jane und Jill aus dem Gang ins Freie liefen. Wir hatten nichts dagegen, sondern kümmerten uns um den Ripper.

Suko trat den Hut weg.

Ein haarloser, bleicher Schädel war zu sehen. Ein Skelettkopf, mehr nicht. Wer der Ripper gewesen war, konnten wir nicht sagen. Vielleicht hatte er auch mal Ernie Shanes Gestalt gehabt. Wer konnte das wissen, obwohl die Leiche des Reporters im Sarg lag und langsam vermoderte. So ganz hatten wir das Geheimnis des Rippers nicht gelöst, das mussten wir zugeben.

Suko trat mit dem Fuß auf ein Hosenbein.

Darunter knirschte es.

Die Knochen brachen und wurden zu Staub.

»Das war's dann wohl«, sagte der Chinese.

Ich schaute Suko an. »War es das wirklich?«

»Wie meinst du das denn, John?«

Ich hob die Schultern. »Keine Ahnung, mein Lieber, aber ich habe da ein komisches Gefühl, ein verdammt komisches sogar ...«

Wir gingen nach draußen. Jill und Jane warteten. Die Ratten waren frei und hatten sich irgendwo im Gelände verteilt. Da gab es sicherlich noch mehr von ihren Artgenossen.

»Geschafft?«, fragte Jane uns.

»Ich glaube ja.« Suko gab die Antwort. Ich hielt mich zurück und dachte an das Messer. Zuletzt war alles verdammt leicht gegangen. Eigentlich zu leicht, und mein dumpfes Gefühl hatte mich noch nicht verlassen.

»Kann ich eine Zigarette haben?«, fragte Jill.

»Ich habe keine««, sagte ich. Als ich in ihre Augen blickte, erkannte ich, an welch einer Krankheit dieses Mädchen litt.

Es war rauschgiftsüchtig und bereits von dem widerlichen Dreckzeug gezeichnet. Vielleicht half eine Entziehungskur. Ich wollte mich für sie einsetzen.

»Haben Sie Stoff gesucht?« Die Frage stellte ich wie nebenbei, traf damit jedoch genau ins Schwarze und sah, wie das Mädchen zusammenzuckte.

»Also ja.«

Sie nickte.

»Darüber reden wir später«, sagte ich mit ruhiger Stimme. »Zuerst einmal müssen wir hier raus.«

Es gab niemanden, der mir in diesem Punkt widersprochen hätte. Wir mussten leider wieder den unkonventionellen Weg über den Zaun nehmen, wobei wir uns gegenseitig halfen.

Der Bentley und der VW standen noch dort, wo wir ihn verlassen hatten. Und auch der tote Wächter lag da. Vom Wagen aus wollte ich die Mordkommission alarmieren. Sie musste sich um zwei Tote kümmern, denn in der Burg lag noch die Leiche des Mädchens.

Als wir neben dem Bentley standen, sagte Suko: »Der Ripper, der ist erledigt!«

»Glaubt ihr das wirklich?«

Wir zuckten zusammen, als hätte ein Blitzstrahl zwischen uns eingeschlagen, denn jeder von uns hatte seine Stimme erkannt. Und die war aus dem Mund von Jane Collins gedrungen.

Der Ripper – oder der Geist des Rippers – hatte einen neuen Gastkörper gefunden.

Er steckte in Jane!

DIE HEXENINSEL

Sie stand vor mir, und in ihren Augen lag ein Glanz, wie ich ihn noch nie bei ihr gesehen hatte.

Kalt, grausam – und tödlich.

»Rühr mich nicht an, John Sinclair!«, schrie sie mit einer Stimme, die mir eine Gänsehaut über den Rücken trieb. »Rühr mich nicht an, oder du wirst es bereuen, du Bastard!«

Dumpf und drohend drangen die Worte aus ihrem Mund. Eine fremde Stimme, aber eine Stimme, die ich kannte, die sich mir eingeprägt hatte und die ich nie vergessen würde.

Die Stimme des Rippers!

Und diese Stimme drang aus dem Munde einer Freundin, meiner besten Freundin, der Privatdetektivin Jane Collins. Der unheilvolle Geist des Rippers war in sie gefahren und hatte von ihr Besitz ergriffen. Jane war nicht mehr sie selbst, ein anderer hielt sie so fest in seinen Krallen, dass er sie wohl nie mehr loslassen würde.

Ich stand vor ihr wie ein begossener Pudel, drehte dann den Kopf und warf einen Hilfe suchenden Blick auf Suko.

Mein Freund und Partner war ebenso schockiert wie ich. Er lehnte an dem Bentley und war hilflos wie nie in seinem Leben.

Genau wie ich.

Gegen Vampire, Werwölfe oder Ghouls hätten wir es aufgenommen, da wussten wir, wie wir uns zu verhalten hatten, aber ich konnte Jane Collins doch nicht mit dem Kreuz attackieren, das war unmöglich. Vielleicht hätte ich ihr irreparable Schäden zugefügt, denn so bestand noch die Hoffnung, dass sie sich irgendwann wieder änderte oder wir den unheilvollen Geist aus ihrem Körper vertreiben konnten.

Dabei hatten wir gehofft, den Ripper zu besiegen. Ein Irrtum, wie wir nun merkten. Er war zurückgekehrt, so wie er es mir damals versprochen hatte, als ihn die Polizisten und Sargträger in der Totenkiste an mir vorbeitrugen.

Wir hatten den Geist des Rippers nicht vernichten können, er lebte nach wie vor weiter und hatte einen neuen Gastkörper gefunden.

Ausgerechnet Jane Collins!

Diese Erkenntnis warf mich fast um, machte mich nervlich fertig und war schlimmer als das vorher Erlebte.

Jetzt standen wir uns gegenüber, starrten uns an und wussten, dass wir Feinde waren.

Vielleicht Todfeinde?

»Jane …«, versuchte ich es abermals und erhielt direkt die passende Antwort.

»Sprich mich nicht an, du Hund!« Dumpf dröhnte es aus ihrem Mund, und das sonst so hübsche Gesicht verzog sich zu einer Fratze.

»Sei vernünftig, Jane.«

»Nein. Ich will nicht!« Sie schrie mich an, schüttelte den Kopf, und ihre Haare flogen wie ein blonder Wirbelsturm um den Kopf. Normalerweise hätte sie frieren müssen, so wie sie dastand, in dem dünnen Kleid mit dem tiefen Rückenausschnitt, aber sie spürte die Kälte nicht. Ein anderer beherrschte sie, ein Geist, ein schlimmer Dämon, der die Kontrolle über sie besaß.

Freiwillig würde er aus Jane nicht hinausfahren!

So weit war ich mit meinen Gedanken gelangt und hatte auch beschlossen, umzudenken. Ja, das musste ich. Ich konnte es mir nicht mehr leisten, Jane so zu betrachten wie früher.

»Wenn du nicht kommst«, sagte ich, »dann werde ich dich holen, Jane Collins!«

Meine Worte schwangen ihr entgegen, doch sie beeindruckten sie überhaupt nicht. »Holen willst du mich?«, höhnte sie. »Nein, mich kannst du nicht holen, ich bin der Ripper, der Ripper, hörst du? Und ich werde sein Erbe weiterführen!« Als sie das sagte, begannen ihre Augen noch mehr zu leuchten, und ich glaubte, einen kalten Hauch zu spüren, der mich traf.

Sie war jetzt der Ripper!

Nur allmählich ging mir auf, was das eigentlich bedeutete. Jane Collins – der Ripper. Sie würde morden, sie würde das Messer benutzen, weil sie nicht anders konnte und der dämonische Geist des anderen es ihr befahl.

Mein Gott!

Auf keinen Fall durfte ich es so weit kommen lassen. Dagegen musste ich etwas unternehmen. Jane Collins durfte nicht frei herumlaufen, weil sie eine Gefahr für die Menschheit darstellte.

Eine Gefahr für die Menschheit!

Dieser Begriff war mir eben eingefallen, und darüber erschrak ich selbst. Jane eine Gefahr! Ausgerechnet sie, die die Menschheit bisher mit allen Kräften unterstützt hatte?

Und wenn wir sie in ein Gefängnis, eine Anstalt oder einen ausbruchsicheren Raum steckten? Damit musste unter Umständen etwas zu erreichen sein. Ich würde mich Tag und Nacht um sie kümmern, bis wir ihr diesen verfluchten Dämonengeist ausgetrieben hatten!

Wie das geschehen sollte, darüber dachte ich jetzt noch nicht nach. Vielleicht hätte ich durchgedreht. So wollte ich erst einmal alles in die Wege leiten.

Leicht geduckt stand sie vor mir. Wie ein Tier erschien sie mir, als sie mich fixierte, und ich warf einen schnellen Blick über die Schulter zu Suko hin.

»Soll ich …?«, fragte er.

»Nein, ruf du einen Wagen an. Krankenwagen – ausbruchsicher …«

Mein Partner erschrak, denn er hatte verstanden, was ich damit meinte. Sofort tauchte er in den Bentley, und dann hörte ich Jill schreien.

»Da, sie rennt weg!«

Blitzschnell fuhr ich herum.

Das Mädchen hatte nicht gelogen. Jane war raffiniert. Sie hatte meine Unaufmerksamkeit eiskalt ausgenutzt. Ihr durchtrainierter Körper streckte sich, und sie rannte den Weg hoch, den wir gekommen waren.

Wollte sie etwa zum Schloss?

Ich versuchte es noch einmal im Guten, obwohl es sicherlich keinen Sinn hatte.

»Stehen bleiben!«, brüllte ich.

Jane drehte sich nicht einmal um. Sie hatte mich zwar gehört, aber das kümmerte sie nicht. Sie war jetzt eine andere. Der unselige Geist des Rippers trieb sie voran, und er beflügelte ihre Schritte. Sie war sehr schnell, sodass sie ihren Vorsprung zu Beginn sogar noch ausweiten konnte und ich das Nachsehen hatte.

Suko rief etwas hinter mir her, was ich jedoch nicht verstand. Ich wollte nur weiter und Jane Collins fangen, bevor sie Unheil anrichtete und womöglich andere Menschen tötete.

Wie von Furien gehetzt jagte sie weiter. Ihr langes Haar flatterte und erinnerte mich an ein gelbes Tuch. Dann erreichte sie die Gabelung. Wenn sie jetzt schräg links weiterlief, dann gelangte sie zur Burg, doch sie schlug die andere Richtung ein und rannte scharf nach rechts weiter. Dieser Weg führte in das nachgebaute Soho des letzten Jahrhunderts. Dort war es leichter für sie, sich zu verstecken, denn die zahlreichen schiefen und dicht nebeneinander stehenden Häuser boten ausgezeichnete Unterschlupfmöglichkeiten.

Aus diesem Grunde legte ich noch mehr Tempo zu.

Laufen konnte ich, und ich war auch schneller als Jane. Zudem wies mir ihr helles Haar trotz der Dunkelheit den Weg, der momentan ein wenig bergab führte und in die nachgemachte Stadt mündete.

Dann war sie verschwunden. Ich sah ihr Haar nicht mehr. Aus vollem Lauf stoppte ich, dachte nicht mehr an das alte Kopfsteinpflaster, das sich durch die Feuchtigkeit der Nacht mit einem rutschigen Film überzogen hatte, und fiel hin.

Über die Schulter rollte ich mich ab, sprang sofort wieder auf die Füße und schaute mich um.

Jane konnte überall stecken. Rechts und links drängten sich die nachgebauten, engen Häuser. Sie standen dort wie eine schiefe Wand, die zahlreiche Eingänge, Vorbauten und Fensterlöcher aufwies. Das alte Soho aus dem letzten Jahrhundert, Schlupfwinkel für den Ripper, den echten, und auch der heutige hatte sich diesen Stadtteil zweimal als Wirkungsstätte ausgesucht.

Ich durfte nicht näher darüber nachdenken, dass er sich ausgerechnet Jane Collins als neuen Wirtskörper genommen hatte. Das war nicht zu fassen, aber eine Tatsache.

Jane und ich waren jetzt Feinde. Wie sie mir gegenübergestanden und mich angefahren hatte, konnte es keinen Kompromiss zwischen uns beiden geben.

Suchend ließ ich meine Blicke kreisen. Weit konnte sie nicht gelaufen sein. Sie war ziemlich plötzlich verschwunden, deshalb hatte sie sich meiner Ansicht nach nur in der unmittelbaren Umgebung versteckt.

Ich starrte auf die ersten Häuser. Schon einmal hatte ich einige Bauten durchsucht, jetzt stand mir das Spiel wieder bevor. Mittlerweile hatte sich der Nebel noch mehr verdichtet. Er trieb über die Straße und kroch in dünnen Bahnen an den Hauswänden hoch. Ich sah die leichten Mädchen, die an den Laternen lehnten. Wachspuppen, provozierende Haltungen einnehmend. Wer es nicht wusste, konnte sie zumindest aus dieser Entfernung für echt halten.

»Jane!« Ich wollte ihr noch eine Chance geben, sich zu zeigen und vielleicht alles friedlich zu regeln.

Sie antwortete nicht, obwohl sie mich gehört haben musste. Die Detektivin mit dem Geist des Rippers wollte mit mir nichts mehr zu tun haben. Höchstens als Feind.

So und nicht anders sah es aus, und ich musste mich innerlich darauf einstellen, dass wir beide uns vorerst nicht mehr als Freunde gegenüberstanden.

Sollte sich Jane irgendwo eine Waffe besorgen können, um gegen mich anzugehen, wurde es kritisch. Ihre Handtasche hatte sie nicht bei sich gehabt, aber in den Häusern gab es genügend Gegenstände, die sich als Waffe eigneten.

Deshalb war ich sehr vorsichtig, als ich an der linken Straßenseite ein Haus betrat. Die Tür ließ sich zwar öffnen, doch sie quietschte in den Angeln, und dieses Geräusch passte mir überhaupt nicht. Ich verzog das Gesicht, als hätte ich Essig getrunken.

Die Tür ließ ich einen Spalt breit offen, als ich den Namen meiner Freundin rief.

Meine Stimme hallte im Haus nach, mehr geschah nicht. Falls sich Jane in dem Bau aufhielt, dann hatte sie sich gut versteckt. Wie alle Bauten aus der alten Zeit war auch dieses Haus sehr schmal. Noch enger war die Treppe. Holzstufen, die mir ziemlich brüchig schienen und vor denen man Angst haben konnte, sie zu betreten.

Ich tat es trotzdem, denn in den zwei unteren Räumen fand ich nichts. Auch oben nicht, wobei ich jedes Mal einen Blick durch ein Fenster auf die Straße warf. Es konnte schließlich sein, dass sich Jane auf der Straße aufhielt.

Dort ließ sie sich nicht blicken.

Auch die nächsten drei Häuser durchsuchte ich mit dem gleichen negativen Erfolg.

Beim fünften Haus endlich hatte ich Glück. Eigentlich war es auch nur ein Zufall, dass ich die Spur entdeckte.

Direkt hinter der Schwelle sah ich einen noch feuchten Fußabdruck auf dem Holz.

Er stammte von einem Damenschuh!

Plötzlich spannten sich meine Nerven. Ich konzentrierte mich darauf, Jane Collins in diesem Haus zu finden, holte tief Luft und schob mich durch den engen, düsteren Flur. Bei den vorher durchsuchten Häusern hatte ich die kleine Lampe angeknipst. Hier ließ ich sie aus und bewegte mich im Finstern weiter.

Umrisse konnte ich erkennen, und ich hörte auch über mir das Knarren von Fußbodendielen. Dort bewegte sich jemand. Für mich gab es keinen Zweifel, dass es sich dabei nur um Jane Collins handeln konnte. Jemand anderer hatte das Haus vor mir nicht betreten.

Um meine Lippen zuckte ein hartes Lächeln, als ich mich so leise wie möglich der schmalen Treppe näherte. Leider hatte ich mit der Tücke des Objekts zu kämpfen, und bei mir ging es ebenfalls nicht lautlos ab. Das Knarren der Dielen musste auch oben zu hören gewesen sein.

Jane reagierte nicht. Sie verhielt sich still, und so gelang es mir, die ersten Stufen zu nehmen. Ich zählte sie automatisch mit und war bei der Zahl vier angelangt, als ich über mir das Rollen und auch Poltern hörte.

Augenblicklich blieb ich stehen, duckte mich und richtete meinen Blick nach oben in die Dunkelheit.

Genaues konnte ich nicht erkennen, nur einen unförmigen Schatten, der das Poltern verursachte.

Aber der Schatten stand nicht still. Er setzte sich in Bewegung, rollte über die Stufen und dabei genau auf mich zu …

Der Schatten nahm fast die gesamte Breite der Treppe ein. Mit Schrecken erkannte ich, dass er mich von den Beinen reißen und zermalmen würde, wenn ich nicht auswich.

Mit einem gewaltigen Satz warf ich mich aus dem Stand zurück, gab mir noch mehr Schwung, hörte das Rollen und harte Aufschlagen des Gegenstands und dazwischen ein raues, widerliches Lachen, das nur von einem Mann stammen konnte, aber von einer Frau ausgestoßen wurde.

Dann krachte ich gegen die Tür und hämmerte sie so hart ins Schloss, dass das Holz nachzitterte.

Dann hatte mich der Schatten erreicht. Im letzten Moment sah ich, worum es sich bei ihm handelte. Es war ein gewaltiges Fass, das dort oben gestanden haben musste. Ich konnte nicht mehr ausweichen. Dic Geschwindigkeit des Gegenstandes war zu groß, sodass mir nichts anderes übrig blieb, als mich so klein wie möglich zu machen.

Trotzdem wurde ich getroffen. Zwar begrub mich das Fass nicht unter sich, aber an der Schulter spürte ich den harten Aufprall, der mir den Atem raubte. Dann schien etwas vor meinem Kopf zu explodieren, dabei war es nur der Gegenstand, der gegen die Tür gewuchtet war, zurücksprang und langsam zur Ruhe kam.

Aber es blieb nicht beim Fass. Da erschien noch jemand, um sich vom Erfolg seiner Bemühungen zu überzeugen.

Jane Collins!

Die unheimliche Kraft des Rippers trieb sie an. Sie leitete ihre Aktionen, und Jane Collins war schnell wie ein Wiesel. Ihre Füße polterten über das Holz, sie nahm die Treppe mit langen Schritten, und die Echos dröhnten in meinen Ohren. Dazwischen vernahm ich das böse Lachen, und ich versuchte verzweifelt, auf die Füße zu gelangen, was gar nicht so einfach war, denn das verdammte Fass hatte mich zwischen sich und der Wand eingeklemmt.

Als Jane die Treppe hinter sich gelassen hatte, stieß sie einen Laut aus, den ich bei ihr noch nie gehört hatte. Es war eine Mischung zwischen Keuchen und Knurren, triumphierend anzuhören. Sie schien sich zu freuen, dass es mir nun an den Kragen ging.

Ich setzte all meine Kraft ein und bewegte das schwere Holzfass so, dass es in Janes Richtung rollte.

Mein Glück, denn Jane war so mit sich selbst beschäftigt, dass sie gegen das Fass fiel, ihr Gleichgewicht verlor und nach vorn kippte, mir quasi entgegen.

Es tat mir in der Seele weh, nach ihr zu schlagen, doch es blieb mir keine andere Möglichkeit. Trotzdem schlug ich nur mit gebremster Kraft. Aber Jane legte mich rein. Sie hatte blitzschnell den Kopf zur Seite genommen, sodass meine Faust nicht sie, sondern nur das Fass traf.

Der Aufprall dröhnte in meinen Ohren, und im nächsten Moment stemmte sich Jane mit ihrem Körpergewicht gegen das Fass, drückte es zurück, überraschte mich damit und klemmte mich fest.

Der wütende Fluch erstickte mir auf den Lippen. Im Rücken spürte ich die Tür, vor mir drückte das Fass gegen meine Brust, und über der seitlichen Rundung sah ich Janes verzerrtes Gesicht.

Aber ich sah noch mehr.

Das Flimmern rechts neben ihrem Kopf. Wie aus dem Nichts entstand etwas, vor dem ich eine gewaltige Angst hatte.

Das Messer des Rippers.

Es materialisierte sich in Janes Hand. Sie umklammerte hart den Griff, die Spitze zeigte nach unten, und die Detektivin würde keinen Moment zögern, mir die Klinge in den Hals zu stoßen …

Jill hatte wieder zu weinen begonnen. Immer wieder sprach sie von Muriel, deren Leben der Ripper ausgelöscht hatte, und sie warf des Öfteren einen Blick auf den Toten. Noch immer lag der Nachtwächter verkrümmt auf dem kalten, feuchten

Boden. Suko hoffte, dass die Mordkommission bald eintreffen würde.

Er selbst stand auch wie auf heißen Kohlen. Viel lieber wäre er mit John Sinclair gegangen, als hier zu warten, dennoch sah er ein, dass einer am Wagen bleiben musste.

»Setzen Sie sich in den Bentley«, sprach der Chinese das junge Mädchen an.

Jill nickte. Suko platzierte sie in den Fond, wo sie sich anlehnte und aus großen, verheulten Augen ins Leere starrte. Bestimmt war sie völlig fertig. Hinter ihrer Stirn musste es wie in einem Kreisel zugehen. Hinzu kam die Sucht nach dem Rauschgift, und als sie den Kopf hob, um Suko anzuschauen, da sah der Chinese ihren nahezu gierigen Blick.

Er schüttelte den Kopf, denn er wusste, was folgen würde. Trotzdem versuchte Jill es. Da sich Suko durch die offene Tür in den Fond gebeugt hatte, streckte sie den Arm aus, und die fünf Finger ihrer rechten Hand krallten sich in den Stoff von Sukos Jacke. »Nur einen Schuss«, flüsterte sie. »Nur einen kleinen Schuss …«

Ihre Stimme wurde weinerlich. »Nur ein bisschen, bitte – gib es mir. Zum letzten Mal, dann nehme ich keinen mehr. Ich schwöre es!«

»Jill, ich habe keinen Schuss.«

»Du lügst. Du Hund lügst.« Sie begann zu schreien und zu toben. »Du willst mir nur nicht …« Sie verschluckte sich. »Krepieren lassen willst du mich. Einfach umbringen. Das wollt ihr doch alle, ihr verdammten Kerle!« Jill bäumte sich auf, dann fiel sie wieder zurück und begann zu schluchzen.

Das Mädchen war am Ende. Es musste dringend in ärztliche Behandlung. Hoffentlich schicken sie den Notarztwagen auch mit, dachte Suko. Bestellt war er und nicht nur für Jill, sondern auch für Jane.

An sie dachte der Chinese wieder, und er fragte sich, ob John Sinclair es geschafft hatte, sie zu stellen.

Dann wurde er abgelenkt, tauchte aus dem Wagen und hörte das Jaulen der Sirenen jetzt deutlicher. Er schaute nach rechts und sah den zuckenden Schein in der Dunkelheit.

Die Wagen kamen.

Suko atmete auf. Endlich konnten sich die Spezialisten um Jill kümmern, die ihren Kopf gedreht und das Gesicht gegen die Innenwand der Scheibe gepresst hatte.

Sie musste schlechte Erfahrungen mit Polizisten gemacht haben, denn sie warf sich hin und her und schaute Suko flehend an. »He, Mann, lassen Sie mich gehen! Die Bullen, die …«

»Du bleibst.«

Jill sah ein, dass sie mit Worten nichts erreichen konnte, und ließ Taten folgen. Kraftvoll stieß sie den Wagenschlag auf und wollte verschwinden.

Suko war mit wenigen Schritten um den Bentley herum und erwischte Jill, als sie ihren Fuß nach draußen setzte. Was dann folgte, war eine wütende Schimpfkanonade, die auch nicht abbrach, als beide im Scheinwerferlicht der heranrollenden Fahrzeuge gebadet wurden. Mit einer Hand hielt Suko Jill fest, mit der anderen winkte er. Er war froh, wenn er das kreischende, zappelnde und beißende Bündel Mensch endlich los war.

Zwei Uniformierte beschäftigten sich mit Jill, während der Chef der Mordkommission ein Gesicht zog, als hätte es drei Wochen ununterbrochen nur geregnet.

Er kannte Suko, denn vor einigen Stunden waren er und seine Spezialisten ebenfalls mit der Untersuchung beschäftigt gewesen.

»Da haben Sie uns ja wieder was eingebrockt«, knurrte er.

»Aber diesmal ist die Leiche vorhanden.«

»Habe ich schon gesehen. Und wer ist es?«

»Namentlich kenne ich den Toten nicht«, erklärte der Chinese. »Aber ich glaube, dass er hier als Nachtwächter arbeitete. Er trägt die entsprechende Kleidung.«

»Dann wollen wir mal sehen.«

Die Männer der Mordkommission schwärmten aus. Jeder hatte seine genaue Aufgabe.

Suko fühlte sich als Störenfried.

Sein Blick flog immer wieder zum Tor hin. Dahinter mussten sich Jane und John befinden. Er wäre jetzt gern bei ihnen gewesen.

»Was ist eigentlich mit der Kleinen da?«, wollte der Chiefinspektor wissen.

»Wir haben sie im Park aufgelesen. Bei ihrer Freundin sind wir zu spät gekommen. Sie finden ihre Leiche in der Schreckensburg.«

»Noch eine Tote?«

Suko hob die Schultern. »Leider. Aber das hatten wir bereits gemeldet. Hat man Sie davon nicht in Kenntnis gesetzt?«

»Nein …«

»Dann tut es mir leid.«

Der Chiefinspektor wollte mehr über die Mädchen wissen.

»Wie kamen die beiden überhaupt in den Park?«

»Die sind über den Zaun geklettert. Soviel ich weiß, ging es da um Rauschgift. Irgendwo in dieser nachgebauten Schreckensburg muss ein Rauschgiftversteck sein.«

»Wir werden danach suchen.«

»Sie brauchen mich wahrscheinlich nicht mehr«, meinte Suko. »Ich möchte mich noch ein wenig im Park umsehen.«

Der Chinese fing sich einen misstrauischen Blick des Chiefinspektors ein. »Wollen Sie mich hier allein lassen und einfach so Leine ziehen?«

Suko lachte. »Nein, nein. Aber ich habe noch etwas zu erledigen. Sagen Sie dem Fahrer des Krankenwagens, dass er warten soll.«

»Ich kann Ihnen nichts befehlen, Kollege.«

Suko nickte dem Chiefinspektor zu und ging. Er nahm wieder den etwas unkonventionellen Weg, indem er über das Gitter kletterte. Als er ein paar Schritte gelaufen war und sich umdrehte, erkannte er von den Personen schon nichts mehr. Nur die Scheinwerfer waren geisterhafte Flecken, und das sich lautlos drehende Blaulicht gab der näheren Umgebung ein geheimnisvolles Aussehen.

Suko ging sehr schnell. Dabei spitzte er die Ohren, denn in der Dunkelheit konnte er besser hören als sehen.

Als Suko die Weggabelung erreichte, blieb er stehen. Jetzt war er ebenso schlau wie zuvor.

Keine Spur von Jane und John!

Der Chinese konnte sich für einen Weg entscheiden. Wieder zurück in die Burg? Ob sich Jane tatsächlich in dem alten Gemäuer verkrochen hatte?

Suko wollte es nicht so recht glauben, denn die Burg bot zwar Verstecke, aber nicht in der Anzahl, wie sie in dem nachgebildeten Soho zu finden waren.

Deshalb schlug der Inspektor den Weg nach rechts ein, wo der Pfad vor ihm leicht bergab führte.

Graue Schleier trieben um die alten Fassaden und schienen sie einweben zu wollen. Geheimnisvoller Dunst, an manchen Stellen schon nebeldicht, überdeckte alles mit einem gnädigen Schleier.

Suko blieb stehen, nachdem er unter seinen Sohlen das Kopfsteinpflaster spürte.

Es war durch die Feuchtigkeit rutschig geworden, schnell konnte er nicht laufen. Das hatte er auch nicht vor. Schritt für Schritt und sehr bedächtig setzte er seinen Weg fort.

Die Häuser standen wie eine Wand. Dazu die engen Straßen. Er sah die Wachspuppen an den Laternen und Hauswänden lehnen, die grell geschminkten oder angemalten Lippen leuchteten wie Schwingen aus Blut in der Dunkelheit. Die wehenden Dunstschleier gaukelten Bewegungen der Wachspuppen vor, und Suko fragte sich mittlerweile, ob er überhaupt den richtigen Weg genommen hatte, denn diese Stille war schon fast unheimlich.

Bis er das Poltern hörte und seine Meinung änderte. Das Geräusch war links von ihm aufgeklungen, und zwar in einem der schmalen Häuser.

Genau hatte der Chinese es nicht lokalisieren können, aber er wusste die Richtung.

Suko überwand die trennende Distanz innerhalb von nur zwei Sekunden, rüttelte an der ersten Tür, riss sie auf, schaute in einen leeren Flur und vernahm im rechten Nachbarhaus abermals ein dumpfes Geräusch.

Wie ein Wirbelwind war Suko an der Tür, hielt sich nicht erst lange auf, sondern warf sich wuchtig und mit aller Kraft gegen das Holz …

Janes verzerrtes Gesicht – das Messer. Ich sah beides wie bei der Großaufnahme auf einer riesigen Leinwand vor mir. Nur war es kein Film, sondern Wirklichkeit, und Jane Collins wollte mich töten.

Eiskalt umbringen!

»Tot, Sinclair, tot!«, keuchte sie mit der fremden Stimme des Rippers, wobei sich ihr Gesicht verzerrte und in ihre Augen ein Ausdruck trat, den ich noch nie bei ihr gesehen hatte.

Ich konnte meine Waffe nicht ziehen, das verfluchte Fass klemmte mich zu hart ein.

Nur durch ein Wunder war ich zu retten.

Und das Wunder geschah. Für mich war es ein Wunder, denn damit hätte ich nie gerechnet.

Von außen her warf sich jemand wuchtig gegen die Tür. Sie war nicht verschlossen, ich spürte den Druck, schrie auf, und der Stoß pflanzte sich fort, ging auch auf das Fass über und erreichte sogar Jane Collins.

Sie hatte zustoßen wollen, doch durch den von außen einwirkenden Kraftakt wurde sie nach hinten geworfen und geriet somit aus dem Gleichgewicht. Ihr rechter Arm fuhr zwar noch nach unten, doch die Messerspitze hackte nicht in meinen Körper, sondern in das Fassholz.

Abermals wuchtete jemand von außen gegen die Tür. Ich hörte eine mir vertraute Stimme.

Es war Suko.

»John!«, keuchte er und drückte gegen das Hindernis. Diesmal half ich mit. Es war mir gelungen, den rechten Arm zu befreien, so konnte ich mich auf dem Boden abstützen und mit den Knien das Fass vorschieben.

Jane Collins war zurückgesprungen. Sie dachte nicht mehr an das Messer, das im Fass steckte, die Detektivin wollte nur noch fliehen. Hastig polterte sie die Stufen der schmalen

Stiege hoch und war kaum verschwunden, als Suko ins Haus stürzte.

Mit einem Blick übersah er die Lage. Sein Blick wurde allerdings fragend, als er mich erkannte. Ich war dabei, aufzustehen, und das ging nicht eben flott, denn meine Knochen taten mir weh.

Die Blicke des Chinesen saugten sich an dem Messer fest. »Verdammt, John, wollte sie dich …?«

»Ja, sie wollte mich killen.«

»Und?«

»Jetzt ist sie oben.«

Kaum hatte ich ausgesprochen, als sich Suko an dem Fass und an mir vorbeidrückte. Er nahm den gleichen Weg, den auch Jane gegangen war, und ließ die Treppe schnell hinter sich.

Ich blieb für einen Moment stehen und schüttelte den Kopf. Erst einmal musste ich wieder zu mir finden.

Von oben vernahm ich Stimmen. Zuerst die von Jane. Suko musste sie erreicht haben. »Rühr mich nicht an, du verfluchter Bastard! Rühr mich nicht an!«

»Jane, sei vernünftig. Ich will dir nur helfen. Wirklich. Nur helfen.«

»Verschwinde!« Das hörte sich an wie das Knurren bei einem wilden Tier.

Ich wusste Bescheid. Man konnte Jane nicht helfen. Nicht so, wie wir es gern getan hätten, deshalb blieb uns nichts anderes übrig, als es auf die harte Tour zu versuchen, sosehr uns dies auch gegen den Strich ging.

»Bist du verrückt? Jane, tu das nicht!«

Sukos Stimme warnte mich und beflügelte gleichzeitig meine Aktionen. Da oben spielte sich irgendetwas ab. Ich konnte nicht bleiben und musste meinem Partner zu Hilfe eilen. Auf keinen Fall wollte ich, dass Jane da oben durchdrehte.

Diesmal nahm ich die Treppe mit langen Sätzen. Die Stufen bogen sich unter meinem Gewicht durch, sie federten, aber sie hielten, weil sie schließlich auch den Besucherstrom aushalten mussten.

Als ich die erste Etage erreichte, hörte ich ein satt klingendes Platzen und danach ein helles Klirren.

Augenblicklich war mir klar, was dies zu bedeuten hatte. Jane wollte aus dem Fenster.

Das Geräusch hatte mir bewiesen, dass Suko es nicht hatte verhindern können. Deshalb musste ich alles daransetzen, um Jane nicht entwischen zu lassen.

Als ich das Zimmer betrat, begann sie gellend zu schreien. Suko hatte es doch geschafft. Jane hing zwar mit ihrem Oberkörper im Fensterkreuz fest, aber weiter konnte sie nicht, da der Chinese ihre Beine in Höhe der Knöchel umklammert hielt. Einige Scherbenreste steckten noch im Rahmen. Sie schnitten nicht nur durch Janes Kleidung, sondern auch in ihre Haut. Der Schmerz machte ihr nichts, sie schien ihn kaum zu spüren, da die andere Kraft, die Stärke des unheimlichen Rippers, in ihr wesentlich größer war.

Sie begann zu schreien und toben, doch Suko ließ nicht locker. Er zog Jane aus dem halb zerstörten Fenster, und als sie zu Boden fiel, trommelte sie mit den Fäusten auf die Bohlen, wobei sie wie von Sinnen schrie.

»Das ist eine Raubkatze!«, fuhr Suko mich an. »Kannst du sie bändigen?«

Jane warf ihren Körper herum, dabei kam sie auf den Rücken zu liegen und krachte hart auf die Bohlen, was ihr anscheinend nichts ausmachte, denn verletzt war sie nicht. Im Gegenteil, sie präsentierte sich putzmunter und steckte voller Hass. Das bewies sie uns, denn sie spuckte nach Suko und mir.

Es gab nur eine Möglichkeit, um Jane ruhig zu stellen. Allerdings kostete es mich Überwindung, sie einzusetzen, doch mir blieb keine andere Wahl.

Ich trat so nahe wie möglich an sie heran, während Suko noch ihre Beine festhielt. Dann krümmte ich die Hand.

»Sorry«, sagte ich und ließ sie fallen.

Es war ein genau gezielter Schlag. Auch die Stärke hatte ich sehr wohl dosiert.

Ich traf genau.

Jane Collins schüttelte sich, als hätte jemand Wasser über sie ausgegossen. Sie zuckte noch hoch, dann fiel sie zurück und blieb einfach liegen.

Bewusstlos …

Dagegen hatte auch der Geist des Rippers nichts ausrichten können.

Wir atmeten beide auf und schauten uns an. Suko nickte. »Das wär's dann wohl«, meinte er.

Ich schüttelte den Kopf, denn ich war überhaupt nicht der Meinung des Chinesen. »Nein, das war's nicht, mein Lieber. Jetzt fängt der Ärger erst an.«

»Möglich.« Er schaute mich an, lächelte dann, bückte sich, hob Jane hoch und warf sie über seine Schulter. »Deine Knochen werden zu angeschlagen sein«, kommentierte er.

»Da hast du recht. Und vielen Dank auch.«

»Schon erledigt.« Suko ging vor und schritt vorsichtig die schmale Stiege hinab. Er hielt sich dabei am Geländer fest. Die Stufen ächzten noch stärker unter dem doppelten Gewicht, aber den Chinesen störte das nicht. Er ließ die Stiege hinter sich, stand schließlich unten im Flur und schaute sich um.

Ich folgte ihm langsamer. Als ich sah, auf welch einem Gegenstand Sukos Blick hängen geblieben war, wurden auch meine Augen groß. Jetzt schauten wir beide das Fass an.

Trotz der schlechten Beleuchtung konnten wir erkennen, dass sich einiges verändert hatte. Und zwar das Wichtigste.

Das Messer war verschwunden!

»Er hat es wieder!«, flüsterte mein Partner.

»Der Ripper?«

»Wer sonst?«

Ich war anderer Meinung. »Nein, der Ripper steckt in Jane. Dieses verfluchte Messer ist eine magische Klinge. Ich weiß nicht, wieso und weshalb, aber ich werde es herausfinden.«

»Hoffentlich.«

Da uns das Fass im Weg war, trat ich mit dem Fuß dagegen und rollte es zur Seite. Jetzt konnte Suko die Tür öffnen. Ich folgte meinem Partner in die kühle Nacht und warf einen Blick auf die über Sukos Schulter hängende Jane Collins.

Ihr Gesicht war entspannt. Sie hing dort wie eine Puppe.

Nichts wies daraufhin, welch eine unheimliche Kraft in ihr steckte und wie sich die Detektivin verändert hatte. Als ich an die vergangenen Minuten dachte, gab es mir einen Stich. Ich hatte Angst um Jane. Schreckliche Angst darum, dass sie es diesmal nicht mehr schaffen konnte. Und dieses Gefühl war nicht unbegründet. Ich kannte den unheimlichen Ripper und dessen Gefährlichkeit. Sein verfluchter Geist war einfach nicht totzukriegen, denn wir hatten schon alles versucht.

Wie sollte es weitergehen?

Über die nahe Zukunft wusste ich Bescheid. Ich würde Jane in eine Klinik bringen lassen. Sie musste dort eingesperrt werden. Es gab ja Räume, die absolut schalldicht und sicher waren. Die Vision einer Zwangsjacke stieg vor meinem geistigen Auge auf. Auch damit musste ich rechnen, wahrscheinlich sogar blieb uns keine andere Alternative, als Jane in so ein Gerät zu stecken, obwohl es mir innerlich widerstrebte, doch ich sah einfach keine andere Möglichkeit.

Suko schielte mich von der Seite her an. »Ich kann mir denken, was in deinem Kopf vorgeht«, meinte er.

»Sag nichts.«

»Klar.«

Als wir das Tor erreichten, hatten die Polizisten die große Einfahrt schon geöffnet. Sie mussten mit den Wagen durch und brauchten viel Platz. Wir traten zur Seite, als sie anfuhren. Der große Ambulanzwagen blieb meinen Anordnungen entsprechend stehen.

Aber auch das Dienstfahrzeug des Chiefinspektors stoppte neben uns. Unser Kollege kurbelte die Scheibe nach unten und steckte seinen Kopf durch die Öffnung. »Wer ist das denn?«, wollte er wissen. »Haben Sie das tote Girl geholt?«

»Nein, das ist Jane Collins. Sie ist nur bewusstlos.«

»Dann soll sie wahrscheinlich mit dem Wagen weggebracht werden.«

»Genau.«

»Sie sagen mir später etwas über die Zusammenhänge?«

»Natürlich.«

Der Chiefinspektor fuhr wieder ab. Die hellen Streifen der

Scheinwerfer huschten geisterhaft durch den Park und zerstörten ein wenig die unheimliche Atmosphäre der Grusellandschaft.

Der kastenförmige Rettungswagen war mit zwei Leuten besetzt. Einer fuhr, der andere kümmerte sich um den zu transportierenden Verletzten. Als die Männer uns sahen, liefen sie uns entgegen. Ein Weißkittel blieb jedoch stehen und öffnete die beiden hinteren Türen, damit wir in den Wagen klettern konnten.

»Du willst mitfahren?«, fragte Suko.

»Ja.«

»Soll ich nicht lieber auch …?«

Heftig schüttelte ich den Kopf. »Erstens wären zwei zu viel. Und wer bringt den Bentley nach Hause?«

»Das ist das geringste Problem. Allerdings sehe ich ein, dass du recht hast. Gib mir nur Bescheid, in welches Krankenhaus Jane Collins gebracht werden soll.«

»Krankenhaus ist gut«, erwiderte ich. »Das wird wohl auf eine psychiatrische Klinik hinauslaufen. Eine andere Möglichkeit sehe ich wirklich nicht.«

»Das wird hart.«

»Noch härter.«

Suko legte mir seine freie Hand auf den Unterarm. »John, ich weiß, was in dir vorgeht, und es ist immer schwer, einen Rat zu geben. Versuche trotzdem, einen klaren Kopf zu behalten. Emotionslos, sagt man doch.«

»Ja, ich werde mich bemühen.«

Wir hatten inzwischen die Rückseite des Wagens erreicht. Einer der Helfer hatte die Trage ausgefahren, auf die Jane Collins gelegt wurde.

»Müssen wir sie festschnallen?«, fragte uns der Mann.

Ich stimmte zu.

»Ist sonst noch etwas? Ich meine, besteht die Gefahr, dass sie …?«

»Nein, nein, sie hat nur einen Schlag abbekommen, der sie ins Reich der Träume geschickt hat. Das ist alles.«

»Verstehe.«

»Ich fahre übrigens mit«, sagte ich zu dem Sanitäter oder Arzt. Genau wusste ich nicht, was er war.

»Das ist schlecht, Sir. Eigentlich ist es verboten, dass Angehörige oder Freunde …«

»Bei mir werden Sie eine Ausnahme machen, denn dieser Fall ist nicht normal. Sie müssen ihn mit anderen Maßstäben messen.«

»Wie Sie wünschen, Sir.« Die Antwort klang leicht pikiert. Ich konnte den Mann verstehen, doch ich wollte nun mal in Janes Nähe bleiben, das war für unser aller Sicherheit besser.

Mit Handschlag verabschiedete ich mich von meinem Freund und Kollegen. »Mach's gut.«

»Wohl ist mir ja nicht bei der Sache, John.«

»Mir auch nicht«, erwiderte ich mit belegter Stimme. »Aber mach dir keine Gedanken, das schaffe ich schon.«

»Okay, wie du meinst.« Suko wandte sich ab und stieg in den Bentley. Ich wartete noch, bis er den Wagen gedreht hatte und davonbrauste. Dann nickte ich dem Sani zu.

Der gab dem Fahrer Bescheid. Inzwischen hatte er Jane angeschnallt, und sie lag wie eine Tote auf der Trage. Aber sie lebte. Beseelt von einem Geist, der keine Ruhe finden konnte und sich immer neue Wirtskörper aussuchte.

Der Mann im weißen Kittel schlug die Tür zu und verriegelte sie von innen. Die Notbeleuchtung ließ er brennen. Er stellte sich als Dr. Alwin Brenner vor.

Auch ich sagte meinen Namen.

Es war eng im Wagen. Umgeben von zahlreichen medizinischen Geräten und kleineren Apparaturen hockte ich an der Rückwand und schaute auf Jane.

Die blasse Notbeleuchtung traf ihr Gesicht und einen Teil des Oberkörpers. Seltsam fahl sah ihre Haut aus, wie die einer Toten. Ich schauderte, als ich daran dachte, wer in diesem Körper steckte. Der Ripper hatte gnadenlos zugeschlagen, und ich fragte mich, wie Jane wohl reagieren würde, wenn sie erwachte.

»Welches Ziel haben Sie eigentlich?« Dr. Brenners Stimme unterbrach meine Gedanken.

Verdammt, das hatte ich vergessen. Ich nannte ihm den Namen einer psychiatrischen Klinik.

»Nicht ein normales Krankenhaus?«

»Nein.«

Er wollte noch nach dem Grund fragen. Als er jedoch mein Gesicht sah, schwieg er und griff zum Sprechgerät, um dem Fahrer Bescheid zu geben. Neugierig war er trotzdem. »Was hat sie denn?«

»Sie befindet sich in einer Art Stress«, antwortete ich ausweichend. »Es kann durchaus sein, dass sie erwacht und plötzlich durchdreht.«

»Meinen Sie?«

»Ja.«

Der Arzt hob die Schultern. »Es gibt ja genügend Spezialisten, die sich um sie kümmern. Hat sie die Krankheit schon lange?«

»Erst seit kurzer Zeit.«

»Dann ist sie sicherlich heilbar.«

»Ich hoffe es.«

Das Fahrzeug war gut gefedert. Wir merkten die Unebenheiten der Fahrbahn kaum. Das Fahren über Querrillen oder kleinere Schlaglöcher wurde gut abgefangen.

Ich konnte meinen Blick nicht von Janes Gesicht abwenden. Noch wirkte es entspannt, doch ich hatte einen Horror vor der Minute, wo sie erwachte.

Drei breite Gurte waren um ihren Körper geschlungen. Sie hielten auch die Arme fest. Jane würde sich kaum bewegen können, sollte sie irgendwie nach dem Erwachen durchdrehen. Vielleicht hatten wir bis dahin unser Ziel erreicht.

Dr. Brenner räusperte sich. Er wollte meine Aufmerksamkeit, und ich schaute ihn fragend an. »Die Frau«, stellte er fest. »Sie blutet aus mehreren kleinen Wunden.«

»Glassplitter.«

»Ich werde mich um sie kümmern.«

Dagegen hatte ich nichts. Dr. Brenner holte eine Pinzette, Wattetupfer und machte sich an die Arbeit. Ich beobachtete ihn und bewunderte seine ruhige Hand. Da war nichts Übernervöses oder Zittriges. Trotz der Fahrt arbeitete er gelassen, schnell und geschickt.

Ich hing dabei meinen Gedanken nach. Wie sollte es nun weitergehen? Ein großes Fragezeichen schwebte über mir, und mir fiel der Begriff des Exorzismus ein, der Teufelsaustreibung. Mit so etwas hatte ich eigentlich nie etwas zu tun haben wollen, und ich wehrte mich auch jetzt dagegen, die Möglichkeit in die engere Wahl zu ziehen. Deshalb verbannte ich sie in meinen Hinterkopf.

Welche Chancen gab es noch? Die Tiefenhypnose, von der modernen Wissenschaft unbedingt anerkannt, konnte eventuell helfen. Vom Namen her kannte ich sogar einige Spezialisten, aber es gab noch jemanden, der mir mit Rat und Tat zur Seite stehen konnte. Dieser Jemand war eine Frau, die leider nicht in London, sondern in Paris lebte.

Ihr Name: Tanith.

Sie war nicht nur eine bekannte Wahrsagerin und Hellseherin, sie beschäftigte sich auch mit dem Gebiet der Tiefenhypnose und hatte dabei schon verblüffende Erfolge erzielt. Es war noch nicht lange her, als ich ihre Bekanntschaft gemacht hatte, und wir waren uns auf den ersten Blick sympathisch gewesen.

Ich beschloss, Tanith anzurufen. Sicherlich würde sie so rasch wie möglich kommen, denn auch ihr Ziel war es, Dämonen zu bekämpfen, seit sie das erste Mal Kontakt zu den finsteren Jenseitsreichen gehabt hatte. Zudem besaß sie eine geheimnisvolle Kugel, die haargenau in die Öffnung eines Kelchs passte, den ich den Teufelsmönchen vor Jahren abgenommen hatte. Er hieß Kelch des Feuers.

Dr. Brenner richtete sich wieder auf. Er hatte die kleinen Blutungen zum Stillstand gebracht und war zufrieden. »So, jetzt wird sie nicht mehr viel spüren.«

Der Arzt lächelte. Er hatte lackschwarzes Haar und eine sonnenbraune Haut. »Wenn alle Verletzten so wären, die wir zu transportieren haben, wäre ich froh.«

»Täuschen Sie sich nicht.«

Wie auf ein Stichwort öffnete Jane Collins die Augen. Sie

schaute mich an, ich sah ihre starren Pupillen, doch Erkennen oder Leben zeigte sich nicht darin.

Ich beobachtete die Detektivin gespannt. Sie versuchte, die Arme zu bewegen oder anzuziehen. Dabei stellte sie fest, dass dies nicht möglich war. Sie öffnete den Mund, und ein drohendes Knurren drang über ihre Lippen, was den Arzt dazu veranlasste, mir einen überraschten Blick zuzuwerfen.

»Ich hatte es Ihnen gesagt, Doc, sie ist nicht so harmlos.«

»Das scheint mir auch so zu sein.«

Jetzt hatte Jane mich gesehen und erkannt. Ihr Blick brannte sich auf meinem Gesicht fest. Augenblicklich verzog sich ihr Mund. Hass legte sich wie ein Schleier auf ihre Miene.

»Sinclair!«, keuchte sie.

Es war nicht ihre Stimme, sondern die des Rippers, und Dr. Alwin wusste nicht, wie er reagieren sollte.

»Mein Gott, das ist ein Mann. Nein, nein – eine …«

»In ihr steckt ein anderer«, behauptete ich.

»Was?«

»Ja, der Geist eines eigentlich längst toten Mörders aus dem letzten Jahrhundert.«

»Aber das ist verrückt.«

»Im Prinzip haben Sie recht, Doc. Doch die Praxis beweist das Gegenteil. Was sie hier erleben, hat etwas mit Magie zu tun.«

Jetzt sagte er gar nichts mehr. Das Wort Magie passte nicht in sein naturwissenschaftlich geprägtes Denken.

Dafür konzentrierte ich mich auf Jane Collins. In ihr erwachte der Widerstand und auch die Kraft, denn sie ging jetzt mit allen Mitteln gegen ihre Lage an.

Jane kämpfte.

Die Fesseln, es waren breite Riemen, pressten sie hart an die Liege. Normalerweise waren sie für Kranke gedacht, und sie wurden bei ihnen auch nicht so stramm eingestellt. Bei Jane hatte der Arzt die engste Stufe genommen.

Ihr Mund wurde zu einer breiten Öffnung, als sie erkannte, dass sie es nicht so einfach schaffte, sich aufzurichten. Sie warf den Kopf wild von einer Seite zur anderen, fluchte und schrie mir Beschimpfungen entgegen.

Dabei überschlug sich ihre Stimme. Aus den dumpfen Lauten wurde ein Krächzen mit hohen Tönen dazwischen. Es hörte sich schlimm an, und der Doc schüttelte den Kopf, als könnte er das alles nicht begreifen.

Als er sich vorbeugte, hielt ich ihn zurück. »Jane«, sagte ich leise. »Jane, beruhige dich bitte. Du bist in Sicherheit. Ich bin bei dir. Das andere in dir darf nicht zu stark werden.«

»Ich bin der Ripper!« Drohend drangen die Worte aus ihrem Mund. Mir lief dabei eine Gänsehaut über den Rücken. Dem Arzt erging es nicht anders.

»Der Ripper?«, hauchte er.

Die Frage war an mich gerichtet, doch ich sparte mir die Antwort, sondern beobachtete sie weiter. Schaum stand vor ihrem Mund. In den Augen leuchtete ein kalter Glanz, den man mit dem Wort Hass umschreiben konnte.

Ich musste mich langsam von dem Gedanken lösen, in dieser Frau Jane Collins zu sehen. Nein, das war nicht mehr die Detektivin von früher, so wie ich sie kannte. Vor mir lag eine Bestie, die meinen Tod wollte.

»John Sinclair!«, schleuderte sie mir meinen Namen wütend entgegen. »Hüte dich, John Sinclair! Hüte dich, denn wenn ich freikomme, hast du verloren. Du kannst es nicht schaffen. Ich bin stärker. Ich habe geschworen, dich zu töten, und diesen Schwur werde ich halten, koste es, was es wolle.«

Bevor ich eine Antwort geben konnte, drehte Jane Collins vollends durch. Ihr Körper bäumte sich auf, und sie schaffte es trotz der Bänder, die sie hielten.

Ich zuckte unwillkürlich zurück, denn aus ihrem weit geöffneten Mund drang ein schon tierischer Schrei. Der Geist des Rippers verschaffte sich freie Bahn, er setzte Energien frei, starke Kräfte, mit denen wir nie gerechnet hätten.

Und plötzlich hatte sie einen Arm frei. Das geschah genau in dem Moment, als sie wieder zurücksackte.

Es war der rechte Arm. Sofort ballte sie die Hand zur Faust, und Jane schlug nach mir. Fast hätte sie mein Gesicht getroffen. Ich nahm im letzten Augenblick den Kopf zur Seite, sodass ihre Hand an meiner Wange vorbeistreifte.

Ich wollte zugreifen, um ihre Gelenke zu umfassen, doch Jane war zu schnell. Sie winkelte den zurückschnellenden Arm an, sodass ich ins Leere griff.

Natürlich saßen die Bänder nicht mehr so eng. Diese Tatsache nutzte Jane aus. Sie warf sich zur Seite, das Gummi spannte sich, und dann zuckte auch ihr linker Arm hoch.

Jane würde toben, und zwar so stark, dass es ihr unter Umständen gelang, sich zu befreien.

Dagegen half nur eins.

Ich musste sie wieder in das Reich der Träume schicken.

Aber auch Alwin Brenner wollte etwas tun. Er war mir bei meinen Bemühungen im Wege. Ich drückte ihn zur Seite und wollte meine gekrümmte Handkante nach unten wischen lassen, als es geschah.

Der Doc sah es zuerst. Seine Augen wurden groß, er wich zurück und stieß gegen ein Regal, in dem mehrere gläserne Behälter standen, die laut klirrten, zum Glück aber nicht fielen.

»Da, hinter ihnen!«

Ich fuhr auf engstem Raum herum – und sah das Mordmesser des Rippers!

Abermals war es aus dem Nichts erschienen und hatte sich hier, innerhalb des Krankenwagens, materialisiert. Ein teuflisches Mordinstrument, das der Ripper ausgezeichnet zu führen verstand und dessen Erbe jetzt auf Jane Collins übergegangen war. Auch sie schien mit dem Messer verwachsen zu sein, und der Geist des Rippers gab ihr zusätzliche Kräfte.

Ein großer Nachteil bestand darin, dass wir in einem Krankenwagen saßen. Wir konnten uns nicht so bewegen, wie wir wollten, und Bewegungsfreiheit brauchte ich, um mich gegen das Messer und gegen Jane zu verteidigen.

Vor allen Dingen hatte ich Angst um den Arzt. Wenn Jane um sich stach, lief er große Gefahr, getroffen zu werden.

Aus diesem Grunde wollte ich es erst gar nicht auf einen langen Kampf ankommen lassen, sondern musste es auf eine andere Art und Weise versuchen.

Mit dem Kreuz.

Als Dr. Alwin Brenner sah, was ich unter dem Hemd hervorholte, wurden seine Augen groß. »Ein Kreuz?«, flüsterte er.

»Ja.«

»Aber was wollen Sie …?«

Weiter sprach er nicht, denn er hörte wie auch ich das kreischende Lachen unserer Patientin.

Bevor ich mich dem Messer zuwandte, warf ich Jane noch einen Blick zu.

Ihren Kopf hatte sie erhoben, die Hände waren unter die Gummibänder geklemmt, da sie sich befreien wollte, aber sie fürchtete sich auch, das konnte ich deutlich sehen. Die Augen waren verdreht. Sie schielte auf das Kreuz in meiner rechten Hand, und ihr Kreischen war jetzt nicht mehr wild und böse, sondern ängstlich.

Jane hatte vor dem Kreuz Angst!

Ich wollte es gegen sie höchstens als allerletztes Mittel einsetzen, aber das Messer musste ich kriegen. Meines Erachtens war es eine schwarzmagische Klinge, zwar sehr stark, dennoch hoffte ich, dass mein Kreuz mächtiger sein würde.

Dabei musste mir auch Dr. Brenner helfen. »Achten Sie auf die Frau!«, riet ich ihm. »Passen Sie nur auf, dass sie keinen Unsinn macht oder sich befreit. Ich kümmere mich um das Messer.«

Er nickte heftig.

Die gefährliche Klinge hatte ich nicht aus den Augen gelassen. Dicht über der Spitze schimmerte Blut. Es war inzwischen getrocknet und hatte rote Flecken hinterlassen. Wenn ich nichts dagegen unternahm, konnte die Klinge ein Blutbad anrichten. Das hatte sie schon mehr als einmal unter Beweis gestellt.

Ich rückte noch ein wenig vor, hatte den Arm ausgestreckt, hörte hinter mir Janes verrücktes Schreien und näherte meine Hand mit dem Kreuz dem gefährlichen Messer.

Hoffentlich prallten sie zusammen. Diese Klinge durfte mich auf keinen Fall verletzen, und sie durfte auch nicht in Janes Hände gelangen.

Es kam alles ganz anders.

Ich merkte es daran, dass der Wagen plötzlich schlingerte.

Erst fuhr er nach rechts, dann nach links. Dabei erhöhte er noch die Geschwindigkeit, dann wurde er abgebremst, und ich vernahm den überraschten Schrei des Doktors.

Ich selbst hatte Mühe, mich in meiner Stellung zu halten. Mein Körper war eine träge Masse, mit der die Fliehkräfte spielten. Ich sah, wie der Dolch vor meinen Augen tanzte. Ob die Klinge ebenfalls mit der Fliehkraft zu kämpfen hatte, wusste ich nicht.

Brenner prallte gegen mich, als das Fahrzeug wieder einmal verrückt spielte und scharf abgebremst wurde.

»Was ist denn mit Staff los?«, schrie Brenner.

»Rufen Sie ihn an!«

Brenner lag halb auf dem Boden und sah die giftigen Blicke der Detektivin auf sich gerichtet. Er griff in die Tasche und holte das Sprechgerät hervor.

Zum Führerhaus hin, wo die medizinischen Geräte standen, geriet alles ins Tanzen und Wackeln. Das Klirren begleitete unseren Kampf gegen die Kräfte der Physik.

Ich behielt den Dolch im Auge. Er hätte schon auf mich zufahren können, aber er schwebte nach wie vor tänzelnd in der Luft. Sollte Jane ihn vielleicht bekommen, damit es ihr vorbehalten blieb, mich zu töten?

Der Wagen wurde wieder beschleunigt.

Das geschah ohne Vorwarnung. Wir waren nicht darauf vorbereitet.

Ich wurde in Richtung Alwin Brenner katapultiert, prallte gegen ihn und riss ihn um.

Für den Bruchteil einer Sekunde schoss mir durch den Kopf, dass mein Rücken dem Messer deckungslos zugewandt war und der Dolch sein Ziel treffen konnte, aber es kam wieder anders.

Das Fahrzeug beschleunigte nicht mehr oder hielt die Geschwindigkeit bei, sondern wurde abgebremst. So heftig und hart, dass wir sogar das Kreischen der Reifen vernahmen.

Der Doc und ich flogen nach vorn, wieder zurück, und dann schien der Wagen abzuheben, was allerdings eine Täuschung war, denn er krachte sofort wieder zurück.

In das Krachen mischte sich ein grelles Kreischen und Splittern, das entsteht, wenn etwas Hartes gegen ein Hindernis prallt.

Blech wurde verformt, bog sich, die Geräte kippten um, ich hörte Schreie, das Splittern von Glas, schützte meinen Kopf mit beiden Armen und konnte nur hoffen, dass alles glimpflich ablief …

Der Fahrer des Wagens hieß Stafford James. Seit über zehn Jahren übte er diesen Job aus, und er war stolz darauf, noch nie einen Unfall produziert zu haben.

Diese nächtliche Fahrt stufte er als Routine ein. Was sollte hier schon passieren? Nachts war es viel ruhiger als am Tag, da gab es kaum brenzlige Situationen wie oft in der City, wenn die Fahrer anderer Wagen falsch reagierten oder durchdrehten.

In der Nacht waren die Straßen zumeist frei. Trotzdem hatte er das Blaulicht eingeschaltet. Es drehte sich auf dem Dach, allerdings ohne die schrille Begleitmusik der Sirene. Darauf konnte der Wagen um diese Zeit verzichten.

Stafford James fuhr so schnell, wie es die Straße zuließ. Er hielt sich auf der Fahrbahnmitte, so konnte er besser in die Kurven hineinfahren und sie anschneiden.

Die Reifen des Fahrzeugs waren noch fast neu. Sie hielten und griffen ausgezeichnet. James brauchte keine Angst davor zu haben, dass ihm der Wagen in der Kurve entglitt und sich selbständig machte.

Wie immer auf seinen Fahrten dachte er über die Kranken nach, die er zu transportieren hatte. Diese Frau hinter ihm gab ihm Rätsel auf. Er wurde aus ihr nicht so recht schlau. Schwer verletzt war sie nicht, aber sie schien doch etwas zu haben. Vielleicht einen Schock. Und bei den Leuten, die unter Schock litten, musste man auf alles gefasst sein. Einmal hatten sie einen Patienten nicht angeschnallt, der drehte plötzlich durch und wurde zu einem regelrechten Tier.

Wenn Stafford über die Uferwiese hinwegschaute, sah er hin und wieder ein träges, dunkles Band. Es war die Themse, die ihre Fluten durch das breite Bett wälzte und dem Meer entgegenströmte.

Bei dem Begriff Meer dachte er wieder an Urlaub. In zwei Wochen war es so weit. Dann würde er mit seiner Frau und den beiden Kindern nach Spanien fahren. Natürlich mit dem Bus, denn das war wesentlich preiswerter. An langes Fahren war er gewöhnt.

Stafford James hoffte, dass die Nacht bald zu Ende sein würde. Seinetwegen konnte eine zweite Fuhre oder Fahrt, wie sie offiziell hieß, ruhig ausgelassen werden. Er hatte noch einen spannenden Horrorroman im Bereitschaftsraum liegen. Den wollte er in den nächsten Stunden durchackern.

In der Geschichte ging es um Hexen, die eine Stadt beherrschten und die Menschen fast in den Wahnsinn trieben. Eine schreckliche Apokalypse, vor der man Angst bekommen konnte. Zum Glück bewahrheitete sich so etwas nicht in der Realität, da gab es zwar auch Hexen, aber das waren seiner Meinung nach zumeist die Ehefrauen, seine eigene übrigens eingeschlossen.

Der breite Strom der Themse verschwand wieder. Dafür tauchte im hellen Licht der Scheinwerfer eine Kreuzung auf. Links führte der Weg weiter bis zum Schloss der Windsors, rechts auf dem Schild stand das Wort City. Hinein nach London.

Er musste einen Jaguar vorbei lassen, der schnell wie ein Schatten war. Dann bog Stafford James nach rechts ab.

Als er wieder beschleunigte, merkte er, dass etwas nicht stimmte. Nicht mit dem Fahrzeug, das fuhr glatt und sicher, aber im Führerhaus war einiges anders geworden. Er hatte das Gefühl, nicht mehr allein zu sein.

Stafford James schalt sich einen Narren, doch das Gefühl blieb. Es ließ sich einfach nicht wegdiskutieren, und als er einen Blick nach links warf, da sah er auch die Bewegung. Es war die veränderte Luft, sie schien nicht mehr glatt oder normal zu sein, sondern in Bewegung zu geraten.

Flimmernd wurde sie …

Das war ein guter Vergleich, wie er fand, zudem wurde es

tatsächlich kühler. Nicht von draußen kam diese Kälte, sie bildete sich im Innern des Führerhauses. Dort kristallisierte sie sich förmlich hervor.

Der Mann wurde so irritiert, dass er einen Moment nicht achtgab und mit seinem Fahrzeug Schlangenlinien fuhr, was ihm sonst nie passiert war.

Jetzt ärgerte er sich darüber und hoffte nur, dass hinter ihm keiner etwas gemerkt hatte.

Ruhig lenkte er den Wagen weiter. Aber nur für einen Moment, dann spielte er wieder verrückt und gehorchte nicht mehr den mechanischen Befehlen des Fahrers.

Es begann beim Lenkrad. Gleichzeitig auch an der Bremse und am Gaspedal. Obwohl James beide Dinge mit seinen Füßen berühren konnte und dies auch tat, führten sie ein Eigenleben.

Der Wagen beschleunigte.

Augenblicklich wechselte Stafford auf die Bremse.

Da hielt eine unsichtbare und ihm unbekannte Kraft seinen Fuß fest. Er kam nicht los, das Lenkrad wurde gedreht, obwohl er es festhielt und nicht daran dachte, den Wagen in eine Kurve zu ziehen.

»Wahnsinn!«, schrie er. »Verdammt, das ist …«

Das Sprechgerät meldete sich. Klar, dass die da hinten wissen wollten, was los war, aber Stafford James hatte jetzt keine Zeit, um noch Erklärungen oder Kommentare abzugeben. Er musste im Moment an seine eigene Sicherheit denken und war völlig auf sich allein gestellt.

Ein scharfer Ruck nach rechts.

»Neiinnn!«

Stafford konnte nicht mehr. Jemand packte ihn und zerrte ihn weg vom Lenkrad.

James fiel auf den Sitz, kam sofort wieder hoch und sah mit Schrecken, was sich abspielte.

Das Krankenfahrzeug verließ im selben Augenblick die Straße und rumpelte mit den Vorderrädern in einen Graben. Dabei wurde es nicht gestoppt, sondern durch die eigene Geschwindigkeit weiter nach vorn geschleudert, ein Stück in die Luft gehoben und schlug mit den beiden Vorderrädern auf der anderen Seite des Grabens wieder auf.

Das hielt selbst das beste Fahrzeug nicht aus. Die Stoßdämpfer protestierten, unterhalb des Wagens gab es einen harten, dröhnenden Schlag, und der Fahrer erkannte mit Schrecken das gewaltige Hindernis vor der Kühlerschnauze.

Es war ein Baum.

Keine Chance, der alten Esche noch auszuweichen. So kam es, wie es kommen musste.

Zuerst zertrümmerte ein weit vorragender Ast die Frontscheibe. Zum Glück an der linken Seite, sodass Stafford James nicht getroffen wurde.

Für ihn kam das Verderben noch in derselben Sekunde, als der Wagen mit voller Wucht gegen den Stamm krachte. Plötzlich schien er zu schrumpfen und gleichzeitig zu versuchen, am Stamm wie ein Tier hochzuklettern.

Stafford James flog seinem Gurt nach, prallte gegen das Lenkrad, wurde zurückkatapultiert, wieder nach vorn geschleudert und hörte die kreischende Musik, die reißendes und zerquetschendes Blech von sich gab, als es von mörderischen Kräften zerdrückt wurde. Dem Fahrzeug blieb nichts erspart.

Der gesamte Fahrerbereich wurde zu einer zusammengepressten Masse aus Blech, Glas und Kunststoff.

Der hintere Teil hob an, dann fiel der Wagen schwer zurück, eine Achse brach, und er geriet in eine Schräglage, in der er auch liegen blieb und stöhnte wie ein Mensch.

Davon hörte Stafford James nichts mehr. Er war wie eine leblose Puppe. Über sein Gesicht rannen fingerdicke Blutstreifen, die sich auf dem Kragen der Lederjacke langsam verteilten …

Wir konnten nichts tun – gar nichts. Das Fahrzeug und wir wurden zu einem Spielzeug fremder Kräfte, die über die unsrigen hinausgingen.

Wo ich landete, wusste ich nicht. Mir war nur klar, dass ich auf keinen Fall bewusstlos werden durfte. Ich wurde gebeutelt, von einer Seite auf die andere geschleudert, krachte gegen die Trage, dann wieder gegen die Innenwand, hielt wie im Krampf mein Kreuz fest, hatte meinen Kopf mit beiden Armen geschützt, spürte überall am Körper die Schläge und Püffe und vernahm das Chaos um mich herum wie den Klang einer schrillen, modernen, sinfonischen Musik.

Dann war es aus.

Stille …

Ein letztes Knacken und Stöhnen noch. Der Wagen atmete nicht nur aus, er verlor auch sein Leben.

Ich aber lag dicht neben der Trage, wo Jane Collins wieder anfing zu kreischen. Dabei fühlte ich mich wie in einem gewaltigen Sarg aus verbogenem Blech.

Sehen konnte ich zwar, aber nur wenig erkennen. Mehr als einen Ausschnitt bekam ich nicht zu Gesicht, da irgendein verbogener Gegenstand mein Sichtfeld stark einschränkte.

Ein Teil eines Regals, es war schräg über die Trage gekippt, auf der noch immer Jane Collins lag. Das Regal bestand aus Kunststoff, war nicht allzu schwer, und mir gelang es mühelos, es zur Seite zu schieben, sodass mein Blickfeld besser wurde.

Zuerst hielt ich Ausschau nach dem Dolch. Keine Spur war von der gefährlichen Waffe zu sehen. Die magischen Kräfte hatten sie ebenso schnell verschwinden lassen, wie sie aufgetaucht war.

Als ich das heftige Stöhnen hörte, zuckte ich zusammen und drehte meinen Kopf nach links.

Dort lag Dr. Brenner.

Dunkles Blut lief durch sein Haar. Der Mann hatte Pech gehabt. Einige Glasgefäße waren auf ihn gefallen und hatten ihn schwer verletzt. Zum Glück jedoch lebte er noch.

Ich kroch zu ihm, blieb in kniender Haltung über ihm und sprach ihn an. Eine Antwort erhielt ich nicht. Wahrscheinlich hatte Doc Brenner in seiner Bewusstlosigkeit so gestöhnt.

Um ihn konnte ich mich nicht weiter kümmern, denn es gab andere Probleme zu lösen.

Nummer eins war Jane Collins.

Etwas mühevoll schaffte ich das Regal zur Seite, sodass ich ihr ins Gesicht schauen konnte.

Jemand schien schützend seine Hand über sie gehalten zu haben, denn ihr war nichts passiert. Im Gegenteil, sie grinste mich scharf und bissig an, sodass ich vor Schreck zurückzuckte. Wahrscheinlich hatte sie auf den Moment gewartet, ihre Arme flogen hoch, und die Hände zielten nach meiner Kehle. Sie waren geöffnet wie der Kelch einer Blume, und sie wartete nur auf eine Chance, mich packen zu können.

Durch mein Zurückzucken hatte ich so viel Distanz zwischen sie und mich gebracht, dass mich die Klauen verfehlten, zudem schlug ich die Hände zur Seite.

»Wag es nicht!«, zischte ich. »Wag es nur nicht!« Mir war plötzlich alles egal, ich nahm das Kreuz und hielt es ihr dicht vor das Gesicht, was Jane überhaupt nicht passte, denn sie fauchte wie eine Katze, der plötzlich ein Hund gegenübersteht.

Langsam zog ich die Hand zurück. Erst jetzt bemerkte ich, dass auch ich blutete. Ich hatte in die Glassplitter gefasst, die den Wagenboden bedeckten, der linke Handballen zeigte ein rotes Muster aus Punkten, auch über mein Gesicht spürte ich etwas Feuchtes laufen.

So relativ glimpflich der Unfall auch abgegangen war, Angst hatte ich trotzdem vor den Folgen. Schon des Öfteren hatte ich gehört, gelesen und auch gesehen, dass Wagen, die verunglückt und irgendwo gegengefahren waren, durch auslaufendes Benzin leicht in Brand gerieten. Hier roch ich zwar noch nichts, Explosionsgefahr war trotzdem gegeben, deshalb wollte ich so rasch wie möglich auf normalem Wege den hinteren Aufbau des Krankenwagens verlassen.

Das ging nur durch die Tür. Zwar waren die Fenster auch zerstört worden, aber die Öffnungen waren zu klein. Seltsamerweise brannte noch die Beleuchtung.

Und wie sah die Tür aus? Ich kroch hin und nahm sie näher unter die Lupe. An der linken Hälfte hatte sie sich verbogen. Zwar stand der Hebel aufrecht, doch das Blech war nach innen gedrückt und kantete einen Riegel an seinem Ende fest. Ich würde Schwierigkeiten haben, die Tür zu öffnen.

Trotzdem ließ ich mich nicht entmutigen und versuchte es.

Meine Hände fanden den Hebel und drückten ihn nach unten. Ja, er bewegte sich, blieb jedoch auf halber Distanz stecken, weil die nach innen weisende Beule in der Tür ihn daran hinderte.

Das gefiel mir überhaupt nicht, und ich unternahm einen erneuten Versuch.

Diesmal allerdings mit mehr Kraft. Ich stützte mich auf den Hebel und wurde von Janes hämischem Lachen begleitet, was meine Aktivität jedoch nicht schwächer werden ließ, im Gegenteil, sie steigerte sich noch, denn ich wollte es packen.

Das Knirschen tat schon gut. So hatte ich die Gewissheit, wenigstens nicht umsonst zu ackern.

Und der Riegel geriet in Bewegung. Allmählich rutschte er zurück. Ich stemmte mich noch einmal gegen den Hebelgriff, drückte so hart, dass meine Hände schmerzten, und erreichte schließlich nach großen Mühen mein Ziel.

Die Tür war offen.

Erschöpft sank ich in mich zusammen und wäre fast nach hinten gefallen, hätte mich nicht die raue Stimme der Detektivin wieder in die Wirklichkeit zurückgeholt.

»Öffne schon, Geisterjäger! Los, öffne die Tür!«

Ich warf ihr einen knappen Blick zu. Wie eine Schlange hatte sie sich gewunden und war aus dem zweiten Fesselband geschlüpft, sodass nur noch das dritte um ihre Oberschenkel lag.

Ich musste mich beeilen, denn ich wollte nicht nur die Tür aufstoßen, sondern mich auch um Jane Collins kümmern.

Die rechte Hälfte rammte ich auf, sofort danach auch die linke und war froh über die kühle Luft, die mir entgegenströmte.

Weniger froh war ich über die Frau, die an der Rückseite des Wagens gelauert hatte.

Ich kannte sie, und sie gehörte zu meinen Todfeinden. Nur hätte ich sie hier nicht erwartet.

Es war Wikka, die Oberhexe!

Dieses Gesicht konnte ich nicht vergessen. Sie mit Asmodina zu vergleichen wäre falsch gewesen, Wikka war ein anderer Typ. Ihr Haar zeigte die Farbe von Kohle. Über der Stirn teilte es ein Mittelscheitel, und es fiel glatt an den beiden Hälften des Kopfes nach unten. Schwarz wie das Haar waren auch die Augenbrauen. Sie lagen wie gemalt auf der hellen Haut und zeigten einen Schwung nach oben. Es gab keinen gesunden Schimmer auf der Haut, die irgendwie fahlweiß aussah und deshalb die dunklen Pupillen in den Augen noch mehr hervortreten ließ. Die Nase war um eine Idee zu breit, um das Gesicht ebenmäßig erscheinen zu lassen, darunter begann eine schmale Oberlippe, und die Mundwinkel wiesen nach unten, sodass die breiten Lippen immer wirkten, als wären sie zynisch verzogen. Wikka und ich hatten bereits des Öfteren gegeneinander gekämpft.

Ich versuchte gleichzeitig eine Verbindung zwischen ihr und dem Ripper zu finden, das allerdings war sehr schwer, sodass ich momentan im Dunkeln tappte.

War sie etwa gekommen, um Jane Collins an sich zu reißen? Jane war kein normaler Mensch mehr. Der Geist des Rippers steckte in ihr, und sie schien den Mächten der Finsternis zu gehorchen!

Möglich war alles, und ich ballte meine Hände zu Fäusten. Jetzt war ich froh, mein Kreuz festgehalten zu haben. Es schaute aus meiner rechten Faust, während sich Wikkas und meine Blicke trafen und ineinander bohrten.

Sie stand nicht vor mir wie eine normale Person. Ein grünlicher Schimmer umgab sie. Grün wie die beiden fingerdicken Schlangen, die plötzlich aus ihrer Stirn schnellten und auf mich zuschießen wollten, doch im Reflex riss ich die Hand mit dem geweihten Kreuz hoch.

Das reichte.

Die Schlangen, darauf programmiert, mich zu töten, drehten blitzschnell ab und verschwanden in Wikkas schwarzer Haarflut. Aber auch die Hexe wich zurück.

Vor dem Kreuz hatte sie Angst.

Schritt für Schritt ging sie nach hinten, trat hinaus auf das

Feld, das sich an den Graben anschloss, sodass sie weg von der Straße kam.

Ich blieb ihr auf den Fersen. Mit einem Sprung erreichte ich den Boden. Das Kreuz in meiner Hand gab mir genügend Sicherheit. Ich blickte dabei nicht nur Wikka an, sondern an ihr vorbei, als ich drei schattenhafte Gestalten sah.

Wikka hatte Verstärkung mitgebracht!

Hexen, die ihr, der Oberhexe, gehorchten.

Noch hatte keiner von uns beiden ein Wort gesprochen. Ich war es, der das Schweigen brach. »Du bekommst sie nicht, Wikka. Du wirst Jane Collins nicht in deinen Reigen zwingen, das verspreche ich dir. Sie gehört mir, nicht dir!«

Als Antwort lachte sie. Dieses Lachen schallte mir hohl und blechern entgegen. »Glaubst du wirklich, dass sie wieder so wird wie früher?«, höhnte sie. »Das ist vorbei. In ihr steckt der Geist des Rippers, das Böse, und sie wird nie mehr davon lassen. Sie hat dem anderen Leben abgeschworen, sie ist eine von uns, und wir werden dafür sorgen, dass sie es auch bleibt. Jane Collins ist zu einer Schwester geworden. Sie gehört jetzt zu den Hexen!«

Als sie die letzten Worte ausgesprochen hatte, lachte sie grell und kichernd. Ich hätte ihr am liebsten das Kreuz ins Gesicht geschleudert, doch ich konnte meine wertvollste Waffe nicht aus der Hand geben.

»Jane!«, rief die Oberhexe. »Jane, meine liebe Schwester, hörst du mich?«

Ich ging nicht mehr weiter, sondern schaute zurück. Da die Notbeleuchtung noch brannte, konnte ich durch die offen stehenden Türen die Bewegung im Wagen erkennen.

Jane erhob sich von der Trage. Sie kam tatsächlich und gehorchte ihrer Herrin.

Es war für mich ein Schlag, obwohl ich damit hätte rechnen müssen. Die andere Seite ließ das nicht mehr los, was ihr einmal gehörte. Das führte sie mir hier wieder einmal drastisch vor.

Ich hatte das Gefühl, in mir würde etwas zerspringen oder zerbrechen. Ein Band, das Jane und mich zusammengehalten hatte, riss entzwei. Jane wurde zu einer Fremden, einer Feindin …

Auch zu einer Person, die mir ans Leben wollte und auf die ich vielleicht schießen musste.

Schießen?

Ich zog meine Beretta und wechselte das Kreuz in die linke Hand, während Jane Collins, mit dem Geist des unheimlichen Rippers in sich, geduckt die Fläche des Ambulanzwagens durchschritt, um den Ausgang zu erreichen, sodass sie auf das Feld springen konnte.

In den folgenden Sekunden hatte ich das Gefühl, die Welt um mich herum würde anders. Ich fühlte mich unendlich allein, sah Nebelschleier über das Feld wehen, und die Düsternis verwandelte sich in ein geheimnisvolles Zwielicht, in dem Gestalten auf ihre Chance lauerten.

Wirklich Gestalten? Erlebte ich das real, oder war alles nur ein Traum?

Nein, die Gestalten waren da. Wikka hatte Verstärkung mitgebracht. Sie wusste, dass ihr ein starker Feind gegenüberstand, und sie war gewappnet.

Ich spürte ihren bösen Zauber. Dieses Zwielicht, dann die seltsame Luft, die mich umgab, die Schwüle, die kühl und gleichzeitig dick wirkte, kam nicht von ungefähr. Eine sehr starke Magie hatte sich wie ein großer Mantel ausgebreitet und hielt das Feld sowie die nähere Umgebung umfangen.

Wikka verstand es kraft ihrer Magie tatsächlich, mich in eine Art Traumlandschaft oder Traumwelt zu versetzen. Es war schwer zu erklären. Ich kann nur den Vergleich zu einem Vorhang finden, den man über die reale Welt gezogen hatte.

Unwirklich und doch eine Tatsache.

So sah es aus.

Ich hätte am liebsten die Augen geschlossen und wäre in einen tiefen Schlaf versunken. Die Welt schien breiig zu werden, ich sah Jane aus dem Wagen klettern, wobei ihre Bewegungen ebenfalls müde und einschläfernd wirkten.

Nicht sie war müde, sondern mein Bewusstsein sträubte sich, die Realität zu erfassen.

Wikka hatte einen gefährlichen Zauber ausgebreitet, sie lullte mich damit ein.

Mein linker Arm sank nach unten. Und mit ihm die Beretta. Sie wurde plötzlich schwer, viel zu schwer für meine Faust. Ich öffnete sie, sodass die Pistole aus meinen Fingern rutschte, dumpf im Gras aufschlug.

Tänzelnd näherte sich Jane. Sogar ihr Gesicht sah ich. Einmal wirkte es wie ein Ballon, dann schmal wie eine Banane. Lag auf ihren Lippen nicht ein Lächeln, und warum ging sie wie eine Schlangentänzerin? Wobei sie noch sang!

Ja, ich hörte singende Stimmen.

Frauenstimmen.

Die der Hexen!

Sie schläferten mich ein, und vor Wikka bewegten sich drei Gestalten. Sirenengleich klang mir ihr Singsang in den Ohren. Eine Disharmonie von Tönen, die sich gefährlich auf mein Bewusstsein auswirkte.

Auch die drei Hexen bewegten sich so tänzelnd, gleitend wie Geister, die über dem Boden schwebten.

Die magische Traumwelt wurde immer dichter. Ich kam mir vor wie in einer Seifenblase mit einer hauchdünnen Haut, die sich immer mehr zusammenzog. Folglich wurde die Blase kleiner.

Die Hexen verdeckten jetzt die Sicht auf Wikka. Feuerrote Haare hatten die drei, wobei bei einer noch grelle, fahlblonde Strähnen durchschimmerten.

Der Hexenreigen wurde getanzt.

Und die Musik spielte weiter.

Unsichtbare Instrumente erzeugten sie. So schrecklich ich die Klänge auch sonst empfunden hätte, hier hüllten sie mich ein, gemeinsam mit den drei Hexen, die in dunkelblaue Tücher gehüllt waren, unter denen die nackte Haut schimmerte, denn die Tücher waren durchsichtig, obwohl sie in mehreren Schichten übereinander lagen.

Die Hexen tanzten und bildeten dabei einen großen Kreis, den sie allerdings schnell verkleinerten. So konnten sie sich an den Händen fassen. Sie tanzten den Hexenreigen.

Von tanzenden Hexen hatte ich gehört oder gelesen. In der Walpurgisnacht am ersten Mai tanzten sie um den Teufel, sie wollten seine Gunst erringen.

Und jetzt tanzten sie vor meinen Augen.

Ich war nicht der Teufel, und meine Gunst wollten sie bestimmt nicht erlangen, also musste der Tanz einen anderen Grund haben.

Mein Gehirn schien aus Knetgummi zu bestehen. Ich musste mich unheimlich zusammenreißen, um mich von den wirbelnden Hexen und der Musik nicht betäuben zu lassen. Die Welt auf dieser Wiese hatte sich verändert, sie war eine andere geworden, aufgeladen mit Hexenmagie, die stärker wurde, je wilder die drei tanzten.

Die roten und blonden Haare flatterten, hoch flogen die Kleider, ließen viel von der nackten Haut der Hexen sehen und schwebten wieder zurück, um sich eng an die Körper zu schmiegen.

Wikka feuerte ihre Untertanen an.

Ich hörte sie rufen. Es waren heisere Schreie, die über diese Wiese hallten und die drei Hexen zu einem noch wilderen Reigen antrieben. Sie tanzten so heftig, dass ich sogar den Wind spürte, den sie entfachten, als sie ihre Kreise drehten.

Und ich geriet immer stärker in den Sog ihrer unheimlichen Magie. Es fiel mir schwer, mich zu konzentrieren. Immer wieder glitten meine Gedanken ab, sie wurden weniger pessimistisch, und jemand wollte mir einreden, dass doch alles nicht so schlimm wäre.

Es war schlimm …

Die Hexen tanzten ihren wilden Reigen, wurden von Wikka angefeuert, und es gab noch jemanden, den ich schon fast vergessen hatte, der sich allerdings zu den anderen gesellen wollte.

Jane Collins!

Sie hatte längst den Wagen verlassen. Wie ein Raubtier bewegte sie sich weiter. Schleichend, leicht geduckt, als hätte sie Angst, etwas zu verpassen.

Sie ließ mich dabei nicht aus den Augen und auch nicht die

Hexen, die jetzt ihre Magie ausspielten, vom Boden abhoben, sich allerdings weiter festhielten und mich an Fallschirmspringer erinnerten, die in der Luft Figuren bildeten.

So ähnlich war es auch mit den Hexen!

Und dann erkannte ich, weshalb sie den Kreis gebildet hatten und um ihn wirbelten.

Sie wollten das Messer!

Die Waffe des Rippers.

Hatte sich das Messer im Wagen noch in Janes Hand befunden, so materialisierte es jetzt über den kreisenden Hexen, und seine Existenz wurde mit einem wilden Schrei begrüßt, der gleichzeitig aus drei Kehlen drang und sich wie einer anhörte.

Wer würde das Messer bekommen?

Wahrscheinlich Jane Collins, doch damit war ich nicht einverstanden. Ich wollte es haben. Wenn ich das Messer des Rippers zwischen die Finger bekam, konnte ich es zerstören und brauchte keine Rücksicht mehr zu nehmen.

Meine Bewegungen glichen denen einer Schnecke. Ich strengte mich sehr an, holte alles aus meinem Körper heraus, aber es blieb ein Vorsatz. Ich erreichte das Messer einfach nicht, denn hatte ich einen Schritt geschafft, dann erschien es mir, als würde ich gegen eine Wand laufen, von der ich wieder zurückfederte.

Es war zum Heulen.

Mit solchen Schwierigkeiten hatte Jane Collins nicht zu kämpfen. Sie konnte sich wunderbar bewegen, frank und frei ging sie über die Wiese zu den hohen Ulmen, wo die drei Hexen ihren Tanz aufführten.

Und Wikka schaute zu.

Noch immer war sie von einer grünen Aureole umgeben, ein magischer Schutzschirm, den ihr der Teufel gegeben haben musste, denn Asmodis konnte Wikka wirklich dankbar sein, dass sie zu ihm hielt. Aber Hexen haben schon immer den Teufel angebetet, warum sollte Wikka da eine Ausnahme machen?

Die Hexen und der Teufel gehörten nun mal zusammen. Das war so, und das würde so bleiben.

Das Messer schwebte dicht über dem Hexenkreis. Dabei schien es, als würde es von den wilden Bewegungen der Dämoninnen in der Luft gehalten.

Jane sollte es bekommen. Um damit zu töten!

Sie ging jetzt schneller. Den Kopf hatte sie in den Nacken gelegt, das lange blonde Haar fiel bis auf den Rücken, die Augen glänzten matt. Hoch hatte sie ihre Arme erhoben. Die Finger waren gespreizt.

Ihr Ziel war das Messer.

Und ich konnte nichts tun, um es zu verhindern. Trotzdem versuchte ich es. Ich kämpfte mit meinem Willen und meinen Gedanken. Ich wollte die Kraft der Hexen und den Ring, den sie um meinen Kopf gelegt hatten, radikal zerstören, aber selbst mit geistiger Kraft kam ich dagegen nicht an.

Die anderen waren zu stark.

Diese teuflischen Weiber besaßen eine Kraft, die schon mit der eines starken Dämons zu vergleichen war. Es war grauenhaft. Ich taumelte von einer Seite zur anderen wie ein Betrunkener und wunderte mich, dass ich noch die Kraft hatte, mich auf den Beinen zu halten. Normalerweise hätte ich schon längst umkippen müssen. Doch irgendwo in meinem Unterbewusstsein gab es eine Sperre, die mir mitteilte, dass es mein Untergang war, wenn ich jetzt fiel.

Lag ich am Boden, war dies ein Zeichen der Niederlage, dann hatten die anderen triumphiert.

Und mein Kreuz?

An diesen wertvollen Talisman klammerte ich mich fest wie ein Schiffbrüchiger an die Planken. Es konnte mir helfen, es musste mir helfen, und es tat auch etwas, denn in meinem linken Arm spürte ich seltsamerweise die Schwere nicht so stark wie im rechten.

Ihn konnte ich normal bewegen.

Jane erreichte das Messer.

Aus meiner Sicht wirkte es so, als läge zwischen ihm und mir ein Wasserschleier. Die Klinge war regelrecht krumm und im nächsten Augenblick wie zu einem Fragezeichen gebogen.

Janes Hände schnappten zu.

Sie waren dabei wie die Krallen eines Raubvogels, der sie in die Beute schlug.

Die drei Hexen wussten genau, was sie zu tun hatten. Sie öffneten den Kreis, damit ihre neue Freundin an die Waffe gelangen konnte. Ich hörte Janes Triumphschrei, als sie endlich den Griff zwischen ihren Fingern spürte und die Arme sofort an den Körper zog.

Jetzt war sie wieder bewaffnet – und gefährlich!

Jane ging zurück und fuhr gleichzeitig herum, wobei sie beide Arme hochriss und mit weit geöffneten Augen die Klinge anstierte.

Jetzt war sie stark.

Sofort wandte sich die Detektivin mir zu, und die drei anderen Hexen lösten den Kreis auf. Sie traten zurück, bildeten ein Dreieck, dessen Grundlinie zu mir hin deutete und das für Wikka gedacht war, denn die Oberhexe stellte sich in das Dreieck, um die nächsten Ereignisse zu beobachten.

Sie hasste mich. Dieser Hass sprühte in ihren Augen. Sie hasste überhaupt alles, was mit dem Reinen, dem Guten zusammenhing, für sie gab es nur die Macht des Teufels.

Was ihre Vorgängerinnen im Mittelalter noch versucht und nicht geschafft hatten, wollte sie in der Neuzeit fertig bringen. Der alte Hexenkult sollte endlich zu seiner vollen Blüte aufsteigen. Dabei ging sie methodisch voran, sammelte immer mehr Dienerinnen um sich. Zudem gab es genügend Frauen, die sich bereit erklärten, den Weg mit Wikka zu gehen. Es waren die Enttäuschten, diejenigen, die es satt hatten, nur den Männern und der Technik zu dienen.

Sie wollten die Magie, sie wollten den Satan.

Wie auch Jane Collins. Eine Kämpferin gegen das Böse war sie gewesen. Nun hatte die andere Seite hart zugeschlagen und sie in ihre Gewalt gebracht.

Eine schlimme Sache, wie ich fand, und ich wusste nicht, ob Jane jemals da wieder herauskam.

Im Moment jedenfalls sah es nicht danach aus, denn sie näherte sich mir, hielt beide Hände um den Griff des Messers gekrallt und hatte die Arme hoch erhoben.

Ich konnte die Klinge genau erkennen. Sie flimmerte, als würde sie von einem heißen Luftstrom umweht, und hinter ihr erkannte ich Janes Gesicht. Da sie das Messer genau in der Mitte hielt, sah ihr Gesicht wie gespalten aus.

Wie viele Schritte trennten uns noch? Fünf, sechs oder zehn? Mir fiel es schwer, die Entfernung abzuschätzen, weil alles so verzerrt war. Nichts Normales mehr. Die Luft war anders, auch der Boden, denn die Hexen hatten die nähere Umgebung verzaubert.

Den Wagen sah ich kaum mehr, weil sich Nebelschleier vor ihn gelegt hatten, und das seltsame Zwielicht hatte weiterhin Bestand. Es war der Schutz für die gefährlichen Hexen.

Ich musste etwas tun.

Meine Pistole konnte ich nicht mehr einsetzen. Sie lag im feuchten Gras. Einzig und allein das Kreuz, das mir schon so oft beigestanden hatte.

Diesmal auch?

Das Messer zitterte, als läge zwischen mir und ihm eine Hitzewand. Ich trug noch den Silberdolch bei mir, aber ich schaffte es einfach nicht, an die Waffe heranzukommen. Trotz der Kühle war ich schweißgebadet. Die Feuchtigkeit hatte sich auf meiner Stirn gesammelt, verdichtet und rann in kleinen, hellen Bahnen in meine Augenbrauen, von denen sie aufgehalten wurden.

Kam ich hier noch weg? Oder würde mich hier mein Schicksal ereilen?

Dann hörte ich Wikkas Befehl.

Dumpf erreichten ihre Worte meine Ohren, als sie Jane Collins zurief: »Töte ihn!«

So etwas wollte die Detektivin hören. Sie beeilte sich noch mehr. Riesengroß tauchte sie vor mir auf, eine teuflische Gestalt jetzt, nur äußerlich war sie noch Jane Collins, innerlich gehörte sie dem Teufel, denn sie hatte ihre Seele an den Satan verloren.

Stach sie zu?

»Jane …« Ich krächzte ihren Namen. Und noch einmal: »Jane …«

Sie hörte nicht. Unbeirrbar ging sie ihren Weg, wobei sie so nahe an mich herankommen wollte, sodass ich keine Chance mehr hatte.

Die Magie wurde stärker. Ich spürte ihren Anprall. Wikka hatte reagiert, sie wollte mich endgültig und für alle Zeiten vernichten. Diesmal gelang es mir nicht mehr, ruhig stehen zu bleiben. Ich taumelte ein paar Schritte zur Seite, knickte in den Knien ein und wusste, dass ich nicht fallen durfte, wenn ich am Leben bleiben wollte.

Wie ich den linken Arm hoch bekam, weiß ich nicht mehr, auf jeden Fall sah ich die Hand mit dem Kreuz dicht vor meinen Augen, bewegte den Kopf nach vorn und hörte hinter mir Janes Schrei.

Jetzt hatte sie die richtige Distanz.

In diesem Moment berührte das Silber meine Stirn.

Da wurde alles anders!

Suko hatte die Strecke in Rekordzeit geschafft. Er war nicht nur ein ausgezeichneter Motorradfahrer, sondern konnte auch mit dem Bentley umgehen. Als er den Wagen in die Tiefgarage lenkte und auf seinem Stammplatz abstellte, atmete er auf.

Die Sorgen allerdings waren geblieben. Der Chinese fragte sich, wie es seinem besten Freund ergangen sein mochte. John war mit dem Krankenwagen gefahren, aber nicht allein, denn Jane Collins war bei ihm.

Eine Jane Collins, die nicht mehr so war wie früher. Der Satan hatte hart und erbarmungslos zugeschlagen. Er hatte sich die Detektivin einfach geholt. Wie leicht das gewesen war, machte Suko nachdenklich, denn er dachte dabei auch an Shao, seine Freundin. Es war durchaus möglich, dass ihr einmal das Gleiche passierte, und davor hatte Suko Angst. Wie sollte er Shao schützen? Er konnte nicht die Wohnung verbarrikadieren oder sie in einem Keller verstecken, nein, das wäre ihr auch nicht recht gewesen. Die beiden führten ein normales Leben, wenn das Wort normal auch nicht so recht passte. Aber sie hatten sich an ihre Gegner gewöhnt.

Im Fahrstuhl begegnete Suko einem jungen Pärchen. Von beiden wurde er scheu gemustert. Der Junge hatte seine Arme um die Freundin gelegt, als wollte er damit andeuten, die bekommst du nicht.

Als Suko den Lift verließ, nickte er den beiden zu, die endlich befreit lächelten.

Der Gang war leer. Suko klimperte mit den Schlüsseln. Shao hatte ihn bereits gehört, denn sie öffnete die Tür, als ihr Freund noch draußen stand.

»Wie war es?«

Suko hob die Schultern, drückte sich an Shao vorbei und schloss die Wohnungstür.

Die Chinesin hielt seinen Arm fest und drehte Suko herum. Sie schaute ihn an. Auf ihrem Gesicht stand deutlich die Sorge zu lesen, die sie empfand.

»Bitte, Suko, sag mir, wie es war!«

»Schlimm.«

»Ehrlich?«

»Ja.« Suko holte tief Atem. Er löste sich von Shao und ging in den Wohnraum, wo er sich in einen Sessel fallen ließ und die Beine ausstreckte. Shao nahm ihm gegenüber Platz. Sie wusste, dass sie jetzt nicht mehr fragen sollte. Wenn Suko etwas zu sagen hatte, dann würde er von allein damit herausrücken.

Sie hatte sich nicht geirrt. Der Inspektor begann zu sprechen. »Jane hat keine Chance mehr!«

»Wieso Jane?«

Suko schaute auf, lächelte knapp und schlug sich gegen die Stirn. »Entschuldige, du weißt ja überhaupt nicht, was alles vorgefallen ist.« Er berichtete haarklein.

Shao wurde immer blasser und schien sich in den großen Sessel zu verkriechen. »Ist das tatsächlich alles wahr?«

»Leider.«

»Und Jane ist nicht mehr so wie früher?«

»Nein, in ihr steckt der Geist des Rippers. Ein Geist, der im letzten Jahrhundert den Körper eines Mörders angetrieben hat. Ich sehe auch im Augenblick keine Chance, daran etwas zu ändern.«

»Aber das ist ja schrecklich«, hauchte Shao. »Jane in den

Klauen eines anderen, ich kann es nicht glauben.« Sie schüttelte den Kopf, und ihre langen schwarzen Haare flogen.

Suko gab ihr recht. »Es ist kaum zu fassen. Wir müssen uns aber mit den Tatsachen abfinden.«

»Was können wir tun?« Diese Frage stellte Shao nach einer Schweigepause.

Suko senkte den Blick. Gleichzeitig hob er die Schultern. »Ich habe keine Ahnung, wirklich nicht.«

»Aber wir können doch nicht untätig herumsitzen.«

»Nein, das nicht.« Suko schlug die Beine übereinander. »Ich will erst einmal sehen, was geschieht, wenn John zurückkommt. Er hat Jane schließlich zur Klinik gebracht.«

Shao schüttelte sich, als hätte jemand Eiswasser über ihren Kopf gegossen. »Klinik«, flüsterte sie. »Wenn ich das schon höre. Jane ist doch keine Geisteskranke.«

»Weißt du eine andere Möglichkeit, oder fällt dir ein besserer Begriff ein?«

»Man darf doch mal laut nachdenken.« Ihre Stimme klang scharf. Suko hatte dafür Verständnis. Erst jetzt spürte auch Shao den Schock, denn sie begann zu begreifen, was das eigentlich bedeutete. Das Sinclair-Team war auseinandergerissen worden. Brutal hatten die Gegner zugeschlagen. Getötet worden war niemand, aber konnte man das andere nicht als ebenso schlimm bezeichnen?

Die Chinesin hielt es in ihrem Sessel nicht mehr aus. Sie sprang hoch und verließ mit hastigen Schritten das Zimmer. Suko sah Tränen in ihren Augen.

Ihm war kaum anders zumute. Er senkte den Kopf und stützte sein Kinn in beide Hände. Dieser Schlag war nicht so schnell zu verkraften. In der letzten Zeit hatten sie Jane schon zurückgehalten, sie war nicht mehr so in den Vordergrund getreten. Sicherheit ging vor, doch nun mussten sie sich eingestehen, dass es umsonst gewesen war. Die andere Seite hatte kalt reagiert und genau abgewartet.

Shao kam zurück. Sie putzte ihre Nase. »Entschuldige«, sagte sie und hob die schmalen Schultern. »Es kam eben alles ein wenig plötzlich für mich.«

»Ich möchte auch am liebsten heulen.«

Shao nahm auf der Lehne neben Suko Platz und legte ihre Hand auf sein Haar. »Ich frage mich natürlich jetzt, wie das alles weitergehen soll«, murmelte sie.

»Eine Lösung weiß ich auch nicht.« Suko war ehrlich.

»Also müssen wir uns damit abfinden, dass Jane nicht mehr zu uns gehört – oder?«

»Vorerst ja.«

»Kann man denn nichts tun?«

»John versucht alles. Auch ich werde mich hineinknien. Vielleicht ist etwas durch Tiefenhypnose zu erreichen. Möglicherweise kann ihr jemand den Geist austreiben.«

»Das muss einfach gelingen.«

»Wir wollen es hoffen.«

Plötzlich hatte Shao eine Idee. »Du hast eben Tiefenhypnose gesagt?«

»Ja.«

»Da fällt mir Tanith ein.«

Suko hörte die Antwort, schaute Shao an und lächelte. »Das kann die Lösung sein, Mädchen. Mensch, dass ich darauf nicht gekommen bin. Natürlich, Tanith. Wenn es jemand schafft, dann nur sie. Oder sehe ich das zu optimistisch?«

»Glaube ich nicht.«

»Darüber werden wir mit John reden, wenn er zurück ist.«

»Wann will er denn kommen?«

Suko hob die Schultern. »Kann ich nicht sagen. Er wird sich natürlich um Jane kümmern und ein erstes Gespräch mit den Ärzten haben. Vielleicht in einer Stunde.«

»Ich bleibe so lange auf«, erklärte Shao.

»Frag mich mal.«

Sie rutschte von der Lehne. »Da die Nacht noch lang ist, könnte ich uns einen Tee kochen.«

Suko war einverstanden. Shao ging zur Küche und befand sich noch auf dem Weg, als das Telefon klingelte. Fast schmerzhaft schnitt das Geräusch durch die Stille. Die Chinesin blieb sofort stehen und drehte den Kopf, wobei sie den beigefarbenen Apparat anschaute.

»Ob das John ist?«, hauchte sie.

»Möglich.« Suko war schon aufgestanden und schritt auf das Telefon zu. Er hob ab und meldete sich mit ruhiger Stimme.

»Ja, Sir, ich bin da.«

Nach dieser Antwort wusste Shao Bescheid. Der Superintendent hatte angerufen. Er war wie immer informiert worden und wollte sich über den Stand der Ermittlungen erkundigen.

Suko gab ihm die Auskünfte.

Sir James zeigte sich überrascht. »Ich habe nichts von John Sinclair gehört.«

»Wussten Sie denn, in welche Klinik Jane gebracht werden sollte?«, fragte Suko.

»Ja, der Chef der Mordkommission hat mich darüber informiert. Aber bisher sind John Sinclair und Miss Collins dort noch nicht eingetroffen. Ich habe mich bereits erkundigt.«

Suko lief es kalt über den Rücken hinunter, und er schwieg.

»Haben Sie keine Erklärung?«

»Nein, Sir, die habe ich nicht. Möglicherweise ist unterwegs etwas passiert.«

»Ja, das befürchte ich auch. Sie hätten ihn eben nicht allein fahren lassen sollen.«

Suko verzog das Gesicht. »Das ist einfach gesagt, Sir, aber Sie kennen John Sinclair doch.«

»Natürlich kenne ich ihn. Doch ändern können wir daran nichts. Gar nichts. Wir müssen warten, bis wir etwas von ihm hören. So leid es mir tut.«

»Soll ich die Strecke noch einmal zurückfahren?«, schlug der Chinese vor.

»Das wird wohl kaum Zweck haben. Ich warte noch eine halbe Stunde. Danach setze ich einige Hebel in Bewegung. Kann sein, dass ich Sie brauche. Bleiben Sie so lange in der Wohnung, und geben Sie mir Bescheid, falls sich etwas Neues ereignet.«

»Das werde ich, Sir.«

»Dann können wir nur hoffen, dass alles glatt geht und Miss Collins wieder normal wird.«

»Und wenn nicht, Sir?«

Der Superintendent räusperte sich. Suko schien es, als hätte er Angst vor der Antwort. Er gab sie auch nicht direkt, sondern umschrieb die Lage. »Miss Collins ist vom Geist des Rippers beseelt. Und dieser Geist will töten, das haben wir erlebt. Welche Möglichkeiten es gibt, ihn zu stoppen, wissen Sie selbst.«

Suko nickte nur. Dann war die Verbindung unterbrochen. Nachdenklich blieb der Chinese neben dem Telefon stehen und schaute auf seine rechte Hand, die den Hörer festhielt und zitterte. In seinem Nacken spannten sich die Muskeln. Er hatte plötzlich Angst, denn was Sir James bei seiner letzten Antwort umschrieben hatte, bedeutete nichts anderes, als dass Jane notfalls getötet werden musste, wenn es keine andere Chance gab.

Suko merkte Shaos Berührung an seinem Rücken. »Was hat er gesagt?«, hauchte sie.

Der Chinese legte den Hörer auf. Er gewann damit einige Sekunden und konnte sich eine Ausrede überlegen, denn auf keinen Fall wollte er Shao die Wahrheit mitteilen.

»Er macht sich natürlich Sorgen. Nicht nur um Jane Collins, sondern auch um John.«

»Ist mit ihm auch etwas?«

Suko drehte sich um und blickte in Shaos fragendes Gesicht, in dem auch die Sorge zu lesen stand. »Ja, John ist noch nicht in der Klinik eingetroffen.«

»O Gott.« Shao ging zurück und drückte ihre flache Hand gegen die Lippen. »Stimmt das?«

»Ich würde dich nicht anlügen.«

»Dann ist ihnen was passiert.«

Suko wiegte den Kopf. »Das ist nicht sicher. Wir müssen erst einmal abwarten.«

»Du willst mich nur beruhigen.«

Der Chinese schaute seine Freundin an. Im Prinzip hatte sie recht. Er schaute in Shaos Gesicht, doch an sie dachte er nicht, sondern an Jane Collins. Wenn alle Stricke rissen und nichts mehr zu machen war, musste sie getötet werden.

Eine grauenhafte Vorstellung!

In meinem Kopf hatte es eine Explosion gegeben. Allerdings in positivem Sinne. Die Berührung mit dem Kreuz hatte das geschafft, was ich erreichen wollte.

Ich konnte wieder frei denken.

Die Magie war durch die wundersame Kraft vertrieben worden. Alles sah ich klar, nichts war mehr verschwommen, auch Jane Collins, die mit ihrem verdammten Messer schon sehr nahe an mich herangekommen war.

Fast zu nah.

Ich wurde zur Kampfmaschine. Eine Drehung nach rechts, kein Zuschlagen mit dem Kreuz, dafür riss ich den Fuß hoch und hoffte, dass der gezielte Karatetritt traf.

Ja, ich hatte Glück.

Unter den rechten Messerarm hämmerte meine Schuhspitze. Sie schleuderte ihn hoch und zurück, wobei die Wucht des Trittes Jane Collins fast von den Beinen riss. Auf jeden Fall hatte sie Schwierigkeiten, das Gleichgewicht zu bewahren.

So hatte ich sie vom Hals.

Blieben die anderen vier. Und bei ihnen befand sich Wikka. Natürlich hatten die Hexen gesehen, wie ich mich plötzlich wehren konnte, und augenblicklich entschlossen sie sich zu einem gefährlichen Gegenzauber, den Wikka einleitete.

Auf ihren Ruf hin lösten die drei Hexen das Dreieck. Sie liefen in verschiedene Richtungen, um mich einzukreisen. Wikka aber beugte den Kopf vor, und ich sah abermals die Schlangen aus ihrem Haar wischen. Diesmal hatten sich die fingerschmalen, grünlich schimmernden Tiere nicht mich ausgesucht, sondern zwei Bäume.

Sie hieben in die Rinde der Stämme wie Messer. Kaum hatten sie die Ulmen berührt, als sie ihre Kraft ausspielten.

Feuer loderte auf!

Ich sah noch den rötlichen Blitz, hörte das Knistern und

Bersten, im nächsten Augenblick befanden sich vor mir zwei lodernde Wände, die ihre Hitze gegen mich abstrahlten, meine Gesichtshaut fast rösteten und mich zum Rückzug zwangen.

Wikka stand zwischen den Bäumen. Ihr machte das Feuer nichts aus, sie hatte es schließlich gelegt, und sie griff mich weiterhin frontal an. Über den Boden schoss plötzlich eine Flammenspur, die ihrem Willen gehorchte und sich von dem Feuer eines Baumes gelöst hatte. Wie eine Schlange war sie. Wo sie das Gras berührte, setzte sie es augenblicklich in Brand.

Das war kein normales Feuer, obwohl es so reagierte und auch die unbarmherzige Hitze abstrahlte, die mich immer weiter zurücktrieb, sodass ich schon den Straßengraben erreichte und hinüberspringen musste. Auf dem Asphaltband blieb ich stehen, starrte in die wabernde Wand und sah, dass sie sich an den Rändern weiter ausbreitete.

Eine Gefahr stach mir dabei besonders ins Auge. Die Flammen konnten leicht den Ambulanzwagen erreichen und ihn in Brand setzen. Wenn das eintrat, gab es für den Arzt und auch für den Fahrer keine Rettung mehr.

Die über den Boden laufenden Flammen waren nicht hoch. Sie reichten mir etwa bis zur Hüfte. Dahinter jedoch sah ich die gewaltigen brennenden Bäume, bizarre Fackeln mit lodernden Ästen und Zweigen, die hinter den Flammen wie schwarze Totenarme wirkten. Ein gespenstisches Bild bot sich meinen Augen, und ich sah auch meine Gegnerinnen. Sie waren von dem Feuer nicht erfasst worden, befanden sich allerdings in dessen Nähe, was ich nicht hätte aushalten können, doch ihnen schien die abgestrahlte Hitze nicht zuzusetzen.

Ganz links sah ich Jane. Sie hielt noch immer das Messer fest. Der heiße, die Flammen umwabernde Kranz ließ ihre Gestalt zittrig erscheinen.

Den anderen erging es ebenso. Auch sie hielten sich außerhalb der Flammen auf und sahen aus wie fremde Wesen aus dem All, die nur für einen begrenzten Zeitraum menschliche Körperformen angenommen hatten.

Krachend flogen die ersten Äste weg. Es gab regelrechte

Explosionen, und sie sprühten wie Raketen in den dunklen Himmel über dem gewaltigen Feuer.

Ich musste meine Augen mit der Hand abschirmen, da die Blendung zu stark wurde. Dann fuhr ein Windstoß in die Flammen, bog sie nach vorn, dass ich das Gefühl hatte, sie würden sich vor mir verneigen. Das taten sie allerdings nicht, dafür brachten sie die Hitze, die mir vorkam wie die Höllenglut.

Ich musste mich an den gegenüberliegenden Straßenrand zurückziehen, während vor mir auf dem Belag die Schatten vom Widerschein des Feuers tanzten.

Wieder schaute ich auf den Wagen.

Er war noch nicht erreicht worden, aber das Feuer erhellte die unmittelbare Umgebung des Fahrzeugs, sodass ich auf die offene Heckklappe sehen konnte.

Und dort bewegte sich etwas.

Es war Dr. Alwin Brenner. Auf Händen und Füßen kroch er dem Ausstieg entgegen. Hören konnte ich nichts, nur sehen. Sein Gesicht wirkte, als würden Schreie aus seinem offenen Mund dringen, doch sie gingen im Fauchen der Flammen unter.

Der Arzt winkte verzweifelt. Er traute sich nicht, den Wagen zu verlassen. Im Gegenteil, jetzt zog er sich sogar wieder zurück.

Auch die Hexen hatten ihn gesehen. Es war nicht Jane Collins, die sich löste und auf den Wagen zulief, sondern eine andere. Ihre roten Haare flatterten dabei, sie fuchtelte mit den Armen, denn sie hatte das Opfer für sich entdeckt.

Mein Herz klopfte plötzlich schneller. Alwin Brenner konnte nicht ahnen, was ihn erwartete, er würde völlig durchdrehen und auch wehrlos sein. Zudem war er noch durch seine Verletzung gehandikapt, sodass die Hexe leichtes Spiel hatte.

Das durfte ich nicht zulassen.

Auf meine eigene Sicherheit pfiff ich. Erreichen konnte ich den Wagen vor der Hexe nicht mehr, so blieb mir nur die Chance, sie mit einer Kugel zu stoppen.

Geweihte Silberkugeln halfen gegen Hexen, das war mir

bekannt. Rasch griff ich zur Beretta – und fand das Holster leer. Verdammt, ich hatte vergessen, dass die Waffe noch immer im Gras lag.

Jetzt wurde es für Alwin Brenner kritisch. Blieb noch der geweihte Silberdolch, den ich schleudern konnte, aber dazu musste ich näher an den Wagen heran und damit auch näher an das Feuer.

Den direkten Weg konnte ich nicht nehmen, ich wäre sonst in die Flammen hineingelaufen. Ich musste einen großen Bogen schlagen, um den Wagen zu erreichen.

Das kostete natürlich Zeit. Und die konnte von meinen Gegnerinnen ausgenutzt werden.

Mit gewaltigen Schritten jagte ich über die Straße. Das Feuer musste längst entdeckt worden sein, wahrscheinlich waren schon die Löschtrupps unterwegs, und wenn Menschen eintrafen, wurde es noch gefährlicher, denn die Hexen konnten sich dann auf die wehrlosen Opfer stürzen.

Weiter vor mir sah ich zwei helle Lichter. Dort fuhr ein Wagen heran. Der Fahrer würde die Flammen sehen und wahrscheinlich stoppen. Damit lief er in sein Verderben.

Ich rannte noch schneller. Auf die Straße stellen und versuchen, den Wagen anzuhalten, das klappte nicht mehr. So viel Zeit hatte ich nicht. Zudem befand sich die verdammte Hexe bereits dicht am Hintereingang des Ambulanzwagens, sie brauchte nur noch einzusteigen.

Der Schrei löste sich wie von selbst aus meiner Kehle. Ich hoffte, dass er auch gehört wurde.

Ja, sie hörte ihn. Die Hexe stoppte, duckte sich und kreiselte auf der Stelle herum.

Wo sie stand, waberten noch keine Flammen. Mein Blick war ziemlich klar, sie sah mich, ich sah sie.

Hinter mir wimmerten Reifen über den Asphalt. Der Fahrer hatte gebremst, als er das Feuer entdeckte. Warum fuhr er nicht weiter? Er konnte doch nichts tun.

Die Hexe duckte sich, als hätte sie einen Schlag erhalten. Dann schnellte sie in den Wagen.

Den Dolch hielt ich in der rechten Hand. Ich hatte den Arm

auch schon nach hinten gedrückt und ausgeholt, jetzt schleuderte ich ihn nach vorn, um das Messer zu werfen.

Da war die Hexe verschwunden.

Im letzten Augenblick konnte ich noch zupacken, sonst wäre mir der Dolch aus der Hand gerutscht.

Gleichzeitig hörte ich die Hexen kreischen, drehte mich nach rechts und sah mit Schrecken, dass Wikka inmitten der Feuerwand stand und sie dirigierte.

Diesmal auf mich zu.

Die anderen Hexen und auch Jane Collins entdeckte ich nicht, die tanzenden Flammenzungen nahmen mir die Sicht, aber Wikkas Anblick reichte mir völlig. Noch etwas schoss mir dabei durch den Kopf. Das Feuer tat ihr nichts, es waren also magische Flammen, die mit Magie gelöscht werden konnten.

Sollte ich es mit dem Kreuz versuchen?

Ich hörte den Schrei! Er war aus dem Wagen geklungen, und ich konnte mir gut vorstellen, was sich dort abspielte.

Dr. Alwin Brenner wurde mit dem Grauen konfrontiert, und die Hexe würde ihn angreifen.

Ich ließ Wikka in Ruhe und enterte mit einem Sprung den Wagen. Das Feuer und die noch immer brennende Notbeleuchtung gaben genügend Licht, um sich orientieren zu können.

Die Hexe hatte den Arzt in eine Ecke gedrängt. Er lag zwischen den Teilen der umgestürzten Regale und zuckte auf und nieder, als hätte sein Körper mehrere Stromstöße erhalten.

Die Hexe hatte sich über ihn gebeugt, die Arme ausgestreckt und fasste ihn an. Wahrscheinlich war sie für seine Reaktionen verantwortlich.

In meinem Rücken spürte ich die heiße Welle der Flammen. Sie schienen mir meine Kleidung vom Körper brennen zu wollen, doch darauf konnte ich jetzt keine Rücksicht mehr nehmen. Der Arzt und auch die Hexe waren wichtiger.

Geduckt taumelte ich durch den Laderaum. Taumelnd deshalb, weil ich ununterbrochen über die am Boden liegenden Gegenstände steigen musste. Sie lagen kreuz und quer, manchmal auch hochkant, sodass sie regelrechte Stolperfallen für meine Füße bildeten.

Ich hätte der Hexe das Kreuz in den Rücken hämmern können, doch ich wollte sie noch reden hören. Mein rechter Arm schnellte vor, die Finger krallten sich in ihre Schulter und klammerten sich fest.

Das heisere Stöhnen des am Boden liegenden Arztes schnitt mir durch Mark und Bein, und es bewies mir, dass ich keine Zeit mehr verlieren durfte, wenn ich noch etwas retten wollte.

Wuchtig riss ich die Hexe herum. Als sie sich mit mir auf gleicher Höhe befand und ich ihr verzerrtes Gesicht sah, stieß ich sie von mir, sodass sie mit dem Rücken gegen die Wand der Fahrerkabine dröhnte und durchgeschüttelt wurde. Sie hatte den Mund weit aufgerissen, fauchte wie eine wütende Katze, hielt die Arme ausgebreitet und stierte mit verdrehten Augen auf die silberne Dolchspitze, die dicht vor ihrer Kehle zur Ruhe gekommen war. Für sie musste es das Grauen persönlich sein, denn ich hatte zudem noch mein Kreuz umgehängt, das wesentlich stärkere Dämonen vernichten konnte als sie.

»Rühr dich nicht!«, fuhr ich sie an. »Eine dumme Bewegung, und es ist um dich geschehen!«

Sie hatte meine Worte sehr wohl verstanden, denn sie zitterte vor Hass, Furcht und Wut. Den Mann hatte sie nicht töten können, diesmal war ich schneller gewesen, und ich warf einen raschen Blick nach links, wo Dr. Alwin Brenner am Boden lag.

»Können Sie aufstehen?«, fragte ich ihn.

»Ja.« Seine Antwort war kaum zu verstehen. Noch immer sah ich das Blut auf seinem Kopf und seinem Gesicht, aber er hatte sich so weit erholt, dass er mir eventuell zur Seite stehen konnte.

Ächzend kam er auf die Füße. Es war eine Qual für ihn, und er musste sich an der Wand mit den flachen Händen abstützen, um überhaupt Halt zu finden.

In der Rechten hielt ich den Dolch, mit der Linken unterstützte ich ihn, grub die Finger in seine Achselhöhle und zog ihn in die Höhe, sodass er endlich auf seinen eigenen Beinen stehen konnte. Er löste eine Hand von der Wand und wischte einen Teil des Blutes aus seinem Gesicht, sodass er besser sehen konnte und der rote Lebenssaft ihm nicht mehr in die Augen rann.

Der Mann musste mir helfen. Allein kam ich nicht weiter, denn ich dachte an die draußen lauernden Hexen und an Jane Collins. Ich vernahm schon die Sirenen, die Feuerwehrwagen konnten jeden Augenblick eintreffen.

»Wenn Sie den Dolch nehmen und auf die Hexe aufpassen, kann nichts geschehen!«, wies ich den Mann an und schaute ihm in die Augen. Er war zwar erschöpft, fertig, aber er nickte.

Ich riskierte es und reichte ihm den Dolch. Das ging sehr schnell, sodass die Hexe nicht dazu kam, überhaupt etwas zu unternehmen. Der Dolch blieb praktisch vor ihrer Kehle.

»Wenn sie etwas versucht, stoßen Sie zu!«, befahl ich dem Arzt.

Dr. Brenner nickte. Sprechen konnte er nicht. Seine Kehle war zugeschnürt.

Ich nickte ihm noch einmal zu, machte kehrt und verließ den Wagen wieder …

In den Beinen hatte Alwin Brenner weder Gefühl noch Kraft. Jeden Augenblick musste er zusammenbrechen, aber er dachte an die Worte des Geisterjägers und mobilisierte seine letzten Kräfte.

In der rechten Hand hielt er die silberne Klinge. Seine Finger umklammerten den Griff sehr hart. Wie kleine Berge sprangen die mit dünner Haut überzogenen Knöchel hervor. Zum Glück hatte er die linke Hand frei, konnte den Arm spreizen und sich an der Innenwand des Gefährts abstützen.

So stand er da. Er wusste nicht genau, was geschehen war, aber er ahnte, dass es um sein Leben ging.

Die Hexe belauerte ihn. Bei ihr hatte sich die Spannung ein wenig gelöst, denn sie wusste genau, dass dieser Mann vor ihr nicht die Klasse und Stärke eines John Sinclair besaß. Er war wesentlich schwächer und hatte längst nicht die guten Nerven.

Aber da war noch das Messer.

Das konnte auch ein Kind festhalten. Die Klinge befand sich sehr dicht an ihrer Kehle, ein leichter Druck nur reichte aus, um sie ins Fleisch zu stoßen.

Was das bedeutete, wusste die Hexe.

Ihren Tod!

Deshalb musste sie es anders versuchen. Nicht mit Gewalt. Die Hexen waren unter anderem wegen ihrer Hinterlist und Tücke bekannt. So etwas beherrschte auch die Hexe mit den feuerroten Haaren.

Sie lächelte.

Es war ein raffiniertes Lächeln, lauernd und wissend zugleich, und der junge Arzt reagierte sofort.

»Bleib nur ruhig«, zischte er, »sonst stoße ich zu. Bei Gott, ich tu's!« Er sprach rau, man merkte ihm an, wie sehr er unter dem momentanen Stress litt.

Die Hexe lächelte. »Was hast du denn, mein Kleiner? Warum bist du auf einmal so aufgebracht? Ich will nichts von dir. Bestimmt nicht. Aber schau mich an.«

»Nein!«

»Oh, wie schade. Gefalle ich dir nicht? Habe ich nicht einen wunderschönen Körper? Wenn du genau hinsiehst, dann schimmert meine helle Haut durch die dunklen Tücher. Und helle Haut liebst du doch, oder?«

»Ich will es nicht.«

»Ach, stell dich nicht so an. Du darfst nicht auf Sinclair hören. Er hat keine Ahnung. Ich biete dir alles, was du dir wünschst. Du hast dir doch sicherlich schon einige außergewöhnliche Dinge gewünscht, nicht wahr?«

»Du sollst dein Maul halten.«

»Aber wieso denn? Davon hat John Sinclair nichts gesagt. Oder hast du etwas gehört?«

»Nein.« Dr. Brenner hatte geantwortet, obwohl er es überhaupt nicht wollte.

»Na bitte.«

»Komm, lass uns gehen, wir beide allein. Wir verschwinden an ein stilles Plätzchen, wo wir ganz allein sind. Nur wir beide, mein Kleiner.«

»Ich will nicht.«

»Kannst du einer Frau widerstehen?«

»Du – du bist keine Frau!«

Da lachte die Hexe. »Was bin ich dann? Ich sehe aus wie eine Frau. Und zwar wie eine sehr schöne, wenn du verstehst, mein Liebling. Hässlich habe ich mich noch nie gefunden, auch die anderen finden mich schön. Du solltest da keine Ausnahme machen. Das willst du doch auch nicht.«

»Sei ruhig.«

»Nein, nur einen kleinen Blick. Sieh mir ins Gesicht, und sage mir dann, ob ich hässlich bin!« Die Hexe ging sehr raffiniert vor. Sie lullte den Arzt mit Worten ein, um ihr Ziel zu erreichen. So etwas hatte sie gelernt, die weibliche Verführungskunst der Stimme, gepaart mit Raffinesse, verfehlte nie ihre Wirkung.

»Nun sei schon lieb, Kleiner.«

Dr. Alwin Brenner knirschte mit den Zähnen. Er dachte daran, wie die Hexe ihn malträtiert hatte, als er auf dem Boden lag und ihre Finger spürte. Schmerzwellen waren durch seinen Körper getobt. Jetzt versuchte sie es auf eine andere Art und Weise, aber sie sollte sich geschnitten haben, das schwor er sich.

»Nun?«

Dieses Wort wirkte bei dem Arzt wie eine Zündung. Er hob den Blick und schaute in das Gesicht der Hexe.

Sie lächelte.

Dieses Lächeln lenkte ihn für Bruchteile von Sekunden ab. Es wirkte völlig natürlich, nicht falsch, und er fragte sich plötzlich, wieso er diese Frau bewachte.

Auch mit ihrem Körper hatte sie recht gehabt. Die Haut schimmerte durch die lose übereinanderliegenden Tücher. Weiße, weiche, helle Haut. Voll und schwer der Busen, dunkler die Brustwarzen und leicht aufgerichtet. Der Schwung der Hüften, das etwas ausladende Becken, die langen Beine mit den nackten Füßen …

Seine Kehle wurde noch trockener.

»Und so etwas willst du töten?«, erkundigte sich die Hexe mit lauernder Stimme. »Willst du das wirklich?«

»Ich – ich …«

»Na siehst du, mein kleiner Liebling. Jetzt weißt du keine Antwort mehr. Möchtest du meinen Körper nicht streicheln? Soll er nicht dir allein gehören? Für immer und alle Zeiten? Wenn du zustimmst, dann nimm das Messer weg.«

Er hob den Blick, sah in das Gesicht der Hexe und in ihre Augen, die sich auf seltsame Art und Weise verändert hatten. Sie schauten nicht mehr so klar und rein, sondern waren wie Sensoren, die die Tiefe seiner Seele erforschen wollten.

Dr. Brenner kannte solche und ähnliche Blicke. Er hatte Kollegen, die sich mit Hypnose beschäftigten, und in diese Richtung schien alles Wirken der Hexe zu laufen.

Ja, sie wollte ihn hypnotisieren, einlullen, schläfrig machen, um dann zuzuschlagen.

Diese Erkenntnis war auf einmal da, und er wusste, dass er sich nicht irre machen lassen durfte. Er musste stark bleiben, wenn er gewinnen wollte.

Auch die Hexe ahnte, dass nicht alles so lief, wie sie es sich vorgestellt hatte. Sie wurde leicht nervös, und als Dr. Brenner den Kopf schüttelte, wagte sie einen letzten Versuch.

»Los, jetzt, komm mit mir! Wir gehen …«

»Nein!«, schrie der Arzt.

»Ja!«, brüllte die Hexe dagegen und reagierte. Sie hielt es nicht mehr aus, löste ihre gespreizten Arme von der Wand und klappte sie zusammen.

Sie hatte die Hände dabei gekrümmt und wollte die Kanten links und rechts gegen Alwin Brenners Hals schlagen. Sie war sehr schnell, brauchte für die Aktion nicht einmal die Spanne einer Sekunde, aber der Arzt merkte trotzdem, was los war, und er reagierte ebenfalls.

Er ließ sich fallen.

Eine Handbreit höchstens war die Messerspitze nur vom Hals der Hexe entfernt. Den Kopf brachte sie zwar noch zur Seite, aber die Spitze zielte schräg nach unten, und die Klinge drang in die obere rechte Schulter der Hexe.

Durch den Schwung war auch Brenner nach vorn geworfen worden, sodass die beiden Handkanten nicht den Hals, sondern sich selbst hinter seinem Kopf trafen.

Er vernahm noch das Klatschen und spürte, wie die Hexe vor ihm erstarrte. Dann geschah etwas Ungewöhnliches, was er nie in seinem Leben vergessen würde, aber so schaurig war, dass gellende Schreie aus seinem weit geöffneten Mund drangen …

Ich sprang aus dem Wagen und schaute in die Flammenwand. Von der Straße hörte ich die grellen Sirenen der Löschwagen und vernahm die Bremsgeräusche. Gleichzeitig schallten Stimmen durch die Nacht. Die verantwortlichen Einsatzleiter gaben entsprechende Befehle an ihre Leute, die schnell und prompt ausgeführt wurden.

Ich war natürlich gespannt, wie sich die Hexen verhalten würden. Griffen sie an? Konnten sie es sich leisten, gegen noch mehr Menschen vorzugehen und sie in den Strudel des Verderbens zu reißen? Oder wollten sie weiteres Aufsehen vermeiden, was bei Dämonen oft der Fall ist?

Ich sah die Flammenwand und stellte fest, dass die Feuerzungen längst nicht mehr so hoch leckten. Sie waren zusammengesunken, die Bäume brannten überhaupt nicht mehr, und ihre verkohlten Äste stachen wie die Finger eines Riesenzombies anklagend in den nachtdunklen Himmel. Ich suchte natürlich die Hexen, aber ich sah sie nicht mehr. Wikka und ihre Gefährtinnen hatten es vorgezogen zu verschwinden. Unwillkürlich schaute ich in den Himmel. Weit oben glaubte ich ein grünes Leuchten zu sehen, was allerdings auch eine Täuschung sein konnte und mir die Restflammen vorgegaukelt hatten.

Jane Collins hatten sie mitgenommen. Nicht als Entführte, sondern als Schwester.

In diesem Augenblick wurde mir klar, dass ich sie endgültig verloren hatte, und so etwas wie eine tiefe Depression überfiel mich. Jane Collins, die den Geist des unheilvollen Rippers in sich trug, war meiner Kontrolle entglitten und hatte sich in die einer anderen begeben. Sie stand jetzt unter Wikkas Schutz. Ob man dies allerdings als einen Schutz bezeichnen konnte, war mehr als fraglich. Wikka würde sie noch stärker manipulieren und in eine bestimmte Richtung führen.

Hin zur schwarzen Magie!

Es stieg heiß in meiner Kehle hoch. Ich hatte Mühe, Luft zu bekommen, und atmete nur durch die Nase. Die Vorstellung, Jane auf der anderen Seite zu wissen, war so schlimm, dass ich es in Worten kaum fassen konnte.

Von drei Seiten gischteten breite Wasserstrahlen auf die verbrannte Erde der Weide. Sie trafen die Bäume und übergossen sie mit ihrem kalten Nass. Die Erde war an vielen Stellen noch heiß, manchmal glühte sie sogar. Wo das Wasser auf die heißen Stellen traf, begann es zu zischen. Gewaltige grauweiße Dampfwolken quollen in die Höhe und erschwerten die Sicht.

Auch mich traf der Regen. Zwar nicht der volle harte Strahl, aber Ausläufer, die meine Kleidung nässten.

Jemand schrie mich an. »He, Mister, verschwinden Sie!« Ein Uniformierter rannte auf mich zu. Während des Laufs hielt er seinen Helm fest, bewegte sich durch eine Rauchwolke und tauchte aus ihr hervor wie ein Geist.

An der Straße hatten die Feuerwehrleute inzwischen eine Absperrung errichtet. Sie betraf beide Seiten. Jeweils rechts und links stauten sich die Fahrzeuge.

»Sie müssen hier weg!«, fuhr mich der Mann an und wollte mich an der Schulter fassen.

Ich zeigte ihm meinen Ausweis.

»Scotland Yard?«, hauchte er.

»Richtig, Mister.«

»Sind sie Zeuge?«

»So kann man es nennen.« Dann erklärte ich dem Einsatzleiter, dass er sich um den Fahrer der Ambulanz kümmern sollte. »Der Mann steckt noch im Führerhaus. Ich weiß nicht, ob er den Aufprall überlebt hat.«

»Wie ist es denn passiert?«

»Später«, erwiderte ich.

Der Einsatzleiter verstand und rannte mit langen Schritten los. Er winkte zweien seiner Männer.

Im selben Moment fiel mir Dr. Brenner ein. Ich hatte mich kaum umgedreht, als ich aus dem Wagen markerschütternde Schreie vernahm. Ich wusste nicht, wer sie ausgestoßen hatte. Das war auch egal, Hauptsache, ich kam noch rechtzeitig …

Dr. Brenner wankte mir entgegen.

Allerdings rückwärts. Es war ein Wunder, dass er noch nicht den Halt verloren hatte, auf wackligen Beinen hielt er sich, hatte einen Arm ausgestreckt und deutete auf das Bild, das sich seinen und jetzt auch meinen Augen bot.

Es war schlimm.

Die Hexe hatte es erwischt. Dies einmal vorweggenommen. Der Dolch steckte in ihrer Schulter, und das geweihte Silber setzte seine volle Kraft ein.

Unsere Gegnerin stöhnte und jammerte. Qualvoll hatte sie das Gesicht verzogen, allerdings ein Gesicht, das bereits zur Hälfte mit der Rückwand des Wagens verschmolzen war.

Ja, sie und das Blech waren eins geworden, und sie wurden es immer mehr, sodass die Hexe einen qualvollen Tod erleiden musste, wenn es so weiterging.

Und es ging weiter, der Vorgang war nicht zu stoppen. Dicht um die Hexe herum war das Metall flüssig geworden. Es warf Blasen, bildete dicke Tropfen, die in langen Bahnen nach unten rannen, wobei sie sich auf dem Boden sammelten.

Ihre Arme konnte sie ebenfalls nicht mehr bewegen, auch sie steckten in der Wand fest. Sie hatte sie angewinkelt, und die Ellbogen waren zuerst verschluckt worden, sodass nur noch die Unterarme und die beiden Hände hervorschauten.

Mit den Beinen konnte sie sich ebenfalls nicht mehr abstützen. Füße und Knöchel waren schon nicht mehr zu sehen, sodass sie in einer Schräglage hing, sich immer weiter auflöste oder mit dem Blech verschmolz.

Da kam sie nicht mehr raus.

Aber sie lebte, und sie konnte reden, auch wenn ihre Angst noch so groß war. Ich wusste nicht, welche Magie da reagiert hatte, nahm allerdings an, dass es Wikka gewesen war, die nicht wollte, dass eine ihrer Dienerinnen in meine Hände fiel.

Doch sie sollte sich getäuscht haben. Diese Hexe würde reden.

Sie bewegte den Kopf und rollte mit den Augen. Aus ihrem Mund drangen krächzende Schreie, die erst verstummten, als die Hexe mich sah.

Mich und das Kreuz!

Sie stierte darauf, begann zu wimmern, und ich sah mit eigenen Augen, wie immer mehr von ihr in der Blechwand verschwand und eins mit ihr wurde.

»Töte mich!«, keuchte sie. »Verdammt, töte mich. Ich halte die Qual einfach nicht mehr aus!«

Ich schüttelte den Kopf. »Nein, du Hexe, so leicht will ich es dir nicht machen.«

»Nimm das Kreuz. Nimm es!«

Ich musste hart bleiben, denn jetzt hatte ich sie so weit, dass sie reden würde.

»Ich kann dir den Gefallen tun«, sagte ich, »und dir einen schnellen Tod verschaffen, aber du musst dich erkenntlich zeigen.«

»Was soll ich tun?«

»Ich will wissen, wo Wikka ist!«

»Das kann ich dir nicht sagen …«

»Dann stirb weiter.« Dabei tat ich so, als wollte ich mich abwenden, doch die Qualen der Hexe mussten einfach zu groß sein, sie hielt mich mit einem Zuruf zurück. »Warte noch, du Bastard, du räudiger Hund, der du meine Lage ausnutzt. Ich will es dir sagen …«

Meine Finger spielten mit dem Kreuz, wobei ich lächelte, was mir schwerfiel, denn es sah schaurig aus, wie die Hexe immer mehr von der Wand aufgesaugt wurde. »Zwingen kann ich dich natürlich nicht, aber wenn du meinst …«

»Hexeninsel!«, stieß sie hervor. »Sie und die anderen haben sich auf die Hexeninsel zurückgezogen.«

»Gut«, antwortete ich gleichgültig, obwohl ich innerlich jubilierte, »jetzt brauchst du mir nur noch zu verraten, wo ich diese Insel finden kann.«

»Im Meer.«

Wollte sie mich auf den Arm nehmen? »Das weiß ich selbst!«, zischte ich zurück. »Wo genau?«

»Ich kann es dir nicht sagen«, keuchte sie.

»Weit von hier?«

»Keine Ahnung. Es ist die Insel der Hexen. Nichts wächst dort. Alles ist kahl. Man hat früher dort die Hexen verbrannt. Seitdem heißt sie Hexeninsel ...«

»Wenn du nicht mehr weißt ...«

»Neiinnn, ich weiß es nicht!«, schrie sie und verzog gequält ihr Gesicht. »Mach endlich Schluss. Wikka soll nicht ihre Freude an mir haben!«

Also doch Wikka. Sie bestrafte so ihre Versager.

Und noch jemand mischte sich ein. Es war Dr. Alwin Brenner. Er konnte das dämonische Geschöpf nicht leiden sehen, obwohl es mit ihm kein Pardon gekannt hätte.

»Tun Sie es schon, Sinclair. Halten Sie Ihr verdammtes Versprechen!«

Ich drehte mich zu ihm um. Er hockte am Boden, hatte das Gesicht verzogen und starrte mich an.

»Gut.« Ich nickte und wandte mich wieder der Hexe zu, die jetzt ihren Kopf nicht mehr bewegen konnte. Nur etwa die Hälfte des Körpers schaute noch aus der Wand.

Ich hob das Kreuz an, sodass es sich etwa in Höhe des Gesichts befand. Für einen Moment wurde die Panik darin noch größer, sodass ich annehmen konnte, die Hexe würde alles bereuen, dann drückte ich zu.

An der Stirn wurde die Hexe getroffen. Kaum hatte das Kreuz ihre Haut berührt, zischte es auf, als wären Wassertropfen auf eine glühende Herdplatte gefallen. Die Haut verbrannte in einem kalten Feuer. Sie nahm einen stumpfen, grauen Ton an, wurde spröde und verlor sämtliche Feuchtigkeit, sodass sie als Staub zwischen meinen Fingern zerrieselte und zu Boden fiel.

Die Hexe war tot.

Ich nickte zufrieden. Sie hatte es nicht anders haben wollen. An der Wand war nichts mehr zu sehen. Nicht einmal ein dunkler Fleck oder Rest.

Hinter mir stöhnte der Arzt. Als ich mich umdrehte, schaute ich in ein Gesicht, das fast ebenso grau war wie das der Hexe kurz vor ihrem Tod.

»Habe ich das geträumt?«, flüsterte er und strich mit dem Handrücken durch sein Gesicht, wobei er das Blut noch mehr verteilte.

»Nein, das haben Sie nicht.«

»Aber …« Sein Gesicht verzog sich. »Ich kann das nicht begreifen. Das ist ungeheuer …«

»Magie.« Mehr brauchte ich nicht zu sagen.

»Wieso?«

»Lassen Sie mal, Doc, das erkläre ich Ihnen später vielleicht genauer. Nur so viel: Schwarze Magie hat gegen weiße Magie gekämpft. Zum Glück war die weiße stärker.«

Er hatte seinen Mund geöffnet und schaute mich an, wie ich den Dolch einsteckte. Er fand einfach keine Worte mehr, um mir eine Antwort zu geben.

Ich schob ihn vor, damit er aus dem Fahrzeug klettern konnte.

»Wenn Sie sich selbst behandeln können, würde ich dies vorschlagen«, erklärte ich.

»Ja, meinetwegen. Aber ich …« Er drehte den Kopf und schaute mich an, und ich ahnte, was kam. Sicherheitshalber breitete ich meine Arme aus. Der Arzt fiel prompt hinein.

Das war nötig. Eine Ohnmacht tat bei ihm gut, nach dem, was er in den letzten Stunden erlebt hatte.

Noch immer gischtete Wasser auf dem ehemaligen Brandherd. Die Löschtrupps wollten sichergehen. Um meine Füße herum gurgelte und schmatzte es, wenn sich das Löschwasser einen Weg suchte, wo es abfließen konnte und irgendwann im Straßengraben landete.

Schließlich wurden die Geräte abgedreht. Die drei Wasserstrahlen fielen zusammen.

Ich atmete tief durch. Das hätten wir erledigt. Jemand nahm mir den bewusstlosen Arzt ab. Ich sah mich an der Stelle um, wo ich meine Beretta verloren hatte, und fand sie. Dann suchte ich den Einsatzleiter und ging zu ihm. Der Mann machte einen nervösen Eindruck. Er schien deprimiert zu sein.

»Was ist los?«, fragte ich.

Er erschrak, als ich ihn anredete. Fahrig wischte er über seine Stirn. »Ach, wissen Sie, die Sache ist die. Er ist tot, Oberinspektor. Der Mann ...«

»Meinen Sie den Fahrer?«

»Ja.«

»Und wie ist er gestorben?«

»Beim Unfall.«

Ich holte tief Luft und nickte ein paar Mal. Wieder ein Opfer, das indirekt auf das Konto der Hexen ging. Und Jane Collins gehörte zu ihnen. Würde sie auch morden und töten wie die anderen?

Sicherlich, bestimmt sogar, denn sie musste sich schließlich als würdig erweisen, eine Hexenschwester zu sein. Nie hätte ich damit gerechnet, dass es einmal so weit kommen würde. Aber da konnte man sehen, auf welch tönernen Füßen unsere Kampfplattform stand. Es gab immer wieder Risse. Bisher hatten wir sie einigermaßen kitten können, doch bei Jane war wohl nichts mehr zu machen. Jedenfalls sah ich keinen Ausweg aus der Klemme.

»Wo kann ich telefonieren?«, fragte ich den Einsatzleiter.

»In meinem Wagen.«

Er stand auf der anderen Seite der Straße. Die Sperre war inzwischen aufgehoben worden. Wir mussten erst einige Autos vorbeilassen, bevor wir die Straße überqueren konnten.

Der Einsatzleiter stieg in den Rover und übergab mir den Hörer. Die Zentrale musste mich erst weiter verbinden, und ich hatte Sir Powells Büro angewählt, denn ich war sicher, meinen Chef dort noch zu finden.

Getäuscht hatte ich mich nicht. Als er meine Stimme vernahm, zeigte er sich überrascht und erleichtert.

»Wie ist es gelaufen?«, wollte er wissen.

»Schlecht, Sir. Sehr schlecht.«

»Dann haben Sie Jane ...«

»Genau, Sir. Ich habe es nicht geschafft, Jane Collins zurückzuholen. Sie steht jetzt auf der anderen Seite. Es tut mir leid, aber es war nicht zu verhindern.«

»Und wieso nicht?«

Ich berichtete in Stichworten und auch von der Hexeninsel.

»Haben Sie den Namen schon mal gehört, Sir?«, erkundigte ich mich.

»Nein.«

»Ich auch nicht.«

»Wenn die Hexe sie erwähnt hat, muss es sie geben. Ich lasse unsere Computer arbeiten, während Sie auf dem Weg sind, John.«

Damit war ich einverstanden. »Und geben Sie bitte Suko Bescheid, dass alles in Ordnung ist.«

»Sie Witzbold«, erwiderte mein Chef. »Alles in Ordnung ist gut. Nichts ist in Ordnung.«

»Ich meine mit mir.«

Da hatte Sir James schon aufgelegt. Er war mal wieder die Freundlichkeit in Person.

Ich stieg aus und wandte mich fragend an den Einsatzleiter. »Wie lange bleiben Sie noch hier?«

»Ich fahre bald, lasse allerdings noch Polizisten zurück, bis das Wrack abgeschleppt wird.«

»Gut, dann können Sie mich mit in die Stadt nehmen.«

»Geht klar. Soll ich Sie am Yard absetzen?«

Ich lächelte. »Wenn Sie den Umweg machen wollen, gern.«

»Kommen Sie!«

In meinem Büro brannte Licht. Die Putzfrau hatte nicht vergessen, es auszuschalten, sondern es war Suko, der nicht so gern im Dunkeln saß.

Sir James hatte ihn informiert, und der Inspektor war sofort losgefahren. Mein Bentley stand unten. Als ich das Zimmer betrat, warf er mir einen fragenden Blick zu.

»War es wirklich so, wie du gesagt hast, John?«
»Leider.«
»Dann ist Jane ohne Chance?«
Ich setzte mich und streckte die Beine aus. »Wir müssen es annehmen.«
Suko senkte den Blick. Für eine Weile schwiegen wir. Jeder hing seinen Gedanken nach, und es waren trübe Gedanken, das können Sie sich vorstellen.
Dann kam Sir James. Die Augen wirkten hinter seinen Brillengläsern unnatürlich groß. Er legte uns einen Zettel mit Informationen auf den Schreibtisch.
»Haben Sie Erfolg gehabt, Sir?«, erkundigte ich mich.
»Kaum. Der Begriff Hexeninsel ist zwar speziell, aber dennoch zu vage. Mit dieser simplen Information konnten wir nicht viel anfangen. Es tut mir leid.«
»Was haben Sie denn überhaupt herausgefunden?«, wollte ich wissen.
»Nicht viel. Es gibt irgendwo im Atlantik eine Inselgruppe, die Hexeninsel heißt.«
»Und wo ist das genau?«
»Na ja, da spielt sogar Grönland eine Rolle. Dort in der Nähe befindet sie sich.«
Meine Stirn legte sich in Falten. »Vielleicht eine Spur.«
»Mehr auch nicht«, sagte Suko.
»Wenn es keine andere Chance gibt, werden Sie beide wohl hin müssen«, erklärte Sir James.
Begeistert waren wir davon nicht. Irgendwie hatte ich auch das Gefühl, dass wir uns auf einer falschen Spur bewegten. Ich stützte mein Kinn auf die Hände und dachte darüber nach, was die Hexe wohl mit ihren letzten Worten gemeint haben könnte.
Sie hatte von der Insel gesprochen und auch den Namen sehr bestimmt genannt. Also musste es die Insel geben. Vielleicht hatte sie auch früher so geheißen, als man Hexen jagte und sie verbrannte.
»Sarah Goldwyn!« Suko platzte damit heraus. Ich hob den Kopf und starrte ihn sekundenlang überrascht an.

»Du hast recht, Suko.«

»Sag ich doch. Die Horror-Oma hat ein Archiv, da können manch andere einpacken. Über magische Dinge ist sie informiert. Sicherlich kann sie etwas mit der Hexeninsel anfangen.«

Sir James war skeptisch. »Glauben Sie denn, die Insel durch Mrs Goldwyn finden zu können?«

»Man muss alles versuchen.« Meine Hand lag schon auf dem Hörer und hob ihn hoch.

»Um diese Zeit anzurufen ist ja eigentlich eine Unverschämtheit«, murmelte Suko.

»Vergiss nicht, um was es geht. Zudem können ältere Leute sowieso nicht so gut schlafen.«

Sir James räusperte sich. Anscheinend fühlte er sich angesprochen.

Ich hatte die Nummer getippt und hörte das Tuten aus dem Hörer. Es läutete einige Male durch. Dann hob jemand ab, und eine Stimme, die sich frisch und klar anhörte, meldete sich.

»Sinclair.«

»John, mein Junge. Was verschafft mir die Ehre Ihres Anrufs?« Typisch Sarah Goldwyn. Sie sagte immer »mein Junge« zu mir.

»Es liegt leider kein sehr erfreulicher Grund vor«, erwiderte ich und wurde von der Horror-Oma unterbrochen.

»Was ist denn geschehen?«

»Um es am Telefon zu erklären fehlt die Zeit. Können wir nicht zu Ihnen kommen?«

»Natürlich, gern.«

»Sofort?«

»Ja. Ich warte.«

»Noch eins«, sagte ich. »Wir brauchen nähere Informationen zu dem Begriff Hexeninsel.«

»Well, so aus der Hand kann ich Ihnen da auch nicht helfen, John.«

»Das sollen Sie auch nicht, Lady Sarah. Uns geht es darum, dass Sie schon einmal vorsortieren. Sie haben doch das tolle Archiv oben auf dem Speicher.«

»Ja, damit lässt sich etwas anfangen. Bis gleich dann.« Die alte Dame war Feuer und Flamme. Es störte sie nicht im Geringsten, dass wir längst nach Mitternacht hatten. Wenn es gegen die Mächte der Finsternis ging, stand sie immer bereit.

Auch wir erhoben uns. Sir James wollte uns beide Daumen drücken. Er kam auch noch auf Jane zu sprechen, redete dann jedoch nicht weiter.

Ohne es untereinander abgesprochen zu haben, verdrängten Suko und ich Jane Collins aus unseren Köpfen. Wir durften nicht vorbelastet sein und mussten versuchen, möglichst objektiv an die Sache heranzugehen.

Hoffentlich gelang uns dies.

Der Bentley war noch warm. Wir mussten rüber nach Mayfair, denn dort wohnte Sarah Goldwyn. Durch die fast leeren Straßen war es ein Vergnügen, den Wagen zu lenken, und wir erreichten den berühmten Londoner Vorort in Rekordzeit.

Lady Sarah Goldwyn wohnte in einer ruhigen Straße, in der noch das alte viktorianische England beheimatet war. Alte, prächtige Bürgerhäuser, die meisten renoviert, reihten sich aneinander. Die Vorgärten wirkten gepflegt, und die Laubbäume auf den Gehsteigen zeigten das satte Maigrün.

Über der Haustür brannte die Lampe. Und wir sahen Lady Sarahs Schatten hinter dem Fenster, als wir den Bentley verließen. Kaum hatten wir den plattierten Weg des Vorgartens betreten, als sie uns schon die Tür öffnete.

»Bitte, kommen Sie herein!«

Wir entschuldigten uns noch einmal, doch die Horror-Oma winkte ab. »Unsinn, ich freue mich ja, wenn ihr mich braucht.« Nach diesen Worten strahlte sie.

Umgezogen hatte sie sich nicht. Über ihr Nachthemd hatte sie einen Morgenmantel gestreift, der ihr ebenfalls bis zu den Knöcheln reichte. Das Haar war im Nacken zu einem Knoten zusammengebunden: ihre Standardfrisur.

»Ich habe schon ein wenig vorsortiert«, erklärte sie uns und ging vor zur Treppe. Auf der ersten Stufe drehte sie sich um und lächelte verschmitzt. »Und ich glaube, dass ich sogar fündig geworden bin, meine Freunde.«

»Das wäre toll«, erwiderte ich.

»Ja, wenn ihr die alte Sarah nicht hättet.« Sie lachte verschmitzt und stieg die Treppen hoch.

Ihr altes Haus hatte Atmosphäre. Mir kam es immer so vor, als würde der Geist des British Empire, des alten, großen Englands, noch in ihm wohnen. Lady Sarah war eine dreifache Witwe und ziemlich vermögend, denn ihre Männer hatten ihr jedes Mal ein erkleckliches Erbe hinterlassen. Ihr Hobby war äußerst ausgefallen. Sie beschäftigte sich mit allem, was nur den Hauch von Horror aufwies. Die Bibliothek, die sie sich im Laufe der Jahre zugelegt hatte, konnte man schon als beeindruckend bezeichnen. Alles, was an Büchern erschien, die sich mit dem Gebiet der Fantastik beschäftigten, wurde von Lady Sarah gekauft. Auf dem großen Dachboden hatte sie sich ein Archiv bauen lassen und gleichzeitig einen kleinen Kinoraum, denn sie kaufte sich regelmäßig die neu auf den Markt kommenden Filme. Trotzdem ging sie noch oft ins Kino, und sie war bei den meisten jugendlichen Besuchern der Horrorfilme eine bekannte Größe.

»Ich war heute übrigens wieder im Kino«, erklärte sie uns. »Vielmehr war es schon gestern.«

»Und was haben Sie gesehen?«

Lady Sarah drehte sich um und lächelte verschmitzt. »Einen Horror-Streifen. American Werewolf.«

»Wie war er?«

»Klasse. Sollten Sie sich auch ansehen.«

»Wir haben von Werwölfen die Nase voll.«

»Worum geht es eigentlich?«, wollte Lady Sarah wissen, als wir auf dem Speicher standen.

»Um Jane Collins.«

Sie erschrak, denn auch sie kannte die Detektivin gut. »Ist ihr etwas passiert?«

Ich nickte, weil ich nicht sprechen konnte, denn in meiner Kehle saß plötzlich ein Kloß. Abermals wurde mir bewusst, was mit Jane los war. Ich konnte es einfach nicht verdrängen.

»John, mein Junge, was ist los?« Sie trat zu mir.

Ich musste ein paar Mal schlucken, bevor ich antwortete. »Es geht um Jane«, gab ich rau zurück.

»Also doch.«

»Jane Collins ist vom Geist des Rippers gefangen worden und befindet sich nun in der Hand der Oberhexe Wikka. Man kann sie selbst als Hexe bezeichnen.«

»Nein!« Sarah Goldwyn wankte zurück. »Das – kann doch nicht wahr sein, John.«

»Es ist leider eine Tatsache.«

Sie schaute Suko an, der nickte.

»Und jetzt?«, hauchte sie.

»Suchen wir ihr Versteck. Wir haben den Begriff Hexeninsel gehört. Dort könnte sie sein.«

»Wenn das so ist …« Lady Sarah schüttelte den Kopf. Sie hob ihre schmalen Schultern, senkte den Blick und ging auf einen Tisch zu. Drei Bücher lagen dort. Die schwarzen Umschläge waren durch Plastikhüllen geschützt, so blieben die alten Werke haltbar.

Keiner von uns sprach mehr. Wie eine Wand lag das Schweigen über dem Dachraum.

Ich blätterte das erste Buch durch, Suko hatte sich das zweite vorgenommen.

Unter dem Stichwort-Verzeichnis fanden wir auch den Begriff Hexeninsel. Etwa eine Viertelstunde lasen wir und machten uns auch Notizen. Dann verglichen wir.

Beide hatten wir ungefähr die gleichen Informationen. Es war nicht die Hexeninsel, die Sir James in seinem Bericht erwähnt hatte, sondern eine andere.

Sie lag ebenfalls im Atlantik, aber am südlichen Ende des Kanals, von uns gar nicht mal so weit entfernt. Den Namen Hexeninsel hatte sie im Mittelalter erhalten. Man hatte dort Frauen ausgesetzt, die man für Hexen hielt. Dies geschah jeweils in der Walpurgisnacht, und die Frauen wurden ohne Nahrung oder Wasser zurückgelassen. Man ging davon aus, dass ihnen der Teufel helfen würde. Ob er es tatsächlich getan hatte, stand in den Sternen.

Jedenfalls wussten wir Bescheid, dabei war es noch keineswegs sicher, dass es sich bei der Insel um dieselbe handelte, auf der sich nun Wikka, die Oberhexe, mit ihren Dienerinnen aufhielt. Aber es war zumindest den Versuch wert, die Insel einmal anzufliegen.

»Hat es euch geholfen?«, wollte Lady Sarah wissen.

»Ich glaube schon«, sagte ich und klappte das Buch zusammen.

»Ihr wollt hin?«

»Ja.«

»Gibt es denn eine Chance für Jane?« Das war eine Frage, auf die ich auch keine Antwort wusste, und ich hob die Schultern.

»Was tun Sie, John, wenn Sie ihr gegenüberstehen? Schießen? Mit dem Kreuz attackieren?«

»Das kann ich nicht. Ich hoffe noch auf eine andere Chance. Auf eine Art von Exorzismus, eine Austreibung, die Tanith, die Wahrsagerin, vornehmen kann.«

»Aber dafür ist es zu spät«, flüsterte Lady Sarah.

»Das will ich nicht hoffen« erklärte ich. »Es muss uns gelingen, Jane zu ihr zu bringen.«

»Weiß Tanith schon Bescheid?«

Ich schüttelte den Kopf. »Nein, dazu sind wir nicht gekommen, aber sie wird sich bestimmt nicht sträuben. Nur möchte ich abwarten, bis es wirklich so weit ist.«

»Da wünsche ich euch viel Glück. Ich werde für Jane beten. Sie kann doch nicht in den Klauen dieser Dämonen bleiben. Das ist unmöglich. Sie ist ein Mensch, eine …«

Ich sagte nichts, sondern wandte mich zum Gehen. Suko folgte mir, Lady Sarah machte den Schluss. Unten verabschiedeten wir uns. Sie wünschte uns viel Glück, und in ihren Augen lasen wir eine echte Besorgnis.

»Sie schaffen es, mein Junge«, sagte sie voller Optimismus. »Sie schaffen es bestimmt.«

»Das will ich hoffen, aber ehrlich gesagt …« Ich sprach nicht weiter, sondern wandte mich ab.

Als wir starteten, stand Lady Sarah vor der Haustür. Den

Arm hatte sie halb erhoben. Es war ein müdes Winken voller Resignation …

Wir flogen mitten hinein in eine Hölle aus Glut, Himmel und herrlichen Farben.

Sonnenaufgang über dem Meer. Noch lag ein Teil der Dunkelheit über dem Wasser, aber urplötzlich stand ein Teil des Himmels in Flammen und füllte auch das Innere unseres Hubschraubers aus.

Wir flogen selbst.

Der Einsatz war gefährlich, und so konnten wir es nicht riskieren, dass ein Pilot unter Umständen dabei sein Leben verlor. Sir James hatte seine Verbindungen spielen lassen, sodass uns praktisch von einer Sekunde zur anderen die Maschine zur Verfügung stand.

Bald drehten wir ab und flogen nach Westen, sodass sich die aufgehende Sonne hinter uns befand und ihre langen, breiten Strahlen einen herrlichen Teppich aus bunten Farben auf die unendlich erscheinende Wasserfläche unter uns warf.

In der Ferne, wo sich Himmel und Horizont trafen, sahen wir die Erdkrümmung. Der Blick war klar. Kein Dunst verschleierte ihn, und es würde ein herrlicher Tag werden.

Die Hexeninsel gehört noch zu Großbritannien. Sie liegt südwestlich davon, wo sich der Kanal zum Atlantik hin öffnet. Eingezeichnet ist sie nur auf den Spezialkarten der Marine, auch dort nur als kleiner Flecken.

Sprit hatten wir genug. Der Hubschrauber war mit Zusatztanks ausgerüstet. Das reichte für den Hin- und auch für den Rückflug, falls es die Hexen zuließen.

Suko hatte wie so oft die Karte auf seinen Knien liegen. Immer wieder schaute er und verglich. Unter uns sahen wir hin und wieder Inseln, allerdings nicht die, die wir suchten.

Da mussten wir noch einige Zeit fliegen.

Längst hatten wir uns an das Dröhnen der Rotorblätter gewöhnt, wir hörten es gar nicht mehr und konzentrierten uns nur auf unser Ziel.

Die Waffen hatten wir mitgenommen. Sogar mein schwarzmagisches Schwert, vielleicht konnte ich es brauchen. Falls die Insel tatsächlich ein Versteck der Oberhexe Wikka war, wussten wir nicht, was uns erwartete. Wir konnten nur raten. Mit Wikka und Jane sowie den beiden anderen Hexen hatten wir es mit vier Gegnerinnen zu tun. Doch Wikka umgab sich zumeist mit mehr Helferinnen, vielleicht mussten wir gegen eine Anzahl Feinde kämpfen, die das Dutzend überstieg.

Und noch etwas machte mir Sorgen. Ich hatte erlebt, welch eine Magie Wikka beherrschte. So mir nichts dir nichts hatte sie die Bäume und das Gras in Brand gesteckt. Was ihr dort gelungen war, konnte sie unter Umständen an unserem Hubschrauber wiederholen.

Davor hatte ich Angst.

Zwei Schiffe sahen wir.

Sie wirkten aus der Höhe betrachtet sehr klein, obwohl es gewaltige Ölfrachter waren, die Kurs auf Rotterdam nehmen würden, dem größten Ölhafen der Welt.

»Du bist gut im Limit«, erklärte Suko und nickte mir beruhigend zu.

Ich hob kurz die Hand. Für ein Gespräch war es erstens zu laut, und zweitens musste ich mich auf meine Arbeit konzentrieren, denn es ist nicht so einfach, einen Hubschrauber zu fliegen.

Wieder sahen wir mehrere Inseln. Selbst aus dieser Höhe konnten wir erkennen, dass ein grüner Schimmer von Vegetation auf ihnen lag. Diese Inseln waren nicht unser Ziel.

Abermals verging die Zeit. Die Sonne hatte den Himmel restlos blank gefegt. Weit im Westen sahen wir vereinzelt ein paar helle Wolken. Sie erinnerten mich an riesige Wattetupfer. Es würde wirklich ein herrlicher Tag werden, selbst über dem Atlantik hielt sich das Wetter prächtig.

Wir rauschten in großer Höhe über die Inselgruppen hinweg und sahen wieder das graue Meer vor uns. Manchmal hatte das Wasser einen grünlichen Schimmer, und im Norden entdeckten wir vier Boote einer Fischereiflotte.

Suko schaute jetzt immer öfter auf die Karte und wieder

nach unten. Ein paar Mal nickte er und streckte schließlich den Arm aus, wobei er schräg nach unten deutete.

»Da sind sie.«

Er hatte in der Mehrzahl gesprochen, obwohl ich der Meinung war, dass es sich bei der Hexeninsel nur um eine Insel handelte. Aber wir sahen drei.

Eine große und zwei kleinere.

Die beiden kleineren rahmten die große Insel ein.

Schnell näherten wir uns. Die Inseln wurden größer, ich ging tiefer. Wir erkannten, dass auf ihnen nichts wuchs. Es waren tatsächlich nur Felsen.

Grau wirkten sie, und an ihren Rändern gischteten schaumige Streifen hoch, von den sich brechenden Brandungswellen verursacht.

Bisher hatten wir von den Hexen noch nichts gesehen. Wir waren auch nicht angegriffen worden, sodass ich eine Landung riskieren konnte. Suko spreizte den Daumen ab, drehte dann die Hand und deutete nach unten. Er war ebenfalls meiner Meinung.

Der Hubschrauber sackte weg. Ich hatte ihn zu schnell fallen lassen, und für einen Moment stiegen unsere Mägen fast bis hoch in die Kehlen. Dann hatten wir uns wieder gefangen, sahen die Inseln größer werden und auch die raue, zerklüftete Felslandschaft. Es würde nicht einfach sein, dort einen geeigneten Platz für eine sichere Landung zu finden.

Wir dröhnten einmal über die Insel hinweg und flogen einen Kreis, um uns genauer zu informieren.

Es war wirklich ein Problem, einen Landeplatz zu finden. Das Gelände war zu rau und zerklüftet. Die Maschine würde unter Umständen kippen, wenn wir aufsetzten.

Das sah alles gar nicht gut aus.

Ich ging trotzdem tiefer, denn ich hatte gesehen, dass das Gelände zur Inselmitte hin anstieg, wobei es sich nicht zu einer kantigen Bergspitze verjüngte, sondern mehr zu einem Plateau auslief. Allerdings verdiente das Plateau diesen Namen kaum, denn es war ziemlich schmal und an den Rändern mit Geröll übersät. Deshalb musste ich achtgeben, dass ich mit den

Kufen nicht zwischen die Steine geriet und den Hubschrauber womöglich zum Kippen brachte.

Suko hatte die Karte zur Seite gelegt und starrte in die Tiefe. Er war ebenso gespannt wie ich. Ein erfahrener Pilot hätte über ein ähnliches Landemanöver sicherlich gelacht, ich dachte da anders, weil ich zu selten flog.

Wie ein rohes Ei wollte ich die Maschine behandeln und ließ sie nach unten sacken.

»Achtung, etwas nach links!« Suko hatte mich gewarnt, und ich reagierte sofort. Dadurch entging ich dem ziemlich hohen und kantigen Brocken, der fast an der linken Kufe gekratzt hätte, was überhaupt nicht schön gewesen wäre.

Bodenkontakt. Ein Zittern lief durch die Maschine und erfasste auch unsere Körper.

Wir standen. Die Rotorblätter drehten sich noch. Ich stellte den Motor ab.

Tief holte ich Luft und wischte mir mit dem Handrücken über die Stirn.

Die letzten Sekunden waren hart gewesen. Von meiner Warte aus betrachtet, konnte ich die Landung schon als ein kleines Kunststück ansehen. Ich schnallte mich los und stieß die Tür auf, während sich die Rotorblätter müde ausdrehten.

»Das hätten wir geschafft!«

Es war kühl auf der Insel. Der Wind kam aus wechselnden Richtungen und spielte mit unseren Haaren. Wir schnallten die hinderlichen Fallschirme ab und nahmen unsere Waffen.

Ich schaute für einen Moment auf Desteros Schwert. Sollte ich es mitnehmen, wenn wir das unübersichtliche Gelände erforschten? Quatsch! Was machte ich mir überhaupt Gedanken, das Schwert war eine wichtige Waffe. Ich wollte nicht darauf verzichten.

»Gib mir es«, sagte Suko.

Ich grinste. »Kannst du Gedanken lesen?«

»Fast.« Er nahm die Waffe an sich, drehte sich um und ging vor, während ich die Türen des Hubschraubers zuwarf.

Am Rand des kleinen Plateaus war der Chinese stehen geblieben und deutete nach vorn. Dort sahen wir eine der beiden Inseln. Zwischen der kleineren und der größeren, auf der wir standen, befand sich ein schaumiger Wasserstreifen. Schaumig deshalb, weil die Strömung von zahlreichen Riffs gebrochen wurde, über die das Wasser lief. Wie kleine Höcker ragten die Felsen aus dem Wasser.

Hatten wir tatsächlich die richtige Insel erwischt? Ein Eiland der schwarzen Magie?

Noch war nichts davon zu spüren. Mein Kreuz reagierte nicht, und auch sonst blieb alles ruhig.

Eine klare Sicht, hellblauer Himmel, die Sonne hoch oben als riesiger gelber Fleck.

»Ein bisschen Robinson«, meinte Suko.

»Ja, und ein bisschen Frieden.« Ich schlug meinem Partner auf die Schulter. Hier herumstehen, das wollte ich nicht, denn ich merkte, wie sich meine Gedanken schon wieder mit Jane Collins beschäftigten.

Als wir den flachen Hang hinunterstiegen, wurde ich abgelenkt, denn wir mussten achtgeben, dass wir nicht über die zahlreich verstreut liegenden Steine stolperten, die überall im Weg lagen.

Irgendwie erinnerte mich dieses einsame Eiland an einen Platz, der wie zum Sterben geschaffen schien. Es gab kaum etwas Grünes. Nur hier und da ein paar karge Halme, die sich an die Felsen klammerten oder aus Spalten wuchsen und sich jahrein, jahraus gegen den wehenden Wind anstemmten. Wer hier hockte, der verhungerte nicht nur, er verdurstete auch, denn Quellen hatten wir keine gesehen.

Suko stand als Erster unten. Er hielt sich in einer flachen Rinne auf, die das Regenwasser aus dem Gestein gewaschen hatte. Die Steine dort waren kleiner und blank wie Kiesel.

Der Chinese winkte mir zu. »Da ist eine Höhle!«, rief er gegen den Wind an.

Schräg blieb ich stehen. »Wo?«

»Links.«

Ich folgte mit dem Blick der angedeuteten Richtung und sah es selbst. Ein kleiner Felsenberg wuchs vor uns hoch, und in dem Gestein gähnte düster ein Eingang.

Das Versteck der Hexen?

Ich beeilte mich und stand bald neben meinem Freund, der sich schon der Höhle zugewandt hatte. Wir gingen geduckt, als der Wind Staub aufwirbelte und ihn in der Luft zu einer Wolke verteilte. Die Felswand nahm uns die Sicht auf das Meer. Wir drehten uns auch nicht um, sodass wir leider nicht bemerkten, dass sich über dem Wasser etwas zusammenbraute.

Dort hatte sich ein feiner Nebel gebildet, zu einem Reif verdichtet, der immer weiter wanderte und sich wie ein Ring um die Insel legen wollte.

Wie gesagt, das sahen wir nicht. Wir hatten nur Augen für die Höhle und mussten uns bücken, um sie überhaupt betreten zu können. Mit den Haaren streifte ich an der Decke entlang, und ich sah, dass mein vor der Brust hängendes Kreuz einen schwachen, silbrigen Glanz verbreitete.

Die Höhle war nicht geheuer!

»Die Lampe!«, zischte ich Suko zu.

Der Chinese hielt sie bereits in der Hand. Es war nicht die Bleistiftleuchte, sondern ein lichtstärkeres Gerät, das er eingeschaltet hatte.

Durch den Eingang fiel Helligkeit, aber sie reichte nicht aus, um die gesamte Höhle auszufüllen. Da tat uns die Lampe schon gute Dienste. Beide waren wir stehen geblieben. Ich schaute zu, wie mein Freund einen Kreis schlug und den Lichtstrahl wandern ließ, der lautlos die Wände der Höhle abtastete.

Was wir sahen, war der kalte Horror!

Skelette, zerfallen, brüchig, teilweise zu Staub geworden, lehnten an der dem Eingang gegenüberliegenden Wand. Schädel lagen am Boden, Armknochen und Gelenke. Die Überreste schimmerten bleich und gelblich, wenn sie von dem hellen Licht aus der Dunkelheit gerissen wurden.

Wie viele menschliche Überreste hier lagen, das konnten wir höchstens raten. Aber wir ahnten, wo wir gelandet waren, und ich sprach es aus.

»Ein Sterbeplatz für Hexen!« Ich flüsterte die Worte nur. Suko gab mir durch sein Nicken recht.

Dann ging er vor und leuchtete über den Boden, der mit einer feinen hellen Schicht belegt war.

Skelettstaub.

»Ihnen hat der Teufel nicht geholfen«, sagte mein Partner. »Sie waren keine Hexen.«

»Trotzdem müssen sie etwas mit Magie zu tun gehabt haben«, gab ich leise zurück. »Mein Kreuz reagiert.«

»Kann das nicht einen anderen Grund haben?«, fragte Suko gegen und drehte den Kopf, damit er mich anschauen konnte.

»Welchen?«

Da war auch der Chinese überfragt.

Wie lange die Skelette hier schon lagen, konnte ich nicht sagen. Sicherlich Hunderte von Jahren, denn der Hexenwahn war zum Glück vorbei.

Ich ging die zwei Schritte vor, bis ich Suko erreicht hatte. Mit den Fußspitzen konnte ich den auf dem Boden liegenden Leichenstaub berühren. Als nächste Aktion streifte ich die Kette über den Kopf, nahm das Kreuz und berührte damit die Skelette.

Das Kruzifix reagierte nicht!

Ich versuchte es bei einem Schädel, schlug mit dem Kreuz dagegen und vernahm nur einen hohl klingenden Laut, mehr nicht.

Dann brach der Schädel auseinander, allerdings nicht, weil ihn weiße Magie zerstört hätte, sondern weil er verwittert war, der Zahn der Zeit hatte zu sehr an ihm genagt.

»Das war wohl nichts«, bemerkte Suko und hatte mit seiner Feststellung genau ins Schwarze getroffen.

Eine Spur der Hexen hatten wir nicht gefunden. Wir standen nur vor den Gebeinen der unglücklichen Opfer, die man hier auf der Insel kurzerhand abgesetzt hatte.

Eine Bilanz des Schreckens.

Ich wollte mir trotzdem noch die Wände der Höhle näher ansehen. Vielleicht entdeckte ich einen Hinweis auf die Hexen, eine Zeichnung, eine Spur, aber da war nichts zu machen.

Doch Suko hatte etwas gesehen. Er rief mich, ich trat neben

ihn und sah den hellen Fleck an der Wand, den Suko mit seiner Lampe anleuchtete.

Innerhalb des gelben Kreises entdeckte ich ein großes W.

Und mit einem W begann auch der Name der Oberhexe Wikka. Uns war längst klar, dass keine andere so ein Zeichen hinterlassen hatte. Das konnte nur Wikka gewesen sein.

Über dem Lampenstrahl hinweg trafen sich unsere Blicke. Ich sah Sukos Nicken.

»Also doch die richtige Insel«, sprach ich aus.

»Ja, nur haben wir Wikka nicht.«

»Vielleicht kommt sie noch. Hexen sind Dämonen und Geschöpfe der Nacht.«

»Sollen wir hier die Dunkelheit abwarten?«

Ich hob die Schultern. »Wird uns wohl nichts anderes übrig bleiben, mein Lieber.«

Sukos Gesicht war anzusehen, dass er davon nicht begeistert war. Ich übrigens auch nicht.

»Und wo sollen wir warten? In der Höhle hier?«

»Nein, an der Maschine. Von dort haben wir den besten Überblick.«

»Wenn dir der Wind nichts ausmacht, bitte«, meinte der Chinese grinsend.

»Wir können uns ja hineinsetzen.«

»Ja, das würde dir so passen.« Suko war aufgefallen, dass ich mich während des Dialogs bewegt und auch herumgesucht hatte.

»Was ist denn?«, fragte er mich.

»Ach nichts.«

»Lüg mich nicht an, John. Du suchst nach einem Hinweis auf Jane Collins, stimmt's?«

»Genau.«

»Da wird nichts sein. Es ist überhaupt die Frage, ob sich Jane jemals hier einfinden wird. Wikka kann ganz andere Pläne mit ihr haben. Du musst dich damit abfinden, gefährlicher zu leben. Sie wird Jane auf dich hetzen.«

»Daran habe ich auch schon gedacht«, gab ich kleinlaut zu und verfluchte insgeheim den Umstand, der Jane zu einer Dämonendienerin gemacht hatte.

Plötzlich sah ich das W deutlicher. Nicht weil Suko es mit der Lampe anleuchtete, es strahlte von sich aus.

Ein düsteres grünes, unheilvolles Glühen ging von dem Buchstaben aus und warf seinen Schein in einen Teil der Felsenhöhle, sodass unsere Gesichter fahl und gespenstisch wirkten.

Jetzt wollte ich es wissen.

Mit zwei Schritten stand ich vor der Wand, wo das W glühte. Die Kette ließ ich um meinen Hals, als ich das Kreuz anhob und es gegen den unheilvollen Buchstaben presste.

Sofort verlöschte der Schein.

Und noch eine Reaktion vernahmen wir.

Draußen klang ein gellender Schrei auf.

Ich war schnell wie der Wirbelwind, kreiselte um meine eigene Achse, rannte an Suko vorbei und auf den Ausgang der Höhle zu.

Ich rannte genau in mein Verderben!

Ich hatte die geheimnisvolle Höhle noch nicht richtig verlassen, als plötzlich sechs Hände zugriffen. Das ging so schnell und lief mit einer nahezu teuflischen Präzision ab, dass ich nicht mehr dazu kam, etwas dagegen zu unternehmen.

Die Hexen erwischten mich wehrlos.

Meine Arme und Beine wurden hochgerissen. Ich wollte mich herumwerfen, doch die Kraft der anderen war zu stark, und ihr Gelächter gellte in meinen Ohren.

Dann zerrten sie mich wuchtig hoch, und sie selbst stiegen gleichzeitig in die Luft.

Vor Furcht stand mein Herz still. Schneller als in unserem Hubschrauber ging es in die Höhe. Ich spürte den scharfen Wind, der in meine Haut biss, hörte das Flattern der Kleidung, riss die Augen auf, die durch den Windzug anfingen zu tränen, und sah vor mir die Hexe mit dem feuerroten Haar, die ihre klauenartigen Hände um meine beiden Fußknöchel gepresst hielt.

Es war schlimm. Meinen ersten Schock hatte ich zwar überwunden, aber in der Lage, in der ich mich nun befand, konnten die Hexen mit mir machen, was sie wollten. Wenn sie mich jetzt kurzerhand fallen ließen, blieb ich mit zerschmetterten Knochen auf dieser einsamen Insel liegen, und nichts würde mich mehr retten.

Obwohl ich am liebsten geschrien hätte, zwang ich mich zur Ruhe, bewegte meinen Kopf, und es gelang mir, nach unten zu schielen.

Da lag die Insel. Wir befanden uns etwa so hoch, wie Suko und ich es auch mit dem Hubschrauber gewesen waren. Ich konnte nicht nur die eine Insel sehen, sondern auch die beiden anderen kleinen.

Und ich erkannte den bläulich schimmernden Nebelring, der sich um das größte Eiland gelegt hatte, das Wikka, der Oberhexe, gehörte.

Ja, die Insel hatte den richtigen Namen. Es war eine Hexeninsel. Man hatte es mir auf sehr drastische Art und Weise vor Augen gehalten.

Meine Arme waren so hochgerissen worden, dass ich in den Gelenken an den Schultern Schmerzen verspürte. Rechts und links von mir schwebten die beiden Hexen, die mich an den Handgelenken festhielten. Wenn der Wind manchmal ungünstig wehte, dann flatterte ihre Kleidung und wurde mir ins Gesicht gedrückt, sodass ich sogar den Muff und Moder riechen konnte, der diesen blauen Tüchern anhaftete.

Nicht nur der Wind wehte, jaulte oder pfiff um mich herum, auch noch andere Geräusche vernahm ich.

Es war das Triumphgeheul der Hexen.

Sie kreischten, lachten und freuten sich auf eine diebische Art und Weise. Endlich hatten sie ihren Gegner gefangen. Er befand sich in ihren Klauen, und sie würden einen Teufel tun und ihn loslassen. Die Chance gaben sie mir nicht.

Es hatte keinen Sinn, zu zappeln oder auf andere Weise zu versuchen, mich zu befreien. Das war das Schlimmste, was mir passieren konnte.

Die Hexen hatten es verdammt schlau angestellt. Sie hielten mich so umklammert, dass es mir nicht gelang, an mein Kreuz zu gelangen. Zudem wurden sie von dem wertvollen Kruzifix auch nicht berührt, denn durch meine Haltung – es war die Rückenlage – hing die Kette seitlich an meinem Körper, und das daran befestigte Kreuz verschwand in Deckung meiner Achselhöhle.

Wann würde ich fallen?

Noch dachten die Hexen nicht daran. Sie wollten ihren Spaß mit mir haben und führten das auf, was man mit dem Wort Hexenreigen bezeichnet.

Hoch über der Insel begannen sie sich zu drehen und gerieten dabei in einen wahren Taumel. Der Kreis ging links herum, ich wurde festgehalten, hörte ihr Kreischen und Lachen, und ein rasender Schwindel packte mich, der auch noch weiterging, als die drei Hexen plötzlich innehielten.

Vor meinen Augen drehte sich alles. Allerdings hatte ich den Kopf schiefgelegt und konnte für einen Moment das Gesicht der Hexe sehen, die meinen linken Arm gepackt hielt.

Verzerrte Züge. Ein dämonischer Ausdruck in den Augen. Über der Stirn das blonde Haar.

Es passte alles.

Diejenige Person, die mich festhielt, war keine geringere als Jane Collins!

John Sinclair war so schnell, dass Suko nicht dazu kam, ebenfalls die Höhle zu verlassen.

Vielleicht war es sein Glück, denn er musste mit ansehen, wie der Geisterjäger von mehreren Händen gepackt und in die Höhe gerissen wurde.

Auch Suko hatte damit nicht gerechnet. Er war ebenfalls schockiert, stand inmitten der Höhle und musste diese Tatsache erst einmal verdauen.

Die Hexen hatten zugeschlagen.

Und John war in ihre perfekt aufgebaute Falle gelaufen. Sehen konnte Suko ihn nicht mehr, er dachte sich seinen Teil und wollte sich Gewissheit verschaffen, ohne dabei etwas zu überstürzen. Mit gezogenem Schwert näherte er sich vorsichtig dem Höhleneingang und schaute ins Freie.

Er sah nur das graue, hässliche Gestein. Allerdings hatte sich doch etwas getan. Wenn er den Kopf nach links drehte, konnte er über eine flachere Fläche bis hin zum Ufer blicken, und dort sah er einen bläulich schimmernden Nebelring, der seiner Ansicht nach die gesamte Insel umfangen hielt.

Wikka hatte vorgesorgt!

Ihr gehörte die Insel. Kraft ihrer Magie war es der Oberhexe zudem möglich, einige Dinge zu manipulieren, wie eben diesen bläulich schimmernden Nebel, der sich um das Eiland gelegt hatte. Wie Suko sie einschätzte, würde sie dafür sorgen, dass niemand ohne ihre Einwilligung die Insel verlassen konnte.

Weil er mit sämtlichen Tricks dieser Hexe rechnete, wurde er vorsichtig. Er kümmerte sich nicht darum, wie es möglich war, dass die Hexen plötzlich die Insel besetzt hielten, für ihn zählte einzig und allein die Tatsache, dass sie überhaupt da waren.

Einen Kampf konnte er nicht vermeiden. Das war Suko längst klar geworden. Freiwillig würde Wikka ihre Feinde nicht von der Insel lassen, und der Chinese musste sich schon etwas einfallen lassen, denn auf John Sinclair konnte er nicht zählen.

Im Eingang der Höhle blieb er stehen. Zwei wichtige Waffen hielt er in den Händen.

Das Schwert und die Dämonenpeitsche.

Dass er die Höhle nicht überstürzt verlassen hatte, erwies sich nun als günstig, denn Wikka griff zu einem Trick und ließ Feuer aus der Luft regnen.

Suko sah plötzlich die glühenden Bälle, die von oben herabfielen und den Boden berührten, wo sie sich ausbreiteten und zu langen Feuerarmen wurden, die wie dünnes Knetgummi wirkten, als sie sich ausrichteten und zum Eingang hin schwenkten.

Da schlug Suko zu.

Wieder einmal bekämpfte er schwarze Magie mit schwarzer Magie. Schwert gegen Feuerschlange, denn es waren feurige Schlangen, die vor seinem Gesicht pendelten.

Seitlich führte der Chinese die Klinge. Drei Schlangen trennte er mit einem einzigen Hieb in der Mitte durch und lachte auf, als sie zu Boden fielen, schwarz wurden und verdorrten.

Die letzte, die übrig blieb, ignorierte der Chinese, denn er stieß sich ab, huschte nach draußen, lief einige Schritte, stoppte und drehte sich um.

Er sah Wikka!

Die Hexe stand über ihm. Auf einem schmalen Vorsprung hatte sie ihren Platz gefunden, eine grünliche Aura umgab sie, und die Hexe hielt beide Arme hoch, wobei sie mit ihren Händen ein Bild festhielt, das den Kopf des Teufels zeigte.

Als wäre das Schwert heiß, so heftig ließ Suko es fallen, zog die Beretta und feuerte.

Wikka hatte mit dieser Attacke nicht gerechnet. Umso überraschter war sie, als die Kugel nicht sie traf, sondern das Bild zwischen ihren Händen.

Ein Loch entstand, im nächsten Augenblick huschten grüne Flammen hoch und verbrannten das Bild.

Vor Wut brüllte die Hexe, denn fast hätten ihr die Flammen noch die Finger verbrannt. Suko aber freute sich. Er hatte bewusst nicht auf die Hexe gehalten, denn sie brauchte er als Geisel, damit er John Sinclair freipressen konnte.

»Okay«, sagte er, »die nächste Silberkugel setze ich dir zwischen die Augen, Wikka.«

Die Hexe zuckte zusammen. Ein Zeichen ihrer Unsicherheit. Sie wusste anscheinend nicht, ob sie die Kraft besaß, dem geweihten Silber der Kugel zu widerstehen.

»Was hast du mit Sinclair gemacht?«

Ihr Lachen klang blechern und höhnisch. »Sieh selbst nach oben, dann kannst du ihn erkennen!«

Es war schwer für Suko. Wenn er den Kopf in den Nacken legte, musste er Wikka aus den Augen lassen. Das gefiel ihm überhaupt nicht.

»Hast du Angst?«

»Nein, aber ich kann mir denken, dass sie ihn hoch in die Luft mitgenommen haben.«

»Sehr richtig. Und sie warten nur auf meinen Befehl, ihn fallen zu lassen.«

»Wenn du das tust, erledige ich dich«, erwiderte Suko kalt.

Das etwas breite Grinsen der Oberhexe verzog sich zu einem Lächeln. »Ich habe mir gedacht, dass du so reagieren würdest, aber damit rettest du John Sinclair auch nicht. Ich bin fest entschlossen, ihn hier zu vernichten.«

»Auch wenn du selbst stirbst?«

»Ich werde nicht sterben. Zudem habe ich Unterstützung. Drei Hexen stehen auf meiner Seite, und rate mal, wer sich unter ihnen befindet.«

»Ich weiß, dass es Jane Collins ist.«

»Sehr richtig. Sie ist die schlimmste von allen. Ich musste sie direkt zurückhalten, weil sie ihren ehemaligen Freund unbedingt tot sehen wollte. Noch kann sie mit ihm spielen, aber nicht mehr lange, denn ich werde nicht zögern, den Befehl zu geben.«

Suko hörte die Entschlossenheit aus ihrer Stimme. Er wusste nicht, wie er sich entscheiden sollte. Warten, schießen? Oder vielleicht aufgeben?

Nein, das war nicht Sukos Art.

Also griff er zum härtesten, zum letzten Mittel.

Er schoss!

Freunde, es versetzte mir einen Stich!

Obwohl ich es geahnt und zuletzt auch gewusst hatte, wurde ich durch diese direkte Berührung mit der Wahrheit schockiert.

Jane Collins hatte mitgeholfen, mich in die Höhe zu ziehen. Sie hielt mich umklammert, und sie würde auch nicht zögern, mich loszulassen, damit ich dem Erdboden entgegenfiel und mein Körper zerschmettert wurde.

So und nicht anders sah die Realität aus!

Jane Collins war meine Feindin, und man hatte sie innerhalb des Hexenreigens als Mitglied akzeptiert. Sie war aufgenommen worden und diente nun Wikka, der Königin aller Hexen.

Ich hatte es eigentlich nicht gewollt, aber ich konnte nicht anders und schrie ihren Namen.

Trotz der uns umgebenden Geräusche hatte sie mich gehört. Sie riss den Mund auf. Ihr Lachen übertönte das Kreischen der anderen Hexen. Es war ein böses, widerliches Lachen, in dem alles lag, was sie für mich empfand.

Abscheu und Hass!

»Hexentanz!«, schrie sie dann. »Wir laden dich ein zum Hexentanz, John Sinclair. Der Ripper und die Hexen. Er hat wichtige Verbündete gefunden, das kannst du mir glauben.« Abermals kicherte sie und lachte schrill auf, und die anderen reagierten ebenfalls. Sie drehten sich noch schneller als zuvor.

Mir tat alles weh.

Sie müssen sich mal vorstellen, ich wurde ja von diesen drei Hexen an den Gelenken gehalten. Fuß- und Handgelenke presste man mir zusammen, während sich mein Körper durchbog und mein Gewicht an den Gelenken riss.

Das war kein Vergnügen, entsprechend verzerrt war mein Gesicht, auf dem sich die Angst und die Anstrengung abzeichneten.

So rasch wie der Hexenreigen begonnen hatte, so abrupt hörte er auch auf.

Plötzlich standen wir still.

Ich spürte weiterhin die Nachwirkungen der Drehungen, der Schwindel war wie eine gewaltige Wolke, die sich auf mich gelegt hatte und sich nur allmählich auflöste.

Die drei Hexen hielten mich nach wie vor fest. Sie hatten sich allerdings ein wenig gedreht, sodass sie nach unten auf die Insel schauten.

Ich konnte nichts tun, musste mich völlig passiv verhalten, drehte den Kopf ein wenig und strengte mich ebenfalls an, in der Tiefe etwas erkennen zu können.

Der blaue Nebel hatte noch immer seinen Ring um die Insel gelegt.

Wikka stand auf einem Felsen. Das konnte ich noch sehen, und wenn mich nicht alles täuschte, musste dieser Felsen dort liegen, wo wir in der Höhle verschwunden waren.

Wenn meine Augen nur nicht so getränt hätten! Ich musste

mich zu sehr anstrengen, um etwas erkennen zu können, aber ich glaubte unterhalb der Oberhexe Wikka plötzlich Flammen zu sehen, die sehr schnell wieder zusammensanken, und dann erschien eine Gestalt, die ich gut kannte.

Suko!

Er hatte die Höhle verlassen, musste mich auch gesehen haben, doch ich sah keine Reaktion. Dafür wandte er sich der Hexe zu. Die beiden standen sich gegenüber.

Wikka etwas erhöht. Suko tiefer, er musste zu der Hexe hoch schauen, die sicherlich etwas sagte.

Und die Hexen, die mich festhielten? In ihren Gesichtern stand nicht zu lesen, welche Gedanken hinter den Stirnen vorgingen. Zwei von ihnen starrten nur in die Tiefe, während mir Jane Collins hin und wieder einen Blick zuwarf, der an Kälte und Grausamkeit wohl kaum zu überbieten war. Nicht einmal vom Teufel.

Was sprachen Suko und Wikka?

Verhandelten sie? Vielleicht um mich? Um mein Leben, das an einem seidenen Faden hing, denn ich befand mich im wahrsten Sinne des Wortes in den Händen der Hexen.

Sie brauchten nur loszulassen, dann …

Da peitschte ein Schuss.

Bei einer Entfernung wie dieser natürlich schwer zu hören, aber ich hatte Glück, denn der Wind stand ziemlich günstig. Ein dünnes Echo traf meine Ohren, und auch die Hexen hatten den Schuss vernommen, denn sie zuckten zusammen. Für eine schrecklich lange Sekunde hatte ich das Gefühl, nicht mehr festgehalten zu werden, doch es war zum Glück eine Einbildung.

Noch …

Denn im nächsten Augenblick überstürzten sich die Ereignisse. Vom Boden der Insel her drang ein gellender Schrei an meine Ohren, ein Befehl, ein Wort, was weiß ich. Verstehen konnte ich nichts. Aber die drei Hexen hatten ihn verstanden.

Sie wussten genau, was sie zu tun hatten.

Und Jane Collins sprach das aus, was mir so schreckliche Angst bereitete.

»Zur Hölle mit dir, John Sinclair!«

Dann öffneten die drei Hexen ihre Fäuste!

Ich fiel!

Zeit- und Dimensionssprünge hatte ich schon des Öfteren erlebt. Ich kannte das Gefühl des Gleitens, des Schwebens durch mathematisch kaum erfassbare Räume, das Durchqueren der anderen Welten und die Eindrücke, die ich dabei empfand. Manchmal ein verwirrendes Farbenspiel, das Auftauchen irgendwelcher Monster, deren Weg ich kreuzte.

All das blieb aus.

Dieser Fall gehorchte den Gesetzen der Physik. Hier hatte die Erdanziehung Bestand. Ich würde auf den felsigen Boden krachen und als zerschmettertes Bündel Mensch tot liegen bleiben.

Wie viel Zeit blieb mir?

Drei Sekunden, vier?

Sie ging so rasch vorbei und war in Wirklichkeit doch so lang, denn in diesen schrecklichen Augenblicken vernahm ich nicht nur das Brausen des Windes, sondern sah auch Bilder.

Stationen meines Lebens zogen in nicht messbarer Geschwindigkeit vor meinem geistigen Auge dahin. Eindrücke, Visionen – mehr nicht.

Und keine Hilfe!

Ich traute mich nicht, die Augen aufzureißen, ich wartete nur auf den alles zerstörenden Aufprall, der unweigerlich erfolgen musste …

Suko hatte getroffen!

Die Kugel hieb in Wikkas Körper, aber sie blieb nicht darin stecken, denn die Hexe stand längst an einer anderen Stelle. Sie hatte ihre Magie ausgespielt. Der Gegenstand, auf den Suko gezielt hatte, war ein Doppelkörper gewesen, der verblasste und verschwand.

Dafür sprach die echte Hexe. Sie stand weiter links von Suko und schaute ihn an. Abermals hatte sie die Arme ausgebreitet, das lange Gewand wurde angehoben, und der Stoff flatterte im Wind.

»Das also ist dir dein Freund John Sinclair wert!«, rief sie. »Du hast den Anfang gemacht, und du wirst auch die Folgen zu tragen haben. Den ersten Schuss habe ich dir gelassen. Nun bin ich an der Reihe. Ich werde den Hexen meinen Befehl geben, damit sie deinen Freund John Sinclair fallen lassen und ich ihn tot vor meinen Füßen liegen sehe. Als hilfloses, zerschmettertes Bündel, an dem ich meine reine Freude habe. Du hast deine Karten verspielt, Chinese.«

Es waren Worte, die Suko hart trafen. Hatte die Hexe recht? War es wirklich ein Fehler von ihm gewesen, so zu handeln? Er konnte es sich kaum vorstellen, denn was hätte er anders tun sollen? Wenn er nicht reagiert hätte, wäre es trotzdem um John Sinclair geschehen gewesen, denn dass Wikka Gnade kannte, damit war kaum zu rechnen. Zu groß war ihr Hass auf den Geisterjäger.

In Suko tobte eine Hölle aus Zweifeln. Musste er sich Vorwürfe machen? Hatte er einen großen Fehler begangen, und trug er dann unter Umständen die Schuld an John Sinclairs Tod?

Er spürte, dass sämtliches Blut aus seinem Gesicht gewichen war. Die Furcht und die Angst, versagt zu haben, bewirkten diese Reaktion.

Suko dachte an einen zweiten Schuss. Es wäre Munitionsverschwendung gewesen, und mit den anderen Waffen konnte er nichts ausrichten, da Wikka zu weit entfernt von ihm stand.

»Das ist das Ende des Geisterjägers John Sinclair!«, rief Wikka höhnisch. »Dreh dich um, Chinese, dann wirst du es sehen!«

Suko, innerlich völlig leer gebrannt, tat, was sie gefordert hatte.

»Sieh nach oben!«

Auch das tat Suko. Er wandte Wikka dabei den Rücken zu, gab sich selbst praktisch in ihre Hände und konnte erkennen, dass die drei Hexen, unter denen sich auch Jane Collins befand, ihren Tanz nicht mehr weiterführten und gestoppt hatten.

Sie hatten einen Kreis gebildet und standen in der Luft

Und als Suko den Schrei der Wikka hörte, da lief ein kalter Schauer über seinen Rücken, und die Muskeln in seinem Nacken zogen sich zusammen.

Es war ein Befehl.

Die Hexen gehorchten.

Sie ließen den Geisterjäger los.

Wie ein Stein kippte John in die Tiefe, während Wikka den Fall mit einem grellen Lachen begleitete …

Was tun?

Vielleicht war Suko tatsächlich anders als die meisten Menschen, bedingt durch seinen Beruf und die Einsätze, die hinter ihm lagen. Jedenfalls schrie er nicht, versteckte sich nicht, sondern handelte plötzlich.

Er startete.

»Willst du ihn auffangen?«, lachte die Oberhexe hinter ihm und amüsierte sich köstlich.

Nein, auffangen wollte Suko seinen Freund nicht. Aber ihm war eine wahnwitzige Idee gekommen. Eine, die man als verrückt und gleichzeitig sensationell bezeichnen konnte, aber die einzige noch verbleibende Chance.

Ohne dass Wikka es bemerken konnte, hatte er seinen Stab unter der Jacke hervorgeholt. Es war eine kaum bezahlbare Waffe im Kampf gegen die Mächte der Finsternis. Von Buddha sollte er abstammen. In einem tibetanischen Kloster hoch in den Bergen des Himalaya hatte Suko ihn bekommen. Ein magisches Erbe, das die Zeit manipulierte. Wenn er ein bestimmtes Wort rief, dann stand die Zeit für eine Spanne von fünf Sekunden still.

Jeder, der sich in Rufweite befand, konnte sich nicht mehr bewegen, nur der Träger des Stabs.

Und das wollte Suko versuchen!

Während er seinen Blick auf den fallenden Körper des Geisterjägers gerichtet hielt, der dem felsigen Inselboden immer näher kam und größer wurde, hielt Suko den Stab bereits in der Hand, und ein gellender Ruf drang über seine Lippen.

»Topar!«

Plötzlich war alles anders!

Die magische Wirkung des Stabes hatte voll eingesetzt. Der mörderische Fall des Geisterjägers wurde dicht über dem Grund abgebremst. Es war wirklich im letzten Augenblick geschehen. Suko hätte keine Sekunde länger zögern dürfen, und er rannte auf John Sinclair zu, weil er ihn auffangen wollte, wenn die Zeit verstrichen war.

Suko hetzte über den Felsboden. Seine Waffen hatte er wieder weggesteckt, da er beide Arme benötigte, um das schreckliche Unheil abzuwenden.

Vier Sekunden waren vorbei.

Noch ein langer Sprung. Dann stoppte Suko.

Schluss – die Zeit war um.

John Sinclair fiel!

Suko sah ihn riesengroß werden, hatte plötzlich schreckliche Angst, dass er daneben greifen würde, und konnte froh sein, dass die Geschwindigkeit des fallenden Körpers nicht mehr so groß war.

Er spürte den Aufprall.

Obwohl Suko ein starker Mensch war und John Sinclair auch auf seine vorgestreckten Arme fiel, riss ihn diese Kollision von den Beinen.

Er schrie auf, wurde zur Seite geschleudert, umklammerte seinen Freund wie einen lebensrettenden Balken und überschlug sich auf dem harten Felsboden mehrere Male, aber er begriff auch, dass es ihm gelungen war, John zu retten.

Das merkte auch ich.

Natürlich hatte ich längst mit meinem Leben abgeschlossen. Ich sah mich noch immer fallen und hatte nicht bemerkt, dass Suko die Zeit anhielt, jetzt aber spürte ich unter mir den harten Boden, die Unebenheiten, die Kanten der Felsen. Diese Schmerzen waren für mich Beweise, dass es mich noch gab, dass ich nicht gestorben war und mit zerschmetterten Knochen auf dem Boden der Insel lag.

Und ich sah Suko. Sein Gesicht, schweißbedeckt und verzerrt.

Gemeinsam prallten wir gegen einen größeren Felsen, der unsere Überschläge stoppte.

So blieben wir liegen.

Zwei, drei Sekunden. Wir hörten nur unseren keuchenden Atem, doch im nächsten Augenblick einen ungeheuren Wutschrei, der über das felsige Eiland gellte.

Das war Wikka!

Und dieser Schrei bewies uns, dass der Kampf noch nicht beendet war. Er holte uns zurück in die Realität. Wir hatten beide keine Zeit, den Schock der letzten Sekunden zu überwinden, wir mussten kämpfen.

Gemeinsam sprangen wir hoch.

Ich wäre fast wieder gefallen, denn es war ungewohnt, festen Boden unter den Füßen zu spüren, deshalb torkelte ich wie ein Betrunkener, während Suko die Beretta hervorholte.

Durch meine Torkelei war ich in die Nähe des Schwertes gelangt. Suko hatte die Waffe abgelegt, ich brauchte mich nur zu bücken und sie an mich zu nehmen.

Hinter mir peitschte eine Waffe.

Einen schnellen Blick noch riskierte ich über die Schulter und sah meinen Partner in Combat-Stellung stehen und auf die heranfliegenden Hexen schießen.

Auch auf Jane Collins!

Wieso und weshalb die Hexen und jetzt auch Jane Collins fliegen konnten, das war für uns ein Rätsel und würde es auch sicherlich bleiben. Wir mussten uns mit den Tatsachen abfinden.

Dabei stellten sich die heranfliegenden Hexen ziemlich geschickt an. Sie flogen nicht in einer geraden Linie, sondern schlugen in der Luft Haken, sodass es für Suko schwer war, sie zu treffen.

Ich sah Jane Collins rechts außen. Obwohl sie eine Hexe war, hatte ich eine schreckliche Angst, dass es Suko gelingen würde, sie mit einer geweihten Silberkugel zu erledigen.

Dieses Bild, das ich sah, lähmte meine Einsatzbereitschaft, und Wikka fand Zeit, Gegenmaßnahmen einzuleiten. Sie spielte ihren Zauber aus, arbeitete diesmal nicht mit Flammen, sondern veränderte den Boden der verzauberten Hexeninsel.

Ich hörte ein Rumoren, schaute nach vorn und sah, dass gewaltige Brocken auf uns zurollten.

»Weg!«, brüllte ich Suko zu.

Der Chinese gab noch einen Schuss ab.

Eine rothaarige Hexe brüllte auf. Ihr Flug wurde abrupt unterbrochen, und ich sah, dass sie plötzlich keinen Kopf mehr hatte. Das geweihte Silber hatte fürchterlich zugeschlagen.

Wir aber rannten.

Schneller zu sein als die verdammten Felsen, so lautete die Devise, denn es gab nur eine Chance, ihnen zu entgehen. Wir mussten den Hubschrauber erreichen und so schnell wie möglich Höhe gewinnen.

Hinter uns donnerte und krachte es. Eine Wand aus jetzt glühenden Steinen rückte näher und näher. Wikka ließ die Hexeninsel erzittern. Ihre Magie und die der Insel vereinigten sich zu einer nahezu höllischen Stärke.

Wenn wir von den Brocken erfasst wurden, hatten wir keine Chance zu überleben.

Ich drehte mich nicht um, sondern stolperte und rannte den Hang hoch, der zu unserem Hubschrauber führte. Suko hielt sich neben mir. Zum Glück war uns beiden nichts passiert, als Suko mich aufgefangen hatte. Zwar spürte ich am gesamten Körper Schmerzen, ich hatte sicher auch zahlreiche blaue Flecken sowie Prellungen davongetragen, aber ich hatte mein Leben nicht verloren. Da spielte das andere überhaupt keine Rolle mehr.

Verzweifelt kämpften wir uns hoch, während hinter uns ein Inferno tobte.

Zudem griffen die beiden Hexen an.

Auch Jane Collins kam. Von der linken Seite her nahm sie Kurs auf mich. Im Laufen zuckte meine Hand zur Beretta, aber ich konnte es einfach nicht übers Herz bringen, auf sie zu schießen.

So rannte ich weiter und sah plötzlich das Messer des Rippers in Janes rechter Hand.

Damit wollte sie mich töten.

Schrecklich verzerrt war ihr Gesicht. Eine grausame Fratze, nichts Menschliches mehr, der Dämon in ihr schlug voll durch. Ich packte den Griff des Schwerts mit beiden Händen und drehte mich ab, sodass ich Jane entgegenlaufen konnte.

Ich wollte sie nicht töten, auf keinen Fall, sondern sie nur mit der Waffe erschrecken oder gefangen nehmen.

Nur noch wenige Schritte trennten uns, als Jane Collins den Arm nach hinten drückte, um das Messer als Folge einer weit ausholenden Bewegung zu schleudern.

Sollte ich zuschlagen?

Schrecklich war diese eine Sekunde der Entscheidung. Ich warf mich zur Seite, weil ich es nicht fertig brachte. Das verdammte Messer wurde genau in diesem Augenblick geworfen. Für einen Moment hatte ich Angst, dass es trotzdem noch meinen Hals treffen würde, doch ich hatte Glück.

Fingerbreit nur fuhr die Klinge zwischen Hals und Schulterknochen an mir vorbei und klirrte gegen die Steine auf dem Boden.

Janes Gesicht zeigte Enttäuschung. Das gleiche Gefühl drückte auch der Schrei aus, den sie mir entgegenschleuderte, dann war plötzlich Wikka da und riss sie weg, bevor wir Gegenmaßnahmen ergreifen konnten. Die Oberhexe riss ihre Dienerin in die Höhe, sie schleuderte sie hoch in die Luft, weg aus dem Gefahrenbereich, sodass Janes blaue Kleidungsfetzen wild flatterten.

»Weiter, John!«

Suko brüllte wie verrückt.

Ich achtete nicht mehr auf Wikka, denn Sukos Geschrei musste einen Grund haben.

Den sah ich am Hubschrauber, denn wir hatten nur noch wenige Schritte zu laufen.

Dort stand die dritte Hexe. Sie sah uns, warf sich herum und riss die Tür der Kanzel auf, um in die Maschine zu steigen. Mit ihren Kräften konnte sie den Hubschrauber zerstören. Das durften wir auf keinen Fall zulassen.

»Meine Waffe ist leer!«, schrie Suko.

Meine war es nicht.

Ich zog die Beretta, und als sich die Hexe noch einmal umwandte, da feuerte ich.

Zweimal drückte ich ab, und eine Kugel traf. Sie warf die Hexe gegen die offen stehende Ausstiegstür, wobei sie die Arme hochwarf, zu Boden fiel und liegen blieb.

Erledigt!

Der Weg zum Hubschrauber war frei. Niemand hielt uns mehr auf. Auch Wikka nicht, denn sie hatte sich mit Jane Collins zurückgezogen. Beide wussten, dass unsere Waffen zu stark waren, aber sie würden sich etwas anderes einfallen lassen.

Wie zwei Freundinnen schwebten sie dicht nebeneinander über den glühenden Steinen. Wikka wurde wieder von ihrer grünen Aura umwebt, und aus ihrem Haar wuchsen zwei Schlangen – ihr Zeichen.

Nach dem Tod seiner Tochter Asmodina hatte der Teufel sie mit einer starken Kraft ausgestattet. Einer Kraft, die sie auch weitergeben konnte. An Jane Collins zum Beispiel, die wir wahrscheinlich für immer verloren hatten.

Ich stand da wie eine Statue, sah die glühenden Steine, darüber die beiden Hexen, und ich spürte das Brennen in meinen Augen sowie das heiße Würgen in der Kehle.

Automatisch hob ich den Arm, um Jane zuzuwinken, denn ich konnte es noch immer nicht richtig fassen.

Sie schleuderte mir ein diabolisches Gelächter entgegen. Für mich ein Beweis, dass sie nicht mehr auf unserer Seite stand.

»John, es hat keinen Sinn«, sagte Suko und legte mir seine Hand auf die Schulter.

Ich schaute noch auf die Steine, die sich am Hang wie kleine, glühende Kometen ballten. Dann hob ich die Schultern und stieg zusammen mit Suko in die Maschine.

Diesmal flog der Chinese. Als wir gestartet waren und hoch über der Insel schwebten, war von Wikka und Jane Collins nichts mehr zu sehen.

Für mich ging eine Ära zu Ende.

Die Ära Jane Collins …

DREI HERZEN AUS EIS

Eigentlich hatte Sabrina Page nichts dagegen, wenn die Blicke der Männer über ihre nackte Haut glitten, doch der Mann, der in diesem Augenblick das Sonnenstudio betrat, gefiel ihr nicht.

Nein, unattraktiv war er nicht. Im Gegenteil, an seinem Aussehen war nichts auszusetzen. Aber seinen Blick mochte Sabrina nicht. Sie hatte mit ihren zwanzig Jahren schon zahlreiche Männerblicke über sich ergehen lassen müssen. Gleichgültige, gierige, abschätzende und lauernde. Aber der Blick dieses Mannes war anders. Stechend, kalt, gleichzeitig feindselig und entwürdigend.

Sabrina kriegte eine Gänsehaut, obwohl sie auf der Sonnenbank lag. Sie hatte sich auf den Rücken gelegt. Unter ihr befand sich die durchsichtige Platte mit den langen Röhren. Das Gleiche existierte noch einmal über ihr. Sabrina hatte durch den Schalterdruck das Oberteil dicht an ihren Körper geholt, sodass die Röhren sie schon fast berührten und sie das beklemmende Gefühl hatte, in einem Sarg zu liegen.

Wer braun sein wollte, musste leiden. Sabrina hatte nicht die Zeit, in ein Schwimmbad zu gehen, der Urlaub war erst für den Herbst geplant. Aber sie wollte ebenso braun sein wie die knackigen Girls, die aus Ibiza zurückkehrten und dort ein Fest nach dem anderen gefeiert hatten.

Deshalb blieb ihr nur die Sonnenbank.

In dem kleinen Raum standen sechs Bänke. Im Sommer war das Studio wenig belegt, deshalb hatte sich Sabrina in den ersten Minuten allein dort aufgehalten.

Dann war der Mann aufgetaucht. Sie kannte ihn zwar, aber heute kam er ihr unheimlich vor.

Zwischen den einzelnen Liegen befand sich jeweils ein Raum, der breit genug war, um normal zu gehen.

Der braunhaarige Mann setzte sich dort hin, wo Sabrina ihn genau sehen konnte. Nur die Gangbreite trennte sie.

Sabrina versuchte ihn zu ignorieren. Sie hielt die Augen fast geschlossen, starrte in die Höhe, aber sie hatte das Gefühl, als könnte der andere bis in die Tiefen ihrer Seele schauen. Eine Gänsehaut bildete sich auf ihrem Körper. Sie zwang sich, nicht an den Kerl zu denken, aber das schaffte sie nicht. Ihre

Gedanken drehten sich um ihn, und sie spürte, dass ihr Herz schneller klopfte.

Es war die Furcht …

Still blieb sie liegen und atmete nur durch die Nase. Die Wärme der Röhren erschien ihr plötzlich doppelt so stark. Sie dachte daran, den Bademeister zu holen, aber der Mann würde ihr nicht helfen können.

Weshalb sollte er?

Das war eine öffentliche Sonnenbank. Hier konnte jeder, der seinen Obolus entrichtete, hingehen und sich bräunen lassen. Niemand durfte ihm das verwehren. Außerdem war das kleine Studio nicht nach Geschlechtern getrennt.

Nur allmählich beruhigte sie sich. Dann hörte sie das Summen. Der Mann hatte das Oberteil in Bewegung gesetzt. Allmählich sank es nach unten und auf ihn zu.

Sabrina drehte den Kopf ein wenig nach links und riskierte einen Blick. Der Mann lag auf dem Rücken. Sie glaubte sogar, ein Lächeln auf seinen Lippen zu sehen, das man als wissend oder mit der Formulierung »Ich-kriege-dich-schon« bezeichnen konnte.

Nein, sie würde sich wehren, sie würde schreien, sie …

Sabrina zuckte zusammen, als sie die Stimme des anderen hörte. »Allein hier?«

Verdammt, weshalb fragte der Kerl? Das konnte er schließlich sehen! »Jetzt nicht mehr«, erwiderte sie gegen ihre Überzeugung, denn sie hatte überhaupt nichts sagen wollen.

»Ich finde dich gut.«

Sabrinas Kehle wurde eng. Am liebsten hätte sie ihre Arme erhoben und mit den Händen ihren Busen verdeckt. Wie gut, dass sie noch das Unterteil trug. Es war zwar knapp, aber sie war wenigstens nicht völlig nackt.

»Was wollen Sie von mir?«, fragte Sabrina. Sie ärgerte sich, dass ihre Stimme heiser klang.

»Dich!«

Es durchzuckte sie nach dieser Antwort wie ein Feuerstrahl. Er kam direkt zur Sache, und das Mädchen mit dem blonden Wuschelkopf wusste Bescheid.

»Rede doch ...«

»Ich lass mich nicht anmachen«, erwiderte sie trotzig.

Er lachte spöttisch und schien sich seiner Sache völlig sicher zu sein. »Das glaubst du auch nur, Süße. Du bist genau der Typ, den ich gesucht habe, und ich werde dich nehmen! Wehren wirst du dich kaum können. Hast du verstanden?«

»Lassen Sie mich in Ruhe!«

»Nein!«

Sabrinas Herz klopfte wieder stärker. »Dann werde ich schreien, wenn Sie mich ...«

»Das macht mir nichts.«

»Der Bademeister kommt.«

»Ich habe abgeschlossen.« Er lachte wieder. »Süße, wir beide sind allein.«

Sabrina lag still auf dem Rücken. *Das ist doch ein Traum,* dachte sie. *Das kann nicht wahr sein. Du erlebst hier einen Wahnsinn, einen bösen Albtraum, denn so abgebrüht kann keiner sein.* Sicher, es hatte schon Belästigungen gegeben, aber nie war es zu weit gegangen, denn stets hatte eine Aufsichtsperson eingreifen können.

Und jetzt das. Hatte er geblufft, als er von der verschlossenen Tür gesprochen hatte?

Nein, das war kein Typ, der bluffte. Der war eiskalt, grausam, der ging über Leichen.

Was sollte sie tun? Sabrina Page dachte verzweifelt nach, nur fiel ihr nichts ein. Sie lag hier, sah über sich die langen Röhren und wusste nicht mal, wann die Viertelstunde vorbei war.

Doppelt und dreifach so lange kam ihr die Zeit vor. Jeder Atemzug schien Minuten zu dauern, und sie spürte den Schweiß überall. Er klebte in den Achselhöhlen und rann in kleinen Tropfen an ihrem Körper hinab.

Eigentlich hätte sie schon längst weglaufen und schreien sollen. Dass sie es nicht tat, wunderte sie. Wahrscheinlich war sie in den Bann des Fremden geraten, und der war gnadenlos. Es gab kein Zurück. Was sich dieser Mensch einmal vorgenommen hatte, das führte er auch durch. Erbarmen oder Rücksicht kannte er nicht.

Sabrina erschrak über ihre eigenen Gedanken. Sie kannte den Mann nicht. Dennoch urteilte sie so negativ. Es war einfach seine Ausstrahlung, die sie so denken ließ.

»Hast du dich damit abgefunden?«, fragte der Mann.

»Nein, Sie …! Unterstehen Sie sich!« Sabrina drehte den Kopf. Sie sah, dass er sich erhoben hatte. Er hatte die Röhren überhaupt nicht weit nach unten fahren lassen, sodass er sich auf die Bank setzen konnte.

Wieder spürte sie seinen Blick.

Der war wie ein Messer. So scharf, so sezierend, auch hypnotisierend, denn das junge Mädchen tat etwas, das es eigentlich gar nicht wollte. Es senkte die Hände, sodass ihr Busen frei lag. Eine Gänsehaut hatte sich auf ihm gebildet.

Der andere lachte. »Ja, meine Liebe, so ist es gut, so will ich es haben. Ich danke dir.«

»Gehen Sie, bitte …« Es waren schwache Worte, die Sabrina ausstieß, doch sie halfen nichts. Was sich der andere einmal vorgenommen hatte, führte er auch durch.

Er stand auf.

Sabrina schaute zu. Geschmeidig waren die Bewegungen des Mannes, als er sich erhob und auf sie schaute. Dann kam er näher und bückte sich.

Jetzt hätte Sabrina weglaufen können. Sie brachte es einfach nicht fertig, sondern starrte auf die Hand des Mannes, die auf sie zukam. Sie sah die dunklen Härchen auf der Haut, auch die kräftigen Finger und rechnete damit, die Spitzen bald auf ihrer Brust zu spüren. Als sie daran dachte, zog sich in ihrem Körper einiges zusammen, und ihre Augen fielen langsam zu.

Die Berührung erfolgte nicht. Dafür hörte sie das typische Summen, das entsteht, wenn die obere Hälfte der Sonnenbank in die Höhe gleitet. Sabrina hob den Blick.

In der Tat hatte der Mann nur den Schalter umgelegt und die Mechanik in Bewegung gesetzt.

Die Röhren glitten wieder hoch, sodass Sabrina mehr Bewegungsfreiheit hatte. Der Mann wartete ab, bis die obere Hälfte ihren höchsten Punkt erreicht hatte und zur Ruhe kam.

Sabrina spürte den Schatten.

Es war nicht der des Geräts, sondern der des Mannes, der auf ihre Liege und ihren Körper fiel. Oder war es kein Schatten? Nein, so kühl fühlten sie sich nie an, das musste etwas anderes sein, ein kalter Hauch. Vielleicht hatte jemand die Tür geöffnet, obwohl sie angeblich abgeschlossen gewesen war.

Komisch ...

Sabrina öffnete die Augen und hob den Blick.

Ja, da war der Schatten.

Aber der Schatten einer Klinge!

Himmel, sie wusste nicht, wo der andere das Messer verborgen gehabt hatte. Nun hielt er es in der Hand, beugte sich über sie, und die Spitze der Klinge wies genau auf das Tal zwischen ihren beiden Brusthügeln.

Sabrina vereiste innerlich.

Sie spürte, wie es an den Zehenspitzen begann und allmählich in die Höhe stieg. Ein unheimliches Gefühl, eine nie gekannte Panik und Todesangst.

»Wir sind allein«, sagte der andere.

Sie wollte schreien. Sie wollte nach dem Grund fragen. Weshalb sollte sie hier getötet werden? Sie hatte keinem Menschen etwas getan. Sie lebte so gern, und dieses Leben wollte sie auch weiterhin genießen.

Die Klinge hatte etwas dagegen.

Wie grausam sie blickte. Die Spitze kam ihr so endgültig vor, alles vernichtend, erlöschend! Und dahinter schwamm das Gesicht. Eine Fratze jetzt, nichts Männliches mehr hatte es an sich. Der Mund war verzogen und stand offen, sodass die Lippen einen breiten Spalt bildeten. Vielleicht sollte es ein Lächeln sein, aber es war keines, sondern das grausame Grinsen des Todes.

Sterben sollte sie.

Sterben!

Mit jeder Faser ihres Körpers bäumte sie sich dagegen auf. Dennoch war sie nicht fähig, auch nur einen Laut abzugeben. Eine unsichtbare Würgehand drückte ihr die Kehle zu.

Der Mann schaute sie noch immer an. Sein Blick war auf die Stelle gerichtet, wo das Herz pochte.

Da wollte er sie treffen.

Die Klinge sauste nach unten.

Sabrina Page hatte keine Chance. Sie starb und wusste nicht, weshalb ihr der erbarmungslose Killer das Leben nahm, denn die Fäden des Bösen sind oft schwer zu entwirren …

MORD IM SONNENSTUDIO

Auch Geisterjäger wie ich kriegen am Morgen eine Zeitung, und diesen Bericht las ich bereits zum Frühstück. Am kleinen Küchentisch hockte ich, die Sonne schien durch das Fenster und tupfte mit ihren Strahlen auf die Zeitung, die von dieser grausamen Tat berichtete.

Ich konnte nur den Kopf schütteln. Dieser Mord war schlimm genug. Und er war für eine gewisse Sorte von Sensationsreportern ein gefundenes Fressen, denn sie hatten versucht, das Verbrechen in allen Einzelheiten zu schildern. Natürlich war der Artikel bebildert. So gehörte es sich leider für Berichte dieser Art.

Die Fotos waren chronologisch abgedruckt worden. Sie zeigten das Innere des Sonnenstudios. Der Betrachter konnte anhand der Bilder den Weg des Mörders bis zum Tatort begleiten.

Das letzte Bild zeigte diesen Tatort.

Es war eine der üblichen Sonnenbänke. Natürlich lag die Leiche nicht mehr dort, aber die dunklen Flecken darauf waren noch vorhanden.

Das Blut des Opfers …

Ich schüttelte mich und presste die Lippen zusammen. Okay, ich war viel gewohnt, hatte großes Elend gesehen und kannte die schlimmsten Mörder, aber ein so aufgezogener Bericht widerte mich stets an. Der Schreiber war nur darauf aus, Entsetzen zu verbreiten. Für eine normale Abhandlung interessierte er sich gar nicht.

Es gab schlimme Menschen. Man konnte sie eigentlich nicht als solche bezeichnen, und so etwas erlebte ich hier wieder. Da war ein Killer in ein Sonnenstudio eingedrungen und hatte ein zwanzigjähriges Mädchen Namens Sabrina Page umgebracht.

Über Motive konnte man nur rätseln. Für mich gab es einfach kein Motiv. Nichts rechtfertigte in meinen Augen einen Mord, egal, wer das Opfer auch war.

Und wenn diese ruchlose Tat noch so sensationell aufgearbeitet wurde, blieb mir nichts anderes übrig, als die Zeitung zur Seite zu legen. Ich wollte sie nicht mehr weiterlesen.

Mein Kaffee war fast kalt geworden. Ich nahm noch einen letzten Schluck und aß die Scheibe Toast. Dann brachte ich den Kram in die Spüle und machte mich bereit, zum Dienst zu fahren.

Was anlag, wussten wir nicht.

Es schellte.

Das war Suko. Fast jeden Morgen fuhren wir gemeinsam ins Büro. Meistens war er früher fertig als ich.

Ich streifte eine dünne Leinenjacke über, öffnete und sah das Nicken meines Freundes.

»Ja, alles klar«, sagte ich.

»Hast du schon die Zeitung gelesen?« Diese Frage stellte mein Partner, als ich die Tür abschloss.

»Teilweise.«

»Ich meine den Mord in der Sonnenbank.« Suko holte das Blatt hervor. Er hatte es bisher hinter seinem Rücken versteckt gehabt.

»Das habe ich.«

»Und?«

»Scheußlich.«

Mein Freund nickte. »Dabei frage ich mich, ob es unter Umständen ein Fall für uns sein könnte.«

»Ach wo.«

»Sag das nicht.«

»Es ist ein normaler Mord.« Wir standen schon im Lift. »Wieso kommst du überhaupt darauf? Hast du konkrete Hinweise auf den Fall, oder kanntest du das Mädchen?«

»Ja.«

Jetzt war ich überrascht. »Woher denn?«

»Sie hat nicht weit von hier gewohnt. Auch Shao hat sie manchmal im Supermarkt gesehen.«

»Und?«

»Wie und?«

»Was war sie für ein Typ? Ich meine, wenn Shao sie gesehen hat, muss sie sich doch ihre Gedanken gemacht haben.«

Suko gab die Antwort erst in der Halle, die wir durchquerten wobei wir das freundliche Nicken des Portiers erwiderten. »Shao meint, die Kleine wäre ein lebenslustiger Typ gewesen.«

»Das kann man unterschiedlich deuten.«

»Klar, sie hat es ganz gern gehabt, wenn ihr Männer nachschauten.«

»Ach so.« Die Tür vor uns schwang auf. Mein Bentley stand auf dem Außenparkplatz, weil er gewaschen worden war. Der Tankwart hatte ihn hergebracht.

»Dann war diese Sabrina kein Kind von Traurigkeit.«

»Den Eindruck hatte Shao.«

»Und was hätte das Motiv sein können? Vielleicht Eifersucht, wenn ich deine Erklärungen mal interpretieren darf?«

»Das könnte tatsächlich einer der Gründe gewesen sein.«

Ich hob die Schultern. »Es tut mir verdammt leid um dieses Mädchen. Nur ist dieser Mord nicht unser Fall.«

Suko wiegte den Kopf. Er war an der Beifahrerseite stehen geblieben und hatte eine Hand auf das Dach gelegt. »Das will ich nicht so direkt sagen, John. Shao hat die Kleine gekannt. Sollten die Kollegen nicht weiterkommen und wir Zeit genug finden, könnten wir doch den Leuten eine kleine Hilfestellung geben.«

Ich schloss auf und lachte. »Sie werden sich bedanken.«

»War nur ein Vorschlag.«

Während der Fahrt hatte ich einen sehr schweigsamen Partner neben mir sitzen. Suko knackte gewissermaßen an dem Mordfall. Er überlegte, grübelte, dachte nach, vielleicht zog er auch Verbindungen oder suchte nach Parallelen.

»Der Fall spukt dir im Kopf herum, wie?«

»Ja, das tut er.«

»Warte erst mal ab, mit welchen Überraschungen Sir James noch auf uns zukommen wird.«

Zunächst einmal überraschte uns Glenda Perkins. Auch sie sprach uns auf den Mordfall an, denn sie hatte den Bericht auch schon gelesen. »Ist das nicht schrecklich?«

»Du sagst es«, erwiderte ich.

»Können wir nichts tun, John?«

»Wohl kaum.«

»Man hat sie mit einem Messer umgebracht.«

»Das stand aber nicht in der Zeitung«, sagte Suko.

»Nein, ich las es im Bericht. Das Rundschreiben ging an alle Dienststellen. Es liegt auf eurem Schreibtisch.«

»Okay, danke.« Ich lächelte Glenda zu. Schick sah sie wieder aus in ihrer hellblauen Leinenbluse und dem weißen Wickelrock. Nun ja, wir hatten Juli, das Wetter war entsprechend, da lief man eben leichter bekleidet umher.

Den Bericht lasen Suko und ich gemeinsam. Dabei blickte ich meinem Freund über die Schulter.

Eine erste Untersuchung hatte ergeben, dass der Mörder sein Messer mehrmals benutzt und sich mit dem Tod dieser jungen Frau an sich nicht zufrieden gegeben hatte. Was das andere gewesen war, davon stand nichts in dem ersten, knapp gehaltenen Bericht.

»Immer noch kein Fall für uns?«, fragte Suko.

»Kaum.«

Das Telefon meldete sich. Suko saß näher, er hob ab, wünschte unserem Chef einen guten Morgen und versprach, dass wir so schnell wie möglich erscheinen würden.

»Um was geht es denn?«, wollte ich wissen.

»Keine Ahnung. Werden wir aber gleich wissen.«

»Wie klang denn seine Stimme?«

»Ziemlich ernst.«

Ich hob die Schultern. »Klar. Spaßig ist kein Job, den wir auszuführen haben. Wahrhaftig nicht.«

Sir James stand, als wir sein Büro betraten, am Fenster und schaute in die Sonne. Mein Blick fiel nicht nur auf seinen Rücken, sondern auch auf den Schreibtisch, wo eine Zeitung ausgebreitet lag. Es war die gleiche Gazette, die Suko und ich gelesen hatten, und der Bericht über den Mord war aufgeschlagen.

Allmählich bekam ich ein komisches Gefühl und dachte daran, dass wir uns wahrscheinlich doch um die Sache zu kümmern hatten.

Nach der Begrüßung bot uns Sir James einen Platz an. Dann setzte er sich hinter den Schreibtisch.

»Geht es um die Tote von der Sonnenbank?«, fragte ich.

»Genau.« Sir James rückte seine Brille zurecht. »Wenn Sie so fragen, haben Sie bestimmt den Bericht schon gelesen.«

»In der Tat.«

»Und was ist Ihre Meinung?«

»Bisher war ich der Ansicht, dass uns dieser Fall nichts angeht. Aber ich scheine falsch zu liegen, Sir.«

»Das liegen Sie in der Tat, John.«

»Und weshalb sollen wir uns um die Tote kümmern?«

Der Superintendent nahm die Zeitung und faltete sie mit der ihm eigenen Sorgfalt zusammen. »Ich möchte den Gerichtsmedizinern nicht vorgreifen, aus diesem Grunde werden wir gemeinsam in den Keller fahren.«

Der Keller war praktisch unsere wissenschaftliche Abteilung. Unser Labor, die Auswertstelle und einiges mehr, denn in den Räumen war auch die EDV untergebracht.

Der Lift schoss uns in die Tiefe. Im Sommer bewege ich mich gern durch diese Räume, denn im Keller herrschen stets gleiche Temperaturen. Sehr angenehm, sehr kühl. Man konnte sich einfach wohl fühlen.

Nur nicht in der gerichtsmedizinischen Abteilung. Hier herrschte eine andere Kälte, und zwar die des Todes. Diese Sektion war für einige Monate zusammengeschrumpft, weil bei uns am Yard noch immer umgebaut wurde und niemand voraussagen konnte, wann die Maßnahmen beendet sein würden.

Ich hoffte, dass dies sehr bald der Fall sein würde. Der damit betraute Arzt erwartete uns. Es war Dr. Snyder. Suko und ich kannten ihn ziemlich gut.

»Ah, da sind Sie ja«, sagte der Mediziner und legte einen Bericht zur Seite. »Ich hoffe, dass Sie mir einen Großteil der Arbeit abnehmen können.«

»Wieso?«

»Eigentlich war es oder ist es ja unser Fall, aber die Kollegen kommen nicht zurecht.«

»Was ist denn an der Toten so außergewöhnlich?«, erkundigte sich mein Freund Suko.

»Das werden wir Ihnen gleich zeigen.«

Wir verließen das kleine Büro und bewegten uns auf die Tiefkühlräume zu. Ich konnte nicht vermeiden, dass sich auf meinem Körper eine Gänsehaut bildete. Daran trug nicht allein die normale Kälte die Schuld, es war das Gefühl, mit dem Tod auf Du und Du zu stehen. Hinzu kam auch der scharfe Desinfektionsgeruch.

Die Obduktion war abgeschlossen worden. Die Leiche lag bereits in einem der zahlreichen Schubfächer. Wir betraten den großen Raum. Die Fliesen auf dem Boden warfen das Geräusch unserer Schritte zurück.

In mehreren Etagen standen die Kühlfächer übereinander.

Dr. Snyder zog ein Schubfach auf.

Lautlos glitt es auf den Rollen hervor. Es war nicht normal, dass man die Ermordeten mit einem Laken abdeckte, wenn sie schon obduziert worden waren, hier allerdings hatte man es so gelassen. Einige Blutspritzer klebten noch auf dem Tuch. Sie wirkten auf mich wie kleine rote Augen.

Doc Snyder hatte sich am Kopfende der Lade aufgebaut. Seine rechte Hand hatte das Tuch umfasst. »Seien Sie auf einen harten Anblick gefasst«, erklärte er und schlug das Tuch zurück.

Wir standen da, starrten auf die Leiche, und ich war der Erste, der einen kleinen Schritt zurückging.

Was ich sah, war schlimm.

Dem Mädchen fehlte das Herz!

Wir sagten nichts, sondern standen da und schauten zu Boden. Es war still geworden. Ich vernahm sogar das leise Ticken meiner Armbanduhr.

Sir James unterbrach das Schweigen. »Haben Sie genug gesehen?«

»Ja«, sagte Suko, während ich nickte.

Doc Snyder schlug das Tuch wieder über die Tote und schob die Lade zurück.

»Lassen Sie uns gehen.«

Noch immer hatten wir nicht gesprochen, bis sich der Arzt genötigt sah, uns einen kleinen Vortrag zu halten, der sehr medizinisch abgefasst war. Wir verstanden nur die Hälfte von dem, was er überhaupt sagte.

Für uns zählte nur, dass die Tote kein Herz mehr gehabt hatte.

Ich atmete einige Male tief durch. Zwischen den Fingern fühlte ich den kalten Schweiß. Welcher Mensch konnte so grausam und gefühllos sein, solch eine Tat zu begehen?

Ich wusste es nicht und fragte mich dabei, ob es überhaupt ein Mensch getan hatte.

Da ich diese Frage laut stellte, wurde sie von den anderen gehört. Sir James nahm den Faden auf. »Genau das ist das Problem, John, über das wir uns unterhalten sollten. Ich schlage vor, wir fahren in mein Büro. Einverstanden?«

»Selbstverständlich, Sir.«

Doc Snyder verabschiedete sich von uns. Falls irgendwelche Fragen auftauchten, stand er jederzeit zur Verfügung. »Auch ich will, dass dieser Killer gefasst wird.«

»Ja, das hoffen wir.«

»Möchten Sie etwas trinken?«, erkundigte sich der Superintendent, als wir ihm wieder gegenübersaßen.

»Nein, danke«, lehnte Suko ab. Auch ich wollte nichts.

»Okay, dann nicht. Kümmern wir uns um den Fall.« Er schaute uns hinter seinen Brillengläsern hervor scharf an. »Wer kann ein Interesse daran haben, einem jungen Mädchen so etwas anzutun?«

Wir wussten beide keine Antwort.

»Wie weit sind die Ermittlungen denn fortgeschritten?«, wollte Suko wissen. »Hat man sich schon um die Person der Toten gekümmert? Ihr Vorleben ausgeforscht, es unter die Lupe genommen?«

»Nein, die Zeit war viel zu knapp. Aber das sollten Sie eigentlich machen.«

Suko ließ die Katze aus dem Sack. »Ich kenne die Tote, Sir!«

Damit überraschte er selbst Sir James. »Wieso?«

Mein Freund berichtete. Der Superintendent hörte aufmerksam zu und meinte, dass wir schon so etwas wie eine Spur hätten.

»Sie sind Optimist«, sagte ich.

»Soll ich anders denken?«

»Nein, das nicht, Sir. Nur hätte ich gern gewusst, wo man das Herz gefunden hat.«

»Nirgends.«

Ich war erstaunt. »Wie?«

»Man hat es noch nicht gefunden, John. Tut mir leid, wenn ich Ihnen das sagen muss.«

»Das kann ich kaum glauben. Wer nimmt denn Herzen mit?«

»Der Mörder«, erklärte Sir James.

»Oder der Teufel«, sagte Suko. Er hatte die drei Worte sehr langsam ausgesprochen, schaute uns an, und da wir schwiegen, meinte er: »Ich liege wohl nicht so falsch damit – oder?«

»Nein«, gab ich zu. »Die Hölle kann alles gebrauchen. Vor allen Dingen das Herz, das einem Menschen das Leben gibt. Dafür sind Herzen eben geschaffen.«

»Also wäre es ein Fall für Sie«, kommentierte unser Chef.

»Noch nicht.«

»Kümmern Sie sich trotzdem darum. Der Hinweis auf den Teufel kann richtig sein. Asmodis unternimmt doch wieder alle Anstrengungen, um aus dem Hintergrund hervorzutreten. Ich habe das Gefühl, dass er zahlreiche seiner Diener aufbietet, um anderen Dämonen zuvorzukommen.«

Da hatte unser Chef genau ins Schwarze getroffen, denn wir dachten ähnlich.

»Die Personalien der Toten, soweit wir sie haben herausfinden können, kennt Miss Perkins. Ich habe ihr einen entsprechenden Bericht zukommen lassen.«

Damit waren wir praktisch entlassen und hatten einen Fall am Hals, der uns noch durch alle Höllen führen sollte …

Als Angie Hunt die drei Stockwerke zu ihrer kleinen Wohnung hochgestiegen war, schnaufte sie wie ein Walross. Die Hitze in dem Haus machte ihr zu schaffen, und die beiden Koffer, die sie rechts und links trug, fast noch mehr.

Aufatmend stellte die 22-jährige Angie die Gepäckstücke ab und atmete tief durch. Sie schwitzte. In diesem stickigen Treppenhaus wehte keine Brise wie an der südfranzösischen Küste, wo sie drei Wochen Urlaub gemacht hatte. Hier war alles so spießig, so verdammt normal, so mies, und sie hätte am liebsten kehrtgemacht und wäre wieder in den Süden geflogen. *Scheiß auf den Job*, dachte sie, *mach es so wie die Typen, die du da unten kennen gelernt hast.* Ohne Job sich der Sonne, dem Meer und den Männern hingeben. Eine Art von Groupie, ein Cliquen-Girl, das auch ohne Arbeit über den Sommer kam. Vor allen Dingen, wenn man so gebaut war wie Angie.

Auf ihre Figur konnte sie stolz sein. Selbst im frauenverwöhnten Cannes hatte man ihr nachgepfiffen, wenn sie *oben ohne* am Strand spazierte und ihren Körper vom Seewind umschmeicheln ließ. Natürlich hatte sie nicht gesagt, dass sie außerhalb des Urlaubs in einem großen Warenhaus arbeitete, das brauchte keiner zu wissen, denn nach Berufen erkundigte sich an der Côte d'Azur sowieso niemand. Da zählten nur Geld, Partys, Wind und Wellen. Man musste den Sommer genießen.

Sie trug noch die Sommersachen. Eine weiße Hose mit ausgestellten Pumpbeinen. Dazu ein paar um den Oberkörper gewickelte Tücher, die, wenn sie mal nicht aufeinanderfielen, sehr durchsichtig waren und viel von ihrem gebräunten Oberkörper zeigten.

Der Schlüssel befand sich in ihrer Stofftasche, deren Riemen über der Schulter hing. Sie schloss auf.

Schon als Angie die Tür nach innen drückte, fiel ihr der Geruch auf. Er strömte ihr wie eine Welle entgegen. Nur roch er nicht nach Salz, Meer und Abenteuer, sondern miefig, mies und auch staubig. Es war lange her gewesen, dass jemand in der Wohnung geputzt oder gesaugt hatte. Natürlich war auch nicht gelüftet worden, so konnte sich die warme Luft regelrecht stauen.

Sie stand wie eine Wand.

Durch das Dämmerlicht der Diele schritt sie. Die beiden Koffer schleiften über die Wände, so eng war der Flur. Ein Schirmständer wurde berührt und umgestoßen.

Es war zum Heulen. Diese Wohnung hier hielt keinen Vergleich zu dem lichtdurchfluteten Raum des Hotelzimmers aus, der zwar auch nicht groß gewesen war, aber vom Balkon aus hatte sie wenigsten einen Blick auf den Hafen und das Meer genießen können.

Hier schaute sie in einen tristen Hof, der im Hochsommer für nur zwei Stunden am Tag Sonne sah.

Aus einem großen Zimmer und einem kleineren Bad sowie einem Abstellraum bestand die Wohnung. Sie gehörte zu den Altbauten. Die Decken waren noch hoch, die Türen alt, und in der grün gestrichenen Küche lagen die Leitungen über dem Putz.

Angie Hunt ging in den größeren Wohn- und Schlafraum. Dort stellte sie die Koffer ab, schaute in den deckenhohen Spiegel, eine Errungenschaft aus einem Sonderangebot, und streckte sich selbst die Zunge heraus. Ein Beweis dafür, wie wenig sie sich leiden konnte.

Hinter ihr lag der Himmel, vor ihr eine Quälerei.

Die Koffer stellte sie auf das Bett. Von der Decke quoll Staub hoch, als das Gewicht der beiden Gepäckstücke sie belastete. Zwischen dem Bett und dem Kleiderschrank befand sich das Fenster. Wie immer klemmte es, als Angie es aufziehen wollte. Sie musste noch einmal heftig daran zerren, dann konnte sie nach draußen schauen.

Die Sonne schien. Leichter Dunst lag über dem Hof. Sie blickte nach unten, sah die beiden Bänke und die Leute, die darauf saßen. Bewohner aus den Häusern. Menschen, die von der Hand in den Mund lebten und sich hart durchs Leben schlagen mussten.

Angie mochte sie nicht. Um in der Welt des Jetsets zu verkehren, besaß sie erstens nicht das Geld und zweitens nicht das Format. Man nahm Mädchen wie sie mal gern mit, das war auch alles. Doch richtig dazu gehörte sie nicht.

Als sie sich aus dem Fenster beugte, wurde sie bemerkt. Auf der Bank saßen auch einige Männer.

Jemand pfiff.

Ein anderer lachte.

Ein Dritter schrie von unten hoch: »Na, Prinzessin, wieder in der alten Heimat gelandet?«

Jetzt lachten sie alle.

»Scheißkerl!«, zischte Angie und zog sich vom Fenster zurück. Wieder schaute sie in den Spiegel, stellte fest, dass sie ihre Haare nachfärben lassen musste, denn durch die rötlichen Strähnen drang allmählich das fahlblonde Naturhaar.

Durch den Schweiß war die Schminke verlaufen. Sie rann in kleinen Bahnen an ihren Wangen entlang. So hatte sie in Frankreich nie ausgesehen. Angie trat vor Wut mit dem Fuß auf, drehte sich um und warf sich neben die Koffer auf das Bett.

Dort heulte sie vor Wut und Zorn in die Kissen. Jetzt trat genau das ein, was sie befürchtet hatte. Der Nachurlaubsschock, das Wissen, wieder ein Jahr warten und auch sparen zu müssen, um sich den nächsten Urlaub leisten zu können.

Ein verdammtes Leben.

Das Telefon stand neben dem Bett. Im ersten Augenblick hätte sie es verfluchen können, als es sich meldete. Wer wollte denn da etwas von ihr? Okay, sie hatte einigen Typen ihre Adresse aufgeschrieben, aber sie konnte sich nicht vorstellen, dass die Männer jetzt schon anriefen. Die warteten in Cannes auf neue Opfer.

Angie Hunt hob den Kopf und ihren rechten Arm. Sie nahm den Hörer, presste ihn gegen ihr Ohr und sagte: »Ja, was ist denn?«

»Oh, du bist ja wieder da.«

»Natürlich, Ma.«

Es war ihre Mutter, die sich immer Sorgen machte. Sie wohnte in einem kleinen Nest nördlich von London. Wenn Angie zu Hause war, rief sie fast jeden Tag an, um sich nach dem Wohlergehen ihrer Tochter zu erkundigen.

»Hast du was, Kind?«

»Wieso?«

»Deine Stimme klingt so, als würdest du weinen.«

»Quatsch.« Die Antwort fiel zu heftig aus, um echt zu sein.

»Ich werde mal vorbeikommen.«

Angie verdrehte die Augen. »Das brauchst du nicht, Ma. Mit mir ist alles in Ordnung, wirklich.«

»Ich bin sowieso in London und nehme die U-Bahn. In einer halben Stunde bin ich bei dir. Außerdem wollte ich deine Wäsche noch mitnehmen. Du wirst doch sicherlich keine Lust haben, sie selbst zu waschen.«

»Da hast du recht, Ma.«

»Dann wäre ja alles klar. Bis gleich dann.«

Bevor Angie eine andere Antwort geben konnte, hatte ihre Mutter das Gespräch unterbrochen. Wütend warf Angie den Hörer auf die Gabel und drückte ihren Kopf wieder in das Kissen. Sie war wütend, dass man sie ausgerechnet jetzt nicht in Ruhe lassen konnte. Sie wollte wenigstens bis zum Abend noch ein wenig von dem träumen, was hinter ihr lag, aber nein, da rief die Mutter an und …

»Zum Kotzen!«, schimpfte sie.

Angie lag im Wohnraum. In das Bad und in die Abstellkammer hatte sie noch nicht hineingeschaut.

Und die Tür zur Abstellkammer wurde sacht von innen her aufgedrückt, bis ein armbreiter Spalt entstanden war.

Etwa in Hüfthöhe erschien dort ein länglicher Gegenstand. Er sah hell aus, fast spiegelnd und lief vorn spitz zu.

Ein Messer!

Für einen Moment blieb die Klinge ruhig stehen, wie ein Auge, das auskundschaften wollte. Dann folgte eine Hand und wenig später der zu ihr gehörende Arm.

Ein breitschultriger Mann schob sich in die schmale Diele, schaute nach links auf die Wohnungstür und nickte zufrieden, als er erkannte, dass die Tür ins Schloss gefallen war.

So musste es laufen, besser hätte er es gar nicht antreffen können.

Das Lächeln auf seinem Gesicht wurde zu einem wölfischen Grinsen, als er sich umdrehte, durch die Diele schaute und die Tür zum Wohnraum fixierte.

Sie war nicht geschlossen. Angie hatte sie so weit offen gelassen, dass ein Mensch, ohne sich dünn machen zu müssen, eintreten konnte.

Der Mann mit dem Messer bewegte sich nach vorn. Seine knappe Badehose aus dem Sonnenstudio hatte er mit einer weißen Jeans vertauscht. Das T-Shirt lag wie eine zweite Haut auf seinem Körper und ließ die kräftigen Muskeln der Oberarme frei.

Er gehörte zu den Menschen, die es verstanden, sich absolut lautlos zu bewegen. Bei jedem Schritt trat er zunächst mit den Zehenspitzen auf, rollte über die Ballen ab und verursachte in der Tat kein einziges Geräusch.

Der Eindringling erreichte die Tür. Er schaute in das Zimmer. Ein kurzer Blick genügte.

Angie lag auf dem Bett. Den Kopf hatte sie in den Kissen vergraben. Sie schluchzte lautlos, nur ihr Rücken bewegte sich.

Der Rücken!

Als der Fremde daran dachte, wurde das Grinsen in seinem Gesicht noch kälter. Frei lag er vor ihm, nur mit den leichten Schleiern des Oberteils bedeckt.

Bald würde er rot sein …

Rot wie Blut!

Der Mann trat über die Schwelle. Und er ging wieder lautlos. Die Holzdielen waren mit Teppichen belegt, das erwies sich für den Killer als Vorteil, denn kein Knarren verriet ihn.

Das Messer hielt er weiterhin fest. Einmal wurde die Klinge für einen kurzen Moment vom Sonnenstrahl berührt und blitzte auf. Der Reflex zeichnete sich an der Wand neben dem Fenster ab, doch nur der Mörder selbst sah dieses verräterische Zeichen.

Angie blieb weiterhin liegen. Besser konnte es der Killer gar nicht treffen. Das Opfer präsentierte sich ihm praktisch. Es war viel einfacher als beim ersten Mal.

Noch immer ging er lautlos. Das Fenster stand offen. Vom Hof her hallten Stimmen hoch. Dazwischen das Geschrei einiger Kinder. Der Geräuschpegel gab ihm einen zusätzlichen

Schutz. Er umging den kleinen Glastisch mit den vier Metallbeinen und brauchte noch zwei Schritte, um neben das Bett zu gelangen, auf dem Angie lag.

Der Killer hörte, wie sie ihre Wut hinausweinte. Es waren schluchzende Geräusche, vermischt mit Worten, die aber in das Kissen geflüstert wurden und nicht zu verstehen waren.

Der Killer senkte den Arm.

Mit ihm fuhr die lange Klinge nach unten. Sie zielte auf den Rücken.

Der Mann hätte jetzt nur zuzustoßen brauchen, und alles wäre vorbei gewesen.

Das tat er nicht.

Stattdessen schlug er mit der Klinge einen Kreisbogen, senkte sie gleichzeitig, und die Spitze des Messers strich über die dünnen Stoffbahnen der Bluse.

Der Stoff war federleicht, das Messer scharf. Es zerschnitt ihn trotz der kaum zu spürenden Berührung.

An einigen Stellen klaffte er auseinander. Nach zwei Seiten fiel er weg, sodass nur noch eine dünne Stoffbahn auf dem Rücken der Frau lag.

Die zerschnitt der Killer ebenfalls.

Dass er es schaffte, die Haut nicht ein einziges Mal zu berühren, ließ auf eine Routine im Umgang mit dieser Waffe schließen. Nicht mal eine Gänsehaut war auf Angies Rücken zu sehen, und dennoch spürte sie etwas, denn durch das offene Fenster wehte ein leichter, warmer Wind, der ihre Haut streichelte.

Für Angie war es das Signal.

Sie reagierte und warf sich auf der Stelle herum, sodass sie auf dem Rücken zu liegen kam.

Die blanke Messerklinge schwebte über ihr wie ein tödliches Omen. Sie schaute auf sie nieder, dahinter sah Angie das in wilder Vorfreude verzerrte Gesicht des Mörders.

In der nächsten Sekunde geschah mit ihr überhaupt nichts. Angie hatte das Gefühl, der Mittelpunkt innerhalb eines Vakuums zu sein. Sie konnte einfach nicht fassen, was sie da zu sehen bekam, und sie glaubte, einen Traum zu erleben.

Erst allmählich stellte sie fest, dass es kein Traum war, sondern grausame Realität.

Auf ihrem Gesicht zeichneten sich die Gefühle ab, die in ihrem Innern tosten. Es war die Angst, die Panik, das Begreifen, in einer Falle zu hocken, und sie sah über sich das Messer.

Ihr Mund öffnete sich.

Der Killer wusste Bescheid. »Wenn du schreist, steche ich sofort zu!«, drohte er.

Da die Klinge auf ihren Hals zeigte, wusste Angie, wo das Ziel lag. Sie schwieg, aber sie spürte ihr Herz, das verrückt spielte und rasend schnell schlug.

Die Angst steigerte sich noch. Als Reaktion hatte sie die Hände geballt. Die Fingernägel stachen in ihr Fleisch und drückten so tief, dass Blut kam.

Dann wanderte die Klinge. Der Mann nahm die Hand zurück, sodass die Spitze des Messers nicht mehr auf Angies Kehle, sondern dorthin wies, wo in der Brust das Herz schlug.

Ein kurzer Schnitt.

Angie bekam ihn gar nicht mit. Sie sah, dass sich auch der letzte Stoffrest löste und der Mann gierig auf ihren Oberkörper starrte.

Angie wusste trotz der Angst, was der andere wollte. Sie hatte schon des Öfteren gelesen, dass eine Frau, die vergewaltigt werden sollte, sich nicht wehren sollte.

Daran hielt sie sich.

»Ich schreie nicht«, sagte sie mit zitternder Stimme. »Bitte, ich werde nicht rufen und mich nicht wehren. Tun Sie, was Sie nicht lassen können.«

Der Mann nickte. »Das werde ich auch«, sagte er kalt.

Genau zehn Minuten später fand Angies Mutter die Tote. Die Frau drehte durch und erlitt einen Schock. Nachbarn entdeckten sie über dem Körper der jungen Angie liegend.

Beide waren blutbesudelt …

In den nächsten Stunden beschäftigten wir uns mit der Person dieser Sabrina Page.

Wir befragten die Hausbewohner, wollten wissen, welch einen Lebenswandel sie geführt hatte, und erfuhren so gut wie nichts. Nur eben den üblichen Klatsch.

Es waren die älteren Frauen, die über das Mädchen herzogen und ihm einen unsteten Lebenswandel nachsagten.

»Hatte sie mehrere Freunde?«, fragte Suko.

»Natürlich.«

»Keinen Favoriten?«

»Nein.«

»Und was hat sie so getrieben?«

»Alles und nichts. Sie war vor einigen Wochen mal in Paris«, erklärte die Frau im Kittel und schüttelte den Kopf, während sie auf ihren Staubsauger starrte. »Was sich die jungen Leute alles so leisten können, ich begreife das nicht.«

»Eine Fahrt nach Paris ist heutzutage nicht mehr so teuer«, verteidigte Suko die Tote.

»Aber Paris – hören Sie, Inspektor …«

Ich winkte ab. Von der Frau erfuhren wir nichts. Aber die Wohnung wollten wir uns anschauen.

Mit den Kollegen von der Mordkommission hatten wir bereits gesprochen. Es machte ihnen nichts aus, wenn wir das Polizeisiegel an der Tür brachen.

Die Wohnung war klein. Ein Apartment, bestehend aus zwei Räumen, wobei der Duschraum so winzig war, dass man sich kaum drehen konnte. Mir jedenfalls wäre es schwergefallen.

Die Kollegen hatten das Apartment zwar durchsucht, aber nicht in Unordnung gebracht. Wir zogen Schubladen auf, schauten unter dem Bett nach und in Schrankfächer.

Nichts wies auf ein Motiv hin, das der unbekannte Mörder gehabt haben könnte.

Ich war ratlos. Suko erging es ebenso. Ihm fiel ein Fotoalbum in die Hände, das oben im letzten Regalfach lag. Suko setzte sich auf den Leinensessel, schlug das Album auf und hielt es so, dass ich mitschauen konnte.

Es waren die üblichen Fotos, die man in solche Alben einklebte.

Der Entwicklungsweg eines jungen Mädchens lag genau vor uns. Wir sahen Sabrina als Kind, mal mit Eltern, mal ohne, dann inmitten von Freundinnen und wenig später schon als Teenager. Ein netter Backfisch mit einem strahlenden Lächeln.

Die ersten Freunde tauchten auf. Urlaubsfotos mit viel Sonne, Strand und lachenden jungen Menschen.

Auf der vorletzten Seite fanden wir noch ein Bild. Die Aufnahme war in diesem Jahr geschossen worden, und sie zeigte drei junge Mädchen in Paris. Mit dem Eiffelturm im Hintergrund. Am Bildrand entdeckten wir noch einen Mann, von dem nur das Profil zu sehen war, weil er sich im Moment der Aufnahme umdrehte. Wahrscheinlich wollte er nicht fotografiert werden.

Ob er zu den Mädchen gehörte, wussten wir nicht. Suko nahm das Bild heraus und drehte es um.

Sabrina hatte die Rückseite beschriftet.

»Wir in Paris«, las Suko laut vor. »Angie, Karen und ich. Er wollte sich nicht fotografieren lassen.«

»Mit dem Wort *er* ist wohl der Mann gemeint, der sich da abgewendet hat«, sagte ich.

»Das kann sein.«

»Weshalb interessiert dich das Bild so sehr?«, fragte ich meinen Partner.

Suko hob die Schultern. »Kann ich dir auch nicht sagen. Immerhin haben wir neue Gesichter gesehen.«

»Auch das des Killers?«

»Schön wär's.«

Ich beobachtete, wie Suko das Bild einsteckte. »Weshalb nimmst du es mit?«

»Vielleicht können uns die beiden Freundinnen mehr sagen.«

»Dazu müsste man sie finden.«

»Das schaffen wir schon.« Suko legte einen ungemein starken Optimismus an den Tag, der mich überraschte. Er sah meinen erstaunten Blick. »Du wunderst dich, wie?«

»Ja.«

»Ich will dir etwas sagen, John. Mich hat der Anblick geschockt. Ich kannte das Mädchen nur vom Sehen, aber ich möchte alles daransetzen, um seinen Mörder zu fangen.«

»Das verstehe ich.«

Wir blieben noch in der Wohnung, durchsuchten sie, ohne irgendwelche Hinweise zu finden.

Im Treppenhaus stand noch immer die Mitbewohnerin. Sie tat so, als wollte sie ihre Wohnungstür abwaschen, in Wirklichkeit jedoch wartete sie auf uns.

»Na, haben Sie etwas erreicht?«

»Nein.«

»Tja«, sagte die Frau und hob ihre Schultern. »Die Bekanntschaften dieser Dame waren eben nur flüchtig, wenn Sie verstehen. Nichts Ganzes und nichts Halbes. Meine Tochter hätte das nicht sein dürfen.«

»Haben Sie denn eine?«, fragte Suko.

»Nein, mein Mann und ich wohnen allein. Kinder!« Sie verdrehte die Augen. »Das gibt doch nur Ärger.«

»Der durch viel Freude allerdings aufgehoben wird«, widersprach ich.

Suko hatte das Foto hervorgeholt. »Eine Frage noch«, sagte er, »kennen Sie die beiden Mädchen, die außer Sabrina hier abgebildet worden sind?«

Die Frau nahm das Bild in die Hand und schaute sehr genau nach. »Ja, die kenne ich.«

»Woher?«

»Die waren mal hier. Sabrina hat auch von ihnen erzählt. Angeblich waren sie Freundinnen, denn sie sind zusammen nach Paris gefahren. Sie mussten sich bei der Anmeldung kennen gelernt haben. Einen Tag vor ihrer Reise saßen sie noch in der Wohnung zusammen.«

»Und?«

»Nichts und!« Ein erstaunter Blick traf Suko. »Sie haben wohl gefeiert. Ging ziemlich laut her.«

»Den jungen Mann kennen Sie nicht zufällig?«, wollte ich wissen.

»Nein, wie sollte ich?«

»War auch nur eine Frage. Auf jeden Fall bedanken wir uns für Ihre Auskünfte, Madam.«

»Keine Ursache. Man hilft der Polizei schließlich gern. Ich bin nicht so wie viele …«

Bevor sie weiterreden konnte, waren wir schon verschwunden.

Im Treppenhaus fragte Suko: »Ob das eine Spur ist? Die Sache mit Paris, meine ich.«

»Kann schon sein. Nur frage ich mich, weshalb man Sabrina dann in London umgebracht hat. Wichtig ist für uns, dass wir die beiden anderen Mädchen finden.«

»Das werden wir.«

Der Himmel hatte sich bedeckt. Es war auch nicht mehr so warm. Ein kühler Wind wehte über London. Er war angenehm. Ich ging zum Wagen und sah, dass die Lampe des Telefons aufleuchtete.

Noch bevor Suko eingestiegen war, nahm ich ab und hörte, was man mir zu berichten hatte.

Als Suko neben mir Platz nahm, hatte ich das Gespräch schon beendet. Meinem Freund fiel auf, dass ich blass geworden war.

»Was ist geschehen?«, wollte er wissen.

»Man hat die zweite Tote gefunden!«

Der Inspektor erschrak. »Was sagst du da?«

»Ja, leider. Und wieder ohne Herz. Weißt du übrigens, wie die Tote heißt?«

»Nein, woher denn?«

»Angie Hunt.«

Suko überlegte einen Moment, kam auf den Trichter, holte das Bild hervor, drehte es um und las den Namen Angie flüsternd vor.

»Sie also auch.«

»Bliebe noch eine gewisse Karen.«

»Die wir so schnell wie möglich finden müssen«, erklärte mein Freund und hatte damit den Kern des Problems angesprochen.

Vor einem Jahr war sie noch arbeitslos gewesen, dann hatte sich Karen bei einer Kosmetikfirma beworben und das Glück gehabt, angenommen zu werden. Als Reisende war sie eingestellt worden. Ein Job, der ihr am Anfang gut gefallen hatte, später allerdings Mühe bereitete, denn die Erfolge blieben aus, weil die Leute nicht mehr viel Geld hatten. Da fiel es eben schwer, immer zu lächeln und freundlich zu sein. Am liebsten hätte Karen Lockhead so mancher Kundin den Präsentationskoffer ins Gesicht geschleudert, aber das konnte sie sich nicht erlauben, nicht nur wegen der harten Gesetze, die in der Branche galten.

Wer nicht spurte, saß sehr schnell auf der Straße.

Fünf Tage in der Woche war sie unterwegs, wobei sie am Freitag nicht mehr weit wegfuhr und meist schon mittags nach Hause kam, um sich für das Weekend vorzubereiten.

Das waren immer heiße Feten gewesen. Bis zu dem Tag, als sie Ralph kennen gelernt hatte. Seinem Charme widerstand sie nicht, und sie hatte sich tatsächlich in ihn verliebt.

Jetzt verbrachten sie die Wochenenden gemeinsam. Auch Ralph passte es nicht, dass sie über Land fuhr und die Waren anbot, aber was sollte sie machen? Er selbst verdiente als Taxifahrer nicht gerade üppig, und so blieb Karen bei ihrem Job.

Die Wohnung hatte sie von einer ehemaligen Freundin übernommen, die nach Australien ausgewandert war. Sogar die alten Möbel standen noch dort. Da Karen die meiste Zeit nicht zu Hause war, dachte sie auch nicht daran, die Einrichtung der Wohnung zu verändern.

An diesem Freitag war sie besonders früh zu Hause. Sie hatte nur zwei Termine in Chelsea gehabt, bei einem nichts verkauft, doch bei der anderen Kundin einiges verdient.

Da war sogar ein Essen zu zweit drin.

Dementsprechend gut war die Laune, als die dunkelhaarige Karen die Wohnung betrat, den Koffer so in die Ecke stellte, dass sie ihn nicht immer zu sehen brauchte, und aus ihrer Kostümjacke schlüpfte. Jetzt freute sie sich auf die Entspannung, und die begann bei ihr nach festen Regeln.

Zuvor einen trockenen Martini und dann ein Bad …

Den Martini trank sie mit sichtlichem Wohlbehagen, während sie dabei ins Bad ging, Salz in die Wanne streute und Wasser hineinlaufen ließ.

Sofort bildete sich der verführerisch riechende Schaum. Im Prospekt wurde dieses Badesalz mit dem Attribut erotisierend bezeichnet, davon hatte Karen allerdings noch nichts bemerkt, obwohl sie es ihren Kundinnen mit den entsprechenden Worten stets schmackhaft machte.

Nachdem sie das Glas geleert hatte, zog sie sich aus. Das geschah im Schlafzimmer. Sie legte ihre Sachen in den Wäschekorb, schaute aus dem Fenster und sah das Grün der Bäume. Sie gehörten zum Hyde Park. Eigentlich gefiel ihr die Wohnung gut. Andere mussten sich mit mieseren Zimmern begnügen.

Aus dem Schrank holte Karen den Hausmantel und streifte ihn über. Der Martini hatte ihr Appetit gemacht. Sie beschloss, noch einen Drink zu nehmen. Diesmal mixte sie sich einen. Martini und Whisky. Letzterer überwog.

Den Drink wollte sie nehmen, wenn sie in der Wanne saß. Auch eine Zeitung lag bereit. Es war ein Klatschmagazin, dessen Berichte sich mit dem ach so tollen Leben der Stars und Sternchen befassten. Zur Entspannung genau richtig.

Mit dem Drink und der Illustrierten bewaffnet, betrat sie das Bad. In der Wanne quoll der hellblaue Schaum hoch. Es wurde Zeit, dass sie den Hahn abstellte.

Mit dem Zeh prüfte sie die Temperatur, war zufrieden, ließ den Bademantel von den Schultern gleiten und stieg in die Wanne.

Sie genoss das prickelnde Gefühl des Badesalzes, streckte die Beine aus, nahm das Glas in die Hand und schloss die Augen. Zum ersten Mal, seit sie das Badesalz verkaufte, glaubte auch sie an eine erotische Wirkung.

Vielleicht lag es auch nur an der Vorfreude auf Ralphs Erscheinen, denn lange würde es nicht mehr dauern.

Sie trank und hörte zu, wie die Schaumbläschen mit knisternden Geräuschen zusammenfielen.

Nach der Hektik der Woche tat die Ruhe gut. Da Karen Lockhead nicht sehr groß war, konnte sie die Beine ausstrecken, ohne dass die Füße gegen ein Hindernis stießen. Sie spielte mit den Zehen, schob sie manchmal aus dem Wasser, stellte das Glas auf den Rand und blätterte in der Zeitschrift.

Natürlich wurde etwas über die Fernsehserie *Dallas* berichtet und auch über die Konkurrenzreihe *Dynastie*.

Beide Reihen überboten sich darin, wer die schönsten Frauen zu präsentieren hatte.

Als Schönheit bezeichnete sich Karen nicht. Ihr Gesicht war schmal, die Nase ein wenig knochig, aber sie war stolz auf ihre dunklen Augen, durch deren Blick sie schon so manches Männerherz in Aufruhr gebracht hatte.

Karen blätterte weiter. Sie fühlte sich wohl und dachte nicht im Traum daran, dass das Grauen bereits zu ihr unterwegs war. Mit einem Dietrich hatte der Mörder das einfache Schloss der Wohnungstür geöffnet und stand schon in der viereckigen Diele.

Dort hielt er sich für einen Moment auf. Die Spitze seines Killermessers zeigte nach unten. Er hatte den Kopf in den Nacken gelegt und konzentrierte sich.

Der Mörder wusste genau, dass sich ein Opfer in der Wohnung befand. Nur musste er noch herausfinden, in welchem Raum.

Es war still.

Sollte Karen die Wohnung schon wieder verlassen haben?

Das wollte er nicht glauben, denn dann hätte er es sehen müssen. Er hörte ein Geräusch, und ein Lächeln zuckte über seine Lippen.

Es war das Plätschern von Wasser.

Sie war im Bad!

Ideal für ihn …

Er bewegte seine freie linke Hand, öffnete und schloss sie, als wollte er einen Hals umspannen. In seinen Augen lag ein entschlossenes Funkeln. Noch eins brauchte er, dann hatte er die drei Herzen zusammen und würde sie …

Seine Gedanken stockten. Er durfte nicht mehr abschweifen, sondern musste sich voll und ganz auf seine neue Aufgabe konzentrieren. Nur keine Blöße zeigen. Zweimal hatte es ausgezeichnet geklappt, auch das dritte Opfer sollte ihm keinen Widerstand entgegensetzen. Dafür wollte er mit seinem Messer sorgen.

Im Wohnraum umging er lautlos die Möbelstücke. Er wollte nur nachschauen und sichergehen, dass sich keine andere Person in der Wohnung aufhielt.

Auf leisen Sohlen schlich er wieder zurück in die Diele und wandte sich nach rechts.

Dort lag das Bad.

Behutsam drückte er die Tür auf. Sie verursachte kein Geräusch, zudem bewegte sich Karen Lockhead in der Wanne, sodass das Plätschern des Wassers alle anderen Geräusche übertönte.

Der Mörder huschte über die Schwelle. Ein lautloser Schritt brachte ihn in das Zimmer.

Sein Mund stand offen. Flach atmete er. Der stiere Blick glitt durch den Raum.

Genauso hatte er es sich vorgestellt. Karen saß in der Wanne. Sie wandte ihm zudem den Rücken zu. Der Kopf und die Schultern schauten aus dem hellblauen Schaum. Auf dem Wannenrand stand ein halb leeres Glas. Eine Illustrierte lag daneben.

Schon fast eine Idylle …

Bald würde sie zerstört sein, denn der Killer ging noch weiter vor. Dabei geriet der Geruch des Badesalzes in seine Nase, die er kraus zog.

Karen merkte nichts. Sie hatte sich mittlerweile entspannt und begann damit, ihren Körper zu waschen. Ein Bein hatte sie aus dem Wasser gestreckt. Dabei schaute sie zu, wie der Schaum an ihren Waden entlanglief. Den Schwamm hielt sie schon in der Hand und genoss wenig später das Gefühl, als er weich über ihre Haut strich.

Es tat ungemein gut.

Der Killer kam näher.

Er brauchte nur noch den Arm auszustrecken, um nach seinem Opfer greifen zu können.

Karen war ahnungslos. Sie tauchte das Bein wieder unter, setzte sich dabei hin, und in diesem Augenblick griff der Mörder zu.

Plötzlich lag seine freie Hand auf ihrer linken Schulter.

Die Frau spürte den Druck, ein Schrei der Überraschung löste sich aus ihrer Kehle und erstickte einen Moment später, als der Mann mit dem Messer um ihren Hals fuhr und die Klinge gegen ihre Kehle drückte.

»Kein Wort!«, hauchte er.

Sie saß steif. Sie wusste nicht, was sie denken oder sagen sollte. Zu unwirklich war die Szene. Nie hätte sie mit so etwas gerechnet. Das passiert ja nur immer anderen, nicht mir, so hatte sie stets gedacht und erlebte nun eine grausame Enttäuschung.

Der Killer schob sich am Wannenrand entlang. Er geriet in Karens Blickfeld, die zur Seite schielte und ihre Augen aufriss. Ein Strahl der Erkenntnis zuckte durch ihren Kopf.

Sie wollte trotz der Klinge etwas sagen. Das schaffte sie nicht mehr, denn der Mörder war raffinierter, als sie angenommen hatte. Gedankenschnell tauchte er seine freie Hand in die Wanne, bekam einen Fuß zu fassen und riss das Bein in die Höhe.

Karen fiel und rutschte zurück.

Im nächsten Augenblick schlug das Badewasser über ihrem Kopf zusammen. Sie tauchte in den Schaum, bekam Wasser in den Mund, hatte schreckliche Furcht, dass der andere sie ertränken wollte, doch der ließ sie wieder hochkommen.

Das Wasser rann über ihr Gesicht, lief aus den Augen, und Karen sah wieder einigermaßen klar.

Vor allen Dingen das Messer.

Es gelang ihr nicht mal mehr, einen Schrei auszustoßen. Karen Lockhead wurde das dritte Opfer des unheimlichen Mörders, der kalt lächelnd sein schreckliches Werk vollendete.

Es dauerte nicht lange, da konnte er das Bad verlassen. Noch einmal schaute er sich um. Verräterische Spuren hatte er nicht hinterlassen. Ihm würde man kaum auf die Schliche kommen.

Sein Lachen war leise, als er sich der Wohnungstür näherte, die in diesem Augenblick von der Flurseite her aufgeschlossen wurde.

Der Mörder hörte das Geräusch und war blitzartig im toten Winkel verschwunden …

»Du kannst nach Hause gehen«, hatte der Chef zu Ralph Cern gesagt, und der war selten in seinem Leben so gesprungen. Am Freitag früher zu verschwinden, das hatte tatsächlich Seltenheitswert. Aber der Alte wollte über das Wochenende weg, seine Frau hatte er in Kur geschickt, und wie Ralph wusste oder zumindest ahnte, sollte da noch irgendwo eine kleine Freundin existieren, mit der sich der wesentlich ältere Mann die nächsten Tage verschönern würde.

Und Ralph wusste auch, dass seine Freundin Karen Lockhead an einem Freitag stets versuchte, früher Feierabend zu machen. Die beiden hatten sich zwar für einen bestimmten Zeitpunkt verabredet, den allerdings wollte der junge Mann nicht einhalten, sondern früher bei seiner Freundin erscheinen und sie überraschen. Deshalb dachte er auch nicht daran, sie vorher anzurufen. Er wollte in der Wohnung stehen und ihr Gesicht sehen. In einer schwachen Stunde hatte sie ihm mal einen Schlüssel übergeben. Bisher hatte er ihn noch nie benutzt, jetzt würde er ihn gebrauchen.

Er wechselte vom Taxi in seinen eigenen Wagen. Es war ein alter Sunbeam, der im Winter stets seine Schwierigkeiten hatte. Da wurde das Anlassen des Motors zum Problem.

Karen Lockhead wohnte in der Nähe des berühmten Odeon-Kinos, an der nordöstlichen Seite des Hyde Parks.

Eine Gegend, die Ralph gefiel. Irgendwann würde er aus seiner verstaubten Bude ausziehen und bei Karen leben. Die meisten seiner Kleidungsstücke hatte er ja bereits in ihren Schränken.

Ralph konnte nicht ahnen, was ihn erwartete, während er mit einem frohen Lächeln auf den Lippen in den etwas kühler gewordenen Sommernachmittag hineinfuhr, um seine geliebte Karen zu überraschen.

Er fand einen Parkplatz. Zwei Nachbarn grüßten ihn freundlich, und er betrat nichts ahnend das Mietshaus, um die Treppen zum zweiten Stock hochzulaufen.

Bald stand er vor der Wohnungstür, holte die Schlüssel hervor, ließ den passenden im Schloss verschwinden und dachte jetzt daran, dass er eigentlich hätte Blumen mitbringen können.

Er stieß die Tür auf – und sah das Messer!

Ralph Cern glaubte, einen Traum zu erleben. Seine sonnenbraune Haut wurde blass. Er stand auf dem Fleck wie eine Statue, hielt mit der rechten Hand noch den Türschlüssel fest und sah im Halbdunkel des Flurs das bleiche, verzerrte Gesicht.

Die Klinge raste nach unten.

Dass Ralph so reagierte, wie er es in diesen gefährlichen Augenblicken tat, damit hätte er selbst nicht gerechnet.

Es war wohl der reine Überlebensinstinkt, der ihn leitete, denn er wuchtete, ohne dabei den Schlüssel loszulassen, die Tür nach vorn. Da steckte die Klinge bereits im Holz!

Es entstand ein dumpfes Geräusch, aus dem man sogar das Singen der Klinge heraushörte.

Durch die Wucht der nach innen schnellenden Tür war der Killer aus dem Konzept gebracht worden, denn die Kraft trieb ihn schräg zurück, und er krachte mit dem Kreuz gegen die Wand, wo sich der Garderobenständer befand.

Der Mörder spürte einen scharfen Schmerz im Nacken. Sein Gesicht verzerrte sich, er wurde noch wütender und schüttelte den Kopf, während er gleichzeitig seine Klinge aus dem Holz zog. Es durfte keinen Zeugen geben, nicht in diesem Fall.

Ralph konnte nur ahnen, was möglicherweise in der Wohnung geschehen war. Er befürchtete das Schlimmste. Anstatt zu fliehen, tat er genau das Gegenteil, er stürmte vor und erreichte die Diele der Wohnung, wo der Mörder einen zweiten Angriff startete.

Wie ein Schatten kam er.

Bevor Ralph Cern seinen Job als Taxifahrer angenommen

hatte, war er zwei Monate lang bei einem Freund in einen Judokursus gegangen und hatte dort fleißig trainiert.

Diese Ausbildung, so hart sie auch gewesen war und sosehr er auf sie geschimpft hatte, kam ihm nun zugute.

Er wehrte die erste Attacke ab.

Durch ein gedankenschnelles Abducken konnte er der Klinge ausweichen und konterte. Seinen rechten Fuß riss er hoch, traf den anderen irgendwo an der Hüfte und schleuderte den Mann zurück. Dann riss er ein Bild von der Wand. Es zeigte ein Blumenstillleben. Karen hatte es geerbt. Er hob es hoch und schleuderte es dem anderen entgegen. Der Rahmen war ziemlich stabil, und als er ihn gegen die Brust des Killers hämmerte, wurde dieser aus dem Konzept gebracht.

Ralph setzte nach.

Der Mörder hatte noch immer damit zu tun, sich zu fangen, deshalb gelang es Ralph, einen Treffer zu landen. Wieder hatte er den Fuß genommen. Er sah, wie die Sohle flach vor die Brust des anderen prallte und dieser zurückgedrängt wurde.

Der Stich mit dem Messer verfehlte den Taxifahrer, weil er zu überhastet erfolgt war.

Ralph geriet in einen Rausch. Er hörte seine Freundin nicht schreien, er sah sie auch nicht und befürchtete das Allerschlimmste. Es war wie ein roter Vorhang, der sich vor seine Augen legte. Ein Durchbruch der Wut, des Schmerzes und des Hasses.

Ralph vergaß das Messer des anderen, und er rechnete auch nicht mit dessen eiskalter Cleverness.

Der Stahl war da. Wie eine huschende Schlange geriet er in Ralphs Nähe, und das Feuer, das der junge Mann spürte, hüllte ihn ein und war dennoch nicht zu sehen, weil es von innen kam, denn das Messer hatte ihn getroffen.

Ralph wankte zurück. Sein Gesicht wurde noch blasser. Er spürte die Nässe, sah sie nicht, aber er wusste, dass es Blut war.

Und zwar sein Blut …

Plötzlich verschwamm alles vor seinen Augen. Der Raum, in dem er sich befand, hatte plötzlich andere Proportionen.

Er wusste nicht, wo er sich hinwenden sollte. So fremd, so anders kam ihm die Umgebung vor, und er sah sie wie durch einen Schleier.

Mit jedem Schritt, den er nach hinten oder zur Seite wankte, rann die Kraft aus seinem Körper. Zudem verlor er Blut, und es war schwer für ihn, sich überhaupt auf den Beinen zu halten.

Ein Knall schreckte ihn noch einmal hoch. Zuerst hatte er geglaubt, einen Schuss zu hören. Das war ein Irrtum. Nur die Tür war ins Schloss gefallen.

Die Tür?

Das Überlegen fiel Ralph schwer, doch bald war er sich darüber im Klaren, dass er keine anderen Geräusche mehr vernahm als sein heftiges Atmen.

Da wusste er Bescheid.

Der andere hatte die Wohnung verlassen. Er war geflohen. Die Aufgabe hatte er schließlich erfüllt.

Es war Ralph nicht aufgefallen, dass er sich nicht mehr in der Diele oder im Flur befand. Ohne es zu merken, hatte er die Schwelle überschritten und war in einem anderen Zimmer gelandet.

Dort lehnte er sich gegen das Regal. Er kannte jedes Detail in der Wohnung und wusste, dass er sich im Wohnzimmer befand. Nur sah er die Möbel nicht mehr so klar wie sonst, die Umrisse verschwammen, für ihn ein Beweis seiner eigenen Schwäche.

Aber er brauchte Ruhe. Die Schmerzen waren zu stark. Sie stachen durch seine rechte Körperhälfte und erinnerten ihn an glühende Drähte, die man ihm statt der Adern eingesetzt hatte.

Irgendwo zwischen Brust und Hüfte war er von dem verdammten Messer getroffen worden. Er senkte den Kopf, und sein Blick glitt in diese Richtung. Da sah er den Fleck.

So rot, so groß wie eine Hand, und es rann auch dort hervor. Streifen von Blut, die den Stoff seiner Hose bereits nass und schwer gemacht hatten.

Schwer schlug sein Herz. Der Atem pfiff. Schweiß lag auf

seinem Gesicht. Zudem rann er salzig in seine Augen und brannte dort wie Säure. Er regte die Tränendüsen an, sodass es nass über sein Gesicht lief und sogar über das Kinn tropfte.

Schwäche breitete sich in seinem Innern aus. Es fiel ihm schwer, sich auf den Beinen zu halten, aber da war ein Gedanke, der wie ein Messerstoß in sein Gehirn drang.

Und dieser Gedanke hatte einen Namen.

Karen!

Der Killer war aus dieser Wohnung gekommen, und Karen hielt sich, soviel er wusste, zu Hause auf.

Lebte sie noch?

Diese Frage erschreckte ihn zutiefst. Schwindel erfasste ihn. Er verzog das Gesicht, holte schwer Luft und schüttelte verzweifelt den Kopf. Das durfte nicht wahr sein, was er sich da vorstellte. Karen war doch noch so jung, sie konnte einfach nicht tot sein, nein, das wollte er nicht glauben. Zudem hatte er ihre Leiche noch nicht gesehen.

Aber die Wohnung hatte mehrere Zimmer.

Es fiel ihm schwer, sich von der Stelle zu lösen, an der er stand. Noch schwerer fiel ihm das Laufen. Seine Beine wollten ihm nicht gehorchen, die Knie schienen einem anderen zu gehören, und bei jedem torkelnden Schritt sackte er ein, wobei er sich wunderte, dass er sich immer wieder fangen konnte.

Gegen den kleinen Tisch stieß er, drückte diesen zur Seite und fiel nach vorn.

Diesmal war kein Gegenstand da, der ihn stützte. Dennoch hatte Ralph Glück, denn er landete bäuchlings auf der Couch. Das Nachfedern spürte er an seiner Wunde. An der rechten Seite schien sich sein Körper in zwei Hälften zu spalten.

Das Gefühl, es nicht zu schaffen, wurde übermächtig, aber Ralph kämpfte dagegen an. Er dachte an seine Freundin, und dieser Gedanke trieb ihn wieder hoch.

Er bekam kaum mit, wie er sich wieder auf die Beine stemmte und sich umdrehte. Hier im Wohnraum befand sie sich nicht. Wahrscheinlich woanders, da kam noch das Bad in Frage.

Wie ein Betrunkener taumelte er vor. Seine Füße schleiften

über den Boden. Er stieß einen Stuhl um, raffte sich wieder auf und erreichte die Diele.

Mit der rechten Schulter fiel er gegen die Wand, glaubte abermals, innerlich zerreißen zu müssen, und stemmte sich dennoch ab.

Durch diesen Schwung getrieben, gelangte er bis an die Badezimmertür. Er streckte den rechten Arm aus, traf aber nicht das Holz, sondern den Rahmen.

Dort blieb er für einen Moment stehen, atmete tief durch, senkte den Kopf und sah die roten Flecken, die sich neben seinem rechten Fuß auf dem Boden ausbreiteten.

Sein Blut …

Es rann aus der Wunde, und selbst der Hosenstoff schaffte es nicht mehr, die Lebensflüssigkeit aufzuhalten. Der Anblick schockte ihn. Hitze flutete durch seinen Körper. Er hatte den Mund weit aufgerissen, den Kopf in den Nacken gelegt und versuchte mit der anderen Hand die Tür so weit aufzustoßen, wie es eben möglich war.

Sie schwang nach innen und berührte mit der Klinke die Wand. Das dabei entstehende Geräusch schreckte ihn auf, und er nahm den Geruch wahr, der das Zimmer schwängerte.

Genau so roch es, wenn jemand gebadet hatte.

Baden?

Er dachte daran, da war auch etwas in seiner Erinnerung, doch er wusste nicht genau, was.

Es dauerte eine Weile, bis sich Ralph daran erinnerte, dass vielleicht seine Freundin in der Wanne saß. Sehen konnte er sie nicht, denn vor seine Augen hatte sich ein Schleier gelegt.

Er atmete tief ein, und er warf seinen Körper vor, wobei er sich hütete, die rechte Seite zu stark zu belasten. So schaffte er die ersten Schritte über die Schwelle, hörte ein Knirschen und kam nicht darauf, dass er unter seiner Fußsohle Glas zermalmt hatte.

Mit der Fußspitze kickte er eine auf dem Boden liegende Illustrierte zur Seite, erreichte die Wanne, und genau in diesem Augenblick lichtete sich der Nebel.

Er sah klarer!

Und er sah sie.

Sie schwamm in der Wanne. Seltsam steif und leblos. Der Auftrieb des Wassers hatte sie nach oben gedrückt.

Aber weshalb war die Flüssigkeit so rot, weshalb sah sie aus wie ein gefärbter See?

Er konnte nicht anders, er musste einfach weitergehen, fiel nach vorn. Seine Hand verschwand im Wasser, berührte einen Körper. Dieser Kontakt wirkte wie eine Initialzündung.

Mit einem Mal wurde ihm die gesamte Tragweite dieses Verbrechens bewusst. Er wusste plötzlich, dass er Karen nie mehr in die Arme schließen konnte, dass alles vorbei war und hier in der Wanne, in Wasser und Blut schwimmend, ein lebloser Körper lag.

Karen war nicht mehr, sie würde nie mehr sein ...

Diese Gedanken durchströmten seinen Kopf, und er schluchzte auf wie ein kleines Kind. Wasser stürzte aus seinen Augen. Die Wanne, die Tote, das gesamte Badezimmer verschwamm in einem wahren Tränenstrom. Laute drangen über seine Lippen, die er nie zuvor im Leben vernommen hatte. Er kam sich vor wie ein Tier und wunderte sich darüber, dass er sich überhaupt noch auf den Beinen halten konnte.

Es war mehr ein Torkeln, ein Taumeln. Er merkte nicht mal, dass er rückwärts ging. In seinen Knien spürte er das berühmte Puddinggefühl, irgendwo stieß er mit dem Kopf gegen, nahm den Schmerz gar nicht wahr und erreichte den Wohnraum, ohne es überhaupt zu merken.

Da war das Telefon.

Daran erinnerte er sich noch.

Und auch an die Notrufnummer, die er mit zitternden Fingern tippte. Die Anschrift des Mädchens drang wie ein Hauch über seine Lippen, bevor ihm der Hörer aus der Hand fiel und er selbst bewusstlos neben dem Apparat zusammenbrach.

Suko und mir war das Lachen vergangen.

Wir saßen uns mit steinernen Gesichtern gegenüber und waren nicht in der Lage, auch nur ein Wort zu reden. Im Vorzimmer hämmerte Glenda auf ihrer Maschine. Das Geräusch drang wie ein fernes Rauschen an unsere Ohren.

Drei tote Mädchen!

Es war zum Verrücktwerden! Wir hatten Karen gefunden, tot, und im anderen Raum hatten wir das Blut gesehen, das der einzige Zeuge verloren hatte.

Große rote Flecken auf dem hellen Teppichboden, eine schaurige, makabre Spur, die uns eventuell zum Mörder führte, denn wir hatten in dem jungen Mann einen Zeugen.

Zunächst konnten wir ihn nicht verhören, denn er befand sich im Krankenhaus.

Er hatte unheimliches Glück gehabt, denn die Klinge war an einem Hüftknochen abgeglitten. Trotzdem war die Fleischwunde gefährlich groß.

Ich schloss für einen Moment die Augen und stützte das Kinn auf meinen Handteller.

»Was ist, John?«

Suko hatte die Frage gestellt, und ich schaute auf. »Ich weiß nicht, ob wir es diesmal packen werden. Da läuft ein Killer herum, der Mädchen ermordet, ihnen die Herzen rausreißt und …« Ich konnte einfach nicht mehr weitersprechen, denn meine Kehle saß zu.

Vampire, Werwölfe, Zombies, okay, an sie hatte ich mich mittlerweile gewöhnt. Sie waren auch schlimm, aber diesen unheimlichen Killer empfand ich als schrecklicher. Da lief jemand durch London, der mit einem Messer seine grausamen Taten verübte.

Weshalb?

In wessen Auftrag handelte er? Oder tat er es nur, weil er dem reinen Trieb folgte?

Ich fand darauf keine Antwort. Unsere einzige Hoffnung war der Verletzte, der im Krankenhaus lag und den wir besuchen mussten.

Aus dem Nebenraum vernahmen wir eine Männerstimme. Unser Chef, Sir James, war gekommen. Wenig später öffnete er die Tür und betrat unser Office. Ich stand auf und holte den Besucherstuhl.

Sir James ließ sich darauf nieder, senkte den Kopf und legte die Stirn in Falten. Dass ihn Sorgen quälten, war ihm anzusehen. Es gebot die Höflichkeit, erst ihn reden zu lassen.

»Wir werden es schwer haben«, begann er, »sogar sehr schwer. Da läuft ein Killer herum, tötet junge Frauen und entnimmt ihren Körpern die Herzen. Können Sie sich ein Motiv vorstellen?«

»Nein«, sagte ich.

»Aber es muss eines geben.«

»Vielleicht war es ein Irrtum anzunehmen, dass hinter den Taten der Teufel steckt«, meinte Suko.

»Möglich, aber würden Sie jetzt aussteigen, auch wenn sich der Fall als ein völlig normaler herausstellen sollte?«

»Nein«, erwiderten Suko und ich wie aus einem Munde.

»Sehen Sie.«

»Wir setzen unsere Hoffnungen auf den Zeugen«, erklärte ich Sir James. »Ich habe im Krankenhaus Bescheid gegeben. Man wird uns anrufen, wenn es so weit ist und wir ihn sprechen können.«

»Hoffentlich stand er nicht zu sehr unter Schock und hat seine Beobachtungen registriert«, meinte unser Chef. »In den Augenblicken der Gefahr reagiert ein ungeschultes Auge anders. Bei Ihnen beiden ist das nicht so. Sie wissen, worauf es ankommt.«

Ich hob nur die Schultern. Glenda streckte ihren Kopf durch die Tür und bot Kaffee an.

Sogar Suko wollte welchen, auch Sir James sagte nicht nein. Glenda hatte damit gerechnet und den Kaffee schon gekocht. Für mich war und blieb sein Geschmack unerreicht.

Wir tranken die ersten Schlucke langsam. Auch das Gespräch wollte nicht mehr in Gang kommen, denn jeder von uns wartete auf den entscheidenden Anruf.

Schließlich berichtete Sir James von dem Ärger, den er mit der Presse gehabt hatte. Die Reporter hatten Wind von den Taten bekommen und stilisierten den unbekannten Täter bereits zum zweiten Jack the Ripper hoch. Mir reichte einer, denn dessen Geist war in den Körper der ehemaligen Detektivin Jane Collins gefahren und hatte sie praktisch der Oberhexe Wikka in die Hände gespielt.

Wikka gab es nicht mehr, Jane aber existierte, und sie stand nicht gerade auf unserer Seite.

Ich hatte die Tasse noch nicht ganz geleert, als das Telefon klingelte. Rasch hob ich ab und hörte eine fremde Männerstimme. Es war ein Arzt aus dem Krankenhaus.

»Der Verletzte befindet sich außer Gefahr. Er ist so weit hergestellt, dass er reden kann.«

»Können wir sofort kommen?«

»Ja.«

»Danke sehr.« Ich legte auf und sagte Sir James Bescheid.

Suko hatte sich bereits aus seinem Stuhl gedrückt. Er griff zur Jacke und streifte sie über.

»Wollen Sie nicht mitkommen, Sir?«, erkundigte ich mich.

»Nein, fahren Sie allein. Ich habe noch einige andere Dinge zu erledigen. Vielleicht wird eine Pressekonferenz einberufen, die ich leiten muss. Sie beide halte ich natürlich aus dem Trubel heraus. Bisher hat es sich noch nicht so sehr herumgesprochen, dass Sie an dem Fall arbeiten.«

Ich grinste schief. »Hoffentlich bleibt es so.«

Das nächste Krankenhaus war das *St. Mary's Hospital* gewesen, schon im Stadtteil Paddington gelegen.

Für uns eine relativ weite Strecke zu fahren.

Auf die andere Seite der Themse brauchten wir nicht, nahmen die Park Lane an der östlichen Seite des Hyde Parks, passierten Marble Arch, gelangten auf die Edgware Road, bogen später in die Praed Street ein und hatten danach fast das Krankenhausgelände erreicht. Der Bahnhof Paddington befand sich in Rufweite. Wir fanden einen Parkplatz und hatten es verständlicherweise eilig, das Krankenhaus zu betreten. Wir nahmen den Haupteingang.

In der Eingangshalle herrschte ziemlich viel Trubel, die offizielle Besuchszeit näherte sich ihrem Ende.

So dauerte es eine Weile, bis es mir gelang, mir eine Schwester zu schnappen.

»Ach ja«, sagte sie, »man erwartet Sie bereits.«

»Wer?«

»Ich rufe den zuständigen Arzt an.« Die Stimme klang sehr gehetzt. Wahrscheinlich war die Dame überlastet.

Ein noch jüngerer Arzt kam und holte uns ab. »Ich bin Dr. Andretti«, sagte er.

»Haben Sie den Verletzten behandelt?«, fragte Suko, als wir uns ebenfalls vorgestellt hatten.

»Ja, das war ich.«

»Und?«

Er hob die Schultern und lehnte sich für einen Moment an die Wand neben dem Fahrstuhl. »Der Mann hat sehr viel Glück gehabt. Die Klinge ist abgerutscht. Er muss noch hier bleiben, aber die Fleischwunde wird wohl ohne Komplikationen verheilen.«

»Das hoffen wir auch«, sagte ich.

In den zweiten Stock mussten wir. Der lange Krankenhausgang nahm uns auf. Es roch so wie in jedem Hospital. Ich hätte mir am liebsten die Nase zugehalten.

Wir passierten den Aufenthaltsraum der Krankenschwestern und blieben vor einer Tür stehen, die in einer Nische lag. Der Arzt betrat als Erster das Zimmer.

Als der Verletzte uns eintreten sah, hob er den Kopf. Sein Blick war fragend auf uns gerichtet. Sehr blass sah er aus. Die Anstrengungen hatten ihn gezeichnet.

»Zu seiner Verletzung kam natürlich der psychische Schock«, erklärte der Doc. »Deshalb haben wir ihn zunächst einmal auf ein Einzelzimmer gelegt. Zudem hat er Beruhigungsmittel bekommen.«

Ich nickte.

Dr. Andretti stellte uns vor.

Ralph Cern nickte nur, bevor über seine Lippen ein flüchtiges Lächeln huschte. »Jetzt hoffen Sie natürlich, dass ich Ihnen den Mörder präsentieren kann, wie?«

»Nein, so vermessen sind wir nicht, Mr Cern. Vielleicht können Sie uns einen kleinen Hinweis geben.«

»Das ist schwer.«

»Versuchen wir es«, sagte ich und nahm am Fußende auf

der Bettkante Platz. »Wenn es Ihnen möglich ist, berichten Sie bitte von Beginn an. Wie es gewesen war, als Sie die Wohnung betraten.«

Er hob die Schultern und setzte sich gerade hin. Sein Blick war auf eine Tür gerichtet, dennoch hatte ich das Gefühl, dass er sie gar nicht sah, sondern ins Leere schaute.

Wir hörten von ihm eine schlimme Geschichte. Suko und ich konnten uns gut vorstellen, welch einen Schock der junge Mann erlitten hatte, als er die Wohnung betrat.

Wir fragten ihn nach dem Killer.

»Können Sie uns wirklich keine Beschreibung geben?«, wollte Suko wissen.

»Nur schlecht.«

Mein Partner beugte sich vor. »Versuchen Sie es trotzdem.«

Dr. Andretti griff nicht ein. Er stand nahe der Tür und beobachtete uns.

»Was soll ich Ihnen da sagen? Der Kerl war so groß wie ich, dazu dunkelhaarig …«

»Und sein Gesicht?«

»Verzerrt. Vom Hass entstellt, hatte ich das Gefühl. Einzelheiten weiß ich wirklich nicht.«

»Sie haben ihn noch nie zuvor gesehen?«

»Das ist richtig, Inspektor.«

»Dennoch muss er in einer Beziehung zu Ihrer Freundin gestanden haben«, spann ich den Faden weiter.

»Wieso?«

»Niemand tötet ohne Motiv.«

Er senkte den Blick. »Ja, das stimmt. Nur kann ich mir nicht vorstellen, was dieser Mann mit Karen zu tun gehabt hat. Wirklich nicht.«

»Vielleicht war er einer ihrer früheren Freunde«, vermutete ich. »Eifersucht ist ein Motiv.«

»Stimmt. Nur gab es so einen Freund nicht, dem man diese Dinge hätte zutrauen können.«

»Dabei ist Karen nicht die Erste gewesen«, sagte Suko.

Erstaunt schaute Ralph Cern den Chinesen an. »Wie meinen Sie das denn, Inspektor?«

»Es gab noch zwei weitere Morde.«

»Von demselben Täter verübt?«

Diesmal gab ich die Antwort. »Ja, Mr Cern. Ich nenne Ihnen jetzt die Namen der Toten. Sabrina Page und Angie Hunt. Können Sie damit etwas anfangen?«

Er sagte nichts, sondern wurde noch blasser. Seine Hände, die er vor sich auf der Bettdecke liegen hatte, bewegten sich. Die Finger glichen plötzlich Würmern, die über die Bettdecke krochen, bis sie sich so hart ineinander verkrampften, dass die Knöchel auf den Handrücken scharf und spitz hervorstanden.

»Ich kenne die beiden«, hauchte unser Zeuge.

»Persönlich?«

»Ja, wir haben uns einmal getroffen. Karen brachte mich mit. Ich war der einzige Mann. Es war kurz nach ihrer Rückkehr aus Paris. Sie wollten Erinnerungen auffrischen.«

»Und?«

»Sie erzählten viel, denn nach ihren Worten zu urteilen, mussten sie halb Paris auf den Kopf gestellt haben.«

»Kennen Sie Einzelheiten?«, fragte ich.

»Meinen Sie, das hätte etwas mit dem Verbrechen zu tun?«

»Wir müssen jeder Spur nachgehen«, erklärte ich.

»Wenn Sie das sagen, dann glaube ich es Ihnen. Auf jeden Fall haben sie in Paris viel erlebt. Das war ein richtiger Spaß. Sie gingen ja nicht nur in den Louvre oder ins Centre Pompidou, sie eroberten Paris auf ihre Art und Weise.«

»Was heißt das?«

»Sie gingen dorthin, wo sich kein Tourist hinwagt.«

»Allein?«

»Nein, sie hatten einen Begleiter. Ich kannte ihn nur unter dem Namen Pierre.«

»Ist der mitgefahren?«

»Der lebt in Paris. Ich weiß auch nicht, wie er sich an die drei herangemacht hat. Jedenfalls hat er sich als ihr Führer zur Verfügung gestellt. Nicht nur in der Ober-, sondern auch in der Unterwelt.«

Suko und ich schauten uns an. »Wie sollen wir denn das verstehen?«, fragte mein Partner.

»Kennen Sie nicht die Pariser Unterwelt?«

Wir schüttelten die Köpfe.

»Es gibt Leute, die sich einen Sport daraus machen, in den Kanälen umherzustreifen. Auch feiern sie wilde Feste dort. Vor allen Dingen die Studenten.«

»Welche Feste?«

Ralph Cern schaute mich an. »Sie wollen aber alles sehr genau wissen, Sir.«

»Ich bin eben Polizist.«

»Also, das waren Feten! Man kam zusammen, brachte Alkohol mit, feierte und genoss die schaurige Umgebung. Es soll auch Leute gegeben haben, die sich mit Teufelsbeschwörung befassten.«

Jetzt wurden wir noch hellhöriger. »Dieser Pierre auch?«

»Das kann ich Ihnen nicht sagen, wirklich nicht. Also, mein Fall war der Knabe nicht.«

»Ist denn Karen nie näher auf ihn eingegangen?«

»Kaum, denn Pierre war ihr im Prinzip gleichgültig. Obwohl sie ihn als seltsam einstufte.«

»Wieso?«

»Er ist Student.«

»Was studiert er denn?«

»Alles Mögliche, glaube ich. Auch Biologie, wie ich hörte. Ich habe dann nicht näher gefragt.«

»Sie wissen nicht zufällig, wo dieser Pierre gewohnt hat?«

»Nein, das heißt ja. Er muss irgendwie Geld gehabt haben, denn er besaß ein Haus.«

»Neu?«

»Ziemlich alt. Darin ist auch noch ein Laden untergebracht. So ein Kramgeschäft.«

»Die Adresse wissen Sie nicht?«

»In der Szene. Montmartre oder Montparnasse. Ich weiß es wirklich nicht genau. Aber was wollen Sie überhaupt von ihm? Pierre ist in Frankreich, der Killer hat hier in London zugeschlagen.«

»Wir müssen uns über alles erkundigen«, erklärte ich.

»Das verstehe ich.«

Dr. Andretti meldete sich. »Ich glaube, es wird Zeit, denn Mr Cern braucht Ruhe.«

»Eine Sache habe ich da noch«, sagte Suko und griff in seine Tasche. Er holte das Bild hervor. »Sicherheitshalber nur möchte ich, dass Sie sich das Foto einmal anschauen, Mr Cern. Sind das die drei Mädchen, die in Paris waren?«

Ralph Cern nahm das Bild entgegen, schaute es sich an, und wir sahen, wie seine Mundwinkel zuckten. Diese Aufnahme hatte die Erinnerung in ihm wieder frisch werden lassen. Er nickte zweimal, bevor er flüsterte: »Ja, das sind sie.«

»Fällt Ihnen sonst noch etwas auf?«, fragte Suko.

»Meinen Sie diesen Mann?«

»Zum Beispiel.«

Ralph schaute genauer hin. Ich beobachtete ihn dabei und erkannte, dass so etwas wie eine Erinnerung in ihm aufkeimte. Er krauste die Stirn, schaute genau nach, holte mehrmals tief Luft, und sein Adamsapfel bewegte sich stets mit, als würde er einen dicken Kloß hinunterschlucken.

»Nun?«

»Mein Gott«, flüsterte er. »Das ist er!«

»Wer?«, fragten Suko und ich wie aus einem Mund.

»Das ist Pierre.«

»Er wollte nicht aufs Foto«, meinte der Chinese.

»Nein, das nicht. Der hatte noch einen Grund.« Plötzlich fing er an zu weinen. Das Bild fiel ihm aus der Hand, blieb auf der Decke liegen. »Das ist ...«, hauchte er, »... das ist der Mörder ...«

Wir saßen reglos!

Ich konnte nicht gerade behaupten, dass ich mit dieser Wendung gerechnet hatte, aber so völlig überrascht war ich auch nicht. Der Mörder hieß Pierre.

Er kam aus Paris, war Franzose, hatte in London die drei Mädchen gekillt, mit denen er zusammen gewesen war, um ihnen die Herzen zu nehmen. Weshalb hatte er dies getan? Wer steckte hinter ihm? Welche Kraft hatte ihn zu diesen scheußlichen Taten getrieben?

Ich wusste es nicht, auch Suko war ratlos. Er und ich saßen da und wagten kaum zu atmen.

Ralph Cern war zurückgesunken. Langsam fiel sein Kopf zur Seite und wurde von dem Kissen aufgehalten, in das er eine kleine Beule drückte. »Er ist es, verdammt, er ist es …«

»Bitte, meine Herren, gehen Sie jetzt.« Die Stimme des Arztes unterbrach unsere Gedanken.

Ich stand auf. Es hatte keinen Sinn, sich von Ralph Cern zu verabschieden, er hätte uns kaum gehört, und so schlichen wir praktisch aus dem Zimmer. Auch der Arzt verschwand. Er wollte einer Krankenschwester Bescheid geben, damit sie sich um den jungen Mann kümmerte.

Suko hatte das Foto mitgenommen. Er hielt es zwischen den Fingern, starrte es an, und ich hatte das Gefühl, als würde er es überhaupt nicht sehen.

Wir waren einen gewaltigen Schritt weitergekommen, wussten jetzt, wer der Mörder war, aber wir konnten nichts tun, da wir keine Beweise hatten und ihn auch nicht schnappen konnten, weil wir ihn nicht kannten. Die Aufnahme war einfach zu schlecht, zu verschwommen oder verwaschen. Zudem glaubten wir beide nicht, dass sich dieser Pierre noch in London aufhielt. Wahrscheinlich befand er sich längst auf dem Weg nach Paris, in seinem Gepäck die schaurigen Dinge.

»Was sagst du dazu, John?«

Ich hob die Schultern. »Meiner Meinung nach sollten wir mal wieder nach Paris fahren.«

Suko zog die Stirn kraus. »Es bleibt uns wohl nichts anderes übrig.«

Ich gab meinem Partner recht. »Wichtig ist nur, dass wir diesen Pierre finden.«

»Mit oder ohne offizielle Begleitung. Dieser Paul Meurisse wird nicht gerade begeistert sein.«

Da sagte er etwas. Meurisse konnte man als einen Geheimagenten bezeichnen. Wir hatten ihn bei einem anderen Fall kennen gelernt.

»Er könnte uns zumindest dabei behilflich sein, diesen Pierre aufzustöbern«, sagte ich.

»Falls wir es nicht schon vorher schaffen.«

»Natürlich.«

Wenig später saßen wir wieder in unserem Büro zusammen und dachten beide laut nach. Wir einigten uns darauf, noch einmal die Wohnungen der drei toten Mädchen zu durchsuchen. Möglicherweise fanden wir auch bei Karen und Sabrina eine Spur, die heiß genug war, um uns auf Pierres Spur zu bringen.

Eine Reise musste abgesprochen werden. Als wir Sir James die Fakten auf den Tisch legten, hatte er nichts dagegen.

»Fahren Sie«, sagte er mit leiser, aber entschlossener Stimme. »Und holen Sie diesen verdammten Killer …«

Wir wollten es versuchen …

Der Raum war finster. Es roch nach Kerzenwachs, Feuchtigkeit, nach Verbranntem und fauligem Wasser. Über eine alte Steintreppe konnte man ihn erreichen. Sie gehörte zu den beiden Verbindungen, über die man den Raum verlassen und die Oberwelt wieder besteigen konnte.

Der Mann, der in diesem Verlies einen Arbeitsplatz eingerichtet hatte, wollte nicht mehr an die Oberwelt. Ihm gefiel es in der Tiefe, da war er allein, da wurde er nicht gestört, da konnte er schalten und walten, wie er wollte.

Der Mann war gefährlich.

Man konnte ihn als Killer, als Mörder bezeichnen oder als ein menschliches Scheusal.

Der Mann war Pierre!

Wie Frankenstein kam er sich nicht gerade vor, obwohl er ein wenig von ihm mitbekommen hatte, denn er dachte stets an die Experimente, die er durchführte. Wenn er genauer darüber nachdachte, hatten sie ebenfalls einen Frankenstein-Touch, aber er harmonierte mehr mit dem Herrn der Hölle, und er wusste nicht, ob dieser Frankenstein das auch getan hatte. Darüber dachte er nicht nach, da er seine eigenen Probleme hatte und sich darum kümmern musste, denn er stand bereits dicht vor dem Abschluss.

Das Wichtigste war von ihm beschafft worden.

Die drei Herzen!

Er lachte leise, als er daran dachte. Wenn diese Mädchen damals geahnt hätten, aus welch einem Grund er sich an sie herangemacht hatte, sie hätten ihn wohl fluchtartig verlassen, so aber war er nach London gekommen und hatte sie überraschen können.

An diese tödliche Überraschung würde er noch lange denken. Sie war perfekt gewesen. Noch jetzt sah er die erschreckten Gesichter, als sie merkten, welch ein Grund ihn jeweils in die entsprechende Wohnung geführt hatte.

Wie ein Geist schlich er die alte Steintreppe hinunter. Es war reiner Zufall gewesen, dass er dieses Verlies entdeckt hatte. Zudem lag es günstig, direkt unter einem Friedhof.

Und so etwas war genau richtig …

Paris würde sich wundern.

Seine Schritte waren kaum zu hören. Wieder dachte er an die Vorbereitungen und die Zeit, die es ihn gekostet hatte, all das einzurichten, wie es jetzt war.

Vor allen Dingen die Kraftquellen. Mit schwarzer Magie allein war es nicht getan, er hatte noch andere Dinge besorgen müssen, nun konnte er auf den Erfolg seines Experiments hoffen.

Am Fuße der Steintreppe blieb er stehen. Sie war lang gezogen und hatte nicht mal ein Geländer. Dafür hatte er vor Beginn des Experiments Leitungen gelegt, sodass er in dem verliesartigen Gewölbe elektrisches Licht hatte, denn darauf konnte er nicht verzichten.

Seine Hand strich über die feuchte Wand, erreichte den isolierten Schalter und betätigte ihn.

Es wurde heller.

Ein mattes Leuchten, das von schmalen Röhren stammte, die unter der Decke entlangliefen. Sie waren nicht dicker als Finger, man konnte ihr Licht auch nicht als strahlend bezeichnen, doch es reichte aus, um den Raum zu erhellen.

Viel gab es nicht zu sehen. Ein alter Schreibtisch, ein paar Geräte, Kabel und ein Gegenstand, der wie ein kleiner Schrank wirkte und abgedeckt war.

Auf ihn ging Pierre zu.

Das schwarze Tuch hing fast bis zum Boden. Nichts war von dem zu sehen, was es verdeckte, aber dieser Gegenstand war das eigentliche Herz dieser kleinen Anlage.

Wenn sie nicht arbeitete, waren Pierres gesamte Mühen umsonst.

Er schlich auf den Gegenstand zu. Das fahle Licht der Röhren traf seine Haut. Es ließ sie bleich erscheinen, seltsam käsig, als würde sie einem Toten gehören, nicht einem Lebenden.

Pierre hatte bewusst das schwarze Tuch über den Kasten gehängt. In seinem Innern tat sich etwas, und nichts sollte den Vorgang stören, der dort ablief.

Vor dem Kasten blieb er stehen. Als er die Arme hob, zitterten die Hände. Nie hatte er sich in einer so starken Nervenbelastung befunden wie in diesen Augenblicken. Auch nicht bei den Morden, die auf sein Konto gingen.

Er wollte es wissen. Seine Finger griffen zu.

Der Stoff war samtig. Er fühlte sich an wie ein dünnes Fell. Mit einem Ruck befreite er den Gegenstand.

Langsam flatterte der Stoff zu Boden. Darunter hatte sich das befunden, auf das der Mann all seine Hoffnungen gesetzt hatte.

Die Vitrine!

Sie bestand aus einem großen viereckigen Kasten, der auf vier Beinen stand und von allen Seiten verglast war. Wenn dieser Kasten nicht gewesen wäre, hätte alles keinen Sinn gehabt. So aber konnte Pierre sich auf ihn verlassen. Und auf dessen Inhalt.

Pierre hörte sich selbst laut atmen, als er leicht in den Knien einsackte und seinen Blick auf die Scheibe heftete. Obwohl das Licht brannte und die Seitenscheiben der Vitrine aus Glas bestanden, fiel kein Licht in sie hinein. Vor den Scheiben war Schluss. Es schien so, als würde das Glas das Licht absorbieren, damit niemand in die Vitrine hineinschauen konnte.

Selbst Pierre nicht, der die Vitrine nach den Anweisungen des Teufels gebaut hatte.

Der junge Mann ging in die Knie. Auf seinem Gesicht zeichnete sich die Spannung ab, die ihn gepackt hielt. Sein Blick war starr und scharf, er schaute auf das Glas und bewegte den Mund, ohne dass ihm Worte über die Lippen flossen.

Er hatte die Arme ausgebreitet. Die Hände umklammerten dabei zwei der vier Stützbeine. Das Gesicht befand sich so dicht an der Vitrine, dass die Lippen schon fast das Glas berührten.

Er redete weiter.

Es waren Worte, die er wohl nur selbst verstand und auch nur er hören konnte. Hätte jemand seine Lippenbewegungen lesen können, hätte er sicherlich des Öfteren den Begriff Teufel verstanden.

Pierre flehte zum Teufel. Wenn der Satan ihm nicht half, war alles umsonst. Dann hatte er die Mädchen für nichts und wieder nichts getötet. Gab der Teufel jedoch seine Zustimmung, wie er versprochen hatte, sah die Sache anders aus.

Und der Satan ließ ihn nicht im Stich. Zusammen mit den schwarzmagischen Kräften der Hölle hatte er das Experiment gewagt. Jetzt musste es einfach einen Erfolg zeigen.

Drei Herzen.

Sie reichten, obwohl es vier sein sollten, aber von dem vierten hatte der Satan eine bestimmte Vorstellung.

Das nächste Geschehen lief so plötzlich vor seinen Augen ab, dass er zurückzuckte, denn innerhalb der Vitrine begann es zu sprühen.

Es waren Blitze, die von allen Seiten aufzuckten und die wattige Schwärze zerrissen. Dies geschah immer für den Bruchteil einer Sekunde, dennoch reichte dem Betrachter die Zeitspanne, um in das Innere der Vitrine hineinschauen zu können.

Was er im Aufzucken der Lichtsperre erkannte, ließ ihn innerlich jubeln.

Er sah die drei Herzen.

Und er sah ihre Veränderung!

Normal hatte er sie hergebracht, doch im Licht der Blitze schimmerten sie weiß.

Wie Eis …

»O verdammt«, flüsterte er, »o verdammt, es hat geklappt!« Er ging noch tiefer, presste seine Handflächen gegen das Glas und auch sein Gesicht, das durch den Druck flach und verzerrt wurde, sodass es wie eine schwammige Masse wirkte.

Wo die Lippen das Glas berührten, bildete sich ein feuchter Film, doch darum kümmerte sich Pierre nicht. Er schaute weiter in die Vitrine hinein und sah, dass die Blitze ein regelrechtes Muster bildeten. Es umgab die Herzen wie ein Spinnennetz, und dieses Muster blieb plötzlich stehen. Die dünnen Lichtfäden konnten das Innere der Vitrine erhellen. Für den Betrachter war alles klar zu erkennen. In seinem Innern durchtosten ihn die Gefühle. Er wusste jetzt, dass seine Mühe und seine Arbeit nicht umsonst gewesen waren, endlich hatte er es geschafft. Von nun an konnte es nur noch aufwärts gehen.

Der Teufel, sein Mentor, hatte ihn nicht im Stich gelassen.

Pierre schwitzte. Er drückte den Kopf zurück und wischte sich den Schweiß von der Stirn. Noch musste er abwarten, denn der Satan hatte ihm versprochen, sich ihm zu zeigen, wenn der erste Teil des Planes geklappt hatte.

Wo steckte er?

Bisher hatte Pierre großes Vertrauen in den Teufel gesetzt. Er hoffte, dass dieses Vertrauen auch weiterhin nicht enttäuscht wurde. Ohne dass er es wollte, bewegte er die Lippen, flüsterte den Namen des Teufels und hoffte, ihn zu sehen.

»Ja, zeig dich«, hauchte er. »Sag mir, dass ich alles richtig gemacht habe und deinen Wünschen nachgekommen bin. Ich habe die Herzen geholt, du hast es so gewollt, du ...«

Und der Satan zeigte sich.

Zwischen den Herzen und dem Gespinst aus Lichtstrahlen bewegte sich etwas.

Dort schienen Luftmoleküle in Bewegung geraten zu sein, denn das Flimmern stammte von keiner elektrischen Lichtquelle. Es war innerhalb der Vitrine geboren und zirkulierte zwischen den drei in der Luft schwebenden Eisherzen.

Ein Gesicht erschien.

Zunächst war es nur in Umrissen zu erkennen. Es bildete eine dreieckige Form, war oben sehr breit und lief am Kinn spitz zu. Augen, Nase und Mund kristallisierten sich ebenfalls hervor. Alles sah menschlich aus, obwohl es so nicht war. Man konnte es als Versuch bezeichnen, Ähnlichkeit mit einem Menschen anzunehmen, denn zwischen dem Herrn der Hölle und dem Homo sapiens gab es immer einen großen Unterschied.

Rötlich leuchtete das Gesicht. Eine breite Stirn hatte es, aus der zwei gekrümmte Hörner wuchsen.

Für den Betrachter war es der Beweis.

Vor ihm stand der Teufel!

Pierre holte tief Luft. In seinem Innern verkrampfte sich für einen Moment alles. Seine Augen begannen zu leuchten, denn für ihn wurde ein Traum Wirklichkeit.

Er hatte mit dem Satan Kontakt aufgenommen, und der Teufel zeigte sich ihm nun.

Pierre blieb in seiner knienden Haltung. Er atmete nur spärlich. Die Eisherzen schwebten vor ihm, die Lichtblitze wirkten wie eingefroren, und dahinter schimmerte das Gesicht des Unheimlichen.

Es machte einen fürchterlichen Eindruck. Vielleicht noch nicht einmal so sehr vom Äußeren, daran konnte man sich gewöhnen, aber Pierre spürte genau das Böse, das von diesem schrecklichen Gesicht ausging. Da gab es keine Barrieren, keine Grenzen, die das Grauen abhielten, das Böse war einfach vorhanden und würde immer bleiben.

Der junge Mann bewegte die Lippen, ohne etwas zu sagen. Dennoch verstand ihn der Teufel, denn er gab Antwort. Die flüsternde Stimme erreichte Pierres Ohren. Sie hörte sich an, als hätte sie Raum und Zeit überwunden und würde aus einer weiten Ferne stammen.

»Ich gratuliere dir zu deinem Erfolg«, flüsterte die Stimme. »Es ist gut gewesen, dass du auf mich gehört hast.«

Pierre nickte. »Ich wollte deine Gunst, Satan!«

»Die hast du nun!«

»Darf ich die Herzen behalten?«

Der Teufel lachte. »Ja, wenn du sie in meinem Sinne einsetzt.«

Pierres Augen leuchteten auf. »Natürlich werde ich sie so einsetzen, wie du es wünschst. Hast du je daran gezweifelt?«

Asmodis lachte. »Ich zweifle immer an den Menschen, das müsstest du doch allmählich wissen.«

»Aber nicht bei mir!« Pierre schlug sich gegen die Brust und schüttelte den Kopf. »Nein, nicht bei mir. Ich bitte dich …«

»Bis jetzt hatte ich auch keinen Grund. Du hast gut gearbeitet, man hat dich nicht gesehen, obwohl man dir bereits auf der Spur ist, das muss ich dir noch sagen.«

»Sie können mich nicht finden.«

»Darüber denke ich anders, aber lassen wir das, mein Lieber. Denk lieber an die Zukunft.«

»Und wie sieht die aus?«

»Du kannst die Herzen nehmen und das versuchen, was du immer wolltest. Aber die drei Herzen genügen mir nicht, ich brauche noch ein viertes, ein ganz bestimmtes.«

Pierre nickte. »Das hast du mir gesagt, Asmodis. Aber das war keine Bedingung …«

»Wir haben darüber nicht weiter gesprochen, weil ich dir meine Pläne noch nicht verraten habe. Diese drei Herzen sind für mich nur ein Anfang. Man kann es auch als schmückendes Beiwerk bezeichnen. Ich will etwas anderes.«

»Ein viertes Herz?«

»Genau!«

Der junge Mann schüttelte den Kopf. Er hatte drei Morde begangen und rechnete damit, dass sich der Teufel zufrieden geben würde. Aus diesem Grunde traf ihn die Forderung doppelt stark, und er wusste nicht, was er sagen sollte.

Der Satan schickte ihm ein leises Lachen entgegen. »Hast du dich durch diese Taten übernommen? Schaffst du es nicht mehr, mir ein weiteres Herz zu holen?«

»Ich wüsste nicht, aus welch einem Grund …«

»Den Grund kenne ich, und das sollte dir genügen. Diese drei Herzen, die du vor dir siehst, habe ich vereist. Es sind Eisherzen. Sie befinden sich in dieser mit schwarzer Magie gefüllten Vitrine und werden, so kann man sagen, immer wieder magisch aufgeladen, sodass sie reagieren können, wie du es willst. Nun brauche ich aber ein viertes Herz, und das wirst du mir besorgen.«

»Wer ist die Person?« Die Stimme des Killers klang brüchig.

»Wieder eine Frau!«

Pierre hob den Blick. Für einen winzigen Moment glitt ein Lächeln über seine Lippen. Das war schon gut, denn mit Frauen kam er wesentlich besser zurecht. Die ließen sich überraschen, und sie konnten sich auch nicht so wehren.

»Zufrieden?«

»Ja, schon ...«

»Gut, dann will ich dir den Namen nennen. Diese Frau hat einmal auf meiner Seite gestanden, doch sie ist zu einer Verräterin geworden. Und eines sage ich dir, Verräter bestrafe ich nach den Gesetzen der Hölle. Dass diese in den Augen der Menschen grausam sind, kannst du dir denken. Hör genau zu, wenn ich dir jetzt den Namen des Opfers mitteile. Die Frau heißt Jane Collins! Hast du verstanden? Jane Collins!«

Pierre nickte. Dennoch hatte er Einwände. »Ich habe den Namen nie gehört, weißt du?«

»Das ist nicht schlimm. Ich werde mich schon melden und dir sagen, wo du sie finden kannst. Ich werde sie nach Paris locken, du brauchst nicht zu fahren, aber ich will ihr Herz!« Die letzten Worte waren hart ausgestoßen worden, und sie ließen keinen Zweifel daran, wie ernst es dem Satan damit war.

Pierre wusste, dass der andere ihn in der Hand hatte. Er konnte nichts mehr sagen, nur noch nicken.

Der Teufel war zufrieden. »Ich sehe, dass du einverstanden bist. Willst du mich weiter an deiner Seite haben? Willst du, dass ich mich nicht gegen dich stelle, dann gehorche.«

»Ja, das werde ich!«

»Dann ist es gut.« Asmodis begann zu lachen, bevor sich sein Gesicht auflöste wie ein Nebelstreif, der von der Sonne verdampft wurde.

Pierre war wieder allein.

Nein, nicht ganz, denn vor ihm in der Vitrine befanden sich die drei Herzen aus Eis ...

In den nächsten Sekunden geschah nichts. Der Student Pierre stand auf dem Fleck, als wäre er selbst zu Eis geworden. Sein Blick war starr auf die Vitrine gerichtet. Er sah die drei Herzen und auch die erstarrten Blitze dazwischen. Mit ihren Spitzen berührten sie die Herzen, sodass es den Anschein hatte, als würden die gefrorenen Gegenstände von ihnen festgehalten.

Der Teufel hatte seinem Diener gesagt, dass er mit den Herzen seine Experimente machen konnte. Dies wollte Pierre sofort in Angriff nehmen. Bisher hatte ihn der Satan beschützt und ihn auch nicht angelogen. Er hoffte, dass alles so blieb.

Noch traute er sich nicht, die Herzen aus der Vitrine zu nehmen. Er schlich um sie herum, ohne dass ein Laut zu hören war. Das hier war ein Zentrum der Magie. Die Herzen schlugen nicht, sie waren erstarrt. Kristalle aus Eis hatten sich über sie gelegt und waren auch in das Innere gedrungen. Da floss kein Blut mehr, da wurde nichts gepumpt, die Herzen lagen steif in der Schwärze.

Pierre hatte sie bisher noch nicht in der Hand gehabt. Er war gespannt darauf, wie sie sich anfühlten, wenn sie erst einmal zwischen seinen Fingern lagen.

Noch immer traute er sich nicht so recht. Er schlich weiterhin um die Vitrine herum. Seine Augen waren leicht verengt, denn die drei Beutestücke rührten sich noch immer nicht. Sie schienen ihn nur anzustarren und darauf zu warten, von ihm aus dem Gefängnis geholt zu werden.

Herzen aus Eis!

Wo gab es das?

Und diese Herzen waren nicht tot, sie lebten durch die Kraft des Teufels. Das wusste er genau.

Lebende Eisherzen. Ein wirkliches Phänomen. Vielleicht ein Traum. Für ihn bestimmt, denn schon immer hatten ihn Experimente interessiert, die sich um das Leben drehten.

Er atmete tief durch. Der Teufel hatte ihm freie Bahn gegeben, weshalb sollte er sie nicht nutzen?

Langsam streckte er seine Arme aus. Die Finger hielt er gespreizt, und es gelang ihm plötzlich, durch das Glas der Vitrine zu greifen, ohne es zuvor öffnen zu müssen.

Sein Gesicht schien ebenfalls vereist zu sein. Auf den wie erstarrt wirkenden Zügen stand die Spannung fest eingemeißelt. Er hatte in den letzten Sekunden Falten bekommen, wo vorher keine gewesen waren. Grau und alt wirkte er in diesen Augenblicken dicht vor der endgültigen Entscheidung.

Und dann griff er zu.

Eigentlich hätte er die Kälte spüren müssen, doch dies war nicht der Fall. Obwohl die Herzen mit einer dicken Schicht aus Eis umgeben waren, fühlten sie sich nur kühl an. Beide Hände schlang er um das erste Herz. Er wusste nicht mal, wem es gehört hatte, denn sie sahen alle gleich aus, wichtig allein war, dass die Kraft des Teufels in ihnen steckte und sie so reagierten, wie er es sich in seinen kühnsten Träumen vorgestellt hatte.

Er balancierte das Herz zwischen seinen Handflächen. Sehr vorsichtig trug er es. Dabei hütete er sich, härter zuzufassen, aus Angst, es könnte zerbrechen.

Schritt für Schritt ging er tiefer in das Verlies hinein und erreichte eine alte Holztür, deren Scharniere einen dicken Rostfilm zeigten. Vor dieser Tür blieb er stehen, legte das Eisherz auf seinen linken Handteller und bückte sich, um den Griff erreichen zu können.

Auch dieser Griff war kalt und ebenfalls rostig. Er ließ sich jedoch leicht bewegen, weil er regelmäßig geölt wurde. Dann war er so weit unten, dass der Mann die Tür aufziehen konnte.

Diesmal knarrte sie. Das Geräusch klang wie das unheimliche Ächzen eines Monstrums, und über die Züge des Mörders glitt ein Lächeln. Bis zum Anschlag hin hatte er die Tür aufgedrückt, sodass er über die Schwelle treten konnte.

Ein weiteres Verlies nahm ihn auf. Es war zu einer Seite hin offen. Eine Treppe führte in die Tiefe, aus der ein gleichmäßiges Rauschen an Pierres Ohren drang.

Das war normal, das interessierte ihn nicht. Etwas anderes war für ihn viel wichtiger.

Der Lichtschein aus dem ersten Raum reichte aus, um auch dem zweiten Verlies die Helligkeit zu geben, die Pierre benötigte. Sein Ziel war ein schmaler Tisch, und darauf lag etwas, das er unbedingt für seine Zwecke benötigte.

Es war ein Tier.

Relativ lang, in einem braunweißen Farbton schimmernd und mit Feuchtigkeitsperlen auf dem Fell.

Eine Ratte.

Sie lag auf dem Rücken und sah aus wie tot. Nur Pierre wusste, dass dem nicht so war, und über seine Lippen zuckte ein satanisches Lächeln, als er neben dem Tisch stehen blieb, das Herz vorsichtig auf die Platte legte und eine Schublade aufzog.

Das Holz war feucht geworden, die Lade klemmte ein wenig. Er musste zweimal rucken, um sie so weit aufzuziehen, wie er es wollte.

Seine Hand tauchte hinein.

Als sie wieder zum Vorschein kam, hielten die Finger etwas Glänzendes umklammert.

Es war ein Seziermesser.

Der Mörder blickte noch einmal auf das Herz, schaute die Ratte ebenfalls kurz, aber intensiv an und senkte die rechte Hand mit dem Seziermesser. Dann führte er den ersten Schnitt aus …

Wer in dem Hospital Bretonneau seine Krankheit auskurierte und in einem Zimmer im breiten Südwestflügel lag, der konnte, wenn er aus dem Fenster schaute, schon trübsinnig werden. Sein Blick fiel dabei genau auf die Nordostseite des Cimetière Montmartre, eines großen Friedhofs, der irgendwie fehl am Platz war. Wo sich so viel Lebensfreude zusammenballte wie in diesem weltbekannten Bezirk von Paris, hätte man keinen Friedhof anlegen sollen.

Hier oben, Montmartre liegt auf einem Hügel, ging man hin, um sich zu amüsieren. An einen Friedhof, an den Tod, die Vergänglichkeit und das Dunkel dachte keiner.

Nur diejenigen, die ihre Verstorbenen auf ihrem letzten Weg begleiteten.

Es wurde noch beerdigt, und gerade die Bewohner Montmartres und auch die Künstler legten sehr großen Wert darauf, in ihrem kleinen Stadtteil beigesetzt zu werden.

Und so konnte es geschehen, dass manchmal zwei oder drei Beerdigungen an einem Tag stattfanden.

Wie auch an diesem Morgen.

Es wurde jemand zu Grabe getragen, der zur Künstlerszene gehört hatte. Er war nicht besonders berühmt gewesen, aber in Musikerkreisen kannte man ihn, und man verdankte ihm zahlreiche Kompositionen, die in den einschlägigen Jazzlokalen gespielt wurden.

Yves Rocca war siebzig, als er bei einem Verkehrsunfall starb. Er hätte mindestens noch zehn Jahre leben und seine Erfahrungen an die Schüler weitergeben können, doch das Schicksal hatte es anders gewollt.

In New Orleans war Rocca geboren. Er hatte auch bis zu seinem dreißigsten Lebensjahr dort gewohnt und war schließlich dem Ruf eines inzwischen verstorbenen Freundes gefolgt, um in Frankreich weiterhin sein Glück zu machen.

Er hatte es geschafft, war anerkannt worden und war auch sehr beliebt gewesen.

Nun trat er seinen letzten Gang an.

Die Leichenhalle war überfüllt. Ein buntes Völkchen hatte sich dort versammelt. Es setzte sich zusammen aus Musikern, Malern, Bildhauern, Leuten, die hier wohnten und arbeiteten. Mit ihnen hatte Yves Rocca verkehrt, sie waren seine Freunde gewesen, und manch einer hatte ihm viel zu verdanken.

Der Pfarrer hatte seine Rede beendet, die Trauergäste verließen die Halle und traten hinein in einen trüben Spätsommermorgen. Das Wetter meinte es nicht gut, der Sommer hatte sich zurückgezogen. Graue Wolken bedeckten den Himmel. Sie lagen sehr tief. Regen rann aus ihnen und legte über die Stadt einen feuchten Film.

Von der Rue Etex, die zwischen dem Friedhof und dem Krankenhaus lag, war das Brausen des Verkehrs zu hören. Trotz der vielen alten Bäume, die Abgasdreck und Lärm nur wenig verringerten.

Es führten einige Straßen durch das Gelände des Friedhofs. Manche Autofahrer nahmen sie als Abkürzung.

An der Vorderseite strömten die Menschen aus der Leichenhalle. Einige Frauen weinten. Vor ihren Gesichtern pendelten Schleier, die regennass waren.

Eine Gruppe von Musikern hatte sich abseits gestellt. Sie würden vor dem Sarg hergehen und zum letzten Mal die Stücke spielen, die der Verstorbene in seinem schaffensreichen Leben komponiert hatte.

Es gab keine Angehörigen. Yves Rocca war völlig allein gewesen. Weder Kinder noch Geschwister existierten, nur Freunde und Bekannte.

Der schwarze Sarg war durch den Hinterausgang der Leichenhalle geschafft worden. Er stand jetzt auf einem Elektrokarren. Das Gefährt wurde um die Leichenhalle herumgelenkt und näherte sich dem Platz, wo die Trauergäste warteten.

Die Beerdigung würde auf dem alten Teil des Friedhofs stattfinden, denn dort hatte sich Yves Rocca schon vor Jahren eine Gruft gekauft. Er wollte nicht in einem dieser modernen Gräberfelder verschwinden, die ihn an Reihenhäuser für Tote erinnerten.

Die Musiker, es waren fünf, erhielten ein Zeichen, als der Wagen mit dem Sarg erschien.

Gemessenen Schrittes näherte sich die Gruppe – sie bestand aus Weißen und Farbigen – dem Aufstellungsort. Ihr Chef schaute noch zurück. Er wollte warten, bis sich auch die restlichen Trauergäste formiert hatten.

Das war bald geschehen.

Dann gingen sie.

Traurig sah der Himmel aus. Yves Rocca hatte sich immer Regen bei seiner Beerdigung gewünscht, den hatte er nun, denn die Wolken weinten bittere Tränen.

So bogen die Trauernden schweigend in einen der Hauptwege ein, und die Musiker begannen mit ihrer Begleitmusik.

Eine Jazztrompete schmetterte ihre Klänge gegen den grauen Himmel. Wie ein allerletzter Gruß wehten die Töne über den alten Friedhof, um in der Ferne zu verklingen.

Es waren die Melodien, die Yves Rocca bekannt gemacht hatten. Manchmal heiter, dann wieder schwermütig. Sie zeugten von einem unsteten Leben, das der Komponist zwischen Traurigkeit und Frohsinn verbracht hatte.

Bald schluckte das dichte Laub die Klänge der Instrumente. Die Schritte der Trauergäste knirschten auf dem feuchten Kies. Noch immer weinte der Himmel. So mancher Mann konnte ebenfalls seine Tränen nicht zurückhalten.

Der hinter der Kapelle fahrende Wagen rollte lautlos dahin. Es regnete auf den Sarg. Sein lackiertes Holz war mit einem feuchten Film überzogen und glänzte noch stärker.

Unzählige Kränze wurden auf einem anderen Weg zum Grab geschafft, um dort niedergelegt zu werden.

Sie gingen den breiteren Hauptweg nicht bis zu seinem Ende durch, sondern bogen vorher ab. Der Pfad, den sie jetzt benutzten, war schmal. Diese Umgebung hatte mehr einen parkähnlichen Charakter, aber bald tauchten die ersten Gräber auf.

Sie gliederten sich harmonisch in die Landschaft ein. Es waren sehr originelle Grabsteine, die diesen Friedhof so sehenswert machten und ihn fast aussehen ließen wie ein Museum oder eine Kunstausstellung. Auch Yves würde einen Grabstein bekommen.

Hinter den Grabreihen rechts und links des Weges hatte sich die Natur ausbreiten können. Dort wucherten Sträucher, Buschwerk und auch blühende Pflanzen. Manchmal wehte den Trauergästen ein betäubender Duft entgegen. Die Musiker intonierten jetzt Stücke, die der Tote während seiner Anfangszeit in New Orleans geschrieben hatte. Sie berichteten von der Schwermut eines Lebens, das sich in einer Zeit abgespielt hatte, die für die Menschen nicht gerade positiv gewesen war.

Manchmal stiegen die klagenden Töne gegen das Grün der Dächer, als wollten sie sich über die Ungerechtigkeiten auf der Welt beschweren.

Die zahlreichen Trauergäste schauten entweder zu Boden oder auf die Rücken ihrer Vorderleute. Niemand hatte einen Blick für die Dinge am Wegrand übrig, und deshalb sah auch keiner von ihnen das kalte Augenpaar, das genau beobachtete und mitwanderte.

Der Höhe nach hätte es ein Mensch sein können, doch Menschen hatten andere Augen und auch andere Pupillen. Nicht so kalt, so gnadenlos, so grausam.

Und auch nicht so gelb …

War es ein Tier?

Niemand wusste es. Keiner hatte es gesehen, und doch war es da, und es ließ die Menschenschlange nicht aus den Augen.

Wenn es sich bewegte, raschelte es im Unterholz. Auch diese Geräusche wurden nicht vernommen. Das Tropfen des Regens und das Knirschen der Füße auf dem Kies übertönten alles andere.

Unbewegt waren die Gesichter der Menschen. Dabei bleich, denn ein jeder beschäftigte sich mit seinen eigenen Gedanken.

Je weiter sie gingen, desto mehr änderte sich die Form der Gräber. Die Plätze wurden jetzt kleiner, man hatte sparen müssen, aber noch immer zeigte jedes Grab einen individuellen Zuschnitt.

Die Musiker setzten zu einem letzten Blues an. Zuerst spielte der Trompeter allein, bevor die anderen Instrumente einsetzten, aber auch die Schwermütigkeit des Grundthemas nicht vertreiben konnten. Als der letzte Ton verklang, hatte die Trauergemeinde das Grab erreicht. Es lag auf der linken Seite des Weges.

Es roch nach frisch ausgehobener Erde. Der Lehmhügel glänzte vor Nässe und war glitschig. Ein Berg von Kränzen lag in der Nähe, und auch die um das Grab herumliegenden Gehbretter waren schmutzig und feucht, sodass sie hölzerne Rutschbahnen bildeten.

Es wurde still, als vier Totengräber, die wie aus dem Nichts erschienen, mit ihren behandschuhten Händen die Griffe des Sarges umfassten und ihn anhoben.

Sie schleppten ihn zum Grab, blieben dort für einen Moment stehen und ließen die schwarze Totenkiste an Seilen in die Kühle der Erde hinab.

Alle schauten dorthin, niemand hatte Augen für die Umgebung, in der etwas lauerte.

Es war noch da!

Und es schob sich näher heran.

Zweige glitten über seinen Rücken, stachen in das dichte Fell, aber es kümmerte sich nicht darum. Auch nicht um die Nässe und den weichen Boden.

Es lauerte.

Die Menschen hatten einen Halbkreis gebildet. Für den Pfarrer war ein wenig Platz geschaffen worden, sodass sich dieser am Kopfende des Grabes aufbauen und seine Rede halten konnte.

Er hatte sich gut vorbereitet und fand genau die richtigen Worte. Als er mit seiner Rede fertig war, spielten die Musiker zum letzten Mal.

Sie gaben sich besondere Mühe. Einigen von ihnen liefen die Tränen über die Wangen.

Der Pfarrer zog sich zurück. Er nickte einigen Leuten zu und ging mit seinen beiden Messdienern davon, während allmählich die letzten Töne über den Friedhof hallten und verklangen.

Noch blieben die Menschen stehen. Jeder wollte eine Blume oder eine Schaufel Lehm in das Grab werfen.

Irgendjemand aus der Trauergemeinde machte den Anfang. Es war ein ebenfalls schon älterer Mann, dessen Haar im Laufe der Zeit grau geworden war.

Er griff zum Spaten. Für einen Moment zögerte er noch. Sein Blick glitt über das Grab hinweg und weiter zu den Büschen.

Da sah er was.

Der Mann schien in der Bewegung einzufrieren. Er schüttelte erst später den Kopf, und über seine Lippen drang ein Stöhnlaut, der auch von den anderen gehört wurde.

»Was ist los?«, fragte jemand.

Der Mann hob den Arm. Die Bewegung konnte man als ungelenk bezeichnen. Sie drückte zudem das aus, was er empfand. Unbehagen, gesteigert bis zur Angst.

»Da!«, flüsterte er. »Ich habe sie genau gesehen. Da sind sie …«

Ein Jüngerer sprang hinzu und stützte den Sprecher. »Was hast du da gesehen?«

»Die Augen!«, hauchte der Grauhaarige. »Die Augen ...«

»Mach jetzt keinen Unsinn. Da ist niemand.«

Der Ältere drehte den Kopf. »Sie gehören auch zu keinem Menschen«, wisperte er. »Nein, das waren keine menschlichen Augen.«

Seinem Helfer blieb nichts weiter übrig, als die Schultern zu heben, denn er hatte nichts gesehen, doch der Alte wollte sich nicht davon abbringen lassen.

Er schaute selbst nach. Bevor es jemand verhindern konnte, hatte er sich bereits gelöst, lief an der linken Seite des Grabes entlang und hatte Mühe, über die Kränze zu steigen.

»Wo willst du hin?«, rief ein anderer.

Der Jüngere drehte sich um. »Salan hat etwas gesehen. Ein Augenpaar, meint er.«

»Ja, das stimmt!«, rief Salan, ohne sich umzudrehen, kletterte über die letzten Kränze und drückte die feuchten Zweige des Buschwerks zur Seite.

Wie ein Schatten tauchte er ein. Hinter ihm schlugen die Zweige wieder zusammen, sodass er den Blicken der anderen Trauergäste entschwand.

Die wunderten sich. Plötzlich war nicht mehr der Tote interessant, sondern Salan, der wie ein Spuk verschwunden war.

»Wir müssen nachsehen«, sagte jemand.

»Er wird den Tod seines Freundes wohl nicht überwunden haben und sieht jetzt Gespenster«, meinte ein anderer.

Der Ansicht waren die meisten.

Bis sie den Schrei hörten.

So furchtbar und grauenvoll, dass ihnen fast das Blut in den Adern gefror. Ihre Gesichter wurden noch bleicher, sie schauten sich an, ballten die Hände, bewegten die Lippen, ohne dass sie etwas sagen konnten. Zu tief saß der Schock.

Und noch immer zitterte der Schrei. Er drang aus den Büschen wie ein Trompetenstoß, und er endete schließlich in einem schweren Ächzen.

Danach war es still.

Sekunden der Ruhe, des Entsetzens. Keiner fand den Mut, etwas zu unternehmen.

Einige Menschen bekreuzigten sich.

Schließlich fassten sich die Ersten ein Herz. Es waren die Musiker, die ihre Instrumente ablegten und nachschauen wollten.

Sie brauchten es nicht, denn Salan war zu sehen. Aber nicht er allein. Was die Trauergäste in den nächsten Sekunden erlebten, ließ sie glauben, in einem Horrorfilm mitzuspielen, so schaurig, grauenhaft und unbegreiflich war es.

Von einer nahezu unheimlichen Gestalt wurden die Zweige des Buschwerks zur Seite gedrückt. Sie knickten weg, sie rissen ab, und vor den entsetzten Trauergästen stand eine menschengroße Ratte, in deren Maul der leblose Körper des alten Salan hing …

Aus einigen Wunden tropfte Blut. Es vermischte sich mit dem Regen und wurde in das offene Grab gespült. Das aber sahen die Menschen nicht, ihre schockgeweiteten Augen waren auf das mutierte Tier gerichtet, das tatsächlich die Größe eines Menschen hatte und die anderen Leute aus hasserfüllten und gleichzeitig gierigen Augen anstarrte.

Mordlust funkelte den Entsetzten entgegen. Ein jeder wusste, dass die Ratte noch nicht genug hatte.

Sie setzte zum Sprung an.

Die Stimme einer schreienden Frau kippte über. »Weeggg!«, brüllte sie. »Verdammt, wir müssen weg!«

Es war das Zeichen.

Einen geordneten Rückzug konnte es nicht geben, dafür waren die Beteiligten zu sehr geschockt. Panik und Angst bestimmten ihr Handeln. Jetzt war es von Nachteil, dass es so sehr geregnet hatte und die Erde nass und feucht geworden war. Der Lehm wurde zur Rutschbahn. Die Menschen konnten sich nicht halten. Einige rutschten aus und kippten gegen andere, die diesem Aufprall nicht standhalten konnten, dabei sehr nahe an den Grabrand gerieten und Glück hatten, dass sie nicht in das feuchte Loch fielen.

Die Ratte sprang.

Sie streckte ihren Körper in der Luft, sodass er so groß wirkte wie ein Panther. Und sie sprang höher als die Flüchtenden, setzte dann auf und begrub einige unter sich. Die gellenden Angstschreie erstickten in dem dichten, klatschnassen Fell der Ratte. Der schwere Körper wälzte sich zur Seite. Beine scharrten über den Boden. Erde und Gras wurden in die Höhe geschleudert, während die Menschen verzweifelt versuchten, sich unter dem schweren Tierkörper hervorzuwälzen.

Die Ratte drehte sich.

Dann öffnete sie ihr Maul, und der Tote fiel zu Boden. Für einen Moment schien das Monstertier zu Eis zu werden, bevor es sich abermals drehte und mit gewaltigen Sprüngen in das dichte Buschwerk des Friedhofs hetzte. Es verschwand vor den Augen der Trauergäste, die es nicht geschafft hatten zu fliehen.

Sie standen da, schauten sich an und waren grau vor Angst. Nur allmählich fanden sie sich wieder zurecht.

Etwas Unbegreifliches war über sie gekommen. Ein Schrecken, der einen Namen hatte.

Die Monsterratte!

In London war es trübe gewesen. Als unsere Maschine über Paris die dichten Wolken verließ, sahen wir den Regen, der dünn, aber gleichmäßig nach unten rann.

Paris im Regen …

Nichts für Verliebte, nichts für einen Stadtbummel und auch kein Wetter für die zahlreichen Straßencafés, die sich allerorten etabliert hatten. Eine graue Wand, die über der Seine lag und ebenso aussah wie das Wasser des Flusses.

Wir hatten in London noch einige Erkundigungen eingezogen und waren zu der Überzeugung gelangt, es doch nicht allein oder zu zweit zu versuchen. Zudem hätte es sich bestimmt herumgesprochen, dass wir uns in der Stadt aufhielten. Um neugierigen Fragen zu entgehen, hatten wir uns deshalb entschlossen, den französischen Behörden Bescheid zu geben.

Aus diesem Grunde wurden wir erwartet.

Der Mann, der uns begrüßte, war ein alter Bekannter. Er trug einen Ledermantel, und zwischen seinen Lippen hing die unvermeidliche Schwarze. Wir wussten beide nicht, welche Funktion er genau ausführte, ich tippte auf Geheimdienst oder Ähnliches und wusste nur den Namen des Mannes.

Paul Meurisse.

Sein Lächeln fiel nicht süß aus und auch nicht sauer. Eher unbeteiligt. Am liebsten hätte er wahrscheinlich gesehen, wenn wir die nächste Maschine nach London genommen hätten, aber das war nicht drin, also machte Meurisse gute Miene zum bösen Spiel und reichte uns die Hand.

»Begeistert scheinen Sie nicht gerade zu sein«, sagte ich.

»Wären Sie das, wenn ich käme?«

»Kommt darauf an.«

»Bei Ihnen auch. Wenn Sie mich besuchen, um mich als Führer für einen Nachtbummel zu engagieren, wäre ja alles in Ordnung. Aber so ...« Er hob die Schultern. »Ich weiß nicht so recht. Irgendwie gefällt mir das alles nicht.«

»Nehmen Sie es nicht tragisch, Kollege.«

Er lachte. »Kollege ist gut. Wir können übrigens mit meinem Wagen fahren. Wie wär's denn vorher mit einem Kaffee?«

»So viel Zeit haben wir wohl.«

»Sicher, kommen Sie.«

Wir suchten eine kleine Bar auf, in der nicht viel Betrieb herrschte. Sie war sogar gemütlich. An einem runden Tisch nahmen wir Platz, und Meurisse bestellte. Sein Ledermantel roch nach Feuchtigkeit, und der Qualm der Schwarzen zwischen seinen Lippen erinnerte mich an alte, brennende Socken.

Der Kaffee kam. Er war heiß und sehr stark. Glendas schmeckte mir besser.

»Weswegen sind Sie nun hier?«, fragte er.

»Wir wollen einen dreifachen Mörder fangen.«

Er nickte mir zu. »Das sagten Sie bereits am Telefon. Sind Sie sicher, dass sich dieser Mörder hier in Paris befindet?«

»Die Spuren deuten darauf hin.«

»Und Sie haben einen Namen?«

»Ja. Pierre.«

Meurisse war ein ernster Mensch. Diesmal hörte ich ihn zum ersten Mal lachen. »Das ist gut«, sagte er. »Pierre. Wissen sie eigentlich, wie viele Pierres es in Paris gibt?«

»Nein, aber ich kann mir vorstellen, dass es eine ganze Menge sind.«

»Noch mehr, Sinclair, noch mehr!«

»Dann wissen wir noch, dass er Student ist und in einem Haus gelebt haben soll, in dem es einen Trödelladen gibt.«

»Das bringt uns auch nicht weiter«, erwiderte Meurisse. »Tut mir leid, Sie werden sich hier wohl die Zähne ausbeißen.«

»Trotz Ihrer Hilfe?«, fragte ich.

»Ja.«

»Da sind wir aber von Ihnen enttäuscht, Meurisse. Ein Mann mit Ihren Beziehungen ...«

»Ich kann auch nicht hexen.« Meurisse starrte auf den Kaffee in seiner Tasse. »Dabei hatte ich gedacht, dass Sie auch wegen eines anderen Falls gekommen wären.«

»Wieso? Gibt es noch etwas?«, fragte Suko.

Meurisse nickte. »In der Tat ist da etwas geschehen, auf das wir uns keinen Reim machen können. Es hat einen Toten gegeben, und dieses schreckliche Ereignis geschah während einer Beerdigung auf einem Friedhof in Montmartre.«

Ich schaute ihn nachdenklich an. »Machen Sie es doch nicht so spannend, Meurisse. Oder fällt es Ihnen so schwer?«

Er schlug mit der flachen Hand auf den Tisch. »Ja, es fällt mir schwer, sogar sehr. Weil ich es einfach nicht fassen kann, aber den Zeugenaussagen glauben muss.« Er holte tief Luft, beugte sich vor und flüsterte: »Während der Beerdigung erschien eine menschengroße Ratte aus dem Gebüsch nahe des Grabes und holte sich einen der Trauergäste.«

Jetzt war es heraus. Ich konnte nicht gerade sagen, dass mich die Worte des Franzosen kalt gelassen hatten. Auf meinen Händen sah ich die Gänsehaut, und im Magen spürte ich plötzlich ein unnatürliches Drücken. Das alles wollte mir gar nicht gefallen.

Suko war ebenfalls blass geworden. Er schaute Meurisse an, als hätte dieser uns ein Märchen unter die Weste geschoben.

»Glauben Sie mir?«, fragte der Agent.

»Es fällt uns zumindest schwer.«

»Verstehe ich, denn ich konnte es auch nicht fassen. Aber der Vorfall ist von zahlreichen Zeugen bestätigt worden. Alle Menschen sind glaubwürdig. Die Ratte erschien während der Beerdigung.«

»Und sie hat nur einen Menschen geholt?«, fragte Suko.

»So ist es.«

»Was tat sie danach?«

»Sie verschwand.«

»Haben Sie alles durchsucht?«

»Natürlich. Eine Hundertschaft Polizei durchkämmte den Friedhof. Wir fanden nichts.«

Nach dieser Antwort fielen auch uns keine Fragen zu dem Thema ein. Ich überlegte nur. War es wirklich nur ein Zufall, dass diese Monsterratte aufgetaucht war? Oder steckte mehr dahinter?

Ich konnte es nicht sagen, denn es war schwer, die Ratte mit dem Mörder Pierre in Verbindung zu bringen. Das konnte und wollte ich einfach nicht glauben. Ich sah keinen Weg.

»Jetzt sind Sie an der Reihe«, erklärte der Franzose.

Ich hob die Schultern. »Tut mir leid, aber ich weiß mir auch keinen Rat.«

»Aber Sie werden uns helfen, dieses Vieh zu finden?«

»Möglich, obwohl wir einen Mörder jagen wollten.«

»Das übernehme ich. Wir finden diesen Pierre schon. Wenn er Student ist …«

»Und Biologie studiert hat«, fügte ich hinzu.

»Auch das.« Meurisse nickte. »Noch heute werde ich alle Hebel in Bewegung setzen, um Ihnen zu helfen. Dafür stehen Sie dann auf meiner Seite und suchen mit nach der Ratte.«

»Auf einem Friedhof ist sie erschienen«, sinnierte ich und schaute den Agenten schräg an. »Gibt es dort Verstecke, wo sie sich verbergen könnte?«

»Klar. Nicht direkt auf dem Friedhof, aber schon in der

Umgebung. Sie kennen doch Montmartre und wissen, wie verwinkelt dieser Stadtteil ist. Hinzu kommt die Unterwelt.«

»Sie meinen die Katakomben?«

»Ja.«

»Moment mal«, sagte Suko. »War da nicht etwas mit Unterwelt und Katakomben? Ralph Cern hat davon erzählt.«

Richtig, jetzt fiel es mir wieder ein. Ich berichtete Meurisse davon und sprach vor allen Dingen diese Feste an, die dort gefeiert werden sollten.

Meurisse zeigte ein Lächeln, das ein wenig schief ausfiel. »Sie haben also auch schon davon vernommen«, meinte er. »Wusste gar nicht, dass sich so etwas bis nach London herumspricht.«

»Die Welt ist eben klein«, sagte ich. »Wissen Sie etwas Genaueres über diese Feste?«

Meurisse verdrehte die Augen. »Das ist eine verdammte Spinnerei«, sagte er, »oder auch Mode.«

»Wieso?«

»Ganz einfach. In den letzten beiden Jahren ist es ›in‹ geworden, Partys in den Katakomben zu feiern, obwohl der Zutritt zur Kanalisation offiziell verboten ist. Das Labyrinth von Gängen müsste mal ausgebessert werden, aber die Stadt hat, wie Sie sich bestimmt vorstellen können, kein Geld. Und so vergammeln die Katakomben. Es ist ein Nervenkitzel, dort Feste zu feiern, besonders wenn sich die Ratten nähern.« Meurisse unterbrach seine Rede und lachte auf. »Wobei wir wieder beim Thema wären.«

Das hatten wir auch festgestellt.

»Es ist also möglich«, fasste Suko zusammen, »dass sich die Riesenratte in den Katakomben aufhält.«

»Das kann sein.«

»Und wir können theoretisch davon ausgehen«, fuhr ich fort, »dass sich die Fälle überschneiden.«

»Ein wenig kühn, Ihre Behauptung«, meinte Meurisse.

»Sicher, aber wir sollten es im Auge behalten.«

Der Agent stimmte mir zu. »Okay, dann wollen wir die Sache mal anders angehen. Am besten wird es sein, wenn wir einen Lokaltermin machen.«

»Das heißt, wir fahren zum Friedhof.«

Meurisse zahlte. Die beiden Stewardessen saßen noch immer an der Bar. Sie unterhielten sich in englischer Sprache. Als ich das hörte, verspürte ich ein wenig Heimweh.

Meurisse fuhr einen Renault 30. Der Wagen sah noch ziemlich neu aus. Er hatte eine hellgrüne Metallic-Lackierung.

Auf dem Airport Charles-de-Gaulle waren wir gelandet. Bis zu unserem Ziel mussten wir einige Kilometer fahren. Nieselregen schlug uns ins Gesicht. Die Wolken hingen sehr tief. Auf dem Rollfeld brannten zahlreiche Lichter.

Über die A 1 fuhren wir in Richtung Paris.

Die Straße war gut ausgebaut. Zunächst ging es ja noch, dann wurde aber nicht nur der Regen stärker, auch der Verkehr nahm zu. Wir bekamen etwas von dem zu spüren, was uns in der Stadt erwartete.

Das organisierte Chaos.

Die City von Paris ist von einer gewaltigen Ringstraße eingeschlossen. Als wir sie bei Aubervilliers erreichten, mussten wir uns nach links einordnen, um auf diese Ringstraße zu gelangen, die sich Boulevard Periphérique nennt.

Bei St. Denis konnten wir abfahren. Ich hätte mich in dem gewaltigen Wirrwarr der Ein- und Ausfahrten bestimmt verfahren, aber Meurisse kannte seine Stadt. Ihm machte der Verkehr nichts aus. Er fuhr sicher. Die Schwarze klebte an seiner Unterlippe, und er glich sich in seiner unkonventionellen Fahrweise den anderen an.

Über den Boulevard Ney erreichten wir schon fast Montmartre. Viel war von diesem Stadtteil nicht zu sehen. Auch sein berühmtes Wahrzeichen, Sacre Cœur, verschwamm im Wolkendunst.

Wir wechselten noch einmal die Straße, gerieten auf eine breite Avenue, von der nach links und rechts zahlreiche Nebenstraßen abzweigten, die in die City führten.

Wenn ich aus dem Fenster schaute, sah ich die Häuser dicht an dicht stehen.

Montmartre war ein verschachtelter Wirrwarr aus Plätzen, Straßen, Treppen und Gassen.

Allein hätte ich mich hier verlaufen.

Die nächste Straße, die ich mir merkte, war die Rue Eté. Auf ihr fuhren wir weiter, und ich sah bereits an der rechten Seite das Gelände des Friedhofs.

»Müssen wir um das Areal herum?«, fragte ich Meurisse.

»Nein, es gibt Straßen, die den Friedhof durchqueren.«

Eine davon hatten wir bald erreicht. In sie bog Meurisse auch ein. Sofort änderte sich die Umgebung. Ich hatte das Gefühl, in einem graugrünen, regenverhangenen Tunnel zu stecken. Von den Bäumen und der Umgebung war kaum etwas zu sehen, der dünne Nieselregen überdeckte alles wie mit einem Schleier.

Monoton arbeiteten die Wischer. Aus dem Grau vor uns erschienen zwei Lichter. Ein dunkler Leichenwagen passierte uns.

Es waren zwar keine Parkplätze vorhanden, dafür kleine Parkbuchten. In eine von ihnen lenkte der Agent den Wagen.

Wir stiegen aus. Zum Glück hatten wir Mäntel mitgenommen. Suko und ich streiften sie über und stellten die Kragen hoch.

Viel war immer noch nicht zu sehen. Die Feuchtigkeit stieg vom Boden hoch und bildete dicke Wolken, die wie große Kugeln ihren Weg durch Buschwerk und zwischen den Bäumen hindurch fanden.

»Schlagen wir uns ins Gelände«, sagte Meurisse. »Über den normalen Weg zu gehen lohnt sich nicht. Wir würden zu viel Zeit verlieren.«

Er war hier der Boss. Suko und ich folgten ihm. Nass und schwer war der Rasen. An einigen Stellen war das Gras niedergetrampelt worden.

Noch kamen wir gut voran. Meurisse, der die Spitze übernommen hatte, warf seine Kippe zu Boden und begann damit, sich durch dicht wachsendes Buschwerk zu schlängeln. Er drückte die feuchten Zweige zur Seite, wurde von den Blättern auf der Haut gestreift und fand zielsicher seinen Weg. Wir erreichten die ersten Gräber. Es waren Gruften, schon alt, dennoch sehr gepflegt. Manche waren mit kleinen Mauern umgeben, als sollten diese einen Schutzwall bilden.

Wir sprangen über die Gräber hinweg, erreichten einen schmalen Weg, und Meurisse deutete nach links.

»Was ist da?«

»Das Grab, wo alles passierte«, erwiderte er auf meine Frage.

»Meinen Sie, dass die Ratte wiederkommt?«

Er schielte mich von der Seite her an. »Wäre doch gar nicht so schlecht, wie? Dann hätten wir den Beweis.«

»Das wollen wir erst mal abwarten.«

Neben Meurisse gingen wir her. Unsere Füße klatschten in breite Pfützen. Wasser spritzte auf und nässte unsere Hosenbeine. Der Stoff schwang feucht und schwer um unsere Waden.

Schließlich erreichten wir das Ziel. Vor dem frischen Grab blieben wir stehen. Es war noch nicht geglättet worden. Von der Erde oder vom Lehm sahen wir trotzdem nichts, weil ein Heer von Kränzen alles überdeckte.

Meurisse deutete über das Grab hinweg. »Laut Aussagen der Zeugen ist das Untier von dort gekommen.«

»Es hatte sich also im Gebüsch versteckt«, sagte Suko.

»Genau.«

»Schauen wir mal nach.«

Suko und ich gingen. Meurisse wollte warten. Wir drückten uns an dem Grab vorbei und erreichten die Stelle, wo die Riesenratte erschienen war. Sorgfältig suchten wir den Boden ab. Da wir uns gebückt hatten, rann uns das Wasser in den Nacken.

»Nichts zu sehen«, meinte Suko.

Ich deutete nach unten. »Und diese Spuren hier? Platt getreten …«

»Das meine ich nicht, sondern das Tier.«

Ich lachte kratzig und schob mich weiter vor, während mir die Zweige gegen den Mantel peitschten, als sie hinter mir wieder zufielen. Suko hatte sich ein paar Schritte abgesetzt und suchte dort.

Ich fand einige Flecken, wo der Boden regelrecht aufgerissen war, als hätte irgendein Tier mit seinen Füßen dort gescharrt. So war es wahrscheinlich auch gewesen.

Ich drehte mich wieder um. Hier noch länger zu suchen hatte einfach keinen Sinn. Es war die reine Zeitverschwendung. Ich wollte nach Suko rufen, als ich das seltsame Geräusch vernahm.

Es war ein Rauschen, aber nicht vom Regen, sondern anders. Wie von gewaltigen Schwingen erzeugt. Zudem erklang es über mir auf. Ich hob den Kopf und glaubte auch, einen Schatten zu sehen.

Dann hörte ich Suko rufen. »Ich gehe jetzt zurück.«

Das Gleiche tat ich auch. Wir trafen beide zusammen. Ich wollte meinen Freund auf den Schatten ansprechen, als wir einen lauten Schrei vernahmen. An der Stimme erkannten wir Paul Meurisse.

»Wahnsinn!« brüllte er. »Ich ...«

Suko und ich wussten sofort, was wir zu tun hatten. Wir schlugen die Zweige zur Seite und eilten, so rasch es ging, auf das frische Grab zu. Ohne Rücksicht zu nehmen, liefen wir über die Kränze, weil es einfach der kürzere Weg war.

Dann sahen wir es.

Wie erstarrt stand der eisenharte Paul Meurisse auf dem Weg. Vor ihm hockte eine Taube.

Nur mit einem Unterschied.

Sie war so groß wie ein Mensch!

Pierre öffnete den Mund und zeigte ein böses Lächeln, als er zu Nadel und Faden griff, um die Wunde zuzunähen. Er lachte innerlich, denn nun hatte er es geschafft.

Vor ihm lag das dritte Tier.

Es war wieder eine Ratte, obwohl er sie nicht hatte haben wollen. Aber die Katze, die ihm ins Auge gestochen war, hatte den Braten gerochen und war verschwunden.

So musste er sich mit der gefangenen Ratte zufrieden geben. Und Ratten liefen in der Kanalisation zu Tausenden herum.

Das Tier rührte sich nicht. Starr lag es auf dem Rücken und ließ alles mit sich geschehen. Er hatte den Körper aufgeschnitten und das Eisherz hineingelegt.

Nun war gesichert, dass die Kraft des Teufels auch auf die Ratte übergreifen würde und sie sich so verändern würde, wie er es haben wollte.

Der letzte Stich.

Er zog ihn lang, griff zu einer Schere und schnitt den Kunststofffaden durch.

Das war es gewesen!

Noch lag das Tier in tiefer Ohnmacht. Nicht mehr lange, dann würde es erwachen, vom Operationstisch springen und das Weite suchen. Hinein in die Kanalisation. Dort würde es dann wachsen und den Drang spüren, die Finsternis zu verlassen.

An der Oberwelt würden die Menschen in Panik geraten, wenn sie das Tier sahen.

Pierre wollte sich vor Lachen ausschütten, als er daran dachte. Nie hätte er gedacht, dass sein Plan so gut funktionierte, aber mit der Kraft des Teufels war wohl vieles möglich.

Wenn nicht alles.

Die Arbeit hatte ihn angestrengt. Mit einem Tuch wischte er über seine Stirn und wartete ab, bis das Tier die ersten Zuckungen abgab. Zunächst bewegten sich die Pfoten, dann der Kopf, während sich der Körper auf die Seite legte und die Ratte schließlich aufstand. Auf allen vier Beinen blieb sie stehen, zitternd und bebend. Sie hatte die Schnauze geöffnet. Aus dem Rachen drang ein schrilles Geräusch, das man mit dem Begriff Fiepen umschreiben konnte.

Noch war das Tier nicht so weit, dass es auf das Naheliegendste kam. Es musste sich erholen.

Das geschah dann rasch.

Es wuchtete sich in die Höhe, sprang mit einem Satz vom Tisch und huschte dicht an Pierres Beinen entlang aus dem zweiten, kleineren Verlies davon.

Die Ratte würde ihren Weg finden …

Der Mörder war mit sich und seiner Arbeit zufrieden. Vergnügt rieb er sich die Hände. Aus seinem Mund drang ein heiseres Lachen, als er wieder in seinen Arbeitsraum ging und sich der Vitrine näherte.

Sie war leer.

Kein Eisherz lag mehr in ihr. Die drei Herzen steckten in den verschiedenen Körpern der Tiere, und sie würden dort ihre Aufgabe voll und ganz erfüllen.

Dabei wusste der Mann genau, welche Aufgabe noch vor ihm lag, denn er hatte den Namen Jane Collins nicht vergessen.

Ihr Herz brauchte er ebenfalls.

Er stand vor der Vitrine, schaute gegen die Scheibe und überlegte, wie er vorgehen sollte.

Er hatte keine Ahnung, denn eine Jane Collins war ihm völlig unbekannt.

Wie sollte er an sie herankommen? Mochte der Teufel auch noch so gut informiert sein, davon hatte er nichts gesagt. Das ärgerte den Mörder, denn zu gern hätte er auch noch den letzten Teil seiner Aufgabe erfüllt.

Es war, als hätte der Satan seine Gedanken erraten, denn innerhalb der Vitrine veränderte sich das Bild. Die Luft begann zu zittern und zu vibrieren.

Etwas schälte sich hervor.

Ein Gesicht.

Die Teufelsfratze!

Wieder sah der Mann das Dreieck vor sich, und er sah auch die aus der Stirn wachsenden gekrümmten Hörner, deren Spitzen direkt auf ihn wiesen. Er starrte den Satan an, hörte das Lachen und danach die dumpfe Stimme, die ihn lobte.

»Du hast gut gearbeitet, mein Lieber. Ich gratuliere dir. Zwei Ratten und eine Taube werden Angst und Schrecken verbreiten, das kann ich dir versprechen.«

»Ich danke dir, Satan, aber ich bin dennoch verzweifelt.« Pierre schaffte es sogar, einen demutsvollen Tonfall in seine Stimme zu legen.

»Weshalb?«

»Ich weiß nicht, ob ich die letzte Aufgabe erfüllen kann. Du willst ein Herz haben. Das Herz einer bestimmten Frau. Woher soll ich es denn nehmen?«

»Von ihr natürlich.«

»Das stimmt, aber wo kann ich sie finden?«

Asmodis lachte. »Richtig. Es tut mir leid, war mein Fehler, denn ich vergaß, dass du nur ein Mensch bist, Pierre. Und Menschen sind nun mal nicht perfekt. Im Gegensatz zu mir. Am besten wird es sein, wenn du in diese Vitrine kommst.«

Bisher hatte Pierre alles getan, was der Satan von ihm verlangte. Nun zuckte er zurück.

»Ich in die Vitrine?«, flüsterte er. »Nein, das kann ich nicht!«

»Weshalb nicht?«

»Ich würde vergehen, ich würde …«

»Gar nichts würdest du. Du würdest nur eine große Magie und die Kraft des Teufels spüren. Wenn du hineinsteigst, ist es dir sogar möglich, mit der Person, deren Herz du an dich reißen sollst, Verbindung aufzunehmen. Lock sie her, denn sie besitzt eine Waffe, die sie so gut wie unabhängig macht. Sie wird dich vielleicht sehen können, denn der Würfel des Unheils ist außergewöhnlich.«

»Meinst du wirklich?«

»Das meine ich.«

Pierre überlegte noch einen Moment. Schließlich nickte er und machte einen weiteren Schritt auf die Vitrine zu.

Das Gesicht des Teufels war noch immer zu sehen, und er vernahm auch die Stimme. »Wundere dich über nichts, mein Freund. Denk immer daran, dass ich bei dir bin. Du wirst Dinge erleben, die du nicht für möglich hältst. Aber sie werden dir gefallen …« Der Teufel fügte noch ein Lachen hinzu, während seine Fratze allmählich verblasste.

Der Mörder schritt auf die Vitrine zu. Während sich der Schweiß in seinen Handflächen und den Achselhöhlen sammelte, dachte er daran, wie die Vitrine in seinen Besitz gelangt war.

Ein Trödler hatte sie gehabt. Er und Pierre wohnten im selben Haus. Zwischen den Männern gab es einen großen Altersunterschied, dennoch vertrugen sich beide gut. Sie wurden sogar Freunde, und der Alte vermachte Pierre das Wertvollste, was er vergeben konnte.

Die Vitrine!

Sie war etwas Besonderes, hatte er ihm gesagt, etwas, das aus einem gefährlichen Haus stammte. Wer die Vitrine richtig benutzte, konnte mit dem Teufel in Kontakt treten.

Gelacht hatte Pierre darüber, bis er es darauf ankommen ließ und die magischen Kräfte der Vitrine weckte. Da war ihm der Teufel erschienen und hatte ihn in seinen Bann geschlagen.

In die Vitrine sollte er also hineinsteigen.

Pierre schluckte. Noch nie war ihm der Gedanke gekommen, und er fragte sich, ob es richtig war, was er jetzt tat. Die Herzen waren vereist, als sie in der Vitrine lagen. Würde auch sein Körper zu einem Eisklumpen werden?

Die Frage stellte er sich, und sie war gar nicht mal so unberechtigt. Nur stand er unter dem Schutz eines Mächtigen, und der Teufel würde ihn bestimmt nicht vernichten.

Pierre hob seine Arme und fasste das an, was den Deckel der Vitrine darstellte. Das Glas war schwer, auch der Rahmen bestand aus dickem Holz. Vorsichtig hob er den Deckel in die Höhe. Es klappte. Hochkant blieb er stehen, Pierre stellte sich auf die Zehenspitzen, reckte den Kopf vor und schaute von oben her in die Vitrine hinein.

Sie war leer.

Nichts wies darauf hin, welche Kräfte in ihr wohnten. Er klopfte das Glas ab und nickte zufrieden, als er festgestellt hatte, dass es dick genug war und der ebenfalls gläserne Boden sein Gewicht halten würde.

Pierre bezeichnete sich nicht gerade als guten Turner. Er hatte seine Schwierigkeiten, in die Vitrine hineinzuklettern. Der Student hockte sich hin, zog die Beine an und legte fast sein Kinn auf die angewinkelten Knie.

Dann reckte er einen Arm, fasste nach dem Deckelrand und zog die gläserne Klappe wieder zu.

Nun saß er endgültig in diesem Gefängnis!

So wartete er. Der Teufel hatte davon gesprochen, dass er sich nicht wundern sollte. Bisher war noch nichts geschehen. Auch die Luft würde für eine Weile reichen.

Es war still.

Pierre selbst spürte, dass in der Vitrine andere Kräfte herrschten. Er sah sie nicht, aber sie waren vorhanden, und sie beeinflussten seine Gedanken.

Und er spürte die Kälte.

Sie war plötzlich da, kroch von innen her in seinen Körper und ergriff von ihm Besitz. Es war keine Kälte, wie sie im Winter draußen lauerte, sondern eine innere. Vielleicht eine Gefühlskälte oder der Odem des Bösen. Starr schaute er auf die Glasscheibe.

Bisher hatte sich dort nichts getan. Nun aber sah er in der Scheibe seltsame Schlieren, die anfingen zu wandern, und er vernahm wispernde Stimmen.

»Du wirst sie töten!«, flüsterte eine Stimme. »Du wirst ihr das Herz entnehmen. Sie heißt Jane Collins …«

Pierre öffnete den Mund. Sein Gesicht nahm einen wächsernen Ausdruck an. Die Haut schien von innen her zu vereisen, und auf seine Poren legte sich ein dünner Film.

Eis …

Ja, es war Eis.

Jetzt stieg die Angst in ihm hoch. Der Teufel hatte ihn hereingelegt. Es sollte ihm wie den drei Herzen ergehen. Sie waren in der Truhe vereist, und ihm stand das gleiche Schicksal bevor. Auch er würde das Grauen spüren und sich später nicht mehr bewegen können.

Die Kälte nahm zu.

Bei seinen Zehenspitzen begann es. Auch die Finger blieben nicht verschont. Durch die Spitzen kroch die Kälte allmählich höher. In seine Adern drang sie und schien auch das Blut allmählich in Eiskristalle zu verändern.

Er schaute hoch.

Der gläserne Deckel war seine Chance. Wenn er ihn aufstieß, konnte er der Kälte entkommen.

Pierre merkte, dass er Mühe hatte, den Arm in die Höhe zu stemmen. Er legte seine rechte Hand unter den Deckel und drückte ihn langsam hoch. Das heißt, er wollte es und musste mit Schrecken feststellen, dass ihm dies nicht gelang.

Der Deckel saß fest!

Satan hat dich eingeschlossen!, schoss es ihm durch den Kopf. *Er hat dich missbraucht! Du hast deine Schuldigkeit getan, nun lässt er dich einfach fallen!*

Pierre schüttelte den Kopf. Er war sauer, er war fertig, er …

»Zweifelst du an mir?« Das war die Stimme des Teufels.

Sehen konnte Pierre ihn nicht, er hörte nur die Stimme, und das reichte ihm.

»Warum hast du mich hier eingeschlossen? Weshalb soll ich erfrieren?«, schrie er.

»Das wirst du nicht«, erklärte der Satan. »Dein Blick soll sich nur für Dinge öffnen, die wichtig für dich sind. Rufe den Namen. Rufe die, die zu dir eilen soll. Ich habe dich mit meiner Kraft gefüllt, und diese Kraft wird sie erreichen.«

»Wen meinst du?«

»Rufe sie!«

Es war dem jungen Mann schwergefallen, einen klaren Gedanken zu fassen. Die Kälte nahm zu, und sie beeinflusste auch sein Denken und Handeln. Er wurde träge.

Nur auf den Namen musste er sich konzentrieren. Und ihn rief er laut und deutlich.

»Jane Collins!« Dabei erschrak er über seine eigene Stimme. Sie hallte in der Vitrine, als wäre sein gläsernes Gefängnis zehnmal so groß.

Vergebens lauschte Pierre auf eine Antwort, und ein weiteres Mal rief er den Namen der Hexe.

Er hörte das Knistern, als das Eis an den Wänden allmählich zersplitterte, und wieder musste er schreien.

»Das reicht!«

Satans Stimme war da. »Du steckst in einem Zentrum schwarzer Magie. Diese Vitrine ist etwas Besonderes. Der Ruf, den du in ihr ausgestoßen hast, wird keine Grenzen kennen und genau die erreichen, auf die es dir ankommt. Ich hoffe, dass die Vitrine dich genügend abgeschirmt hat, sodass Jane Collins nicht merkt, was wir vorhaben. Wenn du sie vor dir stehen hast und ihr das Herz raubst, werde ich wieder erscheinen und dir dabei zuschauen. Hast du verstanden?«

»Das habe ich.«

»Dann enttäusche mich nicht.«

Es waren die letzten Worte des großen Mentors, bevor sich dieser zurückzog. Pierre hatte noch fragen wollen, ob er in der Vitrine erfrieren sollte, es war ihm nicht mehr gelungen, weil andere Gedanken ihn quälten.

Plötzlich verschwand das Eis.

Pierre konnte zuschauen, wie es sich von den gläsernen Seiten der Vitrine zurückzog. Dabei bildete es seltsame Muster. Manchmal Sterne, dann wieder andere Kristallformen und auch ein Dreieck, das Ähnlichkeit mit dem Gesicht des Teufels hatte.

Satan hatte das Eis auf magische Art und Weise entstehen lassen, nun ließ er es tauen.

Nur wurde es dabei nicht zu Wasser. Es verschwand so, wie es entstanden war. Ohne Spuren zu hinterlassen.

Tief atmete der junge Student durch. Seine Panik verschwand allmählich. Er hatte das Gefühl, noch einmal neu Geburtstag feiern zu können. Jemand hatte ihm das Leben zurückgegeben. Und dieser Jemand war der Teufel gewesen. Demnach spielte der Herr der Hölle doch nicht falsch.

Pierre lachte auf, als er seinen Arm in die Höhe streckte und es ihm gelang, ohne große Schwierigkeiten den gläsernen Deckel der Vitrine in die Höhe zu stemmen. Er stellte sich hin. Dabei verzog er das Gesicht, schüttelte den Kopf und atmete tief durch, bevor er aus der Vitrine kletterte.

Neben ihr blieb er stehen. Das Zittern in den Knien hatte aufgehört, er fühlte sich besser und begann zu lachen. Wie ein kleines Kind führte er sich auf, tanzte von einem Bein auf das andere. Doch er hielt das Messer mit der langen Klinge bereits in der Hand.

Diese Jane Collins konnte kommen …

Eine Taube in Menschengröße!

Hätte mir das jemand vor fünf Minuten erzählt, ich hätte ihn für einen Spinner gehalten.

Nun sah ich sie mit eigenen Augen, und auch Suko sah das Gleiche wie ich.

Paul Meurisse stand nicht weit von diesem unheimlichen Vogel entfernt. Der französische Agent hielt sich die Schulter. Die Hand lag dort mit gespreizten Fingern, und wir konnten beide das Blut erkennen, das aus einer Wunde hervorquoll. Wahrscheinlich hatte der Schnabel dieses übergroßen Vogels die Wunde gerissen, und Meurisse war es nicht mehr gelungen, auszuweichen.

Zuerst bewegte sich Suko. Seine rechte Hand umklammerte den Griff der Dämonenpeitsche und zog die Waffe hervor. Er schlug einen Kreis über den Boden.

Die drei Riemen rutschten heraus. Da dieses Wesen vor ihm magisch aufgeladen war, hoffte Suko, es mit der Peitsche erledigen zu können.

Ich holte die Beretta aus dem Holster. Peitsche und Silberkugel reichten hoffentlich aus.

Das Tier war wirklich gewaltig. Sein Gefieder schimmerte grauweiß. Der Kopf, größer und auch länger als der eines Menschen, zeigte in Meurisses Richtung. Auch der Schnabel der Taube war lang. Die Augen wirkten wie Kugeln. Dieses Tier war tatsächlich ein Monstrum.

»Meurisse!« Scharf sprach ich den Franzosen an. »Gehen Sie ein paar Schritte zurück!«

Erst jetzt schien uns der Mann wahrzunehmen. Er drehte den Kopf, schaute uns an und nickte.

Im selben Augenblick breitete die Taube die Flügel aus. Das geschah schnell, ich hatte noch schießen wollen, doch als ich abdrücken wollte, war die Taube schon in der Luft.

Ein gewaltiges Exemplar, unheimlich anzusehen, mit einer Flügelspannweite, die den Weg überbrückte.

Zu treffen war sie immer.

Von unten her drang die abgefeuerte Kugel schräg in den Körper des Monstertieres.

Kaum hatte die Kugel getroffen, als das Tier einen gurrenden Schrei ausstieß, senkrecht in die Höhe stieg und sich regelrecht schüttelte.

Plötzlich schwebte es über den Bäumen und war unseren Blicken entschwunden.

Wir liefen auf den Weg. Dort erwartete uns ein leichenblasser Paul Meurisse.

»Ich begreife das nicht«, flüsterte er, nahm die Hand von seiner Schulter und schaute auf die Wunde. Sein Ledermantel war durch den Schnabelhieb an dieser Stelle zerfetzt worden, auch das Jackett darunter sowie das Hemd. Aus der Wunde rann Blut.

Ich hob die Schultern und wusste auch keine Erklärung. Ferner wussten wir nicht, ob wir die Taube tödlich getroffen hatten. Angeschossen war sie.

Schwebte sie noch irgendwo über den Bäumen?

Vergeblich lauschten wir auf das Schlagen der Flügel. Die Taube hielt sich zurück. Oder sie war nicht mehr in der Lage, uns wieder anzugreifen?

Meurisse ging einige Schritte zur Seite und nahm auf einer kleinen Grabmauer Platz. »Suchen Sie dieses verdammte Vieh. Ich bleibe währenddessen hier.«

Suko warf ihm die Beretta zu. »Die Waffe ist mit geweihten Silberkugeln geladen. Wenn die Taube zurückkehren sollte, schießen Sie, Meurisse. Jagen Sie ihr die Kugeln in den Balg!«

»Okay.«

Wir machten uns auf die Suche. Vielleicht hatten wir sie angeschossen und brauchten sie nur aufzusammeln, wie man so schön sagt. Das wäre natürlich am besten gewesen.

Wir hatten uns gemerkt, in welche Richtung die Taube davongeflogen war. Jedenfalls nicht in die, aus der wir gekommen waren. Also gingen wir in die entgegengesetzte weiter.

Der Regen hatte aufgehört. Jetzt beeinträchtigte nur noch der vom Boden hochsteigende Dunst unsere Sicht.

Die schweren Wolken wallten zwischen den Gräbern wie Tücher, die von unsichtbaren Händen langsam vorgeschoben wurden.

Da hörten wir das Gurren.

Links von uns klang es auf, denn die Taube musste irgendwo zwischen den Büschen gelandet sein.

War das überhaupt bei ihrer Größe möglich?

Ich konnte es mir kaum vorstellen. Wir mussten nachsehen, das gurrende Geräusch hatte uns den Weg gewiesen. Über andere Gräber stiegen wir hinweg, räumten störende Zweige zur Seite und starrten auf das grüne Blattwerk, das feucht glänzte.

»Verdammt«, sagte Suko, »ich habe sie doch gehört.«

Ich nickte nur.

Suko war schon weitergegangen. Ich folgte meinem Freund über den nassen Rasen und stellte fest, dass wir gar nicht weit zu gehen brauchten, denn nach einigen Metern hatten wir das Ziel erreicht.

Die Taube war tatsächlich gelandet. Mit ihrem schweren Körper war sie in einen Busch gefallen.

Jetzt hockte sie auf ihm wie auf einem großen Nest.

Suko wischte über seine Augen. »Träume ich, oder ist sie tatsächlich kleiner geworden?«

»Du irrst dich nicht. Die ist geschrumpft.«

Wir beide standen da und staunten. Jetzt verstanden wir überhaupt nichts mehr. Die übergroße Monstertaube dachte nicht daran, uns zu attackieren. Wir waren für sie in diesen Augenblicken Luft, denn sie war mit sich selbst beschäftigt.

Ein unheimlicher Prozess spielte sich vor unseren Augen ab. So etwas hatten wir noch nicht erlebt, und wir waren ja beide ziemlich viel gewohnt.

Von Sekunde zu Sekunde schrumpfte die Taube mehr zusammen. Dabei stieß sie Schreie aus, als hätte sie vor irgendetwas Angst. Immer kleiner wurde sie. Sie hatte jetzt nur noch die Größe eines Armes und entwickelte sich weiter zurück.

Zu tun brauchten wir nichts. Nur zuzuschauen, und wir sahen, dass sich die Zweige des Busches allmählich wieder in die Höhe reckten, weil sie das Gewicht nicht mehr spürten.

Lücken entstanden.

Durch eine dieser Lücken rutschte die Taube.

Plötzlich war sie verschwunden. Sie lag irgendwo zwischen dem Grün der Blätter am Boden. Wir sahen sie nicht mehr, aber wir hörten sie noch. Das verzweifelt klingende Gurren jagte uns beiden Schauer über den Rücken.

»Suchen wir sie«, sagte ich und ging schon vor.

Es waren ja nur zwei Schritte, bis wir vor dem Busch standen, uns bückten und den Boden zwischen den Zweigen abtasteten. Gras wuchs dort nicht, deshalb konnten wir die Taube schlechter sehen, weil sich ihr Gefieder nicht so recht abhob.

Ich entdeckte sie zuerst. »Hier ist sie!«, rief ich meinem Partner zu und drückte mit dem rechten Arm Zweige zur Seite. Die Taube hatte wieder die normale Größe angenommen, sodass ich sie anfassen und vom Boden hochheben konnte.

Vielleicht war sie ein wenig dicker als ein normales Tier, ansonsten stellte ich keinen Unterschied fest.

Suko kam zu mir.

Die Taube lag auf meinem Handteller. Sie lebte noch, hatte den Kopf gedreht, der Schnabel stand offen, und ich glaubte, Qual in ihren Augen lesen zu können.

Es war auch das Einschussloch zu sehen, wo die geweihte Silberkugel sie getroffen hatte.

Ein letzter Blick traf mich. Er kam mir nicht anklagend vor, sondern irgendwie froh, dass das Tier es endlich hinter sich hatte. Danach sank der Kopf nach vorn, und die Taube war in meiner Hand gestorben.

Ich schaute meinen Freund an.

Suko hob die Schultern. »Verlange keine genaue Erklärung von mir, John. Ich kann sie dir nicht geben.«

»Das wollte ich auch nicht. Seltsam ist es schon.«

Mit der toten Taube gingen wir zu Meurisse zurück.

Der Franzose hockte noch immer auf der Grabmauer. Er hatte seine Wunde selbst verbunden. Das Tuch zeigte eine rote Färbung. Als er uns und die Taube sah, bekam er große Augen.

»Ist sie das?«

»Ja, sie ist wieder geschrumpft.«

»Wie kann das möglich sein?«

»Eine exakte Erklärung kann ich Ihnen auch nicht geben. Wahrscheinlich hat eine Magie die andere zerstört.«

»Wobei Ihre stärker war.«

»So sieht es aus.«

Meurisse schüttelte den Kopf. »Hätte mir das jemand erzählt, ich hätte ihn wirklich in eine Anstalt einweisen lassen. Aber so ist es was anderes.«

Ich wollte die Taube nicht mehr länger festhalten und legte sie deshalb zu Boden.

Kaum hatte sie Kontakt, als das geschah, womit wir eigentlich schon lange gerechnet hatten.

Die Taube löste sich auf.

Vor unseren Augen zerfiel sie. Die Federn rutschten zur Seite und zerbröselten. Als Staubschicht blieben sie auf dem Weg liegen. Das Gleiche geschah mit den Kochen, dem Kopf, dem Schnabel. Von der Taube blieb nichts übrig. Sogar meine Silberkugel entdeckte ich wieder und danach etwas anderes.

Ich konnte es nicht glauben, ich wurde bleich, hörte den eisenharten Meurisse stöhnen und Suko scharf die Luft ausstoßen.

Vor uns lag ein menschliches Herz!

Niemand redete. Ich ging einen Schritt zur Seite und setzte mich neben Paul Meurisse auf den schmalen Mauerrand.

Ich spürte das Zittern der Hände, den Druck im Magen und die Kälte auf meinem Rücken. Mit allem hatte ich gerechnet, nur damit nicht. Hier also sah ich ein Herz wieder. Und es musste einfach zu den Herzen gehören, die einem der Mädchen in London entnommen worden waren. Eine andere Möglichkeit gab es nicht für mich.

»Sinclair«, sagte Meurisse leise. »Sie haben recht gehabt. Sie haben so verdammt recht gehabt. Die beiden Fälle hängen zusammen.«

»Stimmt.«

»Und jetzt?«, fragte Meurisse. »Ich muss Ihnen ehrlich gestehen, dass ich ratlos bin. Hier lauert jemand im Hintergrund, der geschickt seine Fäden zieht. Wir wissen nicht, wie er aussieht, wie …« Er hob die Schultern und brach sein Gespräch ab.

»Haben Sie eine Hülle? Wir müssen das Herz schließlich einpacken.«

»Ja, die habe ich.«

Wie fast alle Kriminalbeamten, so trug auch Meurisse dünne Plastikhüllen bei sich. Er holte sie aus der Tasche. Ich öffnete sie und legte das Herz hinein.

Es schlug nicht, es konnte nicht mehr schlagen, dennoch hatte es sich im Körper dieser Riesentaube befunden.

»Suchen Sie nach einer Erklärung, Sinclair?«

»Sicher.«

»Ich auch. Aber ich habe keine.«

»Wissen Sie, Meurisse, wenn Sie sich so lange mit außergewöhnlichen Dingen beschäftigen wie ich, kann man schon so etwas wie Erklärungen finden.«

»Da bin ich gespannt.«

»Der Teufel«, sagte ich, »denn da müssen wir anfangen. Er interessiert sich für viele Dinge. Besonders für die, die das menschliche Leben betreffen. Und ist das Herz nicht das Wichtigste, was der Mensch besitzt? Wenn es nicht mehr schlägt, kann der Mensch nicht mehr weiterleben, und so wird der Satan immer wieder versuchen, gerade das Herz in seine Gewalt zu bringen. Da kann er Menschen manipulieren und unter seine Knute zwingen. Wenn Sie die entsprechende Literatur durchforsten, werden Sie immer wieder auf dieses Phänomen stoßen.«

»Gibt es den Teufel überhaupt?«, fragte Meurisse.

»Ja.«

»Und wie sieht er aus?«

Ich lachte bitter. »Beschreiben kann man ihn eigentlich nicht. Er ist auf keine Person fixiert. Er kann alles sein. Ein Mensch, ein Monster, hässlich oder schön, denn er ist wandelbar wie die Hölle. Wenn er will, werden Sie ihn nicht erkennen, aber oft genug zeigt er sich so, wie ihn die Menschen im Mittelalter schon auf Bildern oder Holzschnitten verewigt haben. Gefährliche, dreieckige Fratze, fellbedeckter Körper, Klumpfuß.«

»So haben Sie ihn schon gesehen?«

»Wir beide«, antwortete Suko. »Sie müssen wissen, dass er zu unseren Erzfeinden gehört.«

»Das ist mir zu hoch. Lassen wir das Thema, das bringt uns nichts. Ich sehe mich als Praktiker.«

»Okay«, sagte ich. »Dann möchte ich Sie als Praktiker fragen, was Ihre Wunde macht.«

»Ich müsste sie behandeln lassen.«

»Wo liegt das nächste Hospital?«

»Da können Sie fast hinspucken.«

Ich stand auf. »Kommen Sie. Lassen Sie dort Ihre Verletzung behandeln. Wir werden später weitersehen, was wir unternehmen können. Dieser Pierre muss doch zu finden sein.«

»Und wenn es das Letzte ist, was ich in meinem Leben tue«, erklärte Paul Meurisse entschlossen …

Der französische Agent und die Ärzte waren in Streit geraten, weil die Mediziner wegen der Verletzung erstens seinen Arm großartig verbinden und ihn zweitens noch im Krankenhaus behalten wollten. Meurisse hatte abgelehnt und sich schließlich zwei Pflaster auf die Wunde kleben lassen.

Fast fluchtartig hatten wir dann das Krankenhaus verlassen. Unser Ziel war Meurisses Dienststelle.

Dass er uns dort hinführte, bewies, wie sehr er uns vertraute. Wir kurvten durch das regennasse Paris und hielten schließlich vor einem Grundstück, das durch ein schmiedeeisernes Tor gesichert war. Hinter dem Tor lag ein Garten mit hohen Bäumen, und dazwischen stand eine alte Villa. Als wir vor der Tür standen, begann Meurisse zu lachen.

»Was ist los?«, fragte ich.

»Ist Ihnen nichts aufgefallen?«

»Meinen Sie die Sicherheitsanlagen?«

»Genau.«

»Die sind gut versteckt.«

»Ja, hier kommt keine Maus durch.«

Ohne dass Meurisse schellen musste, schob sich die schwere Eingangstür zur Seite, und wir konnten die Villa betreten. Eine Halle nahm uns auf. Sie war als Büro umfunktioniert worden. Ich zählte vier Schreibtische. Drei von ihnen waren mit

Männern besetzt. Hinter dem vierten saß eine ältere Frau. Sie musterte uns über ihre dünne Goldrandbrille hinweg. Fernschreiber tickten und brachten Nachrichten aus allen Teilen der Welt.

Meurisse wurde gegrüßt wie der Chef persönlich. Wahrscheinlich war er dies auch.

»Wir fahren in die Infoabteilung«, erklärte der Agent und ging auf eine Tür zu, die Ähnlichkeit mit der eines Fahrstuhls hatte. Die beiden Hälften fuhren auseinander, wir konnten in die Kabine steigen und jagten nach unten.

Der Expresslift hielt sehr schnell. Als wir ausstiegen, befanden wir uns in einem kahlen Betongang.

Ich kam mir vor wie in einem Agentenfilm.

Hier unten wurde gearbeitet. Die Angestellten trugen weiße Kittel und Kennkarten an den Revers. Die Informationsabteilung war innerhalb des größten Raumes untergebracht worden. Er hatte bereits die Ausmaße eines Saales. Dort begaben wir uns hin.

Auch hier wurde Meurisse begrüßt, stellte uns nicht namentlich vor, sondern wandte sich an den Chef der Abteilung. Mit wenigen Worten erklärte er dem Professor das Problem.

Der Mann runzelte die Stirn und fuhr über seinen fast haarlosen Schädel. »Es ist viel, was Sie da von mir verlangen, Meurisse.«

»Weiß ich.«

»Haben Sie wirklich nicht mehr Fakten?«

»Nein.«

»Ist dieser Pierre schon einmal mit dem Gesetz in Konflikt geraten?«

»Das wissen wir nicht.«

Der Professor hob die Schultern. »Bon, ich werde versuchen, Ihnen zu helfen. Erwarten Sie aber keine Wunder.«

»Tun wir nicht. Denken Sie aber daran, dass unser Pierre auch zu den Leuten gehört haben kann, die in den Katakomben Partys feiern.«

»Ja, ich werde die entsprechenden Informationen eingeben.«

Der Professor verschwand, und wir machten uns auf eine

längere Wartezeit gefasst. Die verbrachten wir in einem Aufenthaltsraum, wo Getränkeautomaten standen.

Das gefundene Herz hatte ich im Krankenhaus abgegeben. Es war dort eingeschlossen und kühl gelagert worden.

Wir holten uns Kaffee. Die Brühe schmeckte so wie das Zeug aus den Yard-Automaten. Dennoch tranken wir sie.

Zeit verging.

Wir waren nervös. Selbst Suko schaute öfter als gewöhnlich auf die Uhr.

Nachdem eine halbe Stunde vergangen war, hielt Meurisse nichts mehr auf seinem Stuhl. Er stand auf und begann damit, unruhig auf und ab zu wandern.

»Die Kerle müssen doch etwas erreichen«, murmelte er. »Das ist nicht drin, dass sie …«

Da öffnete sich die Tür. Der Professor erschien.

»Endlich, La Grange«, rief Meurisse. »Haben Sie etwas gefunden?«

Der Mann hob die Schultern. »Ob ich Ihnen damit weiterhelfen kann, weiß ich nicht.«

»Zeigen Sie es zumindest mal.«

Professor La Grange legte den Streifen auf den Tisch. Er setzte seine Brille auf und beugte sich über die vom Computer ausgespuckten Informationen.

»Fangen wir mit dem Namen an. Es gibt so viele Pierres, dass Sie sich kaum eine Vorstellung davon machen können. Auch auf der Uni. Wir sind folgendermaßen vorgegangen …«

»Moment, Professor, keine wissenschaftliche Abhandlung«, unterbrach Meurisse.

»Aber ich …«

»Fakten, nur Fakten zählen.«

La Grange hob die Schultern. »Wie Sie meinen. Wir haben einen jungen Mann namens Pierre gefunden, der auf der Uni aufgefallen ist, weil er Versuche anstellen wollte, die, sagen wir, nicht ganz astrein sind, denn sie widersprechen der menschlichen Ethik und Moral. Dieser Pierre ist gemeldet worden, weil er sich zudem noch politisch betätigt hat. Und zwar in rechtsradikalen Kreisen.«

»Das könnte er sein«, meinte Suko.

Ich war sogar ziemlich sicher.

»Und wo finden wir den Knaben?«, wollte Paul Meurisse wissen.

»Rue Lepic Nummer 17.«

Meurisse lachte. »Das ist Montmartre. Gar nicht mal weit vom Friedhof entfernt.«

»Ob es dort allerdings den Trödlerladen gibt, von dem Sie gesprochen haben, weiß ich nicht.«

»Das macht auch nichts. Professor. Jedenfalls haben Sie uns sehr geholfen.«

»Danke. Wir trinken übrigens Rémy Martin.«

»Okay, Monsieur le Professeur«, sagte ich. »Diese Flasche geht dann auf meine Rechnung.«

La Grange schmunzelte. »Wer sie bezahlt, ist mir egal. Hauptsache, wir bekommen sie.«

»Darauf können Sie sich verlassen.« Das sagte ich bereits im Weggehen. Wir konnten mehr als zufrieden sein, denn mit diesem Ergebnis hatte keiner von uns gerechnet.

Als wir wieder in den Tag hineintraten, hatte sich das Wetter ein wenig gebessert. Hier und da lugte ein schüchterner Sonnenstrahl durch die Lücken zwischen den Wolken. Dennoch war die Kraft der Sonne noch nicht stark genug, das Grau des Regentages zu vertreiben.

Wir fuhren wieder nach Montmartre.

Der Verkehrsmoloch Paris schluckte uns. Es war eine wilde Kurverei, aber Meurisse löste das Problem mit Glück und guten Nerven. Er hatte es sich nicht nehmen lassen, trotz seiner Verletzung zu fahren. Uns wollte er die Fahrt nicht zumuten.

Schließlich landeten wir in einem Wirrwarr von Einbahnstraßen und schmalen Gassen. Es war unmöglich, hier einen Parkplatz zu finden. Meurisse ärgerte sich und stellte den Wagen schließlich in einer Verbotszone ab. Wir mussten ein Stück zu Fuß gehen.

Die schüchternen Sonnenstrahlen hatten die Menschen wieder aus den Häusern gelockt. Hier trieb sich wahrhaftig ein buntes Völkchen herum. Künstler und solche, die sich so nannten, machten es sich auf der Straße bequem. Was da alles aus den Häusern geschleppt wurde, war schon phänomenal. Das begann bei der Staffelei, ging weiter über Tische und Stühle, bis hin zu Dingen, die auf dem Flohmarkt verkauft wurden.

Ich staunte.

Meurisse lachte. »Was wollen Sie machen, Sinclair? Das ist Montmartre, und es ist nicht umsonst weltberühmt geworden.«

»Ja, ich sehe schon.«

Das Haus, das wir suchten, unterschied sich kaum von anderen alten Bauten. Es hatte eine abgeblätterte Fassade und ein graues Dach, aus dessen Vorderseite die viereckigen Gauben hervorstachen.

In der unteren Etage befand sich ein Geschäft, ein Trödelladen mit riesigem Angebot.

Wir betraten den Laden, nachdem wir zwei ausgetretene Steinstufen hochgegangen waren.

Eine Glocke bimmelte, und wir hatten eine andere Welt betreten. Schon der Geruch war seltsam. Es roch nach zahlreichen Gewürzen und nach Staub. Der lag überall.

Auf den alten Büchern, den Lampen, den Tassen, Tellern und Bestecken. Es gab Kannen, Töpfe, Krüge, Kleidung und auch kleinere Möbelstücke, die allesamt noch restauriert werden mussten.

Da der Trödel auch von der Decke hing, mussten wir die Köpfe einziehen, wenn wir sie uns nicht stoßen wollten.

Unser Eintreffen musste gehört worden sein, da die Glocke geläutet hatte.

Doch niemand ließ sich blicken.

Meurisse war ungeduldig. »He, ist hier niemand?«

Schritte …

Irgendwo im Hintergrund des nicht zu überschauenden Ladens waren sie aufgeklungen, wurden lauter und näherten sich uns. Eine Gestalt erschien aus einer freien Stelle zwischen zwei Schränken.

Es war eine Frau, nein, ein junges Mädchen, und sie passte in den Laden wie der Kühlschrank an den Nordpol.

Ihr Haar war rabenschwarz und so lang, dass es weit bis auf den Rücken fiel. Wir sahen ein gebräuntes Gesicht und Augen wie Kohlestücke. In den Adern des Mädchens floss das Blut mehrerer Rassen. Einen roten Pullover trug sie und eine pechschwarze Hose. Ihre Füße steckten in weichen Turnschuhen.

Sie lächelte uns an und fragte nach unseren Wünschen.

»Es geht uns eigentlich um Pierre«, sagte Meurisse. »Kennen Sie den jungen Mann?«

»Müsste ich das?«

Raffiniert, die Kleine, dachte ich und sah Meurisse kräftig nicken.

»Es wäre besser für Sie.«

»Er ist nicht hier.«

»Vielleicht in der Wohnung?«

»Kann sein.«

Meurisse wurde sauer. »Hören Sie. Ich kann Ihnen einige Schwierigkeiten bereiten, wenn Sie hier die Verstockte spielen.«

»Ich weiß es doch nicht, Mensch.«

»Lassen wir es«, mischte ich mich ein und wandte mich dennoch an das Mädchen. »Gehört Ihnen das Geschäft hier?«

»Ja.«

»Haben Sie es gekauft?«

»Nein, geerbt, von meinem Großvater.«

»Weshalb lügen Sie?«, fragte ich. »Hat nicht Pierre den Laden übernommen?«

»Auch. Wir sind Partner.«

Die war nicht zu packen. Stets verstand sie es, unseren Fragen geschickt auszuweichen. Was sie nicht sagen wollte, behielt sie für sich.

»Wohnt Pierre noch oben?«, fragte Meurisse.

»Sicher.«

»Dann werden wir uns dort umsehen.«

Das Mädchen hob die Schultern. »Tun Sie, was Sie nicht lassen können.«

»Wie heißen Sie eigentlich?«, fragte ich.

»Claudine.«

»Hübscher Name.« Ich lächelte. »Ist denn Pierre Ihr Freund?«

Ihre dunklen Augenbrauen zogen sich zusammen, während sie sich gegen einen alten Schrank lehnte. »Wüsste nicht, was Sie das angeht.«

»Ich frage aus einem bestimmten Grund. Wenn es nämlich so wäre, dann würde mich interessieren, was Sie zu den Eskapaden Ihres Freundes sagen.«

»Spinnen Sie?«

»Nein, aber es ist noch nicht lange her, da hat Ihr lieber Pierre drei Engländerinnen angemacht, als diese auf Besuch in Paris waren.«

Claudines Gesicht verschloss sich. »Das ist seine Sache. Er kann tun, was er will.«

»Natürlich. Ich wollte es auch nur gesagt haben.« Knapp lächelte ich dem Mädchen zu, bevor wir den Trödelladen verließen. Viel hatte unser Besuch nicht gebracht, aber wir drei trauten ihr nicht.

»Die weiß mehr, als sie zugeben will«, erklärte Meurisse, als wir die Treppe hochstiegen.

»Sicher.«

Die Stufen bewegten sich unter unseren Schritten. Auch das Geländer, auf dem unsere Hände lagen, war nicht mehr das stabilste. Wir waren froh, endlich das oberste Stockwerk erreicht zu haben, und sahen eine Tür, die dunkelgrün gestrichen war.

Natürlich war sie verschlossen. Da ein dringender Grund vorlag, die Wohnung in Augenschein zu nehmen, öffnete Meurisse sie mit seinem Spezialbesteck.

Das ging sehr schnell. Er war ein Meister seines Faches.

Gemeinsam traten wir über die Schwelle und fanden uns in einem Raum wieder, der schräge Wände hatte. Zwei Dachgauben waren zur Straßenseite vorgebaut worden. Die quadratischen Fensterscheiben zeigten einen dicken Film aus Schmutz.

Das Dachgeschoss bestand aus zwei großen Räumen. Der erste diente als Schlaf- und Wohnraum. Die Möbelstücke schien sich Pierre irgendwo zusammengesucht zu haben, da passte nichts zum anderen. Von der Decke hing ein Korbsessel, und daneben stand ein Stuhl mit gebogenen Beinen. Die Couch hatte auch schon bessere Zeiten erlebt. An einer Seite schaute eine gebogene Sprungfeder hervor.

Suko und Meurisse waren im zweiten Raum verschwunden. Ich hörte ihre Stimmen.

»Komm mal her, John.«

Als ich das Zimmer betrat, fielen mir sofort die Käfige auf. Tote Tiere lagen darin. Der Geruch war dementsprechend. Dieser Pierre hatte seine nicht statthaften Versuche an Hamstern und Mäusen ausprobiert. Jetzt waren sie alle tot. Vielleicht an Hunger gestorben oder an den Experimenten.

Auf dem Schreibtisch herrschte ein Chaos. Bücher lagen aufgeschlagen und mit einer Staubschicht bedeckt. Ich schaute mir die Titel an. Diese Werke beschäftigten sich mit Tierversuchen.

»Die Arbeit scheint er abgebrochen zu haben«, meinte Suko. »Wahrscheinlich wollte er sich mit effektiveren Dingen beschäftigen.«

»Wie das Züchten von Monsterratten oder Riesentauben«, erklärte Meurisse und schüttelte sich.

Wir suchten eine Viertelstunde intensiv, ohne einen Hinweis darauf zu finden, wo sich dieser Pierre jetzt aufhalten könnte.

»Nichts«, stellte Meurisse fest und nahm uns mit dieser Bemerkung das Wort aus dem Mund. Dann tippte er gegen den Schreibtisch. »Ich werde aber herausfinden, wo sich der Kerl befindet. Und zwar nehmen wir uns das Mädchen Claudine vor. Sie muss es einfach wissen oder wird uns wenigstens einen Hinweis geben können.«

Meurisse hatte recht. Claudine war tatsächlich die einzige Spur, die wir hatten.

Wir gingen.

Ich hatte die Spitze übernommen, gelangte auch als Erster an die Tür, zog sie auf und blieb steif stehen.

Der Schock traf mich wie ein Hieb in den Magen.

Zwischen Tür und Treppe hockte ein gewaltiges Biest. Schaurig und unheimlich anzusehen.

Eine Riesenratte!

Und sie biss blitzschnell zu …

Jane Collins hatte den Würfel des Unheils. Ihn zu besitzen bedeutete, Macht zu haben. Bisher hatte sie die Macht noch nicht richtig ausgespielt, aber sie dachte eiskalt darüber nach und drehte nicht durch.

Woher kam der Würfel?

Sie wusste es nicht. Seine Herkunft und seine Entstehungsgeschichte lagen im Dunkeln. Ihr war nur bekannt, dass sich ein mächtiger Dämon einmal des Würfels angenommen hatte.

Das war der Spuk!

Und mit ihm wollte sie es sich nicht verderben. Der Spuk lauerte im Hintergrund, wahrscheinlich wollte er auch nur beobachten und zog wie ein unsichtbarer Regisseur die Fäden. Wenn Jane den Würfel für ihre Zwecke einsetzte und der Grund dem Spuk nicht gefiel, musste sie dafür bezahlen. Das wollte sie auf keinen Fall.

Deshalb hielt sie sich so zurück.

Von der Hölle wurde sie gejagt. Nicht allein, weil sie den Würfel besaß, Asmodis wollte auch mit ihr abrechnen, denn im Prinzip schob er ihr die Schuld am Tod der Oberhexe Wikka in die Schuhe. Wenn der Teufel einmal von jemandem enttäuscht worden war, vergaß er das nie. Er konnte seine Rache Jahrhunderte auf Eis legen, um dann im geeigneten Moment zuzuschlagen.

Über das alles hatte Jane Collins nachgedacht und auch über ihr Verhältnis zu John Sinclair.

Sie wusste selbst nicht, als was sie ihn einstufen sollte. Vielleicht als einen unfreiwilligen Verbündeten, denn auch Sinclair kämpfte gegen den Teufel, so war es ganz natürlich, dass sich ihre Wege des Öfteren kreuzen würden.

Wenn er allerdings geahnt hätte, an welch einem Platz sich Jane Collins seit einiger Zeit aufhielt, hätte er vielleicht durchgedreht. Sie wohnte wieder in London, hatte sich ein kleines Apartment möbliert gemietet und konnte deshalb die Aktivitäten des Geisterjägers ziemlich gut verfolgen.

Für sie spielte der Würfel die Hauptrolle. Es war ein Orakel, denn er sagte ihr das, was sie wissen musste.

Zudem konnte sie ihn lenken. Durch ihn empfing sie auch gewisse Stimmungen und Ströme. Wenn sie sich auf ihn konzentrierte, zeigte er ihr sehr genau an, ob da jemand war, der etwas von ihr wollte.

Wie in diesem Fall.

Der Würfel war wie ein Indikator. Jane hatte ihn vor sich auf den Tisch gelegt, hielt ihn mit beiden Händen umfasst, und sie spürte dabei, dass etwas mit ihm geschah.

Jemand rief sie.

Aber wer?

Sie sah nichts, sie vernahm nur diesen Ruf, und sie hörte ihn wie einen dumpfen Glockenschlag.

Jane Collins starrte auf die Fläche. Sie war farbig, zeigte eine Mischung aus Rot und Violett. Schlieren hatten sich innerhalb des Würfels gesammelt, die wie träger Dampf wirkten.

Wer konnte sie gerufen haben?

Die Antwort ließ nicht lange auf sich warten. Aus Paris erreichte sie der Ruf, und es war ein junger Mann. Sie sah nur schwach sein Bild innerhalb der Würfelfläche, dennoch erkannte sie, dass man diesen Rufer nicht als normal bezeichnen konnte, den er stand mit dem Teufel in Verbindung.

Asmodis selbst war nicht zu sehen, nur spürte sie dessen Aura, die der Würfel des Unheils weiterleitete.

Jane lächelte kalt.

Okay, der Satan versuchte es also noch einmal. Das machte ihr nichts. Sie nahm seine Herausforderung gern an, denn er wollte nicht nur sie vernichten, es war auch umgekehrt so.

Wenn sie Asmodis eine Niederlage beibrachte, von der er sich nicht erholte, erstarkte sie und hatte freie Bahn.

»Okay«, flüsterte die ehemalige Detektivin. »Okay, ich habe deinen Ruf verstanden, und ich werde ihm folgen. Dann aber sehen wir weiter …«

Ihr hässliches Lachen hallte durch die Wohnung und verklang. Diesmal würde sie keinen John Sinclair brauchen. Mit diesem neuen Werkzeug des Teufels konnte sie allein fertig werden.

So jedenfalls dachte sie …

GRAUEN IN DEN KATAKOMBEN

»O Gott, da gehe ich nicht hinunter!« Giselle Virains Augen wurden groß. Sie schüttelte heftig den Kopf. Ihre halblangen, blonden Haare gerieten in zuckende Bewegungen. »Nein, Henri, das kannst du nicht von mir verlangen, das ist Unsinn, da spiele ich nicht mit.«

Henri Druc hob seinen Blick. »Und weshalb spielst du plötzlich verrückt?«

»Weil ich …« Sie holte tief Luft. »Weil ich …«

»Du hast Angst, nicht wahr?«

»Genau, Henri, ich habe Angst.«

Druc zog den Mund schief. »Und weshalb erst jetzt? Gestern warst du noch Feuer und Flamme.«

»Nein.« Giselle Virain holte tief Luft. »Gestern, als wir es beschlossen, war die Stimmung eine andere. Wir haben Wein getrunken. Ich war nicht mehr nüchtern, du auch nicht, die anderen drei ebenfalls nicht. Es war wirklich eine Schnapsidee, das zu versuchen.«

»Andere machen es auch.«

»Da gebe ich dir recht. Ich sprach vor Kurzem mit einer Bekannten, die eine Nacht in den Katakomben verbracht hat. *Nie wieder!*, hat sie gesagt. Freiwillig kriegt man sie nicht mehr in diese scheußliche Unterwelt.«

Henri Druc lachte. »Was war denn so schlimm daran? Ist ihr vielleicht der Teufel begegnet?«

»Der nicht.«

»Sein Großvater?«

Giselle Virain verdrehte die Augen. »Sei nicht albern, Henri. Es gibt da unten Tausende von Ratten. Manche sollen so lang wie ein Arm sein, und wenn wir da ein Feuer machen, werden sie angelockt.«

»Irrtum, Süße, abgeschreckt.«

»Das sagst du nur, um mich zu beruhigen.«

Henri Druc schaute auf seine Bekannte und zog den Mundwinkel nach unten. Danach warf er einen Blick auf seine Uhr. »Ich merke schon, dass mit dir nichts anzufangen ist. Ich habe aber keine Lust, hier noch länger zu warten. Deshalb gebe ich dir genau eine Minute, um dich zu entscheiden.«

Giselle holte durch die Nase Luft. »Und wenn sie negativ ausfällt?«

»Ist es aus mit uns.«

Das Mädchen wurde blass. »Henri, wie kannst du so etwas sagen?«

»Ja, dann ist es aus.«

»Liebst du mich überhaupt?«

»Schon!« Er grinste. »Aber ...«

»Du willst dich vor deinen Freunden nicht blamieren. Das ist es. Dafür soll ich jedes Opfer auf mich nehmen.«

Er breitete die Arme aus. »Meine Güte, du tust gerade so, als würde ich dich in den Tod schicken.«

»So ähnlich kommt es mir auch fast vor.«

»Madeleine ist auch da unten. Habt ihr euch nicht immer prächtig verstanden?«

»Dann kannst du ja mit ihr gehen«, erwiderte Giselle patzig.

Henri lachte. »Das wird Hugo wohl nicht gefallen. Übrigens, eine halbe Minute ist fast vorbei.«

Giselle sagte nichts. Sie stand da und schaute krampfhaft an der Einstiegsstelle zur Unterwelt vorbei. Ihr gefiel die Umgebung nicht, in der sie sich befanden. Henri schien sich den düstersten Hinterhof von Montmartre ausgesucht zu haben. Ein kleiner Flecken Erde, umgrenzt von den hohen Rückseiten der Mietshäuser und Anbauten. Von den schmalen Fenstern aus konnten sie nur schlecht entdeckt werden, weil sie in einer Ecke des Hofes standen, wo viel Gerümpel lag und sie zudem noch von einem dahinrostenden Autowrack geschützt wurden.

Den ganzen Tag über hatte sich Giselle geärgert. Da war das trübe Wetter gewesen, das sie nicht mochte. Es war ihr regelrecht auf den Magen geschlagen und hatte sie deprimiert. Nur hin und wieder ein Sonnenstrahl, der durch eine graue, dunstige Wolkenwand lugte, das war einfach zu wenig für ihren Geschmack.

Anstatt während der Semesterferien in den Süden und ans Meer zu fahren, hockten sie im regennassen Paris, und sie sollte jetzt noch in die Kanalisation steigen, die auch als Katakomben bekannt war oder bei den Studenten einfach Unterwelt hieß.

Um sie ging es!

Es war in den letzten Monaten modern geworden, in den Katakomben wilde Feste und sogar Orgien zu feiern.

Zwei Gründe gab es.

Erstens war es das Neue, das Unwägbare – die andere Umgebung, so gruselig, schaurig. Man wusste nie, was in der nächsten Minute passierte, und im flackernden Schein der Feuer wirkten die unterirdischen Gangsysteme noch unheimlicher.

Der zweite Grund war die Polizei. Sie hatte zusammen mit den Stadtvätern ein Verbot ausgesprochen, die Kanäle zu betreten. Wo Verbote existieren, ist der Reiz, sie zu übertreten, besonders groß. Viele Studenten erlagen diesem Reiz, und so verlegten sie ihre wilden Feiern in die Pariser Unterwelt.

Natürlich war es aufgefallen. Man hatte eine Sonderabteilung gegründet. Polizisten waren abgestellt worden, um unregelmäßig Streife zu gehen, und sie hatten schon einige Studenten oder Schüler erwischt. Noch war es zu keiner Anklage gekommen, man hatte bisher nur Verwarnungen ausgesprochen und sich die Namen der Ertappten notiert.

Allerdings hielt sich hartnäckig das Gerücht, dass die Polizei bald mit härteren Strafen vorgehen wollte, doch die Studenten dachten nicht daran, ihren Sommerspaß, wie sie es nannten, aufzugeben. Sie wollten weitermachen. Schließlich erhöhte sich dabei die Spannung noch.

Das alles schoss Giselle durch den Kopf. Vor der Polizei fürchtete sie sich nicht einmal so sehr. Es waren vielmehr die Katakomben selbst, die ihr Angst einflößten.

Auch jetzt hatte sie Furcht, denn sie hatte das Gefühl, allein auf einer Insel zu stehen.

Irgendwo aus einem der Häuser hallte Radiomusik und das Schreien von Kleinkindern. Sie hörte es und nahm es dennoch nicht wahr.

Ihr scheuer Blick traf den wartenden Henri, der sich lässig aufgebaut hatte und auf das Zifferblatt seiner Uhr schaute, wo er den Sekundenzeiger genau verfolgte.

»Noch drei Sekunden ...«

»Henri, bitte ...!«

Er schüttelte den Kopf, nickte und sagte: »Die Zeit ist um. Hast du dich entschieden?«

Giselle Virain ballte die Hände. *Nein!*, wollte sie schreien, öffnete den Mund, schaute in das gut geschnittene Gesicht des jungen Mannes und sah sein dichtes, blondes Haar, durch das sie so gern ihre Finger streifen ließ.

»Ja!«

Henri lachte. »Du gehst also mit?«

»Damit du deinen Triumph hast.«

»Aber nicht ich, meine Liebe. Die anderen warten schon. Es war so abgemacht. Sei froh, dass wir nichts zu tragen brauchen. Keine Schlafsäcke, keinen Proviant und kein Brennholz. Das ist alles schon von Bernard Sirini nach unten geschafft worden.«

»Wieso Schlafsäcke?«

Henri lachte. »Glaubst du denn im Ernst, dass wir die Katakomben vor morgen früh verlassen werden?«

»So lange bleibe ich nicht.«

Henri legte einen Arm um die Schultern des Mädchens. »Warten wir es erst einmal ab, nicht wahr?«

Giselle schwieg. Schon jetzt rann es ihr kalt den Rücken hinab. Das Gefühl verstärkte sich noch, als ihr Freund einige Schritte zur Seite trat und ein im Boden eingelassenes Gitter in die Höhe hob, damit der Einstieg frei vor ihnen lag.

Henri stand dicht am Rand, hatte eine Taschenlampe hervorgeholt und leuchtete in die Tiefe.

Giselle zuckte zurück. Schon jetzt schlug ihr die muffige, faulig riechende Luft entgegen. Sie schien ihre Kehle zuzudrücken und legte sich wie ein Ring auf ihren Magen.

Giselle Virain hustete und würgte gleichzeitig. Henri hörte es und lachte auf.

»Stell dich nicht so an. Daran gewöhnst du dich.«

Giselle zog ihre Jeansjacke enger um den Körper. Das Gefühl des Ekels hatte sich auf ihrem Gesicht ausgebreitet. Man sah ihr an, dass es sie eine ungeheure Überwindung kosten würde, in die Tiefe zu steigen.

Inzwischen leuchtete ihr Freund mit der Lampe. Der armdicke Lichtfinger glitt über die Steigleiter nach unten und fand sein Ziel auf einem feucht schimmernden Boden.

»Das ist ja gar nicht so tief«, sagte er.

»Mir reicht es.«

»Du gehst vor.«

»Nein.«

Henri verdrehte die Augen. Er sah, dass seine Freundin einen Schritt zurückgewichen war. »Sei doch nicht dumm, Mädchen. Oder willst du das Gitter wieder auf die Öffnung legen?«

»Nein, das auch nicht.«

»Dann los.«

Giselle zitterte, als sie sich dem Loch näherte. Vorsichtig drückte Henri sie in die Knie, gab ihr Anweisungen, wie sie sich zu verhalten hatte, wenn sie nach unten ging, aber die Angst konnte er ihr nicht nehmen.

»Immer vorsichtig.«

»Ja, schon gut.«

Henri schaute Giselle nach, wie sie zitternd in die Tiefe stieg. Mit jeder Sprosse, die das Mädchen hinter sich ließ, steigerte sich ihre Furcht vor dem Unbekannten. Sie sah die Schachtwand, an der dunkle Wasserstreifen hinabrannen und sie an Blut erinnerten.

Dabei war es Unsinn, so etwas zu denken, doch sie konnte einfach nicht anders.

Über ihr hatte Henri das viereckige Gitter genommen und wieder auf die Öffnung gelegt. Niemand würde merken, dass es zwischenzeitlich mal herausgenommen war.

Giselle hatte den Boden erreicht. Die hohen Turnschuhe versanken bis über die Sohlen im stinkenden Schlick. Das Mädchen schaute in die Höhe, um den Einstieg des Freundes zu verfolgen.

Henri ging so, als hätte er nie in seinem Leben etwas anderes getan. Geschmeidig und mit sicheren Bewegungen. Er war eben ein guter Sportler. Bei den Turnern gehörte er zur Spitze.

Die letzten drei Sprossen ließ er sich kurzerhand fallen. Dicht vor seiner Freundin landete er am Boden, und das Schmutzwasser einer kleinen Pfütze spritzte fontänenartig in die Höhe.

»Na?«, fragte er und grinste. »Wie geht es dir?«

»Mies.«

Er lachte. »Das wird besser, sobald du den ersten Schluck zum Aufwärmen genommen hast.«

»Ich weiß nicht …«

»Komm jetzt.« Er fasste ihren Arm. »Wir haben uns sowieso schon verspätet.«

»Woher kennst du überhaupt den Weg?«, fragte Giselle.

»Es gibt Karten, meine Liebe, und die habe ich zuvor studiert. Man muss stets gut vorbereitet sein.«

»Meinetwegen.«

Obwohl die beiden noch keinen Abwasserkanal erreicht hatten, roch es dementsprechend faulig. Sie befanden sich an einer relativ trockenen Stelle. Irgendwie wurde Giselle an einen stillgelegten U-Bahn-Schacht erinnert. An den bogenförmigen Wänden in der Nähe erkannte sie gelblich schimmernde Kacheln, die allesamt lange Schmutzstreifen zeigten.

Vor ihnen lag ein kurzer Stollen, der in einen der großen Gänge mündete.

»Soll ich dich an die Hand nehmen?«, fragte Henri ein wenig spöttisch.

»Nein, danke, du könntest mich höchstens tragen.«

»Das wird mir auf die Dauer zu schwer. Aber du bleibst ja sowieso in meiner Nähe.«

Die beiden setzten sich in Bewegung. Henri schaute stets nach vorn. Sein Blick folgte dem Lichtfinger der Lampe, während Giselle Virain zu Boden sah, der eine schmutzige Matschfläche bildete. Hier lagen Schlamm und Unrat. Beides zusammen bildete einen Teppich, vor dem sich das Mädchen ekelte.

Kurz bevor die beiden den Gang erreichten, machte Giselle die Entdeckung. Sie blieb abrupt stehen. Ein leiser Schrei wehte über ihre Lippen.

Auch Henri hatte den Laut gehört. Er drehte sich um. Seine Stimme klang unwillig, als er fragte: »Was hast du denn?«

»Da, am Boden!«

Henri schaute und folgte mit seinen Blicken dem ausgestreckten Zeigefinger. Zusätzlich nahm er die Lampe und leuchtete die Stelle an.

Ja, da waren Abdrücke im Schlamm.

Keine Hinterlassenschaft eines Menschen, denn deren Füße sahen anders aus. Dieser Abdruck wirkte so, als wäre ein Stock tief in die Schlammmasse gedrungen.

Und da war nicht nur einer. Mehrere hintereinander, die eine Reihe bildeten. Sie kamen vom Gang her. Das war nicht normal. Vor allen Dingen nicht für Giselle, die sowieso schon unter einem hohen psychischen Druck stand.

»Das sieht vielleicht aus«, flüsterte sie.

»Na und?«

»Ich habe Angst.«

»Ach, Unsinn.«

»Das sind seltsame Spuren. Wer weiß, wer sich hier unten noch alles herumtreibt.« Ihre Stimme klang ein wenig schrill. »Das sind Schlupflöcher für Verbrecher, Mörder oder Diebe.«

»Weshalb nicht Ungeheuer?«, fragte Henri.

Giselle schüttelte den Kopf. »Ich sehe schon, du nimmst mich nicht ernst.«

»Das nehme ich auch nicht, tut mir leid. Komm jetzt weiter. Du wirst noch mehr Dinge sehen, die dir unnatürlich vorkommen. Da vorn ist der Stollen, da ist es heller.« Die Stimme des jungen Mannes klang gedämpft und dennoch ein wenig hallend.

In der Tat schimmerte vor ihnen im breiten Stollen Licht. Das war nicht überall so. Die Katakomben waren nur zum Teil beleuchtet, und wenn, brannten nur die Hälfte aller Lampen, weil die anderen zerstört oder defekt waren.

Je näher sie ihrem ersten Ziel kamen, desto stärker wurde das Rauschen. Vor ihnen floss Abwasser durch den Kanal. Es dauerte nicht lange, da konnten sie die graue Masse bereits sehen, die sich durch das Kanalbett wälzte. Durch den Regen der letzten Tage war der Kanal fast bis zum Rand gefüllt. Auf dem Wasser schäumten lange weiße Streifen. Kleinere Gegenstände trieben in den Fluten, wurden mitgerissen.

An einer Stelle existierte ein schmaler Pfad, auf dem sich die beiden jungen Menschen fortbewegen konnten. Man hatte diesen Steg mal gefliest. Die meisten Kacheln waren im Laufe der Zeit herausgelöst worden, sodass Ausbesserungsarbeiten dringend angesagt waren.

Henri Druc hatte seine Freundin vorgehen lassen und sie gewarnt, denn der Untergrund war ziemlich rutschig. Deshalb hielt Giselle ihren linken Arm ausgestreckt und stützte sich bei jedem Schritt an der Wand ab.

Noch immer hatte sie sich mit dieser Umgebung nicht abgefunden. Ihr Gesicht zeigte den Ekel, den sie empfand. Die Mundwinkel waren verzogen, auf der Stirn hatte sich ein Muster aus Falten gebildet, und sie atmete nur durch die Nase.

Das Zeitgefühl war Giselle bereits abhanden gekommen. Irgendwann blieb sie stehen und drehte sich um.

»Was ist denn?«

»Henri, wann sind wir da?«

»Es dauert nicht mehr lange. Wir müssen durch diesen Hauptgang und dann nach links. Dort befindet sich ein freier Platz.«

Sie lachte schrill. »Wie sich das anhört – freier Platz.«

»So ungefähr aber. Geh schon.«

»Bleibt mir ja nichts anderes übrig!« Giselle ergab sich in ihr Schicksal und ging weiter.

Auch Henri Druc gefiel die Sache nicht. Das konnte er natürlich nicht zugeben. Auch spielte er bereits mit dem Gedanken, nicht die gesamte Nacht in den Katakomben zu verbringen. Ihm würde schon eine Ausrede einfallen, und Giselle würde es sehr recht sein. Henri kam es nur darauf an, sich bei den anderen nicht zu blamieren, zudem stand er bei ihnen im Wort.

Keiner von ihnen schaute zurück. Sie hatten genug damit zu tun, den Weg nicht zu verfehlen, und so sah auch keiner von ihnen den Schädel, der sich in ihrem Rücken aus den schmutzigen Fluten des Kanals in die Höhe drückte.

Es war der Kopf einer Riesenratte!

Vor mir lauerte die Ratte!

So groß wie ein Mensch, tückisch und mordlüstern die Augen und bereit, mich zu töten.

Sie biss zu!

Ich hatte keine Zeit mehr gefunden, eine Waffe zu ziehen und zu schießen, ich wollte nur den gefährlichen Zähnen des mutierten Nagers entgehen und warf die Tür heftig zu.

Dann ging ich zurück, spürte hinter mir die Körper meiner beiden Begleiter. Als ich gegen sie stieß, hörte ich Meurisses Schimpfen und vernahm gleichzeitig einen dumpfen Laut, als die Ratte mit ihrem Schädel gegen die Tür hämmerte.

»Was ist denn los?«, fragte Suko.

»Im Flur sitzt eine Riesenratte!«

»Was?«, schrie Paul Meurisse und starrte mich an.

»Ja, verdammt! Ich bin ihr gerade noch entwischt. Die hätte mir sonst den Arm abgebissen.«

Meurisse wurde käsig im Gesicht. »Merde!«, zischte er. »Erst die Taube, jetzt die Ratte. Die Zeugen haben nicht gelogen. Verdammt, was sollen wir tun?«

»Wir müssen sie killen.« Suko hatte schon seine Dämonenpeitsche gezogen, und ich holte meine Beretta hervor.

Ich schaute meinen Freund an.

Sein Gesicht war gespannt. Schlagbereit hielt er die Peitsche. Auch Meurisse hatte eine Pistole gezogen. Es war Sukos Silberkugel-Beretta, die ihm mein Partner überlassen hatte.

»Wenn du die Tür aufziehst, schlage ich sofort zu«, flüsterte der Inspektor.

Der Franzose hinter mir schwieg. Er lauerte ebenfalls auf meine Reaktion.

Da vernahmen wir den Krach.

Das Splittern und Bersten wurde durch die Tür gedämpft, zu überhören war es jedoch nicht.

Ich riss die Tür auf.

Wir sahen noch die Fetzen. Es waren Fragmente des Geländers, die durch die Luft flogen, denn die Riesenratte hatte es mit einem gewaltigen Satz durchbrochen.

Der große Körper war auf dem nächsten Treppenabsatz gelandet, verharrte dort mit uns zugewandtem Kopf, und ich konnte für den Bruchteil einer Sekunde in die mordlüsternen Augen des grauen Tieres schauen.

Da schoss ich auch schon.

Gleichzeitig bewegte sich das Tier und sprang die Treppe hinunter.

Wieder hörten wir das Bersten, Brechen und Splittern von Holz. Die Ratte hatte es auf dem gleichen Weg geschafft, den Absatz zu überwinden wie beim ersten Mal.

Auch Suko und Meurisse hatten die Wohnung verlassen. Der Inspektor hielt bereits seinen Stab in der Hand, nur zögerte er noch, ihn einzusetzen, denn innerhalb der fünf Sekunden, die Suko zur Verfügung standen, hätte er das Tier kaum erreicht.

Wir hörten es im unteren Flur. Dumpf schlug der Körper auf die Treppenstufen, während wir uns ebenfalls in Bewegung gesetzt hatten und die Bestie verfolgten.

Auf der Treppe lagen Holzsplitter, Balken und Querstäbe. Es war nicht einfach, das Zeug zu überspringen, denn wir konnten uns nirgendwo festhalten.

Ich hatte die Spitze übernommen. Suko hielt sich dicht hinter mir. Den Schluss bildete Meurisse, der seiner Wut freien Lauf ließ und das Blaue vom Himmel fluchte.

Dicht an der Wand hielt ich mich. Wieder drang ein Krachen an unsere Ohren. Wir hörten einen schrillen Frauenschrei und dachten sofort an das Mädchen Claudine.

Wir beeilten uns noch mehr.

Über Trümmer stolperten wir hinweg, ließen das erste Stockwerk hinter uns und hatten schließlich den untersten Flur erreicht, wo sich der Eingang zum Trödelladen befand.

Von der Riesenratte war nichts zu sehen.

Dafür stand die Tür zum Laden offen. Auf der Schwelle erschien die leichenblasse Claudine. Ihr Blick war starr.

Meurisse sprang vor, packte sie und schüttelte sie durch: »Verdammt, Mädchen, wo ist sie?«

»Laden …«

»Hat sie sich da versteckt?«

»Ich weiß nicht …«

Die Antworten reichten uns, um zu wissen, wo wir weiterhin zu suchen hatten.

Als wir das Geschäft betraten, sahen wir sie nicht. Aber wir konnten ihren Weg verfolgen, den sie genommen hatte. Der Trödelladen hatte sowieso einer Rumpelkammer geglichen, durch die man sich vorankämpfen musste. Nun war das Chaos perfekt. Die Riesenratte hatte dafür gesorgt. Sie war kurzerhand quer durch und über die ausgestellten Dinge gesprungen und hatte alles durcheinandergebracht.

Einen Weg gab es überhaupt nicht mehr. Wir mussten uns regelrecht vorankämpfen, räumten Lampen, Geschirr und Gefäße zur Seite, sprangen über Eisentöpfe, und ich verhakte meinen Fuß in einem auf dem Boden liegenden Kabel.

Die Ratte war nicht zu sehen, wir verfolgten nur den Weg, den sie genommen hatte.

So gelangten wir in den hinteren Teil des Trödelladens, wo es noch eine Tür gab.

Sie war zerstört. Fragmente hingen in den Angeln. Splitter und Holz lagen am Boden, und hinter der Tür begann ein Gang, der zum Hinterhof führte.

Auch die Tür am Ende des Ganges war zerstört. Steckte die Riesenratte noch im Hof?

Wir hatten ihn kaum erreicht, als wir die ersten Schreie hörten, denn das Tier war entdeckt worden.

Nach verschiedenen Seiten hin schauten wir uns um. Ein typischer Pariser Hinterhof lag vor unseren Blicken. Geschmückt oder voll gestopft mit allen möglichen Anbauten, manche nur aus einfachen Steinen gemauert, andere aus Holz erbaut.

Die Menschen, die geschrien hatten, rannten aus einem der Anbauten. Sie schüttelten in wilder Panik die Köpfe, ihre Gesichter waren bleich, die Augen aufgerissen. Sie gestikulierten mit den Armen und begannen gellend zu schreien.

Wo steckte die Ratte?

Suko entdeckte sie. »Da, auf dem Dach!«

Ich folgte seinem Blick.

Tatsächlich huschte auf dem Dach eines Anbaus ein schattenhafter, gewaltiger Körper entlang. Paul Meurisse hob die Waffe, er wollte schießen, doch wieder war die Ratte schneller.

Sie entschwand unseren Blicken mit einem gewaltigen Satz. Eine Sekunde danach hörten wir es klirren.

»Jetzt ist sie durch ein Dach gesprungen«, sagte Meurisse.

»Gibt es hier gläserne Dächer?«, fragte ich.

»Genug.«

Wir rannten los. Die Richtung wussten wir. Es war ebenfalls ein Anbau, und wir hörten schon die gellenden Schreie.

Der Lärm war nicht ungehört geblieben. Als ich eine Treppe hochlief, wunderte ich mich, woher all die Menschen kamen, die auf einmal den Hof bevölkerten.

Eine Tür versperrte uns den weiteren Weg. Leider war sie verschlossen. Suko machte kurzen Prozess. Er bog seinen Körper zurück und schleuderte ihn dann vor.

Wuchtig hämmerte er mit der Schulter gegen das Holz. Die Tür war nicht stabil. Was die Riesenratte geschafft hatte, das brachte auch mein Partner fertig. Kaum war die Tür offen, hörten wir schon die Schreie eines Menschen. Wir sahen den Mann wenig später, als wir einen großen Raum mit hohem Glasdach betraten.

Er lag auf dem Boden, trug nur eine fleckige Hose, ansonsten war der Oberkörper frei und blutig, denn der Mann war von den Splittern des Glasdaches verletzt worden, als die Monsterratte es durchschlagen hatte. Selbst in seinem dunklen Bart schimmerte es rot.

»Wo ist sie?« Meurisse schrie den Verletzten an.

»Weg! Weg …«

Suko und ich durchsuchten bereits den Anbau. Er bestand praktisch aus einem Raum. Es gab nur noch einen schmalen Flur, der vor einer Mauer endete.

Keine Spur von der Riesenratte. Sie schien sich in Luft aufgelöst zu haben.

In der Düsternis suchten wir weiter, leuchteten mit den kleinen Lampen nach, entdeckten trotzdem nichts und gingen noch einmal nach draußen. Auf dem Hinterhof standen die Bewohner der umliegenden Häuser und diskutierten heftig miteinander.

Mehrmals fiel der Begriff Ungeheuer. Einige behaupteten steif und fest, ein Riesentier gesehen zu haben, andere wiederum lachten nur darüber. Auch wir wurden angesprochen, gaben aber keine Antwort, sondern gingen wieder in den Anbau zurück. Als wir die Treppe hinter uns gelassen hatten, huschte plötzlich etwas Graues auf uns zu.

»Da!«, rief Suko. Er wollte noch mit der Peitsche schlagen, doch die Ratte war zu schnell. Sie passierte nicht nur meinen Freund, auch vor meinen Füßen huschte sie entlang, sprang in den Hof und war unseren Blicken entschwunden.

»Kann sie das gewesen sein?«, fragte Suko.

»Ich weiß es nicht.«

»Verdammt, die macht mich noch wahnsinnig!«, schimpfte der Inspektor.

Ich war stehen geblieben und schaute zurück. Von der Ratte sah ich keine Spur mehr. Dabei konnte ich nicht mal mit hundertprozentiger Sicherheit davon ausgehen, dass es genau diese Ratte gewesen war, die wir suchten. Schließlich trieben sich in Paris unzählige dieser Nager herum.

Suko war schon vorgegangen. Ich traf ihn dort, wo Meurisse den Verletzten auf eine Couch gebettet hatte. Der Mann konnte sich als Glückspilz bezeichnen, denn die großen Splitter, die wie gläserne Lanzen wirkten, hatte er nicht abbekommen. Sie hätten ihn leicht töten können.

Meurisse fand ein Telefon, prüfte die Leitung, nickte und alarmierte einen Rettungswagen.

Der Mann stöhnte. Die größten Splitter hatte ihm Meurisse aus der Haut gepickt und zu Boden geworfen. Um die kleineren und um die Wunden sollten sich die Fachleute kümmern.

»Was hat er gesehen?«, fragte ich den Agenten.

»So gut wie nichts.« Meurisse deutete auf eine am Boden liegende Staffelei. »Dort hat er gesessen und gemalt. Plötzlich gab es über ihm ein Krachen und Splittern, dann kam alles runter. Und mit dem Glas das Riesentier.«

»Mit einer Beschreibung können wir wohl nicht rechnen«, sagte ich.

»Nein, das ging viel zu schnell. Ich bin mir nicht mal sicher, ob der Mann die Ratte überhaupt erkannt hat.«

Wir konnten dem Zeugen keinen Vorwurf machen. Er hatte wahrscheinlich einen Schock erlitten, und ich sah, wie Suko ihm eine Rotweinflasche reichte, die er zitternd an die Lippen setzte und einen kräftigen Schluck zur Brust nahm.

Sollte er, das tat ihm sicherlich gut.

»Bleiben Sie bei dem Verletzten?«, wandte ich mich an Meurisse.

»Wieso?«

»Ich möchte gern mit jemandem sprechen.«

»Claudine, wie?«

»Genau.«

»Tun Sie das, Sinclair. Ich komme später nach.«

Suko begleitete mich, als wir zurück in das andere Haus gingen und von zahlreichen Blicken neugierig verfolgt wurden. Darum kümmerten wir uns nicht, denn das schwarzhaarige Mädchen mit der dunklen Samthaut war viel wichtiger.

Wir fanden Claudine im Laden. Sie hockte auf einem Stuhl, rauchte eine Selbstgedrehte, hielt ein Wasserglas mit klarem Schnaps in der Hand und starrte ins Leere.

Als sie mich und Suko sah, hob sie den Kopf. »Ich habe damit nichts zu tun«, sagte sie.

»Das glauben wir Ihnen gern.«

»Weshalb sind Sie dann hier?«

»Weil wir es nicht mögen, wenn Riesenratten durch die Gegend laufen. Deshalb.«

Suko hatte gesprochen und erntete ein Lachen. »Riesenratten. Sie sind sicher, dass Sie eine gesehen haben?«

»Ganz sicher.«

»Ich nicht.«

»Lügen hat keinen Sinn, Claudine«, erwiderte Suko ruhig. »Es ist besser für Sie, wenn Sie uns helfen.«

»Tut mir leid, ich habe mit dem, was Sie gesehen haben wollen, nichts zu tun. Ich kann mich an keine Riesenratte erinnern.« Sie rauchte und nahm nur wenig später einen weiteren Schluck. Der Qualm strömte aus der Nase ins Glas.

»Weshalb zeigen Sie sich so verstockt?«

»Weil ich nichts weiß.«

»Damit helfen Sie Pierre nicht«, sagte ich.

Sie schaute mich spöttisch an. »Glauben Sie im Ernst, dass Pierre diese Riesenratte gewesen ist, die Sie angeblich gesehen haben?«

»Nein, das glaube ich nicht.«

»Also.«

»Aber er hat damit zu tun«, bemerkte Suko.

»Das müssen Sie beweisen.«

»Er hat doch experimentiert«, sagte ich.

»Klar, mit kleinen Tierchen. Schließlich wollte er mal Biologe werden. Dazu gehört es eben, praktische Erfahrungen zu sammeln. Nur Riesenratten habe ich nicht gesehen.«

»Und wie erklären Sie sich die Zerstörungen im Treppenhaus und das Chaos hier?«

»Keine Ahnung.«

»Was haben Sie konkret gesehen, Claudine?« Meine Stimme klang schärfer. Ich wollte mich nicht mehr länger hinhalten lassen, denn allmählich wurde ich sauer.

»Ich war hinten, hörte einen fürchterlichen Krach, lief nach vorn und sah das Durcheinander. Das war alles.« Sie warf die Kippe auf den Holzboden und trat sie mit dem Absatz aus. Dann leerte sie das Glas bis auf einen kleinen Rest.

»Okay, wenn Sie bei Ihrer Behauptung bleiben, werden wir Ihnen glauben.«

»Das müssen Sie sogar. Haben Sie sonst noch irgendwelche Wünsche?«

Wir hörten die Sirene des Krankenwagens. Das Geräusch war laut, deshalb schwiegen wir so lange, bis es verklungen war.

»Ja, wir haben noch Wünsche. Wenn Sie uns schon bei der Riesenratte nicht weiterhelfen können, dann wenigstens bei einer anderen Sache. Es geht um Pierre, wie Sie wissen.«

»Ich bin nicht seine Hüterin.«

»Wo steckt er?«

Sie grinste uns frech an. »Keine Ahnung.«

»Das glauben wir Ihnen nicht.«

»Ihre Sache, Mister. Ich weiß es jedenfalls nicht.«

»Sie wohnen doch zusammen.«

»Klar.« Sie trank auch den Rest. »Aber wir lassen uns auch genügend Freiheiten, wenn Sie verstehen.«

»Und was halten Sie vom Teufel?« Blitzschnell wechselte ich das Thema und überraschte Claudine damit.

»Teufel?« Sie schüttelte den Kopf. »Gibt es den überhaupt?«

»Natürlich existiert er. Ich bin mir sogar fast sicher, dass Sie mit Pierre über ihn gesprochen haben.«

»Sie überschätzen uns, Monsieur. Zwischen uns beiden gibt es andere Themen als ausgerechnet den Teufel oder die Hölle.«

Meurisse kam. Er nickte uns zu. »Der Verletzte wird weggebracht. Lebensgefahr besteht nicht.« Der Agent zeigte auf Claudine. »Und was sagt sie?«

Ich hob die Schultern. »Sie zeigt sich ziemlich verstockt.«

»Das habe ich mir gedacht.« Meurisse wandte sich direkt an das Mädchen. »Können oder wollen Sie nichts sagen, Mademoiselle?«

»Beides.«

Meurisse nickte. »Was meinen Sie, was wir alles können. Wollen Sie es darauf ankommen lassen? Ich werde Sie mitnehmen und erst mal wegen Begünstigung festhalten.«

»Polizisten haben ihre Gesetze.«

»Ich bin kein Polizist.«

»So?« Sie trank auch noch den Rest Schnaps. »Was sind Sie dann?«

»Das spielt keine Rolle. Aber unsere Machtbefugnisse gehen weit, das kann ich Ihnen versichern. Sie stürzen sich selbst ins Unglück, wenn Sie die Verstockte spielen.«

»Ich weiß nicht, wo sich Pierre herumtreiben könnte. Das müssen Sie mir glauben.«

»Wir haben Verbindungen zu rechtsradikalen Kreisen aufgedeckt«, erklärte Meurisse, der nicht aufgab. »Sollen wir dort einmal nachforschen?«

»Können Sie«, erwiderte das Mädchen kalt. »Nur ist es Zeitverschwendung. Damit hat Pierre nichts zu tun.«

»Wie heißt er eigentlich mit vollem Namen?«, fragte ich dazwischen.

»Pierre Trudot.« Sie stand auf und stellte das Glas weg. »Mehr kann ich Ihnen nicht sagen.«

»An die Gefahr denken Sie gar nicht?«, fragte Suko. »Wenn hier Riesenratten herumlaufen und töten, werden Sie sich den Vorwurf einer Mittäterschaft nicht ersparen können. Es hat bereits einen Toten gegeben, Mademoiselle.«

»Na und?«

»Gehen Sie so darüber hinweg?«

»Tut mir leid, aber ich kann nicht anders. Wirklich nicht.« Sie wandte uns den Rücken zu. »Lassen Sie mich doch in Ruhe. Ich habe mit der Sache nichts zu tun.« Beim letzten Satz hatte sich ihre Stimme verändert. Sie war leiser geworden. Dann sahen wir, dass sich ihr Rücken bewegte. Ein bekanntes Zeichen.

Claudine weinte.

Wir schauten uns an. Ich mochte keine weinenden Menschen, aber in diesem Fall war es etwas anderes. Wir mussten bei Claudine eine Barriere durchbrochen haben. Wahrscheinlich hatte dieser Vorgang sie stärker mitgenommen, als wir angenommen und sie es auch gezeigt hatte.

»Gehen Sie jetzt!« Die Aufforderung klang schluchzend.

»Nein«, erklärte Meurisse. »Erst wenn Sie uns alles gesagt haben, was wir wissen wollen.«

Sie holte geräuschvoll Luft. Gleichzeitig ballte sie die Hände zu Fäusten, und wir sahen ihr Nicken.

Meurisse wollte noch etwas sagen. Ich stieß und schaute ihn beschwörend an. Da hielt er den Mund.

»Bon«, sagte Claudine. »Sie hätten sowieso nicht lockergelassen. Ich kenne euch Burschen. Möglicherweise weiß ich, wo sich Pierre aufhält. In seiner zweiten Wohnung, wie er immer sagt.«

»Und wo ist die?«, fragte ich.

»Nicht in der Oberwelt. Er hat sich in den Katakomben niedergelassen, weil er dort genau das fand, was er suchte.«

»Und was ist das?«

»Ruhe und einen Raum für seine Experimente.«

»Beschreiben Sie uns den Weg«, forderte Meurisse.

Sie drehte sich wieder um. Ihr Gesicht zeigte verweinte Spuren. »Ich war selbst nie dort unten, weil ich mich davor gefürchtet habe und …«

»Den Weg!«

»Ich kenne ihn leider nicht.«

Es war schwer für uns, ihr das zu glauben. »Hat er mit Ihnen nie darüber gesprochen?«, fragte Suko.

»Ja und nein. Er sagte immer, dass er etwas Großes vorhabe und einen starken Helfer gefunden habe. Endlich gehe es aufwärts, die Welt würde sich wundern und so weiter. Ich lachte ihn aus, nahm ihn nicht ernst und glaube jetzt, dass es ein Fehler gewesen ist. Ich, ich kann ihn nicht mehr schützen.«

»Das sollten Sie auch nicht«, sagte ich.

»Wissen Sie denn die ungefähre Lage?«, erkundigte sich Meurisse mit einer bei ihm ungewohnt sanften Stimme.

»Sehr weit brauchte er nicht zu gehen. Diese Räume liegen noch hier in Montmartre.«

»Das ist trotzdem groß«, bemerkte der Agent.

»Mehr kann ich Ihnen wirklich nicht sagen. Suchen Sie dort, vielleicht haben Sie Glück, aber mich lassen Sie bitte in Ruhe, wenn es eben geht.«

»Ja, das werden wir«, sagte ich. Auch die anderen hatten keine Fragen mehr. So verließen wir den Trödelladen.

Auf der Straße blieben wir stehen. Es hatte sich herumgesprochen, dass etwas Schreckliches passiert war. Die ersten Reporter eilten herbei.

Ihnen entgingen wir, indem wir uns rasch verzogen und in eine schmale Gasse zwischen zwei Häusern eintauchten. Dort hielten wir eine Lagebesprechung ab.

»Jetzt sind Sie dran, Meurisse«, sagte ich.

Der Franzose lachte. »Glauben Sie im Ernst, dass ich mich da unten auskenne?«

»Das nicht, aber Sie werden die richtigen Leute zur Hand haben. Wobei ich mich frage, ob es dort überhaupt Räume oder Verliese gibt, wo sich jemand aufhalten kann.«

»Möglich ist alles.«

»Wieso?«

Da Suko die Frage gestellt hatte, erhielt er auch eine Antwort. »Während des Zweiten Weltkriegs sind die Katakomben benutzt worden. In diesem Wirrwarr haben sich zahlreiche Widerstandskämpfer versteckt gehalten, als Paris besetzt war. Da sind auch Umbauten vorgenommen worden. Man hat einige Kanäle umgeleitet, um Platz für ihre Aktivitäten zu schaffen.

»Existieren da Pläne?«, fragte Suko.

Meurisse schüttelte den Kopf. »Vielleicht hat es welche gegeben. Aber ob heute noch …«

Suko schabte über sein Kinn. »Schlecht. Wir müssten dann, wenn Sie recht hätten, Meurisse, alles absuchen. Das heißt, das gesamte Kanalnetz unter Montmartre.«

»So sieht es jedenfalls aus. Aber ich glaube, dass wir dennoch eine gewisse Chance haben.«

»Die wäre?«

Der Agent lächelte. »Sie sprachen vorhin von meinen Beziehungen. Die habe ich tatsächlich. Zum Glück kenne ich einige Leute, die zur damaligen Résistance gehörten. Veteranen, die sich bestimmt noch in den Katakomben auskennen. Mit einem dieser Männer müsste ich noch sprechen.«

»Die Zeit nehmen wir uns«, sagte ich.

Auch Suko war einverstanden. Als wir zum Wagen gingen, hatte ich zum ersten Mal ein etwas besseres Gefühl.

Der Fall kam allmählich ins Rollen …

Giselle Virain hatte die Orientierung verloren, nur sagte sie es nicht, denn sie wollte ihren Freund nicht beunruhigen. Henri machte sowieso schon einen etwas unsicheren Eindruck. Öfter als gewöhnlich schaute er in die Runde. Giselle erkannte an seinem Gesichtsausdruck, dass er sich nicht sicher war.

In einem schmalen Schacht blieb er stehen und hob die Schultern. »Ich glaube, wir haben uns verlaufen.«

»Wirklich?«

»Ja.«

»Aber du hast doch die Pläne …«

»Giselle.« Seine Stimme klang vorwurfsvoll. »Was sind schon Pläne, wenn man die Wirklichkeit sieht?«

»Da kannst du recht haben.« Giselle schaute nach oben. Hoch über ihnen erkannte sie einen hellen Fleck. Dort war der Abdruck eines Ausstiegs zu sehen. In der Wand entdeckte sie die verrosteten Sprossen. »Sollen wir nicht lieber aussteigen?«

»Nein, wir suchen noch weiter.«

»Wenn du dich doch verlaufen hast …«

Henri Druc schaute auf seine Uhr. »Wir geben uns noch eine halbe Stunde. Haben wir die anderen bis dahin nicht gefunden, steigen wir wieder aus. Das verspreche ich dir.«

»In Gottes Namen«, erwiderte Giselle ergeben. Ihr war inzwischen alles egal. Seltsamerweise hatte sie sich an den herrschenden Gestank gewöhnt. Er störte sie plötzlich nicht mehr. Sie dachte nur daran, dass auch diese Zeit irgendwann einmal vorbei war und sie unter den heißen Strahlen einer Dusche stehen würde.

Der Gang, der vor ihnen lag, war sehr eng. Es floss kein Wasser hindurch. Er stellte eine Verbindung zu einem der breiten Kanalflüsse her. Die beiden jungen Menschen mussten sich ducken, um nicht mit den Köpfen an der Decke entlangzuschrammen. Mit den Schultern berührten sie bereits die Wände. Diesmal war der Boden nicht schlammig, er bestand aus Stein.

An vieles hatte sich Giselle gewöhnen können, nur nicht an die Ratten, die überall und wie aus dem Nichts erschienen, schattengleich vorbeihuschten oder neben ihr hertrippelten.

Auch jetzt wirbelten wieder drei graue Körper über die Spitzen ihrer Schuhe. In einem Anfall von Ekel trat Giselle nach einem Tier, verfehlte es jedoch.

Zum Glück fand dieser schmale Stollen nach wenigen Schritten sein Ende. Vor ihnen schimmerte Licht. Wieder erreichten sie einen Kanal. Diesmal mit einem ziemlich breiten Steg. Er lief sogar an beiden Seiten entlang.

Das Wasser rauschte hier stärker. Nur nach einer Seite konnten sie. Rechts versperrte ihnen ein Gitter den Weg. Sogar die Stege waren durch zwei Gittertüren gesichert.

Ein kleiner Wasserfall entstand hinter dem Gitter. Die Massen schäumten und quirlten in den Kanal hinein.

Halbrund war die Decke. Sogar Lampen brannten hier. Sie gaben ein gelbes Licht ab, das über die an der mit Kacheln verkleideten Decke glitt. Beide schritten forscher aus. Und beide entdeckten auch wieder kleine Seitenstollen, aus denen ebenfalls Abwässer in den Hauptkanal mündeten. Zumeist waren es Rinnsale, die sich mit dem anderen Wasser vereinten.

Die beiden warfen keinen Blick in den Stollen. Henri hatte es sowieso eilig, und Giselle fürchtete sich davor, in die engen unterirdischen Schluchten zu schauen, denn sie befürchtete, dass dort jeden Augenblick Ratten hervorspringen könnten.

Deshalb übersah sie auch das tückisch leuchtende Augenpaar, das fast in Kopfhöhe schwebte.

Die Riesenratte hatte noch nicht aufgegeben …

Sie gingen weiter.

Schritt für Schritt, Meter um Meter legten sie zurück und erreichten schon bald eine Kreuzung.

Von allen vier Seiten schäumte das Wasser heran. Eine quirlende, stinkende Flut, die sich in die Kanäle drückte und weitergetrieben wurde.

Henri blieb stehen. Auch Giselle verhielt ihren Schritt. Sie legte ihre Hände auf die Schultern des jungen Mannes und sah, dass dieser den Kopf gedreht hatte.

»Ich glaube, wir sind gleich da.«

»Wieso?«

»Schau mal nach vorn. Siehst du da dieses komische rote Flackern?«

»Ja …«

»Das ist das Feuer.« Henri lachte plötzlich. »Verdammt, wir haben es geschafft. So leicht sind wir nicht ins Bockshorn zu jagen.« Er nahm die Hand des Mädchens und rannte los.

Es war für beide leicht, einen der Kanäle zu überqueren, denn es existierte ein Steg. Zudem bestand dieser aus Metall, sodass sie keine Angst zu haben brauchten, dass er brach und sie von den Fluten mitgerissen wurden.

Als sie die Kreuzung überquert hatten und in den anderen Gang eintauchten, begann Henri schon zu rufen und gleichzeitig zu winken. »He, wir sind da!«

Seine Stimme übertönte sogar das Brodeln des Wassers, und er war auch gehört worden, denn eine andere Stimme antwortete ebenso laut und deutlich. »Endlich!«

Der Feuerschein zuckte nicht nur über die Wände oder glitt auf dem Wasser entlang, er berührte auch die Decke des Stollens, wo er tanzende Figuren malte.

Die anderen drei jungen Leute hatten den Platz gut gewählt. Innerhalb der Schachtwand befand sich eine halbrunde, große Einkerbung. Jedenfalls hatten alle genügend Platz, um an dieser Stelle lagern zu können.

Die Begrüßung fiel herzlich aus.

Zuerst lagen sich die beiden Mädchen in den Armen. Die dunkelhaarige Madeleine Charon presste Giselle an sich, als hätten sich die beiden seit Jahren nicht mehr gesehen. »Bin ich froh, Giselle, dass du da bist. Wir haben schon fast nicht mehr mit euch gerechnet.«

»Ich hatte Angst.«

»Frag mich mal.«

Die Mädchen lösten sich voneinander, damit die Neuankömmlinge die anderen beiden jungen Männer begrüßen konnten.

Da war einmal Hugo Rafaud, ein etwas stiller junger Mann, der Philosophie studierte und oft wie abwesend wirkte. Er trug sein braunes Haar noch ziemlich lang. Sein Gesicht zeigte einen etwas mädchenhaften Schnitt. Er küsste Giselle auf beide Wangen.

»Und was bekomme ich?«, beschwerte sich Bernard Sirini lachend. Er war der Dritte im Bunde, bekannt als Draufgänger, und eigentlich hatte die Gruppe es ihm zu verdanken, dass sie hier unten eine Nacht verbringen wollten, denn der Vorschlag stammte von ihm.

»Das Gleiche wie Hugo«, sagte Giselle und drückte den schwarzhaarigen Bernard an sich.

Henri Druc stand nickend daneben und schaute auf das Feuer. »Ich muss schon sagen, dass ihr es euch hier richtig gemütlich gemacht habt. Mein lieber Mann, das ist was.«

»Man tut sein Bestes«, meinte Bernard. Er bückte sich und griff in einen schon geöffneten Rucksack. »Wer von euch möchte denn einen kräftigen Schluck Wein?« Lachend hielt er die Flasche hoch.

Henri zog sie ihm aus der Hand. »Zunächst einmal Giselle und ich.« Er warf Giselle die Flasche zu. »Das ist der, den du schon so oft getrunken hast.«

»Von meinen Großeltern aus Italien«, erklärte Bernard Sirini.

Das Mädchen entkorkte die Flasche, setzte die Öffnung an den Mund und nahm einen Schluck. Danach konnte ihr Freund trinken. Als er die Flasche absetzte, war sie halb leer.

»Essen haben wir auch mitgebracht«, erklärte Madeleine Charon. »Weißbrot, Wurst und Obst …«

Giselle zog die Nase kraus. »Bei diesem Gestank? Seid ihr noch zu retten?«

»Wieso?«, fragte Hugo. »Ich rieche nichts. Ihr etwa?«

Die anderen, bis auf Giselle, schüttelten die Köpfe.

»Wir haben uns eben schon zu sehr daran gewöhnt. Wartet, bis wir wieder oben sind, dann könnt ihr mal an euren Kleidern riechen.«

»Aber zuvor feiern wir!«, posaunte Henri und ließ sich auf den Boden fallen, wo um das Feuer herum zahlreiche Kissen lagen, die als Sitzgelegenheit dienten.

Auch die anderen nahmen Platz. Bevor sie wieder die Flasche kreisen ließen, hatte Hugo noch etwas zu sagen. »Ihr wisst ja, dass es verboten ist, hier zu feiern. Weiß einer von euch, wann das Wachpersonal hier durchkommt?«

»Falls es sich überhaupt sehen lässt«, meinte Sirini.

Hugo nickte heftig. »Schau dich nur mal um. Wir sitzen hier an einer zentralen Stelle und gewissermaßen auf dem Präsentierteller. Keine Sorge, die kommen schon.«

»Meinst du?«
»Klar.«
»Was machen wir dann?«, wollte Madeleine wissen.
»Ganz einfach«, erwiderte Sirini. »Wir werfen sie in den Kanal.«
Bis auf Hugo lachten alle.

Henri Druc stand auf und holte einige Holzscheite, die in der Nähe lagen. Das Material war gut durchgetrocknet. Als er drei Scheite in die Flammen legte, sprühten Funken auf, und die feurigen Finger leckten sofort höher. Das Licht wurde intensiver. Schatten und rötliche Schimmer huschten über die Körper der um das Feuer sitzenden Jugendlichen. Die Gesichter nahmen ein anderes Aussehen an. Bei manchen sah der rötlich dunkle Widerschein sogar dämonisch aus.

»Vor dir könnte man Angst bekommen«, sagte Giselle und meinte damit Bernard, der ihr gegenübersaß.

»Ich bin aber harmlos.«
»Das sagst du.«
»Ehrenwort.«

Alle lachten. Bernard galt als der große Aufreißer, und er hatte bei den Mädchen Chancen. Wie viele er schon in seine Bude abgeschleppt hatte, konnte er kaum zählen.

Die nächsten Flaschen wurden entkorkt. Essen wollte auch niemand etwas.

»Möglicherweise bekommen wir auch noch Besuch von einer anderen Gruppe«, meinte Madeleine. »Ich glaube gehört zu haben, dass außer uns noch jemand feiern will.«

»Wer denn?«, fragte Henri.
»Ein Semester unter uns.«
»Ach die.«
»Hast du was dagegen?«, wollte Giselle wissen.

»Ja, die Knaben und Mädchen taugen nicht viel. Die haben keinen Biss, weißt du?«

»Was soll das denn heißen?«

Sirini beugte sich vor. »Die machen nicht viel Action. Mich wundert es sowieso, dass sie in der Unterwelt eine Party feiern wollen. Glauben kann ich es noch immer nicht.«

Die jungen Leute hatten nun ein Thema. Es war aber auch

zu leicht, über andere zu reden und selbst dabei aus dem Spiel zu bleiben. Immer wieder kreisten die Flaschen, und niemand hatte Augen für die Umgebung, an die sie sich mittlerweile gewöhnt hatten.

Die Ratten waren da!

In der Tat hatte sich ihre Anzahl verdoppelt, denn plötzlich waren es zwei, die aus vier mordgierigen Augen die um das Feuer versammelten Studenten beobachteten.

Sie hatten eine gute Deckung gefunden, denn sie hockten in den engen Stollen, die tiefer in das unterirdische System führten.

Noch lauerten sie …

Aber es tat sich etwas. Andere, völlig normale Ratten hatten bemerkt, wer da eingetroffen war. Mit dem ihnen angeborenen Instinkt hatten sie erkannt, dass die beiden Riesenratten ihre Führer waren und von den normalen deshalb akzeptiert wurden. Wo sie sich aufhielten, konnte ihnen nichts passieren.

Lange genug hatten sie gewartet, und von den Menschen waren sie nicht entdeckt worden.

Aber sie wollten Beute …

In ihren Körpern steckte etwas, das sie als Erbe einer finsteren Macht bezeichnen konnten. Herzen, die einmal in der Brust eines Menschen geschlagen hatten und in der magisch aufgeladenen Vitrine umgepolt worden waren.

Diese Herzen pumpten den Odem des Bösen durch ihre Körper. Sie sorgten dafür, dass der Teufel Gewalt über sie bekommen hatte.

Wie zwei Riesenschatten verließen sie ihren Beobachtungsort. Die langen Köpfe und Schnauzen schoben sich vor. Gleichzeitig setzten sich auch die kleinen Ratten in Bewegung. Aufgeregt verließen sie ihre Schlupflöcher und rannten gewissermaßen deckungslos ins Freie.

Es waren die unterschiedlichsten Exemplare. Einige von ihnen besonders schlank, andere wieder dick und kurz. Dann gab es wieder welche, die in ihren Ausmaßen die Hälfte eines Männerarms einnahmen. Je nachdem, wie viel Nahrung sie aufgenommen hatten.

Fast lautlos huschten sie über den Boden und gerieten auch in die Nähe des Feuers, während sich die mutierten Tiere vor den Stolleneingängen auf den Boden gehockt hatten und die Menschen beobachteten.

Kalt, grausam und mörderisch waren ihre Blicke. Diese jungen Menschen waren verloren, sie wussten es nur noch nicht, stattdessen feierten sie und ließen sich gegenseitig hochleben.

Sehr kräftig hatten sie inzwischen dem Alkohol zugesprochen. Es war nicht nur beim Wein geblieben, denn die erste Flasche Calvados wurde angebrochen.

»Na«, rief Bernard Sirini, »ist das ein Tröpfchen? Über zwanzig Jahre hat das Zeug gelagert.«

»In der Flasche oder im Fass?«, fragte Hugo.

»Im Fass natürlich. Der geht runter wie Öl. Das ist genau das Richtige für uns, kann ich euch sagen. Auf wessen Wohl sollen wir die Flasche leeren?«

»Auf das unsrige!«, rief Madeleine.

»Du darfst auch den ersten Schluck nehmen!«

Geschickt fing das Mädchen die geworfene Flasche auf. Sirini hatte den Korken nur ein Stückchen in die Öffnung gesteckt. Madeleine konnte ihn ohne Kraftanstrengung herausziehen.

Und sie trank.

Rasch jedoch setzte sie die Flasche wieder ab, denn nach dem weichen Rotwein brannte der wesentlich schärfere Schnaps wie Säure in ihrer Kehle.

Sie schüttelte sich.

»Du bist nichts Gutes gewohnt«, sagte Sirini.

»Sei du vorsichtig«, warnte Madeleine, als sie den Calvados an Giselle weiterreichte.

»Klar.« Giselle wollte trinken, schaute sich zuvor noch um und erschrak so heftig, dass ihr die Flasche fast aus der Hand gerutscht wäre. Im letzten Augenblick konnte sie nachfassen.

»Ratten!«, schrie sie.

»Wo?«, fragte Hugo.

»Da, überall!« Sie zeigte dennoch nur in eine bestimmte

Richtung. Die anderen sahen ebenfalls die zahlreichen Nager, die mit trippelnden Schritten über den Boden huschten und in den äußeren Lichtschein des Feuers gerieten.

Das waren nicht nur zwei oder drei, sondern bestimmt zwanzig. Selbst die jungen Männer wurden blass.

»Und du, Henri, hast mir erzählt, dass die Ratten vom Feuer abgeschreckt werden.«

»Das ist ja auch normalerweise der Fall.«

»Aber hier nicht.«

Die Unterhaltung war verstummt. Madeleine presste sich eng gegen Hugo, auf dessen Gesicht sich so etwas wie Ekel ausgebreitet hatte. Damit hatte er nicht gerechnet.

»Und was machen wir?«, fragte Sirini.

Henri warf seinen Glimmstängel ins Feuer.

»Wenn ihr nichts dagegen habt, wechseln wir den Platz.«

Bis auf Bernard waren alle dafür. »Was soll das denn? Die Ratten werden wieder verschwinden. Deshalb brauchen wir uns doch keine grauen Haare wachsen zu lassen.«

»Nein, ich will hier weg!«, erklärte Giselle Virain mit Nachdruck. »Und niemand kann mich halten. Ich will auch nicht woanders in dieser verdammten Katakombe hin, sondern wieder nach draußen.« Übergangslos begann sie zu weinen.

Henri nickte. »Dafür bin ich auch.« Beruhigend legte er eine Hand auf den Rücken seiner Freundin.

»Na ja, wenn ihr meint. Ich schließe mich der Mehrheit an.« Sirini stemmte die Hände flach auf den Boden und drückte sich in die Höhe. »Aber vorher muss ich noch irgendwohin. Dafür habt ihr doch Verständnis, oder?« Er stand ein wenig schwankend auf den Beinen und lachte unecht.

»Klar«, erwiderte Hugo Rafaud. »Wir packen den Kram hier schon zusammen. Ich habe die größte Bude. Da gehen wir hin, duschen alle und feiern danach weiter.«

»Einverstanden!«, rief Henri.

Bernard Sirini hob die Arme und drehte sich um. Er ging zwei Schritte, sah die grauen Körper der Nager dicht an seinen Fußspitzen vorbeihuschen, trat nach ihnen, erwischte einen, und der pelzige Körper wurde in die Höhe geschleudert, wobei er einen Bogen schlug und dann in die Kanalfluten klatschte und mitgerissen wurde.

Sirini lachte.

Eine Sekunde später blieb ihm das Lachen im Hals stecken.

Da sah er die beiden Ratten.

Übergroß, unheimlich, grauenhaft!

Bernard wurde förmlich zu Eis. Er fror in der Bewegung ein. Aus seinem offenen Mund drang ein Ächzen. Zudem wollte er die anderen warnen, aber da stieß sich die erste Ratte bereits ab, verdunkelte mit ihrem Körper sein Blickfeld und wuchtete sich genau auf ihn zu, wobei sie das Maul aufgerissen hatte …

Jane Collins war in Paris!

Durch den Würfel des Unheils hatte sie die Nachricht erhalten, dass jemand etwas von ihr wollte. Den Plan des anderen kannte sie nicht. Sie rechnete allerdings damit, dass der Rufer nicht allein dastand, sondern einen gefährlichen Helfer im Hintergrund wusste.

Den Teufel!

Und Jane Collins, die ehemalige Detektivin und abtrünnige Hexe, dachte nicht im Traum daran, sich dieser seltsamen Einladung nicht zu stellen, denn der Satan konnte sie nicht erschrecken, weil sie voll auf den Würfel des Unheils vertraute und auf die Kräfte, die in ihm steckten.

Paris war groß, deshalb war zwischen den beiden ein Treffpunkt ausgemacht worden.

Sacré Cœur!

Es gefiel Jane zwar nicht, den anderen, von dem sie nicht wusste, wie er aussah, nahe einer Kirche zu erwarten, aber noch hielt er die besseren Karten in der Hand. Da musste sie kleine Brötchen backen. Sie war jedoch fest davon überzeugt, dass sich alles ändern würde.

Sehr bald schon …

Jane Collins war da optimistisch, denn sie hatte bereits einige Attacken des Teufels gut überstanden. Natürlich dachte sich Asmodis immer neue Tricks aus, aber so wehrlos war die ehemalige Detektivin auch nicht. Sie wusste genau, wie sie sich zu verhalten hatten, und sie würde an der richtigen Stelle zuschlagen.

Natürlich hatte sie den Würfel mitgenommen. Sie trug ihn in einer Umhängetasche, deren breiter Riemen über ihrer Schulter lag. Wegen des Wetters hatte sie sich einen leichten Trench übergeworfen, der sie vor Regen schützte.

Jane fiel nicht auf. Sie unterschied sich in nichts von den übrigen Touristen, die sich auf dem Platz vor der berühmten Kirche versammelt hatten und der Fotoindustrie zu einem kräftigen Umsatzplus verhalfen, denn es gab kaum jemanden, der hier nicht knipste.

Es war natürlich schwer für Jane, aus dem Gewühl den herauszufinden, mit dem sie sich treffen wollte. Der Würfel hatte ihr einmal ein sehr schwaches Bild von dem Rufer gezeigt, das war auch alles gewesen. So musste sie darauf warten, bis sie angesprochen wurde.

Hinter ihr befand sich die Kirche. Vor ihr lag praktisch Montmartre.

Diese kleine Hügellandschaft inmitten der Riesenstadt Paris, mit den versetzt gebauten Häusern, den schmalen Gassen, Treppen und Brücken. Ein Flecken Erde, wo eigentlich alles stimmte.

Es war keine genaue Uhrzeit vereinbart. Der andere wollte sich irgendwann melden.

Jane schaute zum Himmel. Es regnete nicht mehr. Dennoch lag kein Sonnenschein über Paris. Ein trüber Julitag näherte sich bereits dem hohen Nachmittag, und noch immer strömten Touristen herbei, um das gewaltige Bauwerk zu besichtigen und abzulichten.

Jane hätte gern einen Kaffee getrunken. Sie unterdrückte den Wunsch. Obwohl sie eine Hexe war, reagierte sie oft genug wie ein Mensch. Sie hatte ungefähr die gleichen Bedürfnisse wie diese, und sie unterdrückte sie auch nicht immer.

Noch etwas hatte sie.

Einen gewissen siebten Sinn.

Der alarmierte sie plötzlich.

Es war eine Gefahr, dennoch ahnte sie, dass ihr Gesprächspartner nicht mehr allzu weit entfernt war. Jane ließ sich nichts anmerken, sie drehte sich nur langsam auf der Stelle und musterte während dieser Bewegung die in ihr Blickfeld geratenen Menschen.

Frauen und Jugendliche kamen wohl nicht in Frage. Vielleicht aber der junge Mann, der hinter einer Gruppe deutscher Touristen stand, die Hände in die Außentaschen seiner grünen Parkajacke geschoben hatte und Jane ansah.

Sie gab den Blick zurück.

Der andere nickte.

Da setzte sich Jane in Bewegung. Sie horchte gewissermaßen nach innen und versuchte herauszufinden, ob ihr Alarmsignal funktionierte. Da jedoch tat sich nichts.

Alles blieb ruhig.

Jane Collins umrundete die Touristengruppe und blieb vor dem jungen Mann stehen.

Die beiden schauten sich an.

»Du bist Pierre?«, fragte die Hexe.

»Ja, Pierre Trudot.«

»Und du hast mich nach Paris gerufen?«

»So ist es.«

»Was willst du von mir?«

Pierre lächelte. »Sollen wir das nicht bei mir besprechen?«

Jane nickte. »Das können wir, aber ich möchte ein Stichwort haben.«

»Bitte.« Er nickte, schaute kurz zu Boden, hob dann den Kopf und fragte: »Du hast den Würfel?

»Möglich.«

»Du hast ihn, nicht wahr?«

»Wer hat dir das gesagt?«

»Asmodis.«

Jane schwieg. Nur ihre Augen verengten sich, und die Pupillen nahmen einen grünen Schimmer an. »Okay, ich sehe schon, dass du Bescheid weißt. Gehen wir also zu dir.«

»Hast du keine Angst davor?«

Jane lachte leise. »Wieso sollte ich?«

»Ich könnte dir etwas antun!«

Diesmal lachte sie noch lauter. »Junge, ich glaube, du unterschätzt mich gewaltig. Das haben schon andere versucht und es bisher auch nicht geschafft.«

»War nur eine Bemerkung.«

»Vergiss sie ganz schnell. Gehen wir zu Fuß, oder bist du mit dem Auto gekommen?«

»Ich fahre einen 2 CV.« Pierre setzte sich in Bewegung. Mit der linken Hand strich er sein Haar zurück. Jane beobachtete ihn von der Seite und stellte fest, dass der junge Mann ziemlich blass war. Anscheinend waren die letzten Tage hart für ihn gewesen.

Nebeneinander schritten sie her. Völlig harmlos für den Betrachter, der bestimmt nicht auf die Idee gekommen wäre, es hier mit zwei magischen Zeitbomben zu tun zu haben.

Den Wagen hatte Pierre auf einem kleinen Parkplatz in eine Lücke hineingequetscht. Er stand so, dass Jane ihn rauswinken musste. Dann erst konnte sie einsteigen.

»Und wo fahren wir hin?«, fragte sie.

»Wir bleiben in Montmartre. Kennst du diesen Stadtteil?«

»Ein wenig.«

»Es macht Spaß, hier zu leben.«

»Glaube ich dir.«

Das Gespräch versickerte. Zudem musste sich Pierre auf das Fahren konzentrieren, denn die Gassen wurden oft sehr schmal, und wenn es Einbahnstraßen waren, stand eine Seite der Gasse voll geparkt mit Autos.

Einmal glaubte Jane, dass ihr Fahrer den 2 CV über eine Treppe rollen lassen wollte. Im letzten Augenblick riss Pierre das Lenkrad nach links. Die beiden rechten Räder wischten haarscharf an der obersten Stufenkante entlang.

Er lachte. »Angst gehabt?«

»Nein.«

Die Straße verlief serpentinenartig bergab. »Weshalb lügst du?«

»Ich hatte keine Angst«, erklärte Jane mit so fester Stimme, dass der andere ihr glaubte.

Erst als sie schon fast das Ende der Straße erreicht hatten, stellte Jane fest, dass sie in einer Art Sackgasse gelandet waren, denn nach vorn ging es nicht weiter, weil eine Treppe den Weg versperrte.

»Aussteigen!«, sagte Pierre. Er legte den Rückwärtsgang ein und ließ den 2 CV neben einer Laterne ausrollen.

»Gehen wir zu Fuß?«

»Ja, wir sind gleich bei mir.«

Sie war ausgestiegen und schaute sich um. Die Treppe lief auf einen Platz aus, wo man einen kleinen Flohmarkt aufgebaut hatte. Die an den Ständern hängenden Kleider flatterten im Wind. Es wurden dort nur getragene Sachen verkauft.

»Komm mit«, sagte Pierre. Er wartete an einer Hauswand, dicht neben der braunen Tür, die soeben geöffnet wurde und zwei Araber entließ. Beide trugen rote Lederbekleidung, die sehr eng anlag. Aus ihren dunklen Augen musterten sie Jane Collins.

Kalt gab die Hexe den Blick zurück.

Die beiden Araber grinsten sich an und verschwanden. Dabei gingen sie Hand in Hand.

Jane hob die Schultern. Sie folgte Pierre Trudot, der in das Haus eingetaucht war und von dessen düsterem Flur, in dem es muffig roch, verschluckt wurde.

Im Hintergrund zeichnete sich ein etwas helleres Rechteck ab. Eine weitere Tür.

Der Mann steuerte sie an. Er hielt sie sogar für Jane Collins offen, damit sie ebenfalls den schmalen Hof betreten konnte.

»Hier wohnst du doch nicht«, sagte die Hexe.

»Fast.«

»Und in welchem Haus?«

»In keinem.« Er deutete nach unten. »Ich habe mein Domizil unter der Erde aufgeschlagen.«

Jane schaltete schnell. »In den Katakomben?«

»Sehr richtig.«

Es sah so aus, als wollte die Hexe protestieren. Sie ließ es bleiben und nickte. »Okay, geh du vor.«

Pierre schaute sich noch einmal um, ob sie auch nicht beobachtet wurden. Das war nicht der Fall. So konnte er einen Gitterrost hochheben und Jane einsteigen lassen.

»Du gehst vor.«

»Nein!«

Pierre merkte, dass er den Bogen überspannt hatte. Zu hart war die Antwort gewesen. »Dann eben nicht.« Geschmeidig verschwand er in der Öffnung. Jane kletterte ihm nach. Sie legte den Rost wieder zurück und stieg ebenfalls in die Tiefe.

Je mehr Sprossen sie hinter sich ließen, umso mieser wurde die Luft. Es stank erbärmlich. Jane hatte das Gefühl, der Mittelpunkt einer Kloake zu sein. Was da von unten hochgetrieben wurde, konnte einem normalen Menschen schon den Magen umdrehen.

Als sie unten standen, fragte Pierre grinsend: »Dir gefällt es wohl nicht, wie?«

»Merkt man das?«, fragte Jane spöttisch.

»Nun ja, wir hätten auch einen anderen Weg nehmen können, aber du sollst nicht alles wissen.«

»Wie schön.«

Obwohl sich Jane sehr lässig gab, blieb sie weiterhin gespannt. Dieser junge Mann erschien ihr einfach zu sicher. Wahrscheinlich hatten er und der Satan einen fast genialen Plan beschlossen, doch Jane wollte sich nicht übertölpeln lassen.

Auch nicht, als sie in die Tiefe der Abwasserkanäle eindrangen und die Umgebung fast völlig finster wurde. Im Strahl einer Taschenlampe gingen sie weiter. Einmal durch einen schlammigen Kanal, dann mussten sie sogar kriechen.

Das gefiel Jane überhaupt nicht. Als sie sich wieder aufgerichtet hatten, packte sie Pierre an der Schulter und zerrte ihn herum.

»Hör zu, Freund!«, zischte sie. »Ich mag es nicht, wenn man mich in die Irre führen will. Hast du verstanden?«

»Ich führe dich nicht in die Irre.« Er hob die Lampe und blendete Jane.

Das gefiel der Hexe überhaupt nicht. Mit einem blitzschnellen Schlag fegte sie Pierre die Lampe aus der Hand. Sie fiel zu

Boden und blieb im Schlamm stecken. Als Pierre sich bückte, griff Jane mit fünf Fingern in sein Haar und zog daran.

»Hör zu!«, zischte sie. »Es gefällt mir überhaupt nicht, wie du mich behandelst. Hast du gehört? Das kannst du mit anderen machen, nicht mit mir.«

»Verdammt, lass mich los!« Die Stimme klang rau.

»Noch nicht. Erst will ich wissen, was hier gespielt wird.«

»Ich führe dich zu mir.«

»Und dort?«

»Lass dich überraschen.«

»Das will ich aber nicht. Was habt ihr beide euch alles ausgedacht? Was will Asmodis von mir?«

»Der will, will – du wirst es sehen. Es ist die Vitrine, die ich dir zeigen will. Sie macht uns mächtig.«

Jane lachte auf. »Uns?«

»Ja, uns. Glaub mir, wenn wir uns zusammenschließen, können wir einiges erreichen.«

»Gegen den Teufel?«

»Komm erst mit.«

Jane passte es nicht, dass der junge Mann auf ihre letzte Frage eine nur ausweichende Antwort gegeben hatte, aber sie folgte seiner Bitte und löste ihre Hand aus seinem Haar.

Pierre Trudot kam wieder hoch. Er stöhnte auf und fuhr mit den gespreizten Fingern über seine Kopfhaut.

»Mach das nicht noch mal«, flüsterte er rau. »Verdammt, so kannst du mit mir nicht umspringen.«

»Ich springe noch ganz anders mit dir um«, erklärte Jane.

»Lieber nicht.«

»Geh vor.«

Pierre schaute die Hexe scharf an, grinste kalt und nickte dann. Er bewegte sich nach links und erreichte einen schmalen Pfad, der neben einem Kanal herführte.

Der Pfad endete vor einer Gittertür.

»Und jetzt?«, fragte Jane.

Die Hexe konnte zuschauen, wie der andere einen Schlüssel aus der Tasche holte, ihn in das kleine Schloss schob und ihn zweimal herumdrehte. Danach drückte er das Gitter auf.

»Jetzt kannst du gehen.«

»Aber nach dir.«

»Natürlich.« Pierre lachte leise und ging vor. Nur zwei Schritte, dann verschwand er in einer Nische innerhalb der Stollenwand, und Jane sah den Lichtschein der Taschenlampe wenig später sogar über ihrem Kopf tanzen. Ein Beweis, dass ihr junger Führer eine Treppe benutzt hatte.

Jane wollte ihm schon folgen, als sie aus der Tiefe der Katakomben Schreie vernahm.

So laut, dass sie sogar die Geräusche des fließenden Wassers übertönten.

»Was war das?«, rief sie die Stufen hoch.

»Ich habe nichts gehört. Wieso?«

»Schon gut. Du kannst weitergehen«, erklärte die ehemalige Detektivin und folgte Pierre. Sie ließ sich nichts vormachen. Jane hatte den Schrei gehört und fragte sich natürlich, wer sich außer ihnen beiden noch in den Katakomben herumtrieb.

Die Stufen waren ziemlich breit. Dafür lag eine dünne Schlammschicht auf ihnen, irgendwelcher Unrat, den man kurzerhand in die Tiefe gekippt hatte.

Vor einer Holztür wartete Pierre. Er hielt die Lampe eingeschaltet in der rechten Hand, der Strahl wies gegen die Wand. Er blendete Jane Collins nicht mehr.

»Wo sind wir hier?«, fragte Jane.

»Bei mir.« Er deutete auf die Tür.

»Was?«

»Ich habe dir doch gesagt, dass ich hier wohne.«

»Du musst verrückt sein, wenn du dich in dieses Schmierloch hier zurückziehst.«

»Das Gegenteil ist der Fall. Hier habe ich meine Ruhe. Hier kann ich arbeiten, niemand stört mich. Diese Räume sind ideal.«

Jane fragte: »Hast du sie gebaut?«

»Es gab sie bereits. Sie stammen noch aus dem letzten Krieg. Einige Widerstandskämpfer haben dort Unterschlupf gefunden. Résistance, wenn du verstehst.«

»Ja, ich kenne mich da aus.«

»Du kannst das Licht halten.« Er reichte ihr die Lampe und schloss die Tür auf. »Warte, ich gehe vor.«

Jane schaute auf den Rücken des jungen Mannes, der wie ein Schatten über die Türschwelle huschte. Er hatte die Tür nicht ganz geschlossen. Sehr bald schon fiel ein heller Streifen aus dem Spalt bis auf die obersten Treppenstufen.

Licht gab es hier auch. Jane zeigte sich nicht mehr überrascht. Sie wartete nur gespannt darauf, mit welchen Überraschungen der junge Mann noch aufwarten würde.

Bevor sie die Tür weiter aufzog, warf sie noch einen Blick zurück. Gern hätte sie sich in diesen Augenblicken ein noch besseres Gehör gewünscht, denn sie vernahm abermals diesen dünnen Laut, der durch die Katakomben schwang.

Und auch noch einen anderen.

Den Schuss.

Es war nur ein dünnes Echo, doch für Jane war alles klar. Sie wusste, dass geschossen worden war, und das machte sie misstrauisch. Pierre würde ihr einige Fragen zu beantworten haben.

»Du kannst kommen.«

»Sofort.« Jane betrat den Raum und war überrascht, dass Pierre ihn sogar eingerichtet hatte. Sie sah einige Regale, einen Schreibtisch – und gewissermaßen als Mittelpunkt eine Vitrine aus Glas, die auf vier Beinen stand.

»Hier lebe ich«, sagte Pierre.

Jane deutete auf die zweite Tür. »Wo geht es dort hin?«

»In den größeren Raum.«

»Und?«

»Ich habe ihn ausgeräumt, weil ich nur diesen einen hier benötige. Du kannst aber die Tür schließen.«

Die trat Jane mit dem Absatz zu. Sie wusste nicht, welchen Kommentar sie abgeben sollte. Die Lage war einfach zu undurchsichtig, bis ihr der Schuss wieder einfiel. Sie sprach Pierre darauf an.

Er zeigte sich überhaupt nicht verunsichert und erklärte lässig: »Das ist normal.«

»Wieso?«

»Hier unten wird öfter geschossen.«

»Wer macht denn Jagd auf wen?«

Er lachte. »Das ist ganz einfach. Die Ratten haben sich vermehrt, und sie werden gejagt.«

»Mit Kugeln?«, fragte Jane spöttisch.

»Wieso nicht?«

»Man jagt die Tierchen normalerweise mit Giftgas. Diese Schüsse hatten eine andere Bedeutung.«

»Ich weiß es nicht.«

»Pierre«, sagte Jane, »ich traue dir nicht über den Weg. Du willst mich hier reinlegen.«

»Aber wieso?«

»Hör auf, ich weiß es. Was wird hier gespielt? Weshalb hast du mich in dieses Verlies geführt?«

»Hier steht die Vitrine.«

»Und?«

Pierre bewegte sich zur Seite. An der Decke brannte eine trübe Lampe. Als Pierre direkt unter ihr stehen blieb, fiel das Licht in sein Gesicht und ließ es aussehen wie gelbliches Wachs. Er bewegte streichelnd seine Hände und fuhr mit den Fingern über die Außenwände der Vitrine. »Dieses Glas«, flüsterte er, »diese Vitrine ist etwas Besonderes. Ich war glücklich, als ich sie bekam.«

»Wer gab sie dir?«

»Mein Großvater.«

»Aha.« Jane nickte. »Von wem hat er das Stück?«

»Von einem alten Wahrsager oder Zigeuner. Ich weiß es nicht genau. Die Vitrine soll verflucht sein. Es geht die Sage um, dass sie einem mächtigen Dämon als Gefängnis gedient hat. Was daran wahr ist, weiß ich nicht, mir ist nur bekannt, dass in der Vitrine schwarzmagische Kräfte wohnen.«

»Stehen die mit dem Teufel in Verbindung?«

Pierre nickte langsam. »Ja, das tun sie. Asmodis kann über die Truhe mit mir sprechen.«

»Siehst du ihn dann auch?«

»Klar. Ich habe sein Gesicht gesehen. Es ist dreieckig, in den Augen lodert ein unheimliches Feuer. Er strahlt eine

Faszination aus, die ich mit dem Wort einmalig umschreiben möchte.« Während dieser Worte hatten seine Augen zu glänzen begonnen. Sein Mund wurde noch breiter, und er rieb sich die Hände.

»Kannst du dir vorstellen, dass Satan in der Vitrine wohnt?«

»Nur schlecht«, gab Jane zu. »Sein Gebiet ist die Hölle, aber nicht diese Vitrine.«

Der Mann winkte ab. »Was weißt du schon vom Satan? Mir hat er sich offenbart, ich habe ihn gesehen.«

»Und was soll ich hier?«, fragte Jane, der es allmählich zu viel wurde, denn der andere sollte endlich zum Kern der Sache kommen.

»Der Teufel wollte dich.«

»Ach, so ist das.«

»Ja, er sprach mit mir und nannte deinen Namen.«

»Hat er gesagt, dass ich kommen soll?«, erkundigte sich Jane mit lauernder Stimme.

Der junge Mann merkte, dass er nun vorsichtig sein musste. Besonders sorgfältig wählte er seine Worte aus. »Nicht direkt. Er gab mir nur deinen Namen …«

Jane wurde sauer. Sie ging vor, packte den anderen und stieß ihn gegen die Wand. »Ich will hier keine Märchen hören. Du kannst jeden anderen anlügen, nur mich nicht. Hast du verstanden? Ich will nicht angelogen werden!«

»Klar, klar …«

»Also! Um was geht es wirklich?«

»Ich habe es nicht erfahren«, erwiderte Pierre langsam. »Wirklich. Der Teufel bat mich, ihm einen Gefallen zu tun. Ich sollte mich mit dir in Verbindung setzen. Das habe ich getan. Nun sind wir zusammen, wie du siehst, und ich meine …«

»Es ist demnach eine Falle«, stellte die ehemalige Detektivin mit nüchterner Stimme fest.

»Ja, das gebe ich zu …«

»Und du hast dich nicht geweigert?«

»Nein, man kann dem Teufel doch nicht widerstehen«, hauchte Pierre Trudot.

»Doch, man kann.«

»Ich bin zu schwach.«

Jane lächelte kalt. »Hattest du mir nicht den Vorschlag gemacht, gegen den Teufel zu arbeiten? Das müsste mir als abtrünnige Hexe doch entgegenkommen.«

»Ja, der Teufel klärte mich über dich auf.«

»Und was sagte er dir noch?«

»Er sprach von einem Würfel ...«

Jane begann zu lachen. »Ich kann mir vorstellen, dass er davon gesprochen hat. Aber da irrt er sich. Ihn bekommt er nicht. Im Gegenteil, ich werde den Würfel nehmen und ihm eins auswischen. Der Satan soll zittern.«

Die Augen des jungen Mannes begannen zu glänzen. »Ist er denn so stark, dieser Würfel?«

»Noch stärker.«

»Dann kann ich ihn sehen?«

Eine gute Frage. Jane zögerte noch, die Antwort auf eine praktische Art und Weise zu geben. Sie schaute Pierre genau an. Er machte einen etwas nervösen Eindruck. Seine Augen glänzten in großer Erwartung. Wahrscheinlich konnte er sich nicht zwischen Jane Collins und dem Satan entscheiden.

»Nun?«

Jane hob die Schultern. »Was wäre damit schon gewonnen? Ob du ihn siehst oder nicht, das ist doch ...«

»Ich möchte wissen, ob er stärker ist als die Vitrine!«

»Wie stark ist sie denn?«

»Gewaltig. Sie ist in der Lage, die magische Kälte zu produzieren. Man kann sagen, dass sie dem magischen Tiefschlaf ...«

»Stimmt das?«

»Ja, Jane, das stimmt. Ein magischer Kälteschlaf kann durch die Truhe eingeleitet werden.«

»Was noch?«

Er hob die Schultern. »Eigentlich nichts mehr, es sei denn, man versteht, die in der Vitrine lebenden Kräfte zu lenken. In eine bestimmte Richtung natürlich, wie bei dir.«

Jane überlegte. Auch sie war neugierig. Zwar hatte Pierre nichts Bestimmtes gesagt, ohne Grund aber verschanzte er sich nicht in einem Verlies innerhalb der Katakomben.

»Nun?«, fragte er.

»Und was ist, wenn ich den Würfel zeige?«

»Werden wir ihn in die Vitrine legen.«

»In der Hoffnung, dass er zerstört wird?«

»Nein, das natürlich nicht. Wo denkst du hin? Ich will sehen, wer stärker ist.«

Jane war die Sache zu unsicher. Sie traute diesem angeblich so harmlosen Typ überhaupt nicht. Im Gegenteil, der Satan hatte einen raffinierten Plan ausgeheckt, um über den jungen Mann die abtrünnige Hexe in seine Gewalt zu bringen. Aber Jane wollte ihm einen Strich durch die Rechnung machen. In Sekundenschnelle hatte sie einen Plan entworfen, den sie durchziehen musste.

»Ich zeige dir den Würfel, Pierre. Das ist sogar eine Ehrensache für mich, wenn wir uns verbünden.« Die blonde Hexe lächelte hinterlistig. »Aber was mit ihm geschieht, werden wir sehen.«

»Wirklich? Darf ich ihn anschauen?«

»Ja.«

»Zeigst du mir auch seine Reaktionen? Du musst wissen, dass ich von Magie nicht besonders viel verstehe. Wenn du den Würfel zeigst, dann ist alles anders. Das finde ich einfach irre, wie du dir vorstellen kannst.«

»Klar, ich verstehe dich, mein Kleiner.« Jane ließ die Tasche von der Schulter gleiten. Sie stellte den Beutel auf einen Stuhl.

»Ist er in der Tasche?«

»In der Hand habe ich ihn nicht«, erwiderte die Hexe.

»Entschuldige, aber ich ...« Er verstummte, denn er sah, dass sich Jane gebückt hatte, um die Tasche zu öffnen.

Lautlos trat er zur Seite, sodass er schräg hinter die ehemalige Detektivin geriet. Sein Gesicht verzerrte sich plötzlich. Ein Zittern lief durch seine Gestalt. Instinktiv hatte er erkannt, dass sich ihm die große Chance bot. Er brauchte sie nur wahrzunehmen.

Ein zweiter lautloser Schritt brachte ihn dorthin, wo Jane ihn nicht aus dem Augenwinkel erkennen konnte. Jetzt war seine Position noch günstiger.

Er lächelte kalt.

Jane zog die Tasche auf.

Der junge Mann ging vor und legte beide Hände zusammen. Als Jane Collins Hände in der Tasche verschwanden und den Würfel umfassten, da schlug Pierre zu.

Er hatte viel Kraft in diesen Hieb hineingelegt, und die beiden zusammengelegten Hände trafen Jane Collins seitlich am Kopf.

In ihrem Schädel schien ein Gewitter zu toben. Sie spürte, wie schwer es war, gegen dieses unheimliche Gefühl anzukämpfen, und sie fiel zur Seite.

Dabei merkte sie kaum, dass sie auf dem Rücken lag. Sie kämpfte gegen die Bewusstlosigkeit an, hatte die Augen weit geöffnet und sah über sich die Gestalt des jungen Mannes, der ihr seltsam verzerrt vorkam.

So breit, so kompakt, und auch seine Faust wirkte vergrößert. Wie ein riesiger Vorschlaghammer.

Blitzschnell war er da.

Als der zweite Schlag an ihrem Kopf explodierte, wusste die Hexe, dass sie diesmal den Kürzeren gezogen hatte. Sie merkte, dass sich vor ihren Augen alles drehte, und diesem Strudel konnte sie nicht entgehen.

Pierre Trudot stand vor ihr. Er rieb sich die Hände und lachte kichernd. Dann griff er unter seine Parkajacke und holte das Mordmesser hervor.

»So«, sagte er nur, »so …«

Der Mann sah aus, als hätte ihm jemand mit einer Platte auf den Kopf geschlagen. So breit war sein Schädel und irgendwie viereckig. Das Alter war schwer zu schätzen. Es konnte zwischen fünfzig und siebzig liegen. Der Mann hieß Alain, trug eine grüne Lederjacke, eine derbe Cordhose und ein T-Shirt. Die von einem Kranz aus kleinen Falten umgebenen Augen waren ebenso grau wie das Haar. Sie blickten allerdings klar und scharf in die Welt.

Auch der Händedruck konnte sich sehen lassen. Ich verzog

ein wenig das Gesicht. Suko allerdings nicht. Seine Züge blieben glatt. Er setzte noch Druck dagegen.

Paul Meurisse hatte die Verabredung mit Alain getroffen. Wir hockten zusammen in einem Bistro, tranken Kaffee oder Wein, und Alain, der zwischendurch noch einen Calvados genommen hatte, nickte einige Male, als er unser Problem hörte.

»Ja«, sagte er, »das ist gar nicht einfach.«

Meurisse legte eine Hand auf Alains Arm. »Aber du kennst dich aus. Ich weiß das.«

»Früher …«

»Alain, es hat sich nicht viel verändert, glaub mir. Da ist alles noch so geblieben. Auch die Verstecke.«

Alain steckte sich eine Schwarze zwischen die Lippen, bestellte noch einen Calvados und ließ sich von mir Feuer geben. Als die Bedienung kam, ein bildhübsches, rothaariges Mädchen, wurde sie von Alain in den Po gekniffen. Sie schrie auf und schimpfte, blieb aber freundlich.

Alain lachte. »Das ist das Leben, mes amis.« Er kippte den Schnaps, wischte über seine Lippen und sprach dann weiter. »Ich genieße es in vollen Zügen, auch noch in meinem Alter. Man hat mich nicht erwischt, es ist alles gut gegangen, deshalb bin ich der Meinung, dass wir die alten Sachen ruhen lassen sollten. Ich bin nach dem Krieg nie wieder unten gewesen. Ich wollte es nicht.«

»Aber du hast sie mitgebaut, diese Verstecke.«

»Das schon.«

»Dann gib uns wenigstens die Pläne.«

»Deren Asche ist längst verweht.«

Meurisse lehnte sich auf den Bistrostuhl zurück und verdrehte die Augen. Ich schaute zur Theke hin, wo vor einer Spiegelwand zahlreiche Flaschen aufgebaut waren. Hinter der Theke stand ein schwarzhaariger Mann. Auf seinem Kopf saß schief ein Strohhut.

»Dann können wir wohl nichts machen«, sagte Meurisse enttäuscht. »Gibt es denn Duplikate der Pläne?«

»Nein, nein.« Alain rang seine Hände. »Das wäre viel zu

gefährlich gewesen. Stell dir vor, sie wären unseren Feinden in die Hände gefallen.«

»Also keine Chance?«, fragte ich.

»Doch!«

Alain überraschte uns mit der Antwort. »Es gibt eine wirklich gute Chance für uns.«

»Und die wäre?«, fragte Meurisse.

»Ich müsste mitgehen.«

Wir schauten uns an. Dass wir von allein nicht auf den Gedanken gekommen waren, wunderte uns. Aber Alain hatte recht. Wenn Meurisse zustimmte, Suko und ich hatten nichts dagegen.

»Wie sieht es aus?«, fragte ich den Agenten.

Paul Meurisse hob die Schultern. »Eigentlich habe ich nichts dagegen. Wenn ihr …«

»Unseretwegen kann er mit«, meinte auch Suko.

Alain nickte. »Bon, dann möchte ich nur wissen, was ihr dort unten wollt. Ihr seid keine Studenten mehr, die Partys feiern wollen. Das ist doch jetzt Mode, wie ich hörte.«

»Klar«, erwiderte Meurisse. »Es geht uns auch nicht so sehr um die Studenten, sondern um den Fall …« Er holte tief Luft. »Alain, ich weiß, dass du verschwiegen bist.«

»Kann man wohl sagen.«

»Trotzdem musst du mir versprechen, niemandem ein Wort von dem zu erzählen, was ich dir jetzt sage.«

»Natürlich.«

Paul Meurisse berichtete flüsternd, während Suko und ich uns heraushielten. Der andere wusste wahrscheinlich genau, was er tat. Mir sah Alain so aus, als würde er nichts weitersagen.

In seinem kantigen Gesicht zuckte nicht ein Muskel, als er von der Riesenratte erfuhr. Er bestellte sich nur noch einen Schnaps. Diesmal kniff er das junge Mädchen nicht.

Etwa fünf Minuten redete Paul Meurisse auf den ehemaligen Widerstandskämpfer ein, dann hatte er ihm alles gesagt. »Kommst du jetzt immer noch mit?«

»Ja.«

Meurisse schlug dem alten Haudegen auf die Schultern. »Das finde ich stark.«

Alain lachte auf. »Du kennst mich. Ich habe schon überall gekämpft, war Ausbilder in der Legion. Ich habe damals zu General Salan gestanden, war mal deswegen im Gefängnis, habe Algerien kennen gelernt und den Dschungel von Indochina, aber mit Riesenratten habe ich noch nie zu tun gehabt. Du bist sicher, dass es sie gibt?«

Meurisse deutete auf Suko und mich. »Wir drei haben sie gesehen.«

»Dann ist es gut.«

»Auf jeden Fall dürfen wir die verdammten Ratten nicht unterschätzen«, sagte der Agent. »Außerdem wissen wir nicht, wie viele von ihnen noch in der Unterwelt herumlaufen.«

»Und die Studenten?«

»Ich weiß es nicht, Alain. Bisher haben die Ratten anscheinend noch nicht angegriffen. Wenigstens hörte ich nichts davon.«

Der Widerstandskämpfer nickte. »Bezahl die Rechnung, Paul. Wir haben schon zu lange hier gesessen.« Er setzte seine flache Mütze auf und erhob sich.

»Riesenratten«, hörten wir ihn murmeln. »Ob man auf denen vielleicht reiten kann?«

Humor hatte der alte Kämpe auch. Und das machte ihn mir noch sympathischer.

Nicht nur Bernard Sirini hatte die Monsterratten gesehen, auch die anderen vier. Doch keiner von ihnen war in der Lage, auch nur zu reagieren. Sie hockten in ihren erstarrten Positionen und glaubten, einen Albtraum zu erleben, wobei sie nicht mal merkten, dass kleinere, völlig normale Ratten über sie huschten und sich schattenhaft an ihnen vorbeidrängten.

Dann fiel die Ratte über ihn.

Bernard hatte noch schreien wollen, doch er war nicht mehr dazu gekommen. Das Tier glich einer schwarzen Wolke, die alles verschlang und auf nichts Rücksicht nahm.

Auch nicht auf einen Menschen.

Es war furchtbar. Die anderen sahen Sirini plötzlich nicht mehr. Ihr Freund war unter diesem Berg aus Fell, Fleisch und Muskeln verschwunden, und die Ratte drehte sich auf der Stelle.

In der Drehung bekamen die anderen auch mit, wie das Tier sein Maul öffnete. Mehr sahen sie zum Glück nicht, denn ihre Aufmerksamkeit wurde durch etwas anderes abgelenkt.

Madeleines Stimme überschlug sich in wilder Panik. »Daaaa!«, kreischte sie. »Da ist noch eine!«

Tatsächlich schob sich die zweite Ratte näher. Menschengroß war sie, wirklich unheimlich stark und kompakt. Ihre Riesenschnauze hatte sie aufgeklappt, und sie fixierte die vier um das Feuer herumsitzenden jungen Menschen aus bösen Augen.

Die normalen Nager waren aufgeregt. Sie huschten hin und her, sprangen die Menschen aber nicht an, denn das wollten sie den Anführern überlassen.

Wohin?

Den vier Freunden war klar, dass sie keine Sekunde länger um das Feuer herumsitzen durften. Sie wären sonst eine zu leichte Beute für die Tiere geworden.

Hugo machte den Anfang. Von ihm, der immer wie ein Träumer gewirkt hatte, hätte das keiner erwartet. Er wuchs in diesem Moment über sich selbst hinaus, als er in die Höhe sprang, einen brennenden Scheit ergriff, der noch nicht ganz vom Feuer erfasst worden war, und seine Freunde dann anschrie.

»Verschwindet! Flieht tiefer in den verdammten Gang hinein!«

Während dieser Worte hatte er sich umgedreht. Seine Blicke waren fordernd. Sie brannten auf den Gesichtern der beiden Mädchen und des Jungen. »Weg, verdammt!«

Endlich reagierten die drei. Vielmehr war es Henri Druc, der die vor Schreck erstarrten Mädchen in die Höhe riss und sie kurzerhand vom Feuer wegschleuderte.

Plötzlich drehte Madeleine durch. »Nein!«, brüllte sie und schüttelte dabei den Kopf. »Ich gehe nicht ohne ihn. Ich will nicht ohne Hugo weglaufen!« Sie hatte die Hand ausgestreckt und wies über das Feuer hinweg, dessen Flammen die Umgebung in ein schauriges Licht tauchten und die Gesichter der Studenten noch mehr verzerrten.

Hugo erwiderte, ohne sich umzudrehen: »Hau ab, Mensch! Ich komme nach.«

Da Madeleine noch immer nicht wollte, griff Henri ein. Mit der flachen Hand schlug er gegen die linke Wange des Mädchens. Ihr Schreien verstummte.

Relativ gut gehalten hatte sich Giselle. Über ihre Lippen war kein Laut gedrungen. Nur aus dem Gesicht war jegliche Farbe gewichen. Sie wirkte selbst im Widerschein der Flammen bleich.

Henri Druc machte kurzen Prozess. Er fasste beide Mädchen unter und riss sie einfach mit. So stolperten sie vom Feuer weg, hinein in den langen, breiten Gang.

Madeleine weinend. Giselle vor Entsetzen stumm. Es interessierte sie auch nicht, dass ihnen normale Ratten folgten und zwischen ihren Füßen hindurchhuschten, sie wollten nur so rasch wie möglich den unheimlichen Ort verlassen.

Hugo Rafaud war zurückgeblieben. Er hatte sich umgedreht und nach einem zweiten Holzscheit gefasst. So war er mit diesen beiden bewaffnet, und er stellte sich dem Tier.

Es griff nicht an.

Vielleicht war es überrascht, dass es jemand wagte, sich ihm entgegenzustellen, und Hugo nutzte die Gunst des Augenblicks. Er schleuderte den brennenden Scheit, den er in der linken Hand gehalten hatte, auf das Monstertier zu.

Wie eine feurige Rakete wirbelte das Stück Holz durch die Luft, überschlug sich einige Male und klatschte gegen das Maul der Riesenratte.

Für einen winzigen Moment leckte die Flamme über das Fell. Das Riesentier spürte die Hitze und zuckte zurück. Obwohl es so schwer war, kam Hugo der Gang tippelnd vor.

Er fasste Mut.

Noch besaß er einen brennenden Scheit, und damit griff er das monströse Wesen an.

Er schlug zu.

Mitten in die Schnauze, und er glaubte, die Flammen über die Augen huschen gesehen zu haben. Er lachte schrill. Die Ratte war entweder angeschlagen oder wütend geworden.

Sie stieg auf die Hinterbeine.

Ein schauriges Bild, als sie vor dem entsetzt dastehenden Studenten in die Höhe wuchs und so groß wurde, dass sie mit dem Schädel gegen die Decke des Ganges prallte.

Da rammte Hugo den Scheit in den ungeschützten Bauch des Tieres, ließ ihn dann los und sprang zurück. Er wollte schnell das Feuer zwischen sich und das Tier bringen, denn leicht zu töten war es nicht.

Hugo beeilte sich. Fast wäre er über die kleinen Rattenkörper gestolpert, und die Flammen leckten heiß an seiner linken Seite entlang, sodass er auf der Haut das Brennen spürte. Als er das Feuer zwischen sich und die Ratte gebracht hatte, blieb er breitbeinig stehen, um das Tier zu beobachten.

Die erste Ratte griff nicht ein. Hugo wusste den Grund, und er hätte heulen können.

Zorn und Wut übermannten ihn. Dieses Gefühl steigerte sich noch, als er die Schreie der zweiten Riesenratte vernahm. Wahrscheinlich hatte das Feuer ihr Fell am Bauch versengt, denn auch sie verspürte Schmerzen. Das Tier fiel wieder zurück.

Hugo Rafaud war klar, dass er weiterkämpfen musste, und er holte bereits aus, um in das Feuer zu treten, damit der glühende Funkenregen der Ratte entgegengeschleudert werden konnte, als ihm eine andere Idee kam, denn sein Blick war auf die am Boden liegende Calvadosflasche gefallen. Dieser Apfelschnaps war hochprozentig. Wenn er ihn in das Feuer kippte, würde es noch höher auflodern und die Ratte vielleicht zurückschrecken.

Sie wollte springen.

Sehr deutlich stellte Hugo dies an ihrer Haltung fest. Die Flasche hielt er in der Hand, hatte sie schon geöffnet und brauchte jetzt nur den richtigen Augenblick abzupassen – und natürlich gute Nerven.

Die Ratte sprang.

Sie wollte im Bogen auf den Mann zuspringen und ihn unter sich begraben.

Das ließ Hugo nicht zu.

Genau im richtigen Augenblick schleuderte er die Flasche ins Feuer. Als sich das gläserne Gefäß noch in der Luft befand, sah er den langen Streifen, der aus der Öffnung gluckerte und in die Flammen fiel.

Sofort setzte die Reaktion ein, auf die der junge Mann gewartet hatte. Durch die neue Nahrung puffte das Feuer in die Höhe, zischende Laute entstanden, und die plötzlich doppelt so lang gewordenen Flammenzungen leckten nach der im Sprung befindlichen Riesenratte, die mit ihrem dichten Fellrücken fast die Decke des Ganges berührte.

Hugo durfte nicht stehen bleiben. Er warf sich auf dem Absatz herum und floh.

Wie er es geschafft hatte, wusste er selbst nicht zu sagen, jedenfalls kam er weg und taumelte tiefer in den Gang hinein.

Hinter sich hörte er ein Krachen. Hinzu kamen die schrillen Laute oder Schreie, die das Maul der Riesenratte verließen. Der junge Mann zog den Kopf ein. Er hatte furchtbare Angst und rechnete damit, jeden Augenblick die Vorderpfoten des gewaltigen Tieres auf seinem Rücken zu spüren.

Das geschah nicht.

Noch ein paar Schritte taumelte Hugo Rafaud weiter, wäre fast in das schmutzige Kloakenwasser gefallen und warf sich so hart auf die gegenüberliegende Seite, dass er mit der Schulter gegen die Wand prallte.

Er atmete keuchend. Seine Gesichtszüge waren von dem hinter ihm liegenden Grauen gezeichnet, und er wagte es erst jetzt, sich umzudrehen.

Es hatte die Ratte erwischt. Nur nicht voll, denn sie stand nicht in Flammen, wie er gehofft hatte. Dafür lag sie auf dem Boden, und der Qualm kroch, wie von Geisterfingern geführt, durch ihr Fell.

Der Kopf bestand fast nur aus Schnauze, so weit hatte sie ihr Maul aufgerissen. Gefährlich wirkten die spitzen Zähne, die ihre Beute kurzerhand zerquetschten.

Rauch hüllte das Tier ein. Mit ihrem Gewicht hatte die Ratte das Feuer gelöscht.

Aber sie schrie.

Wahrscheinlich hatte sie Schmerzen, und dieses Geräusch jagte dem jungen Mann einen Schauer nach dem anderen über den Rücken. Auf dem Boden wälzte sich das Riesentier, schlug mit den Füßen gegen die Gangwand, als würde ein Drummer die Bespannung seiner Trommel attackieren.

Es war schlimm ...

Dann drehte sich das Tier.

Da die Flammen nicht mehr zu sehen waren und stattdessen dunkle Rauchwolken durch den Gang trieben, konnte Hugo die Bewegung der Ratten nur mehr ahnen.

So groß, kompakt und wuchtig sie auch waren, von ihrer Beweglichkeit hatten sie bestimmt nichts verloren. Deshalb gab es für den Studenten nur eine Möglichkeit.

So rasch wie möglich musste er von hier verschwinden!

Er machte also kehrt und rannte davon. Immer parallel zu den schmutzigen Wasserfluten. Dabei war er froh, dass dieser Steg am Rand breit genug war, um darauf laufen zu können.

Sein Mund war weit aufgerissen, scharf zischte der Atem, und er spürte schon bald die ersten Stiche in der Seite. Hugo war das schnelle Rennen nicht gewohnt. Sport kannte er nur vom Fernseher her, und das machte sich nun bemerkbar.

Er verlor an Boden.

Während des Laufens hatte er einen Blick zurückgeworfen. Der Qualm nahm ihm noch die Sicht, doch innerhalb dieser grauen Wolken schälte sich etwas hervor.

Eine Ratte?

Hugo schluchzte auf. Er taumelte weiter und hatte bei jedem Schritt, den er zurücklegte, das Gefühl, immer mehr Blei in seinen Oberschenkeln zu haben.

Nur mühsam brachte er die Füße vom Boden hoch. Die Sohlen schleiften über den Boden, und er musste einfach eine Pause einlegen, obwohl sich der Tod in seinem Nacken befand.

Er hatte die Ratten zwar aufhalten, aber nicht stoppen können. Dies wurde ihm immer deutlicher klar.

Wo steckten die anderen?

Obwohl er so schnell gelaufen war, hatte er von ihnen nichts gesehen.

Vielleicht hatten sie ein Versteck gefunden oder waren einfach ins Wasser getaucht?

Eine irre Vorstellung, doch Hugo beschloss, sie nicht aus den Augen zu verlieren.

Bei jedem Atemzug bog sich sein Rücken durch. Die Augen waren weit aufgerissen und hatten sich mit Tränen gefüllt. Nass rann es an seinen Wangen entlang, die Erschöpfung hatte ihn gezeichnet.

Die Ratten kamen.

Nebeneinander konnten sie nicht gehen, nur hintereinander. Längst hatten sie den Qualm des Feuers hinter sich gelassen und näherten sich immer mehr dem jungen Mann.

Dabei schallten ihm Schreie entgegen. Hohe, schrille Töne, wie er sie noch nie in seinem Leben vernommen hatte.

Es war furchtbar.

Aber er wollte leben.

Deshalb musste er weiter, obwohl es eigentlich keinen Sinn hatte. Er würde sein Dasein nur um Sekunden verlängern.

Trotzdem …

Diesmal stützte er sich sogar mit der linken Hand an der Tunnelwand ab. Ohne diesen Halt wäre er vielleicht längst zusammengebrochen.

Und er hörte die Ratten.

Lauter wurden sie, immer lauter …

Dieses verdammte Trippeln der Schritte, das ihn so quälte, denn in seinen Ohren klang es wie ein dumpfer Todesrhythmus.

Wie lange noch?

Eine Sekunde, zwei oder drei?

Da griff seine Hand ins Leere. Er fiel nach links, brüllte vor Schreck auf und spürte die Berührung in seinem Gesicht.

Hände …

Stimmen …

»Hugo, Hugo, mein Gott!«

Er riss die Augen weit auf, sah Gesichter über sich und erkannte schwach innerhalb des aus seinen Augen fließenden Tränenstroms Giselle, Madeleine und Henri.

Zu dritt fassten die Freunde an und zogen ihn in den schmalen Gang hinein, der tatsächlich nur Schulterbreite hatte. Hugo Rafaud war völlig erschöpft. Hätte ihn Madeleine nicht abgestützt, wäre er gefallen. So aber konnte er sich halten, drehte sein nasses Gesicht nach rechts und schaute in die Lücke.

Nicht weit entfernt brannte im Hauptgang eine Lampe. Ihr Licht reichte auch aus, um genau die Stelle direkt vor der Nische auszuleuchten. Und genau da erschien die Ratte.

Sie war stehen geblieben, drehte ihren hässlichen Schädel und starrte in die Nische hinein, in der sich die drei jungen Menschen drängten.

Giselle schrie, als sie den Schädel sah und in das halb geöffnete Maul schaute.

Schaffte es die Ratte?

Nein, die Lücke war zu schmal. Das Tier steckte plötzlich fest und ließ einen schrillen Wutschrei hören.

Aber sie würde nicht aufgeben.

Das wussten die vier Freunde …

Einem breiten Blitzstrahl gleich sauste die Messerklinge von oben nach unten. Sie war auf das Herz der Hexe gezielt, und nichts hätte Jane mehr retten können, doch Pierre Trudot vernahm plötzlich eine wispernde Stimme.

»Noch nicht!«

Im letzten Augenblick hielt er sich zurück. Die Messerspitze berührte schon die Kleidung. Für einen Moment verharrte er auf der Stelle, um sich dann langsam umzudrehen.

Sein Blick fiel auf die Vitrine!

Hinter dem Glas zeichnete sich das dreieckige Gesicht des Teufels ab. Das Lächeln auf seinem breiten Maul war noch kälter und grausamer geworden. Die Augen hatte er zu Schlitzen verengt, und aus seinen pferdeähnlichen Nüstern strömte heißer Dampf.

Er war die Ausgeburt der Hölle, und er zeigte es seinem Diener.

Pierre drückte sich hoch. Das Messer behielt er in der Hand, als er mit den Schultern zuckte.

»Weshalb habe ich sie nicht töten dürfen?«, fragte er.

»Das kannst du ja, aber später. Ich will von ihr noch etwas haben. Sie ist eine Hexe und verfügt über außergewöhnliche Kräfte, auch wenn sie manchmal, so wie jetzt, menschlich reagiert. Aber rechne mit dem Schlimmsten, das sage ich dir.«

»Wie meinst du das?«

»Pack dieses Weib, fessele es, und drück es dann in die Vitrine hinein. Den Würfel kannst du zwischen Körper und ihre angewinkelten Beine legen. Verstanden?«

»Ja, das habe ich.«

»Dann fang schon an.«

Pierre drehte sich um und ging dahin, wo ein alter Schrank stand. Dort bewahrte er sein Werkzeug auf. Hämmer, Zangen, Schraubenzieher, es war ziemlich viel vorhanden, auch altes Gerümpel, das er irgendwann einmal mitgenommen hatte.

Unter anderem Stricke.

Er holte sie hervor, schaute sie an und nickte. »Die müssten reichen«, sprach er zu sich selbst, drehte sich um und ging auf die bewusstlos am Boden liegende Jane zu.

»Hexe«, sagte er spöttisch und begann zu lachen. »Du willst eine Hexe sein? Nie! Wehrlos bist du. Völlig wehrlos, und ich werde dir dein Herz nehmen.« Er lachte, als er Jane an den Schultern anhob und das Seil unter ihren Rücken legte.

Sehr geschickt ging er zu Werke. Schließlich war Jane Collins regelrecht eingerollt und verschnürt wie ein Schinken. Lächelnd drehte der junge Mann noch einen Doppelknoten.

»So«, sagte er leise. »Das wäre geschafft.« Er hatte die Beine der Bewusstlosen zuvor angewinkelt und sie in dieser Lage gefesselt. Jane konnte sich, wenn sie aus ihrer Bewusstlosigkeit erwachte, nicht rühren. Das war sicher.

Wieder lachte Pierre. Wie einfach es doch gewesen war, diese Frau, die eine Hexe sein sollte, zu überwältigen. Beinahe ein Kinderspiel. Er konnte sich nicht vorstellen, wie es möglich war, dass der Teufel Furcht vor ihr gehabt hatte.

Und der Würfel?

Pierre warf ihm einen Blick zu. Völlig harmlos lag er in der geöffneten Tasche. Er schimmerte rotviolett. Vielleicht steckten Kräfte in ihm, vielleicht auch nicht, jedenfalls schien er seiner Ansicht nach doch nicht so stark zu sein wie allgemein angenommen.

Er ging zur Vitrine und öffnete die obere Klappe. In der hochkanten Stellung ließ er den Deckel stehen und packte die ehemalige Detektivin. Er versuchte, sie in die Vitrine zu setzen. Erst beim zweiten Anlauf gelang dieses Vorhaben.

Jane fiel hinein.

Mit dem Hinterkopf prallte sie gegen die Innenwand, was den Mann aber nicht weiter störte.

Der Würfel. Ihn durfte er nicht vergessen. Er ging noch einmal zurück, nahm ihn hoch und blieb für einen Moment stehen. Sein Blick fraß sich auf einer Seite fest.

Pierre wusste nicht, wie man ihn als Waffe hätte handhaben können. Er war völlig normal, wenn nicht sogar harmlos, aber wenn der Teufel es gesagt hatte, musste es ja stimmen.

Den Würfel legte er genau an die Stelle, die ihm angewiesen worden war. Zwischen den Körper und die angewinkelten Beine der hockenden Hexe.

Und da blieb er.

Er streckte den Arm aus, fasste den Rand der oberen Glasplatte an und drückte diese nach unten.

Jetzt war die Vitrine wieder zu.

»Wunderbar«, vernahm er die Stimme des Satans. »Du hast ausgezeichnet reagiert, deshalb sollst du auch sehen, was in den nächsten Minuten passiert. Und noch eins, mein Lieber, halte dein Messer bereit …«

Wir waren in die Katakomben gestiegen. Hinein in eine völlig andere Welt, die unter der Millionenstadt Paris liegt. Eine Welt aus stinkenden Abfällen, aus Moder, aus Verfall, Nässe und mit Fäkalien verseuchtem Wasser, das durch die Kanäle und Gitter gurgelt.

Eine Welt, die ich nicht mochte, die mir den Atem raubte, wobei ich es dennoch schaffte, mich an sie zu gewöhnen, denn nach einigen Minuten roch ich das Zeug schon nicht mehr.

Wir hatten uns auf Alain verlassen und einen der großen Einstiege genommen. Zusätzlich waren wir noch mit sehr lichtstarken Taschenlampen ausgerüstet, die schon fast Scheinwerfern glichen. Alain hatte seine Lampe um den Hals gehängt, und wir hatten uns auch gelb angestrichene Helme besorgt, die auf unseren Köpfen saßen, denn so etwas war Vorschrift.

Es war ein ziemlich bequemer Weg in die Unterwelt gewesen. Über eine breite, wenn auch feuchte Treppe waren wir gegangen, hatten uns an einem Geländer festhalten können und erreichten am Ende der Treppe einen kleinen Platz, wo sogar eine Holzbude und daneben ein großer Verteilerkasten stand, über dem ein großer Teil der Energieversorgung dieser unterirdischen Welt lief.

Davor blieb Alain stehen. Unter dem Helm sah sein Kopf noch kantiger aus.

»Wo wollt ihr hin?«, fragte er.

Paul Meurisse hob die Schultern.

Ich sagte: »Das wissen wir leider nicht, mon ami.«

»Ist natürlich schlecht. Auch wenn wir das Gebiet auf den Bezirk Montmartre begrenzen, ist es noch verdammt weit.«

»Wo könnte sich unser Gegner denn versteckt halten?«, erkundigte sich Suko.

»Die Riesenratten kommen durch die Hauptkanäle. Die sind breit genug …«

»Nein, nein, die meine ich nicht, sondern den Mann, der die Ratten zu dem gemacht hat, was sie sind.«

»Das ist schwer.«

»Und wo habt ihr euch damals versteckt?«, wollte Meurisse wissen.

Alain zog die Stirn kraus. Er schaute sich auch um und sagte: »Hier jedenfalls nicht. Da müssen wir tiefer in die Stollen hineingehen.«

»Dann los!«

Alain nickte. Er ballte die Hand zur Faust und zeigte mit dem abgespreizten Daumen nach rechts. »Da hinein.«

Es war Jacke wie Hose, ob wir nach links oder rechts gingen. Begleitet wurden wir von einem stinkenden Kanal. Wir selbst bewegten uns auf dem seitlichen Steg weiter.

Keine angenehme Aufgabe, denn oft genug war das Wasser bei starken Regenfällen übergeschäumt und hatte die helleren Fliesen genässt. Sie trockneten nie. Eine dunkle Schicht blieb ständig erhalten, zudem war sie noch glatt.

Spaß machte uns diese Wanderung wirklich nicht, aber was sollten wir tun? Wir hatten einmal in den sauren Apfel gebissen und konnten nur hoffen, in der stinkenden Unterwelt die Ratten und Pierre zu finden.

Alain ging als Erster. Bei jedem Schritt schwang seine Lampe mit, sodass der Strahl vor ihm auf und ab hüpfte. Manchmal wischte er auch über das graue, schäumende Wasser und schuf ein paar blitzende Reflexe.

Die Wand, an der wir entlanggingen, war an zahlreichen Stellen unterbrochen. Wir sahen die nischenartigen Einkerbungen und in einigen sogar schwarze Telefonapparate.

Auch große, dunkle Schalter entdeckten wir in den Nischen, und unter der Decke brannten Lampen, sodass es nicht völlig dunkel war und wir auf das Einschalten der anderen Lampen gut verzichten konnten.

Irgendwann blieb Alain stehen. Er deutete auf einen Teil der Wand, die nicht gelb gefliest war, sondern graues Mauerwerk zeigte, durch das dunkle Streifen der Feuchtigkeit liefen.

»Hier hat sich mal ein Zugang befunden.«

»Haben Sie ihn zugemauert?«, fragte ich.

»Nein, das waren andere. Es geschah im Zuge der Ausbesserungsarbeiten. Schade.«

Wir gingen weiter. Wenig später erreichten wir eine unterirdische Kreuzung, wo wir abermals stoppten.

»Ihr könnt es euch aussuchen«, sagte Alain. »Gehen wir nach rechts, links oder geradeaus weiter?«

»Und wo befindet oder befand sich euer Versteck?«

»Da müssen wir nach rechts.« Alain ging schon vor. Dieser Tunnel war schmaler und auch nicht beleuchtet. Neben uns rauschte das Wasser.

Ein erbärmlicher Gestank wehte uns entgegen. Er raubte uns die Luft. Der einzige Hoffnungsschimmer war der Lichtschein am Ende des uralten Querkanals.

Auch Alain hatte den Schein gesehen und gab seinen entsprechenden Kommentar ab. »Dort befindet sich wieder eine der Hauptstrecken. Und nicht weit entfernt haben wir unseren Hauptunterschlupf oder Gefechtsstand gehabt. Da war eine alte Treppe.«

»Die wohl heute noch existiert«, meinte Meurisse.

»Weiß ich nicht.«

»Kommen wir von diesem Hauptkanal dorthin?«, erkundigte sich der Inspektor.

Alain drehte den Kopf. »Nein, das wäre damals zu gefährlich gewesen. Ein Stück müssen wir den Hauptgang schon gehen, dann können wir abbiegen und – na ja, das werdet ihr ja alles sehen.«

Mir gefiel der Mann immer besser. Obwohl wir nicht gerade vor einer leichten Aufgabe standen, nahm er den Job mit einer Ruhe und Gelassenheit hin, die schon als außergewöhnlich zu bezeichnen war. Er stellte keine Fragen, zeigte auch äußerlich keine Angst und atmete wie wir alle auf, als wir den Gang verlassen hatten.

Jetzt befanden wir uns in einem weiteren Hauptkanal. In der Breite war er mit dem ersten zu vergleichen, auch hier konnten wir bequemer über einen Steg laufen als noch vor wenigen Sekunden.

Der Geruch war ebenfalls abgeflaut. Wir folgten Alains Zeichen und wandten uns nach links.

»Gleich werden wir an eine Tür kommen«, sagte er. »Sie bildete mit dem in der Kanalmitte praktisch ein Gitter.«

»Ist sie verschlossen?«

»Leider.«

»Ich habe die entsprechenden Schlüssel«, sagte Meurisse.

Alain grinste. »Das wusste ich doch, du alter Fuchs.«

In der Tat erreichten wir die Tür. Schon zuvor hatten wir das Rauschen vernommen, als das Wasser durch das sich in der Mitte des Kanals befindliche Sperrgitter schoss und einen eigenen kleinen Wasserfall bildete. Meurisse schob sich an Alain vorbei, schaute im Licht der Lampe nach dem Schloss und winkte ab.

Sehr schnell hatte er es offen.

Wir ließen das Hindernis hinter uns und setzten den Weg fort. Fast eine Stunde befanden wir uns bereits in dieser Unterwelt, und Alain nährte unsere Hoffnung.

»Es dauert nur noch Minuten, dann haben wir es hinter uns.«

Bisher war weder etwas von den Riesenratten noch von Pierre zu sehen gewesen. Wir sahen auch weiterhin nichts, dafür hörten wir etwas. Es war Suko, der es trotz des Wasserrauschens zuerst vernommen hatte.

»Bleibt doch mal stehen!«, sagte er.

Wir stoppten.

»Da waren Schreie!«, flüsterte der Inspektor scharf.

Unsere Ohren stellten wir auf Lauschposition und vernahmen jetzt auch die dünn klingenden Rufe.

Klar, dass unser erster Gedanke den Ratten galt, und plötzlich hatten wir es alle vier sehr eilig …

Claudine Auber hatte das Schild *Fermé* vor die Tür des Ladens gehängt. Das Geschäft war geschlossen. Und wenn heute noch ein Millionär vorhatte, bei ihr einzukaufen, egal, sie wollte nicht, zu viel war passiert. Außerdem passten ihr die Fragen der Nachbarn nicht, aber die Leute hatte sie zum Glück zurückhalten können.

Allein stand sie im Laden. Ihre Blicke glitten über das angerichtete Chaos. Sie merkte nicht mal, dass Tränen aus ihren Augen quollen und an den Wangen entlangliefen.

Wie sollte sie hier jemals wieder Ordnung hineinbekommen? Auch wenn es für den Außenstehenden so ausgesehen hatte, als wäre der Laden eine Rumpelkammer gewesen, stimmte das nicht. Es hatte schon eine Ordnung gegeben, aber es war ihre Ordnung gewesen, und sie allein hatte sich darin zurechtgefunden.

Andere brauchten das nicht.

Sie hatte versucht aufzuräumen. Mal hier ein Teil hingestellt, dort eine Vase aufgerichtet, doch die meiste Zeit über hatte sie nur auf die Scherben gestarrt, die am Boden lagen.

Für sie war es schlimm.

Und sie dachte an den Besuch der drei Männer.

Claudine Auber hatte sich sehr verstockt gezeigt, was sie jetzt bereute. Wenn sie darüber nachdachte, waren die Männer ja nicht grundlos zu ihr gekommen, und Pierre konnte man schon als einen etwas seltsamen Typen bezeichnen.

War er auch gefährlich?

Darüber dachte sie nach und gelangte zu dem Schluss, dass man ihm eigentlich misstrauen musste. Auch sie war nie so recht schlau aus ihm geworden, weil Pierre stets seinen eigenen Weg ging. Er hatte sein Studium abbrechen müssen. Was da genau vorgefallen war, wusste sie nicht. Es hing mit irgendwelchen Versuchen zusammen, und genau diese Versuche hatte Pierre in der Wohnung weitergeführt.

Das war das Schreckliche.

Wenn sie ihn danach fragte, hatte er stets abgewinkt und nur gelächelt, wobei er ihr einmal seine zweite Wohnung gezeigt hatte und ihr dort groß und breit erklärte, wie mächtig und wichtig er einmal werden würde.

Mächtig über einen Umweg des Verbrechens!

So etwas konnte und wollte Claudine keinesfalls gutheißen. Sie hatte den Männern etwas gesagt und ihren Freund damit verraten.. Gleichzeitig liebte sie ihn, deshalb wollte sie den Polizisten nicht alles mitteilen.

Claudine befand sich in einer Zwickmühle. Sie dachte über das Problem nach und stellte fest, dass es gar nicht einfach für sie war, es zu lösen. Sie musste einen guten Mittelweg finden.

Und den gab es.

Die Idee kam ihr sehr plötzlich. Sie schnippte mit den Fingern, als hätte sie die große Erleuchtung gehabt.

Es war so einfach, es hätte ihr schon viel früher einfallen müssen. Den Polizisten hatte sie Bescheid gegeben. Um ihr Gewissen zu beruhigen, wollte sie Pierre warnen.

Leider ging das nicht per Telefon, sie musste schon zu ihm fahren. Jetzt kam es ihr recht, dass Pierre sie einmal mitgenommen hatte, und Claudines Gedächtnis war ausgezeichnet. Wo sie einmal gewesen war, den Ort vergaß sie so leicht nicht.

Kurz entschlossen packte sie die Wagenschlüssel ein und verließ das Geschäft. Auf der Straße wurde sie wieder angesprochen, doch sie ging weiter, ohne sich um die neugierigen Fragen der Nachbarn zu kümmern. Sollten die doch raten.

Ihren Wagen hatte sie auf einem kleinen Parkplatz in der Nähe abgestellt. Pro Monat zahlte sie 80 Franc Gebühr. Das war Wucher für eine nicht bewachte Laternengarage. Nur konnte sie nichts dagegen tun.

Claudine besaß einen Talbot. Den Wagen hatte sie zweifarbig gestrichen. Vorne rot, hinten blau. Der Wagen fiel auf, denn sie hatte außerdem die Geschäftsanschrift auf beide Seiten gepinselt.

In der zweiten Reihe parkte er. Es war immer schwierig, aus dem Hinterhof zu fahren, denn die Mittelreihe war sehr schmal. Claudine schaffte es, weil sie Übung hatte.

Sogar vorwärts rollte sie vom als Parkplatz umfunktionierten Hinterhof.

Gewühl in Montmartre. Besser kam man zu Fuß und mit der Metro voran, aber Claudine brauchte den Wagen. Zudem kannte sie Abkürzungen, und da sie es eilig hatte, machte es ihr nichts aus, mit dem Fahrzeug auch mal eine Treppe hinunterzufahren.

So kam sie ihrem Ziel immer näher und erreichte schon sehr bald das Viertel, wo sich der Einstieg zu einer anderen Welt befand.

In einer Einbahnstraße ließ sie den Talbot stehen, lief zurück und schaute sich die Häuser an.

Sie wusste, dass man erst durch einen Flur gehen musste, um den Einstiegsort in die Unterwelt zu erreichen. Leider war sich Claudine nicht mehr sicher, um welches Haus es sich handelte. Als sie eines betrat, war es das verkehrte.

Das zweite Haus war richtig. Sie erkannte es an den bekritzelten Flurwänden.

Bis zur Hintertür ging sie den Weg durch und erreichte den Hof, wo der Einstieg zu den Katakomben lag.

Zwei Kinder wollten ihr zuschauen und einfach nicht verschwinden. Claudine gab ihnen ein paar Francs.

Jetzt zogen sie ab.

Als sie nicht mehr beobachtet wurde, packte sie das Gitter und zog es in die Höhe. Zurück legte sie es nicht mehr.

Sie betrat die ersten Sprossen, und als ihr die widerlich riechende Luft entgegenschlug, begann sie zu zittern. Da unten konnte sie alles erwarten. Vielleicht sogar die Riesenratten.

Erst jetzt dachte sie wieder an die schrecklichen Tiere. Auch da hatte sie den Polizisten die Unwahrheit gesagt. Ihr war die Riesenratte sehr wohl aufgefallen, sie hatte auch ihren Fluchtweg gesehen, aber sie war einfach zu durcheinander gewesen.

Und mit Ratten hatte Pierre schon immer gern experimentiert.

Als sie daran dachte, klopfte ihr Herz noch schneller. Für einen Moment dachte sie an Rückzug, dann schüttelte sie den Kopf und gab sich selbst einen innerlichen Ruck.

Ihr würde Pierre schon nichts tun …

Im ersten dünnen Schlamm blieb sie stehen. Über ihr war der Einstieg zu einem kleinen Loch zusammengeschmolzen. Aber zurück wollte sie ja nicht, nur nach vorn.

Sie tauchte in den Gang ein. Erst jetzt fiel ihr auf, dass sie in der Hektik der vergangenen halben Stunde eine Taschenlampe vergessen hatte. So war sie gezwungen, sich im Dunkeln weiter zu bewegen.

Es würde schwierig sein, die Behausung ihres Freundes zu finden, trotz ihres guten Gedächtnisses.

Zum Glück brannten hin und wieder Lampen, sodass sie sich orientieren konnte.

Und sie sah die Ratten.

Keine Riesentiere, sondern normale, fette, feucht glänzende Nager, die schattenhaft an den Wänden der Stollen entlanghuschten und in irgendwelchen Schlupflöchern verschwanden.

Claudine hatte sich nie vor diesen Tieren geekelt. Nach dem Erscheinen der Riesenratte tat sie es doch und schüttelte sich. Sie betrachtete das Auftauchen der Ratten als böses Omen.

Irgendwann blieb sie stehen. Zum Glück nahe einer an der Decke hängenden trüben Lampe, die ihr Licht breit verteilte. Scharf dachte sie darüber nach, ob ihr die Stelle bekannt war, wo sie sich aufhielt. Sie konnte sich schlecht erinnern. Irgendwo in der Nähe hatte es hier eine Treppe gegeben, die sie hochgegangen waren.

Nischen waren auch vorhanden, nur ohne Treppen, und sie sah auch keine Türen, die zu anderen Räumen führten.

Das war schon alles sehr seltsam …

Einige Schritte ging sie vor. An die unterirdischen Geräusche hatte sie sich mittlerweile gewöhnt. Das waren das Rauschen des Wassers und die trippelnden Schritte der Ratten.

Doch das Geräusch, das nun an ihre Ohren drang, passte nicht zu den normalen.

Es waren Schreie!

Die jungen Menschen konnten sich als Gefangene bezeichnen. Sie steckten in der engen Nische, die ihnen keine Ausweichmöglichkeiten bot.

Hinten die Mauer und vorn der schmale Eingang, verdeckt vom Schädel einer Riesenratte.

Hugo Rafaud ging es etwas besser. Er war endlich dazu gekommen, wieder Luft zu holen.

Mit dem Rücken hatte er sich gegen die feuchte Mauer gelehnt und atmete einige Male tief und fest durch. Sein Gesicht war ebenso von der Angst gezeichnet wie die Züge der Freunde.

Sie wussten genau, dass ihnen nur noch eine Galgenfrist blieb, aber niemand wagte es, dies offen auszusprechen.

Und so warteten sie.

Vor dem Eingang drängten sich die beiden Riesenratten. Die Öffnung war nur so groß, dass eine Ratte einen Teil ihrer großen Schnauze hineinschieben konnte.

Dennoch versuchte es das Tier.

Mit Schrecken nahmen die Eingeschlossenen wahr, wie sich das Maul der Ratte weit öffnete. Plötzlich blitzten die Zähne, und die Ratte schlug die Kiefer zusammen.

Madeleine zuckte voller Angst zurück, aber sie wurde nicht erwischt. Noch war die Distanz zwischen den Menschen und dem Riesentier zu groß.

Die Ratte versuchte es weiter.

Und sie hatte Kraft.

Voller Grauen erkannten die Eingeschlossenen, dass sich der übergroße Nager weiter vordrückte, um sich durch die Öffnung zu quetschen. Die beiden Ohren schrammten an den Ecken entlang.

Fell wurde aufgerissen. Knorpel knirschten, und die Nische war angefüllt vom wilden, schrillen Fiepen des unheimlichen Nagers, der alles aus dem Weg räumen wollte, was sich ihm entgegenstellte.

Die vier Bedrohten waren so weit zurückgewichen, bis es nicht mehr ging. Mit dem Rücken an der Wand warteten sie ab, ob die Ratte es schaffte.

Noch hing sie fest …

Aber sie versuchte es nun auf eine andere Art und Weise, indem sie ihren Schädel ein wenig zurücknahm und anfing, ihn zu drehen, um sich so in die Nische zu schieben.

»Das schafft sie!«, keuchte Giselle. »Verdammt, das schafft sie.« Das Mädchen klammerte sich an Henri Druc fest, aber der hatte auch Angst und konnte sie nicht beschützen.

»Verdammt!«, schrie Madeleine. »Hat denn keiner von euch eine Waffe mitgenommen?«

»Nein!«, knirschte Henri.

»Auch kein Taschenmesser?«, fragte Hugo.

»Doch, das habe ich«, erwiderte Henri erstaunt.

»Dann nimm es, Mensch!«

Henri lachte schrill auf. Seine Augen glänzten fiebrig, als er den Freund anschaute. »Wie soll ich mit einem kleinen Taschenmesser dieses Biest abwehren? Kannst du mir das sagen?«

»In die Augen stechen!«, erwiderte der andere hart.

Für einen Moment stand Henri Druc starr. »Meinst du das im Ernst?«

»Sonst hätte ich es nicht gesagt.«

Noch zögerte Henri. Er brachte es einfach nicht fertig und wurde von Hugo angeschrien. »Verdammt noch mal, willst du warten, bis dieses Biest hier in der Nische hockt und uns frisst?«

»Nein, ich …«

»Tu es!«, forderte nun auch Giselle. »Es ist die einzige Chance, die wir vielleicht haben.«

»Ja, vielleicht.« Henri holte das Taschenmesser hervor und klappte es auf. Die Klinge war nicht länger als ein Finger und bestand aus bestem Stahl.

»Und jetzt ran an die verdammte Ratte!«, zischte Hugo, als er sah, dass sein Freund noch immer zögerte. »Ich habe mich ihnen auch gestellt und ihnen die brennenden Scheite entgegengeschleudert. Das war noch schlimmer, denn da konnten sie sich bewegen.«

Allmählich sah auch Henri ein, dass sein Freund recht hatte. Er umschloss den Griff, duckte sich, und die Klinge schaute aus seiner Faust wie ein Finger aus Metall.

Die Ratte schien zu ahnen, dass ihr Gefahr drohte, und sie reagierte entsprechend. Sie hatte es geschafft, ihre Beine in die Nische zu drücken. Mit den Vorderpfoten schlug sie nach dem Mann, der ihr sein Messer in die Augen stechen wollte.

Henri ließ sich nicht beirren. Während ihm die anderen die Daumen drückten und fiebernd zuschauten, wie er weiterging, musste er die ersten Treffer hinnehmen.

Nie hätte er gedacht, dass Pfotenschläge so hart sein konnten.

An den Oberschenkeln und am Magen wurde er erwischt.

Dennoch stach er zu.

Henri überwand sich dabei selbst, als er seinen Körper vordrückte, den rechten Arm ausstreckte und spürte, wie die Klinge durch den Rattenkopf glitt.

»Getroffen!« Madeleine hatte den Schrei ausgestoßen.

Henri aber schien Angst vor der eigenen Courage bekommen zu haben, denn er zuckte zurück.

Der Stahl der Klinge hatte sich dunkel verfärbt.

Rattenblut …

Und sie sahen die Wunde.

Henri hatte das Auge verfehlt. Dicht neben dem rechten war die Klinge in den Kopf gedrungen und hatte dort eine Wunde hinterlassen. Vielleicht so tief wie ein Finger. Und ein ebenso breiter Blutstrom sickerte daraus hervor. Er klatschte zu Boden, bevor er sich verteilte.

»Noch mal!«, hetzte Hugo.

Henri drehte sich um. »Wie stellst du dir das vor?«

»Hingehen und zustechen, verdammt!«

Henri schüttelte den Kopf. »Nein, die hat mich mit ihren verfluchten Pfoten erwischt. Das waren Treffer wie Faustschläge.«

Hugo schaute seinen Freund an. »Okay, dann mach *ich* es eben. Ich habe meine Erfahrungen mit diesen verfluchten Biestern gesammelt.« Er lachte wild. »Her mit dem Messer!«

Als Henri zögerte, riss Hugo ihm die kleine Waffe kurzerhand aus den Fingern.

»So«, sagte er nur und hörte kaum, dass ihn seine Freundin warnte. Sein Blick war auf das in der Öffnung steckende Tier fixiert.

Die Riesenratte drehte, so gut es ihr eben möglich war, den Kopf hin und her, schabte sich das Fell auf und riss sich ebenfalls Wunden. Ihre Schreie waren höher und schriller geworden. Sie stand kurz vor dem Durchdrehen.

Hugo hatte sich geduckt. Er musste vor allen Dingen auf das aufgerissene Maul achtgeben. Eine verkehrte Bewegung seinerseits, dann schnappte die Ratte zu und biss ihm den Arm ab.

Er saugte die Luft ein. Wenig später traf ihn der erste Schlag mit der Pfote. Hugo steckte ihn weg und riskierte alles. In diesem Moment war das Maul nicht so weit geöffnet, und er hatte eine Chance, das rechte oder linke Auge zu treffen.

Er konzentrierte sich auf das rechte!

Er stieß das Messer vor. Hugo glaubte sogar, das Auge direkt und dicht vor sich zu erkennen, da erwischte es ihn. Das Maul hatte zugeschnappt.

Er spürte den wahnsinnigen Schmerz, der seinen rechten Arm durchflutete, als wäre dieser in Feuer getaucht worden. An das Messer und seine Tat dachte er nicht mehr, er wollte nur zurück und warf sich nach hinten, doch die Zähne der Ratte hielten eisern fest.

Er hörte, wie etwas riss, drückte seinen Körper zurück und schaute schräg nach unten.

Er sah den Arm und auch das Blut!

Noch hielten die Zähne der Ratte fest. Sie hatten sich im Stoff der Jacke verbissen und auch das Fleisch getroffen, deshalb dieser verzehrende, höllische Schmerz.

»So helft mir doch!«, brüllte er. »Verdammt, helft mir!« Seine Stimme kippte über, denn er spürte deutlich die Kraft der Riesenratte, die ihn näher zu sich heranziehen wollte.

Madeleine löste sich als Erste. Sie sah ihren Freund in Gefahr, stürzte auf ihn zu, umfasste seine Hüfte und wollte ihn aus den Fängen der Ratten befreien.

Wieder riss Stoff.

Auch die anderen griffen mit zu.

Hugo schrie. Er spürte seinen Arm nicht mehr. Den Kopf hatte er in den Nacken gelegt. Und sein Gesicht spiegelte die unsäglichen Schmerzen wider, die ihn in den Wahnsinn oder die Bewusstlosigkeit zu treiben schienen.

Die drei schafften es mit vereinten Kräften. Sie rissen Hugo los und konnten ihre Bewegung nicht mehr stoppen, sodass sie zusammen mit ihrem Freund gegen die Wand prallten.

Hugo sank zu Boden.

Die anderen schauten über ihn hinweg auf das Maul der Ratte und sahen zwischen den Zähnen den blutgetränkten Stoff verschwinden.

Ein fürchterlicher Anblick, wobei die Ratte längst nicht aufgegeben hatte und es noch einmal versuchte …

So schnell wie Suko und ich reagierten, kamen die anderen gar nicht mit. Wir ließen Alain und Paul Meurisse hinter uns, denn die Richtung, aus der die Schreie geklungen waren, stand fest.

Und schon bald sahen wir die ersten Nager.

Nicht die Riesenratten, sondern normale Tiere, die uns entgegenliefen und sehr schnell da waren.

Als sie die richtige Distanz erreicht hatten, stießen sie sich ab und sprangen uns an.

Suko und ich schlugen sie aus dem Weg, ohne viel langsamer zu werden. Ich traf zwei Ratten mit den Fäusten. Schrill quiekend verschwanden sie in der Brühe des Abwasserkanals.

Auch Suko räumte welche aus dem Weg. Seine Karatetritte schleuderten sie zur Seite.

Weiter …

Wir hetzten, wir jagten auf dem glitschigen Boden und hatten beide Angst, auszurutschen und in der Brühe zu landen.

Weitere Ratten liefen uns entgegen.

Wir hörten die gellenden Schreie lauter und deutlicher.

Ich kannte mich in diesen Geräuschen aus. Wer so verzweifelt brüllte, der musste Todesangst erleiden.

Weder Suko noch ich konnten uns genau vorstellen, wer da geschrien hatte. Ich dachte an die Studenten, die in den Katakomben ihre Feste feierten. Bisher waren sie von den Ratten nicht erwischt worden, doch das konnte sich rasch ändern.

Wieder durchquerten wir den Lichtkreis einer Deckenleuchte, und Suko war es, der die Ratte sah.

»Da ist sie!«

Ja, diesmal war es das Riesentier, und es befand sich in einer seltsamen Stellung oder Haltung auf dem Steg.

Im rechten Winkel zu uns hatte sich das Riesentier aufgebaut. Dabei schien seine Schnauze an oder in der Wand zu stecken. Von dort drangen auch die Schreie, die grell durch den Kanal hallten.

Ich wusste Bescheid. Die Hilfesuchenden mussten sich in einem Gang oder einer Nische verkrochen haben, in die die Ratte nicht hineinkonnte.

Wir hatten wieder mit normalen Ratten zu kämpfen. Die Nager hüpften auf uns zu. Ihre graubraunen Körper schwebten durch die Luft. Zähne wollten sich in unseren Hosenbeinen verbeißen, doch meine Füße trafen die Viecher im Sprung.

Auch mit den Händen schaufelte ich sie gegen die Wand oder in die Kanalfluten.

Dann sah ich die Riesenratte vor mir. Noch klemmte sie fest, und sie konnte mir überhaupt kein besseres Ziel bieten. Aus dem vollen Lauf stoppte ich ab, rutschte dabei noch vor und hob die Beretta an.

Dann feuerte ich.

Zwei Silberkugeln jagte ich in das widerliche Tier. Eine seitlich in den Nacken, die andere in die Flanke. Bei beiden Treffern zuckte die Ratte zusammen.

Ihr Geschrei war infernalisch. Mit einer gewaltigen Kraftanstrengung riss sie den Kopf zurück, drehte ihn und stierte mich aus ihren relativ kleinen Augen an.

Es war ein grausamer, ein vernichtender Blick, aber die Ratte, so groß sie auch war, schaffte es nicht mehr, mich, der sie angeschossen hatte, zu töten.

Das geweihte Silber tat seine Pflicht.

Es zerstörte das Tier.

Zitternd stand es da. Und die Ratte ereilte das gleiche Schicksal wie die monströse Taube, die uns auf dem Friedhof begegnet war und die wir ebenfalls durch Silberkugeln vernichtet hatten.

Mittlerweile hatten sich Alain und Meurisse zu uns gesellt. Sie starrten an uns vorbei. Sogar der abgebrühte Alain kriegte vor Staunen den Mund nicht mehr zu. Ich sah auf dem kantigen Gesicht eine Gänsehaut, als er flüsterte: »Verdammt, das stimmt ja wirklich. Die Bestien gibt es!« Er wischte über seine Augen und schüttelte den Kopf.

Bestien hatte er gesagt.

In der Tat existierte noch eine zweite Ratte. Sie stand, von uns aus gesehen, hinter der anderen und wurde erst sichtbar, als ihr Artgenosse allmählich schrumpfte.

Dabei verlor das Tier auch an Kraft. In den Hinterpfoten knickte es ein, fiel, wollte sich wieder aufraffen, schaffte es aber nicht.

Es war wohl mein Fehler, dass ich die Gunst der Sekunde verpasste, denn als die zweite Ratte für uns voll sichtbar geworden war, hätte ich sofort schießen müssen.

Das tat ich nicht.

Und das Tier nutzte seine Chance zur Flucht.

Es drehte sich nicht um, das hätte zu lange gedauert. Stattdessen drückte es seinen Körper zur Seite, geriet über den Rand des Kanals und fiel in das schmutzige Wasser, das die Ratte packte und weitertrieb. Weg von uns.

»Ich hole sie mir!«, hörte ich Sukos Stimme und sah meinen Partner schon verschwinden.

Er hatte zwar seine Beretta nicht mehr zur Hand, die hatte er Meurisse gegeben, aber Suko würde es mit der Peitsche versuchen und es auch schaffen, das war mir klar.

Ich wollte zunächst nach den Menschen sehen, die um Hilfe geschrien hatten.

Als Erster tauchte ich in die Nische. Eine Taschenlampe brauchte ich nicht einzuschalten. Das Tunnellicht reichte aus, um die verzerrten Gesichter der jungen Leute zu sehen.

Vier waren es.

Zwei Mädchen und zwei junge Männer.

Zitternd wie Schafe im Gewitter drückten sie sich gegen die Rückwand der Nische. Auf den ersten Blick war nicht festzustellen, ob die Ratte sie angegriffen hatte, bis ich näher kam und den blutüberströmten Arm eines jungen Mannes sah.

Da hatten die Zähne der Ratte ihre Spuren hinterlassen.

Die jungen Leute konnten nicht sprechen, und ich sah, dass sich auch Alain und Meurisse in die Nische drückten.

Aus dem Tunnel hörten wir schrille Schreie. Wahrscheinlich hatte Suko das Riesentier erwischt.

Meurisse hielt etwas in der Hand, mit dem ich schon lange gerechnet hatte.

Es war ein Herz.

Das Organ steckte in einer Plastiktüte. Der Agent nickte mir zu, ich nickte zurück. Zu reden brauchten wir darüber nicht. Meurisse würde für alles sorgen.

Die dunkelhaarige Madeleine Charon fing sich als Erste. Sie deutete auf den Verletzten. »Er braucht unbedingt einen Arzt!«, flüsterte sie.

»Das ist klar«, erwiderte ich.

»Lasst mich mal machen!« Alain drängte sich vor. Er besorgte sich Taschentücher und begann, damit einen Notverband anzulegen, um die Blutung zu stoppen.

Der junge Mann schaute ihn dankbar an.

Ich wandte mich an die anderen drei. »Ihr seid Studenten?«

Sie nickten.

»Habt ihr eine Party gefeiert?«

»Oui, Monsieur«, antwortete Henri Druc. »Aber wir waren eigentlich fünf. Bernard Sirini hat es erwischt.«

»Die Ratte?«

»Wo wir unseren Lagerplatz und das Feuer hatten. Auf einmal tauchten die beiden Riesenratten auf. Das war furchtbar, kann ich Ihnen sagen. Die kannten keine Gnade.«

Paul Meurisse schüttelte den Kopf. »Habt ihr nicht gewusst, dass diese Partys verboten sind?«

»Natürlich, aber wer hält sich schon daran?«

Eine gute Frage, wirklich. Jedenfalls hatten wir die Studenten retten können. Immerhin etwas. »Und es ist bei zwei Ratten geblieben? Ihr habt keine weiteren gesehen?«

»Nein.«

»Das ist seltsam.«

»Wieso?«

Ich winkte ab. »Seltsam ist der falsche Ausdruck. Ich würde sagen, gut, dann können wir davon ausgehen, dass die ganz große Gefahr vorbei ist.« Nachdenklich schaute ich in die sich allmählich entspannenden Gesichter der Studenten. »Ihr habt nicht zufällig einen Freund hier unten gesehen? Einen jungen Mann in eurem Alter …«

»Nein, keinen.«

»Auch nichts gehört?«

»Was denn?«

»Dass er irgendwelche Worte oder Befehle geschrien hat, die an die Ratten gerichtet waren.«

»Tut uns leid, Monsieur«, antwortete die blonde Giselle Virain, »wir haben keinen anderen hier unten getroffen. Außer Ihnen natürlich.« Sie lächelte.

»Da kann man nichts machen«, sagte ich und hob die Schultern. Unsere Pläne waren total durcheinandergeraten. Wir hatten uns eine Bürde aufgeladen, an der wir schwer trugen.

Ich war dafür, dass die vier Menschen aus den Katakomben geschafft wurden.

Auch Meurisse stimmte mir zu. »Nur ist da noch eine Sache«, sagte der Agent. »Wie wollen Sie es schaffen, Ihren Freund Pierre Trudot zu finden?«

»Das frage ich mich auch. Ich hatte nämlich daran gedacht, dass Alain die vier aus den Katakomben bringt.«

»Wenn es nur darum geht, sollten Sie sich keine Gedanken machen, Monsieur«, vernahmen wir außerhalb der Nische eine Frauenstimme.

Ich drehte mich um.

Vor mir stand jemand, den ich kannte.

Es war Claudine!

Wir alle sahen ihr die Angst an. Sie wusste nicht, wie sie sich verhalten sollte. Mir schien es, als würde sie auf dem Sprung stehen und nur darauf warten, mit einem Satz verschwinden zu können, was ich nicht hoffte.

»Bitte, Claudine, kommen Sie!«, bat ich.

Das Mädchen nickte, setzte sich in Bewegung und warf Paul Meurisse einen scheuen Blick zu.

Der Agent schaute zu Boden. Ich erkannte an dieser Geste, dass er sich heraushalten wollte.

Claudine trug dieselbe Kleidung wie beim ersten Mal, als wir sie kennen gelernt hatten. Ihr Lächeln war scheu, verlegen, und ich wusste, dass sie mir etwas sagen wollte.

»Bitte, Claudine, reden Sie«, machte ich ihr Mut. »Es wird wirklich nicht schlimm.«

»Natürlich, Monsieur, natürlich.« Während sie erzählte, starrte sie auf ihre Fußspitzen. Wir erfuhren von ihrem schlechten Gewissen, das sie geplagt hatte, denn die ganze Wahrheit hatte sie uns nicht gesagt.

»Dann wissen Sie also, wo sich Ihr Freund verborgen hält?«, erkundigte ich mich.

»Ja, das weiß ich.«

Ich lächelte, denn nun brauchten wir Alain nicht mehr. Auch Meurisse hatte begriffen. Als er mit Alain redete, sprach er genau in meinem Sinne. »Sie können mit den jungen Leuten die Unterwelt verlassen.« Alain nickte, und Meurisse schaute die vier Studenten an. »Allerdings habe ich noch Fragen, und die werde ich Ihnen später stellen. Also, halten Sie sich bereit! Ist das klar?«

»Selbstverständlich«, lautete die Antwort.

Alain und die vier Studenten konnten gehen. Die jungen Leute bedankten sich bei uns, während Alain die Faust ballte und uns mit diesem Zeichen viel Glück wünschte.

»Woher kennen Sie Pierres Versteck?«, fragte Meurisse.

»Er hat mich mal mitgenommen.«

»Und womit beschäftigt er sich wirklich?«, wollte ich wissen.

Claudine hob die schmalen Schultern. »Ich kann es Ihnen nicht genau sagen. Von der Uni wurde er gefeuert. Die Gründe sind mir eigentlich unbekannt, sodass ich raten muss. Wahrscheinlich hing es mit seinen Experimenten zusammen.«

»Ja, das nehmen wir auch an.«

»Beschäftigt er sich nur mit Ratten?«, fragte ich.

»Nein, auch mit anderen Tieren. Er hat sich schon Hamster und Meerschweinchen besorgt und redete immer davon, den großen Durchbruch zu erzielen und einmal weltberühmt zu werden. Aber das ist nun wohl vorbei.«

»Das glauben wir auch.« Ich legte meine Hand sachte gegen Claudines Rücken und drückte sie herum. »Wir haben keine Zeit mehr zu verlieren. Führen Sie uns in seine Behausung.«

Claudine schaute zu mir hoch. »Und was ist mir Ihrem Kollegen? Ich konnte sehen, wie er die Riesenratte verfolgte.« Im Nachhinein lief ihr noch ein Schauer über den Rücken.

Suko war in der Tat ein Problem. Ich schaute aus der Nische nach links. Dort hätte ich Suko oder die Überreste der Ratte eigentlich sehen müssen. Das war nicht der Fall. Nur das graue Wasser schäumte durch den Kanal und zog lange Streifen hinter sich her.

Ich hob die Schultern. »Wollen Sie warten, Meurisse?«

»Nein, ich gehe mit Ihnen. Kann Suko denn nicht selbst auf sich achten?«

»Das schon.«

»Eben. Lassen Sie uns verschwinden, sonst riecht dieser Pierre noch etwas.«

Meurisse hatte recht. Zu dritt machten wir uns auf den Weg, in der Hoffnung, endlich einen Schlussstrich unter den Fall ziehen zu können …

Trotz ihrer Größe war die Riesenratte sehr schnell und beweglich. Bevor Suko seine Peitsche einsetzen konnte, verschwand der große graue Körper in den schmutzigen Fluten, wurde von der Strömung gepackt und mitgerissen. Zudem unternahm die Ratte nichts, um sich zu wehren. Sie wollte auf diesem Wege fliehen.

Die Ratte hatte Glück. Erstens hatte Suko seine Beretta nicht bei sich, und zweitens glich die Ratte, als sie in die Fluten eingetaucht war, einem Chamäleon, denn ihr Fell unterschied sich kaum von der Farbe des Wassers. Suko musste schon sehr genau schauen, um die Monsterratte noch erkennen zu können.

Hin und wieder, wenn irgendwelche Wellen anrollten, wurde der Körper hochgespült, dann verschwand er wieder, geriet abermals an die Oberfläche, und das Spiel begann von vorn.

Das Wasser floss sehr schnell.

Suko hatte Mühe, mit dieser Fließgeschwindigkeit Schritt zu halten.

Der Steg war zwar breit genug, leider auch rutschig. Suko kam nicht so schnell voran, wie er es sich gewünscht hätte.

Und er hatte mit einem weiteren Problem zu kämpfen. Es waren die normalen Ratten, die den Weg ihres übergroßen Artgenossen begleiteten. Nicht so sehr auf Sukos Seite, sondern auf der anderen des Kanals huschten sie entlang und hielten sich stets im Schatten der Wand.

Auch Suko wurde verfolgt. Wo die Ratten auf einmal hergekommen waren, konnte er auch nicht sagen. Sie mussten überall in den Wänden ihre Schlupflöcher haben, jedenfalls waren sie plötzlich da und wirbelten um Sukos Füße. Wenn sie ihm zu nahe kamen, trat der Chinese zu. Einige erwischte er und schleuderte sie gegen die Wand oder ins Wasser.

Wieder tauchte die Riesenratte auf. Sie hatte sich auf den Rücken gedreht. Ihr Bauch schimmerte weißlich, und über ihm liefen die langen Schaumstreifen der Strömung.

Hätte Suko die Beretta gehabt, das Ziel wäre optimal gewesen. So aber musste er näher an die Ratte heran, und er dachte bereits darüber nach, ob er nicht auch in den Kanal springen und sich treiben lassen sollte, dann konnte er die Ratte besser erreichen.

Dann passierte es.

Der Kanal wurde ein wenig enger. Sie hatten sich einer Kreuzung genähert, und auch die Ratte schien zu spüren, dass die Fluten sie nicht mehr so weitertreiben würden wie bisher.

Sie zog die Konsequenzen.

Suko war überrascht, als er den menschengroßen Körper aus dem Kanal auftauchen sah. Ferner wunderte er sich darüber, dass die Ratte es nicht geschafft hatte, sich von selbst zu verkleinern, dann wäre ein Entkommen fast hundertprozentig gewesen.

Nein, sie tauchte als Riesenbiest auf.

Und sie hatte Unterstützung.

Die Nager auf der anderen Seite des Kanals hielt nichts mehr auf dem Steg. Die kräftigsten von ihnen übersprangen das Wasser und landeten auf Sukos Seite, denn sie wollten das Auftauchen ihres Anführers decken.

Suko wehrte sich.

In einer Hand hielt er die Peitsche. Sie half ihm gegen die normalen Ratten überhaupt nichts. Die musste er allein durch seine Körperkräfte und seine Schnelligkeit besiegen.

Ratten können sehr fest zubeißen und einem Menschen starke Verletzungen zufügen. Zudem waren sie Überträger zahlreicher Krankheiten.

Es gelang zwei Tieren, sich an Sukos Kleidung festzubeißen. Noch drangen die Zähne nicht durch, und der Inspektor packte zu. Seine Finger der linken Hand wühlten sich in das feuchte Fell des ersten Tieres. Er riss die Ratte los, schleuderte sie zu Boden, und mit der zweiten geschah das Gleiche.

Den harten Aufprall überlebten beide nicht.

Suko nahm jetzt auf die anderen Nager keine Rücksicht. Sollten sie ihn ruhig anspringen, sie jedenfalls waren nicht so schlimm wie das Riesenvieh vor ihm.

Suko griff es an.

Die Ratte hatte den Kanal verlassen. Wenn sie nur auf zwei Beinen stand, war sie sogar noch größer als der Chinese, und sie wollte es so machen wie bei Bernard Sirini.

Einmal springen und den Körper des Menschen unter sich begraben, um diesen mit dem Gewicht zu erdrücken.

Suko lief vor, die Ratte duckte sich zum Sprung, und der Chinese spürte die trommelnden Schläge in seinem Rücken, als ihn die anderen Tiere ansprangen.

Er wusste, dass sie sich festbeißen würden, aber darum konnte er sich jetzt nicht kümmern, die große Ratte war wichtiger.

Sie stieß sich ab.

Suko schlug zu.

Hoch hatte er den Arm gereckt, und die drei mit Magie geladenen Riemen der Peitsche flatterten in die Höhe, wobei sie gleichzeitig auseinanderfächerten und den Körper an drei entscheidenden Stellen unter dem Bauch trafen.

Suko hörte das Klatschen. Gleichzeitig verdunkelte sich sein Blickfeld.

Er wusste von der Gefahr, warf sich nach links, wo die Gangwand war, und konnte dem Aufprall dennoch nicht entgehen, denn die Ratte presste ihn zwischen Wand und Boden fest.

Der Inspektor spürte den gewaltigen Druck des Körpers. Es war grauenhaft. Er wollte schreien, doch das gelang ihm nicht, denn sein Gesicht wurde in das nasse Fell gedrückt.

Sekundenlang rührte sich keiner von ihnen. Suko bekam Angst. Trotz seiner miesen Lage versuchte er, sich gegen den Rattenkörper zu stemmen und ihn wegzudrücken.

Das Gewicht war zu groß.

Jetzt konnte er nur noch seine Hoffnung auf die Magie der Dämonenpeitsche setzen. Wenn ihre Kraft voll zu wirken begann, hatte er noch eine Chance.

Eingeklemmt lag er da und wartete. Der Körper zuckte. Die Ratte schien erneut von Schlägen oder Stromstößen getroffen zu werden, so ähnlich reagierte sie in diesen Augenblicken.

Dieses Zucken ließ in Suko wieder Hoffnung aufkeimen. Sollte er es tatsächlich geschafft haben?

Dann hörte er die Schreie und konnte nach Luft schnappen, da sich der schwere Rattenkörper zurückzog.

Das Fiepen war schrill und kreischend. Es wirkte ängstlich. Er zog die Beine an, stemmte seine Füße gegen den Bauch der Ratte und stieß den starken Körper zurück.

Er konnte wieder besser atmen und sich sogar in die Höhe stemmen.

Die normalen Nager interessierten ihn nicht. Sie interessierten sich auch nicht für Suko, denn sie umkreisten ihren mutierten Artgenossen völlig aufgeregt, der sich bereits im Stadium der magischen Auflösung befand.

Die Magie der Peitsche hatte gereicht.

Suko wischte über sein Gesicht, und ein Lächeln zuckte kurz über die Lippen.

Diese Ratte würden niemanden mehr töten!

Vor Sukos Füßen blieb sie liegen. Ein zuckendes, fiependes Bündel Fell, das immer mehr zusammenfiel und schließlich die Größe einer normalen Ratte angenommen hatte.

Der Chinese bückte sich und nahm das Tier hoch.

John Sinclair hatte die Taube angefasst. Zwischen seinen Fingern war sie zerbröselt.

Suko erlebte das gleiche Phänomen. Auch die Ratte verging,

als er mit den Fingern gegen sie drückte. Und wie bei der Taube blieb auch hier etwas zurück, das Suko aufstöhnen ließ.

Ein menschliches Herz, das dritte bereits, denn drei Mädchen waren in London getötet worden.

Und dieser Killer lief noch frei herum.

Auch Suko hatte eine Folientüte eingesteckt. In ihr ließ er das Herz verschwinden. Sein Gesicht war hart, als er sich auf den Rückweg machte. Die anderen Ratten begleiteten ihn, aber sie griffen ihn nicht an.

Ihr Anblick brachte Suko auf eine Idee. Er dachte daran, dass ihn die Ratten attackiert hatten, drehte seinen Arm auf den Rücken und fühlte dort nach.

Die Kleidung war zerfetzt. Scharfe Rattenzähne hatten sie aufgehackt, und sie waren durchgedrungen bis an die Haut, denn Suko spürte Schmerzen und fühlte eine klebrige Feuchtigkeit an seinen Fingerkuppen. Das musste Blut sein.

Er lief weiter.

Eigentlich hätte er die anderen schon sehen müssen. Doch da war weder eine Spur der Geretteten noch eine von Sukos Begleitern.

Suko ballte die Hände. Da auch Alain verschwunden war, befand er sich allein hier unten, und er wusste nicht, wo sich das Versteck dieses Pierre Trudot befand.

Alain hatte nur die Richtung angegeben, in die sie gehen sollten. Dahin wandte sich Suko nun. In der Hoffnung, dass ihn ein glücklicher Zufall auf die Spur der Freunde brachte …

Jane Collins hockte in der Vitrine wie eine gefesselte Puppe. Der Würfel lag auf ihrem Schoß, aber sie konnte ihn nicht für sich aktivieren, denn sie hatte noch immer unter den Nachwirkungen des Schlages zu leiden. Bei ihr ein Zeichen, dass ihr Menschsein nicht völlig gelöscht war und sie auch innerlich so fühlte.

Nur allmählich überwand sie die Folgen der beiden Treffer und öffnete die Augen.

Zunächst wusste sie nicht, wo sie sich befand.

Die körperlichen Reaktionen hatten noch nicht eingesetzt. Ihr Blickfeld war stark eingeschränkt, zudem verschwamm alles vor ihren Augen, sodass sie keine klare Sicht hatte.

Hinzu kam das Glas, das sie von allen vier Seiten einrahmte, zwar durchsichtig war, aber den Blick nicht verschärfte wie zum Beispiel die Linse bei einem optischen Gerät.

Das Gegenteil war der Fall.

Als Erstes stellte Jane fest, dass sich in ihrem Kopf ein kleines Feuerwerk abspielte. Da hämmerte und tobte es. Gegen dieses Feuerwerk konnte sie nichts tun. Die zweite Feststellung traf sie wesentlich härter.

Man hatte sie gefesselt.

Als Jane versuchte, ihre Arme oder die Beine zu bewegen, musste sie erkennen, dass dies nicht möglich war.

Sie hing fest.

Mit angewinkelten Beinen saß sie da und hatte das Gefühl, dass ihre Adern mit Blei ausgefüllt waren.

Die Wellen der Erinnerung drückten sich in ihr Bewusstsein und spülten das hoch, was in der letzten Zeit vor der Bewusstlosigkeit geschehen war. Jane wusste plötzlich, dass man sie übertölpelt hatte. Es war nicht einer ihrer kampferprobten Gegner gewesen, sondern ein harmloser Jüngling, ein Typ, über den sie eigentlich nur lachen konnte und der ihr das Gegenteil bewiesen hatte.

Verdammt auch! Das war ihr noch nie passiert.

Weit hielt sie die Augen offen, schaute nach unten und sah den Würfel auf ihrem Schoß.

Dieser Anblick munterte sie wieder auf. Sogar ein Lächeln zuckte über ihre Lippen, denn Janes Meinung nach hatte der andere einen Fehler begangen, indem er ihr den Würfel mit in ihr Gefängnis gegeben hatte. Er wusste ja nichts von der Kraft, die in dieser magischen Waffe steckte. Jane war fest entschlossen, den Todesnebel zu produzieren, und sie wollte zuschauen, wenn diesem Pierre das Fleisch von den Knochen fiel, denn der Nebel wirkte wie eine alles zerstörende Säure.

Dumpfe Geräusche schreckten sie aus ihren finsteren Rachegedanken. Zunächst wusste Jane nicht, wo sie herkamen, bis sie den Kopf ein wenig nach rechts drehte und feststellte, dass es Schritte gewesen waren, die in ihrem Schädel widerhallten.

Da kam jemand.

Die Scheibe der Vitrine verzerrte den Blickwinkel. Jane konnte nichts klar erkennen, bis sich allmählich aus dem Nebel eine Gestalt schälte und sie Pierre Trudot erkannte.

Der junge Mann hatte sich gebückt, damit er von der Seite her in die Vitrine schauen konnte. Er bewegte sich lautlos. Jane hörte ihn nicht gehen, sie sah nur, wie er dicht vor der Vitrine stehen blieb und sein Gesicht gegen das Glas presste.

Dadurch wurden seine Züge eingedrückt, und das Gesicht verzerrte sich zu einer breiten Masse. Die Augen wirkten auf Jane wie verschwommene Kugeln, nur die Pupillen waren seltsam klar, und die ehemalige Detektivin las in ihnen den Willen zur Vernichtung.

Bisher hatte sich Pierre nur mit einer Hand abgestützt. Nun zeigte er auch seine andere.

In der Faust hielt er das Messer.

Die blanke Klinge schaute hervor, und er ließ sie über das Glas kratzen.

»Hallo, Hexe!«, sagte er laut, damit Jane ihn verstehen konnte. »Wie fühlst du dich?«

Jane Collins schwieg. Sie hatte den Kopf so weit wie eben möglich gedreht und blickte den Studenten durch die Glasscheibe nur verächtlich an.

Er lachte. »Du sprichst wohl nicht mit jedem, wie? Aber das wird dir vergehen, kann ich dir sagen. Weißt du eigentlich, was ich mit dir vorhabe, Hexe?«

»Ich kann es mir denken.«

»Richtig, ich werde dich umbringen. Aber du weißt nicht, wie das geschehen wird. Dabei solltest du es eigentlich wissen, denn erinnere dich mal an London.«

»Was hat das damit zu tun?«

»Viel, sehr viel sogar. Denn in London habe ich angefangen. Ich habe dort drei Mädchen getötet. Ich bin extra in diese Stadt gefahren, um falsche Spuren zu legen. Ich habe mir die drei geholt und ihnen die Herzen genommen. Verstehst du nun?«

Der ist irre, dachte Jane. Aber bin ich das nicht auch als Hexe? Gleichzeitig dachte sie weiter und auch an den Teufel, denn nur er konnte solche Befehle gegeben haben. Niemand war so schlimm wie der Höllenherrscher, keiner kannte so wenig Gnade, und er fand stets Menschen, die ihm gehorchten und hörig waren.

Auch Jane war es so ergangen. Jetzt allerdings war sie in den Augen des Satans eine Verräterin, die vernichtet werden musste.

Pierre Trudot lachte. »Hast du keine Angst?«, fragte er. »Hast du denn wirklich keine Angst?«

»Nein!«

Mit dieser Antwort hatte Jane nicht mal gelogen, obwohl der andere sie ihr nicht abnahm, denn er begann zu lachen. »Natürlich hast du Angst.«

Jane schwieg. Sie dachte an den Würfel. Ihn würde sie aktivieren, sie brauchte sich nur auf den Mann zu konzentrieren, dann würde er ihr zur Seite stehen, damit sie dieses für sie unwürdige Gefängnis verlassen konnte.

Pierre starrte noch immer in die Vitrine. Mit der Messerspitze fuhr er über das Glas und malte Figuren. »Keine Chance«, sagte er dabei. »Du hast keine Chance …«

»Ich gebe dir eine, wenn du mir die Fesseln abnimmst.«

»Und wenn ich es nicht tue?«

»Muss ich dich töten!«

Pierre hörte die Worte, allein er konnte sie nicht glauben, denn er schüttelte den Kopf. »Das darf doch nicht wahr sein«, erwiderte er. »Du willst mich töten?«

»Ja, das werde ich.«

»Wie denn?«, schrie er und beugte seinen Oberkörper zurück. »Wie willst du das schaffen?«

»Vergiss nicht, dass ich eine Hexe bin.«

»Ja, eine gefangene Hexe!«

»Nur bin ich nicht wehrlos, trotz der Fesseln!«

»Doch, Jane Collins, du bist es!«

Die ehemalige Detektivin schreckte zusammen, als sie die Stimme vernahm, die so rau und hart an ihre Ohren gedrungen war. Sie wusste genau, wer da gesprochen hatte.

Asmodis!

Dass sie sich nicht getäuscht hatte, wurde ihr in den nächsten Sekunden bestätigt, denn dicht vor ihr und innerhalb der Vitrine schwebte die Fratze, die sie einmal so geliebt hatte und jetzt hasste.

Das dreieckige Gesicht des Teufels!

Über dem Würfel stand es dort als eine feurige, geisterhafte Erscheinung und bewegte sich nicht. Ein ruhender Pol, für Pierre ein Garant der Sicherheit, denn bisher hatte ihn der Teufel nicht verlassen und würde es auch nicht tun.

Für Jane Collins war der Student und Teufelsdiener uninteressant geworden. Ihr Blick galt einzig und allein dem Höllenherrscher, und die beiden schauten sich starr an.

Sie hatten sich viel oder gar nichts zu sagen, es kam auf den Standpunkt an. Beide wollten die Vernichtung des anderen, und wieder sah es so aus, als hielte Asmodis die besseren Karten in der Hand, trotz des Würfels, der sich in Janes Nähe befand.

Sie dachte ganz richtig. Wenn sich der Satan zeigte, obwohl der Würfel des Unheils in seiner Nähe lag, hielt er einen dicken Trumpf in der Hinterhand.

Krampfhaft überlegte die Hexe, wie dieser Trumpf aussehen könnte, doch sie gelangte zu keinem Ergebnis.

»Diesmal bist du mir in die Falle gegangen«, stellte der Teufel fest. »Du hast dich überschätzt, denn nicht jeder ist so harmlos, wie er aussieht.« Die letzte Bemerkung war auf den jungen Mann gemünzt. »Ich dachte mir schon, dass du ihn nicht ernst nehmen würdest, aber er handelt genau in meinem Sinne. Er hat dich in die Vitrine der Eisherzen geschafft, und hier wirst du dein erbärmliches Leben aushauchen. Ich schaue dabei zu, wenn er dir dein Herz nimmt.«

Jane lachte auf. Noch immer verließ sie sich auf den Würfel.

»Irrtum, Asmodis, ich kann mich sehr gut wehren, auch wenn ich gefesselt bin. Verlass dich drauf.«

»Meinst du damit deinen Würfel?«

»Ja.«

»Du Närrin.« Der Satan begann zu lachen. »Denk doch mal nach. Wenn dir der Würfel wirklich helfen könnte, hätte ich ihn dann zu dir in die Vitrine gelassen? Nein, Jane Collins, er nutzt dir nichts, denn dieses Gefängnis befindet sich unter meiner Kontrolle.«

… Kontrolle … Kontrolle …

Jane Collins hörte das letzte Wort des Teufels doppelt und auch dreifach. Sie wollte ihrem Gegner beweisen, dass mit ihr nicht zu spaßen war, deshalb konzentrierte sie sich auf die Energie des Würfels, um sie frei werden zu lassen.

Es blieb beim Versuch.

Jane erschrak heftig. Es war ihr einfach unmöglich, sich auf den Würfel einzustellen. Die Gedankenströme liefen nicht mehr, sie waren zu träge geworden.

Regelrecht starr …

Genau das empfand sie als das Stichwort. Auch der Blick durch das Glas gelang ihr nicht mehr, weil sich von innen her etwas Starres auf die Scheiben gesetzt hatte.

Starr wie Eis!

Auf einmal war die Kälte da. Sie schien aus langen, unsichtbaren Fingern zu bestehen, die auf und in ihren Körper krochen und jedes Detail erfassten.

Die magische Kälte biss zu, und Jane konnte sich nicht dagegen stemmen. Es war kein normales Eis und auch keine normale Kälte, wie man sie vom Wetter her gewohnt war, nein, diese hier fror zudem noch ihr Gehirn ein. Sie verstopfte die Adern, sie nahm ihr die Gedanken, denn sie breitete sich über ihr Gedächtnis aus, sodass Jane den Würfel zwar anschauen, ihn aber nicht einsetzen konnte.

Wenn er nicht aktiviert oder geleitet wurde, reagierte er auch nicht.

Und der Satan lachte. Sein Gesicht schwebte nach wie vor in der Vitrine. Er freute sich, dass Jane Collins so wehrlos in dem Gefängnis saß und auf die Stricke ihrer Fesseln schaute, die sich mit einer dünnen Schicht überzogen hatten.

Magisches Eis …

»Diesmal nicht, Jane Collins«, sagte der Satan. »Diesmal kommst du nicht mehr weg. Ich habe dich und werde dich nicht davonkommen lassen. Zwar ist dein ehemaliger Freund John Sinclair in der Nähe, aber er ist beschäftigt. Vielleicht werden ihn die Riesenratten fressen, wer kann das wissen? In Pierre habe ich einen außergewöhnlichen Diener gefunden, wie du inzwischen weißt.«

Der junge Student hatte die Worte vernommen. Sehr eifrig nickte er. »Soll ich es jetzt machen?«, fragte er.

»Ja, du kannst dich langsam darauf vorbereiten. Ich werde ihr nur noch ein paar Worte mit auf den Weg ins Jenseits geben. Du hast mich verraten, Jane Collins, das weißt du genau. Und wer mich verrät, bei dem kenne ich kein Pardon. Ich habe meine treueste Dienerin Wikka durch deine Schuld verloren, das sollst du mir büßen. Als Andenken werde ich dein Herz behalten und vielleicht auch deinen steifen, eingefrorenen Körper, denn ich denke nicht mehr daran, die Magie, die in dieser Vitrine steckt, aufzulösen. So wirst du so lange vereist bleiben, bis es mir vielleicht irgendwann einmal einfällt, dich zu befreien. Aber nur vielleicht, Jane Collins. Mach dir keine Hoffnungen. So lange wirst du ein toter Eiskörper bleiben. Na, ist das was?«

Jane wollte antworten. Da stellte sie fest, dass sie ihre Lippen nicht mehr bewegen konnte. Sie lagen bereits fest aufeinander, und zwischen ihnen befand sich eine dünne Schicht aus Eis.

Der Teufel ließ ihr keine Chance.

Er wandte sich wieder an seinen jungen Diener. »Pierre, ich weiß, dass du wartest. Walte deines Amtes. Öffne die Vitrine, und dann werde ich dir zuschauen, wie du ihr das Herz nimmst!«

Jane hatte die Worte vernommen, und sie wusste, dass sie kein Bluff waren. Lief nun alles dem endgültigen Ende entgegen? War sie verloren? Hatte der Teufel gewonnen?

In ihrem Hals saß ein dicker Kloß. Eigentlich hatte sie etwas sagen wollen, doch das gelang ihr nicht mehr. Sie schaffte es auch nicht, den Kopf zu drehen. Ihr gesamter Körper schien sich bereits in einen Eisblock verwandelt zu haben.

Wenn der andere zustach, würde sie die grausamen Schmerzen spüren, die mit dieser schrecklichen Tat verbunden waren.

Sie sah ihn nicht, denn die Seiten der Vitrine waren völlig vereist. Nur seinen Schatten erkannte sie, der sich nun streckte, als sich zwei Hände auf den Deckel der Vitrine legten.

Sie hoben ihn hoch.

Ruckartig geschah dies. Jane Collins hoffte stark, dass warme Luft in das Gefängnis strömen würde, um die Starre aufzulockern. Wenn dies der Fall war, so merkte sie es nicht, denn die Vereisung blieb.

Nach oben konnte sie blicken und auch ins Freie, denn die Klappe stand aufrecht.

Pierres Gesicht erschien.

Eine Killerfratze. Neben ihr das Messer mit der langen Klinge und den scharfen Seiten.

Ein Monster konnte nicht schlimmer als dieser junge Mann aussehen, der unter Satans Bann stand. Dass er morden wollte, stand ihm ins Gesicht geschrieben. Auch seine Haut schien vereist zu sein. Jede Falte, jede Pore an ihm war starr.

Jane konnte den Würfel sehen. Auch er hatte sich verändert. Zwar schimmerte er noch in dem rotvioletten Farbton, doch er war merklich blasser geworden, weil eine feine, kristalline magische Eisschicht über ihm lag und die Verbindung zwischen ihm und Jane Collins buchstäblich eingefroren hatte.

Der Würfel, auf den sie so vertraut hatte, würde ihr nichts nutzen. Alle Mühe, ihn zu besitzen, war umsonst gewesen.

Die Vitrine stand zwar nicht sehr hoch, dennoch musste sich Pierre Trudot tief bücken, um Jane Collins zu erreichen, obwohl die Messerklinge die Verlängerung seiner Hand war.

Jane sah die Spitze über sich schweben. Sie schielte zur Seite und erkannte, dass die Waffe ihre Brust in Herzhöhe treffen würde – wenn sie nach unten fuhr.

Atmete sie noch?

Sie wusste es nicht. Die Funktionen des Körpers waren eingefroren. Sie konnte nur gefesselt in der Vitrine hocken und ihrem Schicksal in die Augen schauen.

Das Messer, der Teufel und der Student.

Die drei bildeten die Einheit, die Jane Collins endgültig vernichten konnte.

Ein wenig hatte Pierre seine Hand gedreht. Auch die Augen waren mehr verengt.

Er schaute jetzt genau hin, suchte sich bereits einen Zielpunkt aus, wo er das Messer ansetzen konnte.

Sein Mund zog sich in die Breite. »Ja, so habe ich dich gut. Du sitzt fantastisch.«

Dann stieß er zu. Eine heftige, dennoch kontrollierte Bewegung. Jane wartete auf den Schmerz. Sie rechnete damit, Blut fließen zu sehen, doch beides trat nicht ein.

Pierre hatte nur ihre Kleidung an der Stelle aufgeschnitten, die er sich ausgesucht hatte.

Der Stoff fiel nach zwei Seiten weg. Die blanke Haut lag vor den Augen des Mörders.

Noch tiefer senkte er die Waffe.

Jane spürte die Spitze, und plötzlich war ihr klar, dass es tatsächlich keine Rettung mehr für sie gab. Bisher hatte sie sich damit nicht abfinden wollen, nun musste sie sich eingestehen, dass der Teufel gewonnen hatte …

Claudine Auber war verzweifelt.

Sie stand da, schaute uns an, hob die Schultern, breitete die Arme aus und begann zu weinen. »Ich – ich bin völlig durcheinander. Ich finde den Weg einfach nicht mehr.«

Paul Meurisse setzte bereits zu einer scharfen Erwiderung an, als ich die Hand hob, sodass er schwieg. »Überlegen Sie genau, Claudine, und in aller Ruhe.«

Sie nickte. Mit einem Taschentuch trocknete sie ihre Tränen. »Da muss es irgendwo eine Treppe geben, die zu diesen beiden Verliesen führt. So weit weiß ich Bescheid.«

»Hier in der Nähe?«
»Eigentlich ja.«
»Aber Sie wissen es nicht genau«, sagte der Agent.
»Das ist es ja eben. Hier sieht alles so gleich aus, wenn Sie verstehen!«
Ich verstand sie schon. Auch Meurisse musste dafür Verständnis haben. In der Tat sah alles gleich aus. Da waren die Gänge, die Kanäle, die Nischen, die Stege, dies alles trug dazu bei, uns und das Mädchen zu verunsichern. Natürlich hatten wir nach einer Treppe Ausschau gehalten, auch welche gefunden, aber es waren immer die falschen gewesen, denn sie endeten stets vor vergitterten Türen.
Was sollten wir da noch machen?
»Wir suchen weiter«, sagte Meurisse und nahm Claudine an die Hand. »Kommen Sie.«
Das Mädchen nickte. »Wäre ich doch bloß nicht auf die Idee gekommen, den Schreien zu folgen. Da habe ich mich praktisch verlaufen.«
»Vielleicht finden Sie einen markanten Punkt, an den Sie sich erinnern werden«, machte ich ihr Mut.
»Hoffentlich.«
Wieder verging Zeit. Wir bewegten uns längst nicht mehr innerhalb des Hauptkanals, sondern in schmaleren, flacheren und auch noch mehr stinkenden.
Uns fehlte Alain. Ich gestand mir ein, einen Fehler gemacht zu haben, als ich ihn wegschickte. Nun war nichts mehr daran zu ändern.
Es war ein sehr schmaler Steg, über den wir uns bewegten. Weiter vorn schimmerte Licht. Wir hatten die Hoffnung, einen breiteren Kanal zu erreichen. Und als wir an der Einmündung standen, da ließ sich Claudine nicht mehr weiterziehen.
»Was ist?«, fragte ich.
Sie nickte heftig. »Das ist es. Ja, das ist es. Hier kenne ich mich wieder aus.« Sie schaute mich an.
»Und die Treppe?«, fragte ich.
»Befindet sich hier in der Nähe!«
»Wo denn?«, fragte Meurisse.

»Ich glaube, wir müssen nach links.«

»Glauben heißt nicht wissen.«

»Lassen Sie sie doch«, sagte ich. Dann nickte ich Claudine Auber zu. »Es ist schon gut.«

Wir drückten uns am Kanal entlang, in dem es schäumte und flutete. Und plötzlich sahen wir die Lücke.

Wieder stoppte Claudine. Ihre Bemerkung klang wie ein erleichtertes Stöhnen. »Da ist es.«

Ja, wir sahen die Treppe, die in die Höhe führte. Es waren sogar ziemlich breite Stufen.

Ich machte den Anfang, nahm zwei auf einmal, und erreichte auch als Erster das Ziel.

Hinter mir kamen Meurisse und das Mädchen. Der Agent hatte Claudine nicht losgelassen. Er wollte nicht, dass sie noch im letzten Augenblick schwankend wurde.

Natürlich war die Tür verschlossen, aber Meurisse hatten solche Hindernisse noch nie gestört. Er holte bereits sein Besteck hervor, mit dem er dem Schloss zu Leibe rücken wollte.

Ich legte meine Hand auf sein Gelenk. »Nur nichts überstürzen. So leise wie möglich.«

»Ja«, sagte auch Claudine. »Hinter dieser Tür liegt bereits der erste Raum. Sie müssen vorsichtig sein.«

»Bon, verstanden.«

Meurisse gab sich große Mühe. Wir selbst hörten kaum einen Laut, obwohl wir in der unmittelbaren Nähe standen.

Meurisse schaffte es. Sein Gesicht war noch immer angespannt, als er sich in die Höhe drückte, das Besteck wegsteckte und nun Sukos Silberkugel-Beretta hervorholte.

»Wollen wir hoffen, dass er da ist und keine Monster um sich versammelt hat«, sagte ich und wandte mich noch einmal an die hinter mir stehende Claudine Auber. »Bleiben Sie zurück. Drehen Sie nicht durch. Verstanden?«

Sie nickte heftig. Die Lippen hatte sie fest aufeinander gepresst, ihr Gesicht hatte einen starren Ausdruck angenommen.

Ich hatte meine Hand schon auf die Klinke gelegt. Alles

musste sehr schnell gehen, deshalb drückte ich die Klinke hart nach unten und rammte die Tür dann ruckartig auf.

Im nächsten Moment huschte ich über die Schwelle!

Ein Verlies und gleichzeitig ein Zimmer. So konnte ich den Raum beschreiben, der vor uns lag.

Ich sah Regale, einen Tisch, Stühle, Bücher, einen Schreibtisch und in der Mitte des Raumes eine auf vier Füßen stehende Glasvitrine, deren Scheiben einen kristallinen Schleier zeigten.

Keine Spur von Pierre.

Und auch keine Riesenratte.

Ausgerechnet der, den wir suchten, war ausgeflogen. Vorsichtig und mit schussbereiten Waffen betraten wir den Raum, während Claudine auf der Schwelle stehen blieb.

Meurisse schaute nach links, ich nach rechts und geradeaus, denn ich entdeckte in diesem Augenblick, dass jemand in der Vitrine hockte. Nur die Umrisse sah ich und rechnete sogar damit, Pierre Trudot dort zu finden.

»Da ist er!«

Meurisse hatte die Worte ausgestoßen. Er deutete dorthin, wo sich die zweite Tür befand. Da gab es auch eine kleine Nische. In ihr hatte Pierre gelauert, huschte nun hervor, und ein jeder von uns sah das Blitzen der Mörderklinge, die aus seiner Faust schaute.

»Pierre …!«

Es war ein Schrei, der aus dem Mund des Mädchens Claudine drang. Sie achtete nicht mehr auf unsere Anordnungen und rannte schneller, als wir reagieren konnten, an uns vorbei, wobei sie den Weg zur zweiten Tür hin einschlug, um bei Pierre zu sein.

Meurisse griff noch nach, fasste ins Leere, fluchte und nahm die Verfolgung auf.

Ich nicht.

Es war schon unnatürlich, dass ich so reagierte, aber irgendetwas zwang mich dazu, anders zu handeln. Deshalb setzte ich mich in Bewegung und steuerte mit steifen Schritten die in der Mitte des Raumes stehende Vitrine an.

Dort hockte jemand.

Noch ein Opfer?

Ich spürte plötzlich, dass sich mein Kreuz regte. Dieser Raum war erfüllt von einer starken Magie. Der Teufel hatte hier einen Teil seiner Kräfte konzentriert.

Die obere Klappe der Vitrine stand offen, sodass ich in sie hineinschauen konnte.

Ich blieb daneben stehen, senkte den Blick und hatte das Gefühl, dass mir der Boden unter den Füßen weggerissen wurde und mich ein endloser Schacht aufnahm.

Vor mir lag eine Tote.

Das vierte Opfer des Killers.

Und dieses Opfer hieß Jane Collins. Pierre hatte es so gemacht wie bei den drei anderen.

Jane Collins hatte kein Herz mehr!

Paul Meurisse ärgerte sich, dass es ihm nicht gelungen war, das Mädchen festzuhalten. Claudine brachte es fertig und rannte in ihr Verderben, denn dieser gnadenlose Mörder, den sie endlich gestellt hatten, würde auch bei seiner Freundin keine Rücksicht nehmen, weil es um seine eigene Existenz ging.

Der Agent jagte Claudine nach. Er hatte die zweite Tür noch nicht erreicht, als er schrille Schreie und gleichzeitig das grausame Lachen des Killers vernahm.

»Lass mich los, du – neiiinnn!«

Meurisse wollte schießen, doch er ließ die Waffe sinken. Was er sah, war schlimm.

Pierre Trudot hielt Claudine gepackt. Und Meurisse sah auch das Blut, das aus einer Schulterwunde rann, die der Mann seiner Freundin zugefügt hatte.

Jetzt konnte sich Claudine nicht mehr wehren. Sie war zu schwach geworden und hing bleich im Griff des Killers.

Grell lachte dieser auf. Die Spitze des Messers befand sich

nur eine Fingerbreite von der Kehle des Mädchens entfernt. Wenn sich Claudine bewegte, war es um sie geschehen.

Aus dem Gesicht des Mannes wurde eine Maske. Ein irre klingendes Lachen verließ seine Lippen gleichzeitig mit dem sprühenden Speichel, der sich über die Haare der Geisel ergoss. »Das habt ihr euch gedacht, ihr verdammten Hunde. Aber ihr kriegt mich nicht! Ich mache euch fertig. Alle! Und du, Bulle, lass die verfluchte Kanone fallen, oder ich …«

»Schon gut, Trudot, schon gut«, sagte Meurisse mit zitternder Stimme. »Ich tue alles, was du willst.«

»Das will ich dir auch geraten haben!«

Meurisse öffnete seine Faust. Die Beretta fiel zu Boden, und der Agent kickte sie sogar noch zur Seite, damit der andere überzeugt wurde.

Pierre nickte und sagte: »Ja, das ist brav, wie du das gemacht hast. So freut es mich.«

»Und jetzt?«, fragte Meurisse.

Pierre lachte. »Jetzt geht es weiter, wie du dir sicher vorstellen kannst.«

Natürlich konnte er sich das vorstellen. Aber Meurisse war nicht so wehrlos, wie es den Anschein hatte. Suko hatte ihm die Beretta gegeben, um damit gegen die Mutationen zu kämpfen. Zusätzlich trug Meurisse noch seine eigene normale Waffe, und das wusste Pierre nicht, so hoffte der Agent jedenfalls.

»Ihr seid doch zu dritt gekommen!«, flüsterte der Killer. »Wo steckt der andere?«

»Im Nebenraum!«

»Er soll sich zeigen!«

Meurisse hob die Schultern und öffnete schon den Mund, um etwas zu sagen, als Trudot noch eine Bemerkung hinzufügte: »Aber waffenlos.«

»Ich werde es ihm ausrichten.«

Meurisse drehte sich und wurde dabei beobachtet. »John!«, rief er.

Er erhielt keine Antwort, auch nicht beim zweiten Ruf.

»Du hörst es«, sagte Meurisse. »Er will nicht antworten.«

»Dann stirbt sie!«

Meurisse spreizte die Arme. »Nein, warte. Ich kann doch auch nichts dafür!«

»Hol ihn her!«, knurrte Pierre.

Meurisse hob die Schultern. Wieder drehte er sich um und hatte plötzlich die Idee seines Lebens. Er wusste, dass sie riskant war, aber er wollte alles probieren.

Paul wandte sich wieder dem anderen Zimmer zu und hob die Schultern. »Es tut mir leid, aber er ist nicht da!« Innerlich betete er, dass Sinclair richtig reagierte und schwieg.

»Was?«

»Ja, er hat den Raum verlassen!«

»Das kann ich nicht glauben. Ich werde das Mädchen töten!«

»Sieh selber nach!«

Pierres Gesicht verzerrte sich. »Das könnte dir so passen. Nein, mich legt man nicht rein. Ich habe einen Beschützer. Es ist der Teufel, und er wird mich …«

»Sehr richtig, Pierre. Ich lasse dich nicht im Stich!«

Es war eine dritte Stimme, und Paul Meurisse wusste nicht, wo sie so plötzlich herkam. Er schaute sich um, sah aber nichts, und auch Pierre war überrascht.

Meurisse überlegte gar nicht. Er setzte alles auf eine Karte, als er bemerkte, dass die Aufmerksamkeit des anderen ein wenig nachließ. Noch nie im Leben hatte er so schnell seine Pistole gezogen. Die Hand verschwand unter dem Jackett. Er riss die Waffe hervor, streckte während des Vorwärtssprungs seinen Arm aus und feuerte zweimal.

Er hatte die Kugel hoch angesetzt, und eine davon traf genau ins Zentrum.

Der unheimliche Killer stieß nicht mal einen Schrei aus. Er wurde zurückgewuchtet, fiel bis gegen die Wand, und in seiner rechten Gesichtshälfte war alles voller Blut.

Dann sackte er in die Knie, während Claudine wie erstarrt auf dem Fleck stand und nicht wusste, was sie tun sollte. Sie schien noch nicht begriffen zu haben, dass sie gerettet worden war. Von ihrer rechten Hand tropfte Blut, denn der Messerstich war tief in das Fleisch am Arm eingedrungen. Aber Claudine würde überleben, das war sicher.

Paul Meurisse hatte schon mehrmals Personen in ihrem Zustand erlebt. Er wusste, was er tun musste.

Dem toten Pierre gönnte er keinen Blick mehr, lief auf das Mädchen zu und nahm es in seine Arme.

Er hörte den Seufzer, und plötzlich wurde der Körper, den er hielt, schwer.

Claudine Auber war bewusstlos geworden. Das Beste, das ihr in diesem Fall hatte passieren können.

Und einen gewissen Pierre Trudot würde sie hoffentlich so schnell wie möglich aus ihrer Erinnerung streichen …

Schon einmal hatte ich dieses Gefühl gespürt, als wäre mir der Boden unter den Füßen weggezogen worden. Und das hatte auch mit Jane Collins zu tun gehabt, als ich feststellen musste, wessen Geist in ihren Körper gefahren war.

Und nun war sie tot.

Ausgelöscht, endgültig, denn sie hatte kein Herz mehr.

Dafür den Würfel, der auf ihrem Schoß stand und ebenfalls von einer dünnen Schicht überzogen war.

Eine eisige Schicht.

Eisherzen …

Mir kam der Gedanke daran, und ich dachte gleichzeitig wieder an Jane, sodass sich meine Gedanken innerhalb des Kopfes regelrecht überschlugen.

Jane war tot!

Immer wieder kehrte ich dahin zurück. Sie lag vor mir, so steif, so starr, anders.

Ich berührte sie und fragte mich gleichzeitig, ob es mir leid tat. Ja, sie war eine Gegnerin gewesen, hatte sogar gemordet, und ich hätte sie gern vor ein ordentliches Gericht gestellt. Aber konnte man einer Hexe den Prozess machen?

Verrückte Gedanken, alles lief wieder durcheinander. Dennoch spürte ich, dass etwas von meinem Magen her in die Höhe stieg.

Musste ich um sie weinen?

Nein, das war sie eigentlich nicht wert. Nach all dem

Schrecklichen, das sie zu verantworten gehabt hatte. Dennoch war das Band zwischen uns nicht völlig gerissen gewesen.

Aber auch es war nun zerstört.

Keine Chance mehr für Jane. Der Satan hatte sein Versprechen eingelöst und sie getötet.

Trotz des Würfels.

Das war etwas, über das ich nicht hinwegkam und worüber ich mich sehr wunderte. Wem der Würfel gehörte, dem gehorchte er auch. Weshalb hatte Jane ihn nicht gegen den Satan eingesetzt?

Über diese Frage wollte ich nachdenken. Es blieb beim Vorsatz, denn ich konnte keinen klaren Gedanken fassen.

Jetzt gehörte er eigentlich mir. Ich wollte ihn an mich nehmen und legte beide Hände um die Seiten.

Zunächst spürte ich die Kälte, die gleichzeitig auf meinen Handflächen brannte, sodass ich zurückzuckte.

Da stimmte etwas nicht …

Sogar sehr viel, denn ich hörte eine Stimme.

Auch die von Paul Meurisse, als er nach mir rief. Die andere Stimme aber war wichtiger.

Sie gehörte einer Frau.

Tanith …

»John Sinclair, hör mir genau zu, da ich mich nur kurz melden kann. Jemand versucht, die Verbindung zu stören. Wahrscheinlich der Satan. Es gibt eine Rettung. Jane ist eine Hexe, sie kann möglicherweise weiterleben, auch ohne Herz, aber du musst etwas anderes finden. Mach dich so schnell wie möglich auf den Weg. Suche und finde die goldenen Skelette, und nimm die Vitrine sowie Jane Collins an dich. Wichtig sind die drei goldenen Skelette, denn sie hatten einmal Herzen, die ihnen das Leben gaben. Viel Glück, John, viel Glück …«

Ihre Stimme verwehte. Ich aber stand auf dem Fleck, ohne mich zu rühren, hörte sogar noch Schüsse, doch es war völlig unwichtig geworden, denn man hatte mir eine Botschaft übermittelt.

»John!« Ein scharfer Ruf.

Er riss mich aus der Lethargie. Ich drehte mich um, sah Suko an der Treppe und in das Verlies stürmen.

Schweigend trat ich zur Seite.

Zuerst ging Suko schnell, dann langsamer, und kurz bevor er die Vitrine erreichte, nur noch zögernd.

Er blieb stehen, senkte den Kopf und wurde aschfahl. Ähnliche Gefühle wie mich vorhin mussten ihn durchtosen. Als er sich zu mir hinwandte, hatte ich den Eindruck, einen künstlichen Menschen zu betrachten.

»Ist sie tot?«, fragte er.

»Ja.«

»Man hat ihr das Herz genommen?«

Ich nickte. »Dieser Pierre tat es. Wahrscheinlich mit Unterstützung des Teufels.«

»Und jetzt?«

Ich musste mich erst räuspern, um eine Antwort geben zu können. »Ich weiß es nicht so recht, aber es kommt da etwas auf uns zu. Ich berichte dir später davon.«

Suko war einverstanden. Mit mir zusammen betrat er den zweiten Raum, wo wir Paul Meurisse und Claudine fanden. Der Agent hielt ein verletztes, bewusstloses Mädchen in den Armen.

Nicht weit von ihnen lag ein Toter am Boden. Pierre Trudot. Ihn hatte der Agent erwischt.

»Ich musste ihn erschießen«, erklärte er, »weil es leider keine andere Möglichkeit mehr gab.«

»Ja, das habe ich gesehen …« Mehr sagte ich nicht, denn ich dachte wieder über die geheimnisvolle Stimme der ermordeten Wahrsagerin Tanith nach. Ihr Geist schwebte in einem Zwischenreich, zu dem es eine Brücke über den Kelch des Feuers gab.

Nicht allein nur über ihn.

Denn die Stimme war nicht von irgendwoher aufgeklungen, sondern aus einem ganz bestimmten Gegenstand.

Aus dem Würfel des Unheils.

Er hatte gewissermaßen zu mir gesprochen, und er hielt auch die Verbindung zu Jane Collins aufrecht.

Mein Gott, was rollte da auf uns zu? Ich bekam regelrecht Angst, und über meine Haut rann ein Schauer.

»Was hast du?«, fragte Suko.

»Wir werden sie finden müssen, um Jane Collins retten zu können«, sagte ich.

»Wen?«

»Die drei goldenen Skelette.«

Nach dieser Antwort schaute mich Suko an, als hätte ich den Verstand verloren. Ich konnte es ihm nicht mal verübeln …

ENDE